O COLECIONADOR DE FRONTEIRAS

VIVÊNCIAS E HISTÓRIAS (SANTAS E BÁRBARAS)
DE UM DIPLOMATA MINEIRO MATUTO

Pedro Motta Pinto Coelho

O COLECIONADOR DE FRONTEIRAS

VIVÊNCIAS E HISTÓRIAS (SANTAS E BÁRBARAS)
DE UM DIPLOMATA MINEIRO MATUTO

Del Rey editora

Belo Horizonte
2021

Impresso no Brasil | *Printed in Brazil*

EDITORA DEL REY LTDA.

www.editoradelrey.com.br

Editor: Arnaldo Oliveira

Editor Adjunto: Ricardo A. Malheiros Fiuza
(*in memoriam*)

Coordenação Editorial: Letícia Neves

Diagramação e revisão: Know-how Editorial

Editora:
Rua dos Goitacazes, 71 – Lojas 20 a 24
Centro – Belo Horizonte – MG
CEP 30190-050

Comercial:
Tel.: (31) 3284-3284
vendas@editoradelrey.com.br

Editorial:
editorial@editoradelrey.com.br
Tel.: (31) 2516-3340

C672c Coelho, Pedro Motta Pinto.
O colecionador de fronteiras – Partes I e II / Pedro Motta Pinto Coelho; Prefácio de José Anchieta da Silva.
-1. ed. - Belo Horizonte, MG : Editora Del Rey, 2021.
376 p.; fotografias; 15,5x22,5 cm.

Inclui bibliografia.
ISBN 978-65-5791-046-7

1. Contos. 2. Histórias. 3. Relatos. I. Título. II. Assunto. III. Coelho, Pedro Motta Pinto.

CDD 327.2:B869.93 CDU 341.7:82-34(81)

Pedro Anizio Gomes – Bibliotecário – CRB-8 8846

À Moira, companheira de tantas décadas passadas,
amiga sempre, e às filhas lindas Laila e Cecília.

À Cristiane, minha querida mulher e companheira.

AGRADECIMENTOS

Agradecimentos a Maria Cristiane Yazbek, Maria do Carmo Muller, Fátima Pinto Coelho e Luiz Feldman, pelas leituras conjuntas, estímulo e sugestões.

Meu agradecimento especial a Kátia e Expedito Eusébio Silva pelo ilimitado apoio; e, por seu intermédio, como colega e legítimo representante, a mensagem de apreço e gratidão pela amizade à querida Turma de Direito de 1971 da UFMG.

PREFÁCIO

Honrado com o convite do Embaixador Pedro Motta Pinto Coelho para prefaciá-lo, tive o privilégio de ser o primeiro a ler, nos originais, sua obra *O Colecionador de Fronteiras*. Mais do que simplesmente uma coleta de dados biográficos, feitos e fastos, destacam-se a originalidade dos relatos, na forma e no conteúdo e a sinceridade do texto, próprio de quem cumpriu sua missão desprovido de interesses menores. O método adotado é rico e inovador. Promove-se uma ligação do passado com futuro, ancorada nas realidades vividas e contadas, bem contadas. A obra, que tem o mérito de não semear pessimismo, aponta, equívocos cometidos pelo Brasil e seus governantes; e as consequências que, de tais erros, se possa padecer no agora e num amanhã que já começou.

Pedro Motta Pinto Coelho, de cepa ilustre, conterrâneo, é nascido em Santa Bárbara do Mato Dentro, terra do presidente Affonso Augusto Moreira Penna, (o primeiro que Minas deu ao Brasil) de quem é parente. Serviu nas embaixadas de Washington, (onde o autor cursou bacharelado em música na Universidade George Washington e mestrado em Teoria Política no Department of Government da Georgetown University), em

Assunção (onde nasceram suas filhas) e Buenos Aires. Foi Cônsul-Geral do Brasil em Lisboa, Embaixador em Israel, Embaixador Representante Permanente do Brasil junto à Comunidade dos Países de Língua Portuguesa – CPLP, com sede em Lisboa, e ainda, Embaixador Representante Permanente do Brasil junto à Conferência do Desarmamento das Nações Unidas em Genebra. Aposentado, vive em Portugal, no Concelho de Cascais. É músico-flautista, seguindo, no ponto, notável tradição familiar. A obra é ilustrada por sua sobrinha Rita Cipolatti, filha de Conceição, pianista, artista que deu a Santa Bárbara, na celebração de seus 300 anos (2004), uma enorme e lindíssima Árvore de Natal. Casado com Cristiane é pai de Laila e de Cecília, filhas de Moira.

Ante a impossibilidade de se produzir uma resenha de todo o escrito, afinal, prefácio não pode frustrar o leitor do melhor da festa: a leitura, o recurso é recolher, do conjunto, pitadas a título de tira-gosto, apenas para provocar o leitor. O texto flui naturalmente, como um trem-da-vida. O autor fez história encontrando-se com Arafat em Ramalá, Palestina. Para lá chegar venceu trechos de *paisagens profundas em história e densas em conflito*, relata. Sua visita terá pavimentado, ano depois, a ida do presidente Lula à Palestina. Lembra, o autor, noutro trecho e noutra empreitada, de recomendação recebida de colega seu, quando, ainda jovem nas lidas do Itamaraty, ficara sozinho numa reunião internacional da I Sessão do Comitê preparatório da Conferência da ONU sobre População (Bucarest, 1974), realizada em Genebra. Disse-lhe o colega: *Preste atenção aos americanos. Sempre que o delegado americano pedir a palavra, você peça logo a seguir, e diga exatamente o oposto do que ele disser.* Faz, noutro tempo, a nominata de mineiros ilustres que honraram a diplomacia brasileira: José Sette Câmara, Paulo Tarso Flexa de Lima, João Guimarães Rosa e acrescenta, João Cabral de Melo Neto, Sérgio Telles e João Baptista Cruz que conciliaram a diplomacia com a literatura e as artes da pintura e da música, nesta ordem. A esses, agora, acrescido fica, por todos os méritos, Pedro Motta Pinto Coelho.

O autor considera seus mestres na arte da negociação multilateral os Embaixadores Miguel Osório de Almeida e Luiz Felipe de Macedo-Soares. Define o Itamaraty como *expressão legítima do Estado brasileiro*, mas anota distorções e equívocos praticados pelo governo Bolsonaro, exemplificando com o que chama de *política pequena dos interesses pessoais e de grupos, e permanentemente tendo como referencial o calculismo barato*. Suas críticas, todavia, não ficam por aí. Põe o dedo na ferida, apontando os atos praticados nos governos de Lula e de Dilma com a *concessão de empréstimos com fundos do BNDES a países com grau elevado de instabilidade política, e com base em interesses poucos democráticos ou partidários e, pior, com o favorecimento de empresas determinadas [surge] como um evidente equívoco*. Lembra páginas tristes da diplomacia brasileira, na ditadura Vargas, ao tempo da segunda guerra mundial, quando as embaixadas brasileiras na Europa, orientadas, negavam vistos de entrada no Brasil para os judeus, à exceção de Luiz Martins de Souza Dantas embaixador em Paris, que veio a ser punido, e de Guimarães Rosa, Cônsul em Hamburgo, na Alemanha (registra *en passant* que o mesmo aconteceu com o embaixador português Aristides de Souza Mendes que teve sorte pior. Punido por Salazar, desempregado, morreu à mingua, de fome e de frio). Registra que ambos esses diplomatas estão agora homenageados em monumentos públicos em Israel, como benfeitores. As ordens de proibição de vistos partiam do gabinete de Vargas e eram transmitidas pelo seu chanceler Oswaldo Aranha que, mais tarde, se redimiria, quando na presidência da sessão da ONU dirigiu os trabalhos dos quais resultou a criação do Estado de Israel.

Após páginas dedicadas à sua decepção com a condução dos assuntos relativos à Amazônia brasileira, o autor passa a tratar das duas mecas da diplomacia multilateral: Nova York e Genebra, cidades vistas como principais centros de negociação multilateral. Londres, Paris, Viena, Bruxelas, não se comparam, afirma, com essas duas metrópoles em matéria de densidade e de abrangência das negociações, no âmbito das ações diplomáticas.

A diferença é que em Nova York a diplomacia multilateral se concentra na sede das Nações Unidas, sendo mais de natureza política. Em Genebra essa atividade se encontra dispersa em numerosos foros de natureza econômica, política, técnica. O ambiente negociador é sempre sofisticado tematicamente, pontua.

O prefaciador considera um dos momentos ápices da obra, o período em que o autor serviu em Israel, seu primeiro posto como embaixador. Essa passagem, da nomeação até sua transferência do posto é de leitura instigante. Começa por afirmar que a suas "*remoções*" na carreira sempre teriam sido *meio que "de roldão"*. Exercia, na altura (2007) as funções de Subsecretário-geral político para assuntos de África, Ásia e Oriente Médio, compondo, então, a "*alta chefia*" do Ministério. Para nossa leiga compreensão, o autor informa sobre a identificação das embaixadas de acordo com a sua relevância, as de classe A são de maior charme, as de classe D, as mais difíceis e as de classe C são consideradas como postos de sacrifício. Portanto aquela sua remoção de Brasília para Tel-Aviv soaria como uma remoção para um "*posto menor*". Considerou, em princípio, ter *errado feio* ao aceitar o desafio. Revela, o que atribui à chamada *categoria das intrigas*, que o então chanceler Celso Amorim estivera com ele insatisfeito por não comparecer a evento do Itamaraty realizado em Salvador-Bahia, e nem poderia estar, pois que se encontrava em missão especial na Guiné-Bissau. Relata, no entanto, a seguir, o quanto foi realizadora a sua permanência em Israel, reinaugurando a cada visita, atendendo a apelos dos circunstantes, a praça que leva o nome de Oswaldo Aranha. Em Israel, país que valoriza a cultura em todas as suas dimensões, o autor teve aulas de flauta com o flautista principal da Orquestra Filarmônica de Israel, Yossi Arnheim. Anota, e é relevante, que o título de posto de sacrifício para a referida embaixada se justifica por várias razões: pelo seu alto custo de vida, pela distância de casa, pelos conflitos, guerras e ataques terroristas, por algum estoicismo na vida diária diante da ortodoxia nos costumes, pelo clima quente e desértico, enfim, pela variedade de inimigos à disposição, em Gaza, na Palestina, nos campos de refugiados, nos territórios ocupados, no Líbano e outros vizinhos com potencial de armas nucleares, como o Irã; e pelo interesse apenas subsidiário que o Brasil dedica à região. É, afinal, embaixada fora dos radares de quem aspira carreira diplomática com brilho maior. Quanto à última constatação, o autor, a seu próprio respeito, se equivocou. O Embaixador Pedro Motta saiu de Israel para dirigir, a partir de Lisboa, a Comunidade de Países de Língua Portuguesa – CPLP. Sintetiza, numa frase, sua passagem por Israel: *Fui muito feliz em Israel.* O autor traz a texto um registro que necessita ser reproduzido por antecipação: Lá, são 780 casas residenciais construídas especialmente para uso privativo e individual de cada judeu agraciado com o Prêmio Nobel, independentemente de viverem ou não em Israel. Equivale dizer, são 780 judeus agraciados com essa premiação de eloquência universal. Digno de nota, ainda, a viabilização, com as mãos do autor, da Casa Adoniran Barbosa, judeu-brasileiro, de nome João Rubinato, autor de "Trem das Onze", de "Saudosa Maloca" e outras preciosidades. Foram vários os grupos de choro (o chorinho brasileiro é gênero musical com enorme receptividade em Israel) que, ao abrigo da embaixada e do Embaixador, (homem sensível às artes), se apresentaram em Israel. Na sua gestão, a embaixada brasileira em Israel ganhou sede nova, condizente com o seu papel e com a nossa representação. Tarefa difícil mesmo e infelizmente frequente, era explicar a seus acreditados interlocutores, alguns comportamentos nada razoáveis por parte das autoridades brasileiras. Missão de embaixador, reconhece.

Em Portugal, o autor serviu por duas vezes em missões diferentes. A primeira, como Cônsul-geral do Brasil em Lisboa, (1999-2001) posto no qual, relata, levou a termo a informatização dos serviços com a colaboração de banqueiro amigo Carlos Câmara Pestana. Na segunda estada, dedicou o brilho de sua inteligência e experiência como Embaixador-Representante Permanente junto à Comunidade dos Países de Língua Portuguesa

– CPLP (2010-2014). Organização originalmente composta por 7 países: Angola, Brasil, Cabo-Verde, Guiné-Bissau, Moçambique, Portugal e São Tomé e Príncipe. E depois, Timor-Leste e Guiné Equatorial que encontrou dificuldades na sua admissão. A CPLP, na expressão do autor, *traduz ensaio de uma identidade comunitária.* Decorre, sua criação, de uma concepção contemporânea de arranjos e iniciativas regionais com três polos de proposta de ação: concertação política, promoção da língua portuguesa e cooperação, defesa dos valores democráticos. Cumulando as atribuições de prefaciador e de testemunha, afirmo que, na CPLP, o Embaixador Pedro Motta foi o homem certo, no lugar certo, na hora certa. À época, residia eu em Lisboa, em face de compromissos acadêmicos e fui, de perto, privilegiada testemunha de sua presença, de sua ação, de seu prestígio, de seu trabalho. O cargo e a função que já eram enormes, com o desempenho de Pedro Motta ficaram muito maior, muito mais iluminados.

Noutras missões, esteve o autor na Antártida, visitando a Estação Comandante Ferraz (1985). Prestando relatório da missão, informou sobre os riscos de incêndio em face de resistências elétricas à mostra sobre lambris revestidos de pinho, altamente inflamáveis. O desastre do incêndio, infelizmente, se daria tempos depois. Uma *crônica de um incêndio previsível e anunciado.*

Na segunda parte da obra, em suas histórias *Santas e Bárbaras* o autor, em estilo muito próprio não deixa de ter seus momentos Guimarães Rosa, Agripa de Vasconcelos, com pitadas de Nelson Rodrigues, por vezes. A leitura continua valendo pela originalidade e pela leveza de quem singrou todos os mares.

No *O Velório da Noiva* ou *O Atestado de Óbito* relata "causo" contado por seu pai, o Doutor Luizinho, de certa noiva lá no São Gonçalo do Rio Abaixo (à época distrito de Santa Bárbara do Mato Dentro, nossa terra e nossa pátria). A moça, esquizofrênica, se fazia de morta e já estava no caixão e o Doutor Luizinho, médico chamado para atestar o óbito, percebendo a farsa aplicou-lhe uma injeção de éter que a pôs pra-correr do caixão rua-a-fora. Fim de velório (sem dúvida, um momento Nelson Rodrigues). O autor rende homenagem ao já centenário Hotel Quadrado em Santa Bárbara, lugar onde se deu a mais cultural das conspirações locais, quando da celebração do tricentenário do lugar (2004) tendo como conspiradoras-maiores duas irmãs do autor, a Maestra Ângela (criadora, dirigente e responsável pelo erudito e inesquecível Coral Cantares) e a artista Conceição Cipolatti, ambas Pinto Coelho. Anota, passageiramente, informações sobre o seu parente mais ilustre o Presidente da República Affonso Augusto Moreira Penna, filho de pai português (cujo mausoléu em Santa Bárbara merece ser visitado). O texto conduz à obra de outra irmã do autor, também ligada às artes, Fátima Pinto Coelho, cujo livro sobre Catas Altas merece ser lido (*Catas Altas do Matto Dentro-Minas Gerais* – 2018). Por afinidade com o tema e com a biografia do autor é relevante anotar que Affonso Penna, na Presidência de República, nomeou Rui Barbosa para representar o Brasil na famosa "Conferência da Haia" de onde retornou com o apelido de "o Águia de Haia".

A crônica-novela *Natal Amarelo* combina elementos da realidade ligando a febre amarela com o desastre de Bento Rodrigues no rompimento da barragem da Samarco, evento de triste recordação. O desastre teria feito vir à mostra, antiga mina de ouro soterrada, é o conto. Revolvendo a vocação mineradora-de-ouro da região combina o passado com o futuro com furos de originalidade. Para falar na lama que rolou de Bento Rodrigues para o Rio Doce até o Oceano Atlântico o autor cria o neologismo "*tsulama*" (seu momento Guimarães Rosa).

Volvendo a história da região (e do Brasil) o autor descreve a presença na *Fazenda do Rio de São João*, então de propriedade de sua família, localizada em Bom Jesus do Amparo, falando do lugar e das pessoas (terá sido seu momento Agripa de Vasconcelos), palco do desfecho final da revolução liberal de 1842 quando ali se recebeu, para descanso, o Barão de Caxias (ainda não era Duque) e sua tropa (o confronto final, registra a história, se dera em Santa Luzia, a poucas léguas do lugar). Há, no ponto, relato original e verdadeiro que a história oficial não revela. Dentre os revoltosos, dentre os inimigos da corte, dentre os vencidos, estava José Feliciano Pinto Coelho da Cunha, que, anistiado, viria a ser o Barão de Cocais e que tinha relações familiares com os Motta em face de um casamento de sobrinha sua (o autor é Motta e é Pinto Coelho). Portanto, Caxias, o vencedor, representante do imperador, estava acolhido na fazenda de aparentados com o inimigo. José Feliciano viria mais tarde a ser indultado, como os demais. São pérolas da história das Minas Gerais.

O escrito que o autor intitula como *Ano 2230. Revolta em Marte e a Queda da Dinastia dos Braguineros no Brasil* entre diagnósticos e prognósticos contém uma história criada que expõe as realidades do Brasil presente e cogita de um Brasil-futuro que ainda pode ser evitado. Tomara, portanto, que o autor contista, nesta parte, não tenha razão. Fala-se de um Marte e de uma Lua já colonizados com os seus "espaçoportos" (certamente mais um momento Guimarães Rosa do autor). Fala-se de um Brasil-futuro governado pela dinastia Braguinero (imperador Braguinero IV). Os imperadores dessa dinastia seriam por aqui proclamados à moda da antiga Roma (em 2230!). *Vade retro Satanás!* (este assumido "esconjuro" é por conta do prefaciador). Promove, o imaginário do autor, um diálogo entre ironia e realidade. Merece e precisa ser lido.

Prefácio que se preze deve ser breve. O prefaciador tem que ter pressa. Afinal, o prefácio atrasa o encontro do leitor com o texto e com o autor. Só por essa razão é que paro por aqui e peço, desde já, desculpas ao autor e aos seus leitores. Pedro Motta Pinto Coelho nem precisava ser prefaciado.

José Anchieta da Silva
Presidente da Academia Mineira de Letras Jurídicas

SUMÁRIO

Parte I

VIVÊNCIAS

INTRODUÇÃO À PARTE I

O autor, diplomata de carreira, expõe vivências numa perspectiva crítica, desvestida de formalismos. Temas e negociações dominantes na política externa do Brasil, ao longo de décadas, confrontam-se, em especial, com atitudes e ações do atual governo do presidente Bolsonaro no plano externo, ofensivas aos interesses nacionais e descompromissadas diante dos princípios básicos da diplomacia e do direito internacional.

As noções de fronteiras e de limites, tanto no sentido político e diplomático como, mais amplamente, no sentido vivencial, constituem referência nos textos, e justificam o título do livro. Os textos põem em relevo a necessidade de atualização do conceito de fronteira, a par da noção de soberania nacional, diante dos temas globais (meio ambiente, migrações, aquecimento global, direitos humanos).

As fronteiras acompanham, por assim dizer, as histórias e vivências do autor. Identificam-se com elas e são "colecionadas" no conjunto dos textos. Vão de Israel e da Palestina, como em "O encontro com Arafat", a Nova York e Genebra, nas negociações multilaterais sobre meio ambiente, desarmamento nuclear e comércio internacional; ou percorrem o mundo das Américas, da África, da Antártida e da Amazônia, como em "A Amazônia – Fronteiras, além dos limites".

Não somente são questionados os limites entre realidade e ficção: não é que a Verdade, ou as Verdades, têm sempre um rabinho de ficção?

Por vezes, o passado é confrontado ou confunde-se com o presente, até mesmo pela linguagem, da mesma forma que se contemplam outras dimensões vitais. Na mutação de sua noção básica, meramente jurisdicional, de limites, as fronteiras, com efeito, desnudam a diplomacia, revelam-se um referencial para a necessidade de atualização de uma política externa ainda dependente dos tempos e das grandes conquistas diplomáticas do barão do Rio Branco, conforme aponta o filósofo Cristófilo, no conto "Natal cinzento" – um momento em que ficção e realidade se misturam.

PRÓLOGO

Nada que ver com tragédia, mas, como no teatro grego clássico ou como na ópera *Os palhaços*, de Leoncavallo, em antecipação aos momentos líricos, poéticos, prosaicos e dramáticos que depois se seguem, permitam-me um breve diálogo com a amiga Vidraça. Não a conhecem ainda. Não se preocupem. Será apresentada e o diálogo revivido num dos contos em meio a essas "Vivências":

Personagens: a amiga Vidraça; o autor.

Vidraça (em meio ao diálogo, com paciência e sinceridade)

— Conheço as suas histórias, mas é importante que as conte, de viva voz, pessoalmente. Estou cá apenas para comentar, e lhe fazer companhia. Além, claro, de pôr um pouco de ordem nesses relatos. Vejo que está algo confuso, será nervosismo? Você fala de mim, em vez de concentrar-se nas suas histórias, nas suas vivências diplomáticas e na sua vida. Sugiro voltarmos a Santa Bárbara, sua terra. No quarto onde me coube ser janela. Naqueles idos de 1946, você nascia, das mãos de três médicos, pai Luizinho e compadres, três médicos, um luxo, na casa mãe, o velho sobrado do avô, "coronel" Pedro Motta e vó Cecília. Vi tudo. Cinco e quinze da tarde, dia 28 de maio. Naquele sobrado, quem nele entra pela Rua de Baixo, vê, passando pela varanda, uma escada à esquerda que desce ao porão, adega de vinhos e cachaças do coronel. E, pela direita, outra escada que, subindo, dá ao corredor longo, por onde se distribuem de um lado os quartos, de outro, cozinha, sala de jantar, salão e escritório. Logo no quarto do fundo, espaço ampliado com vista ao quintal, e em cuja parede nova me haviam instalado, a mim, vidraça de alto coturno, vidros de cristal, madeirame nobre, como você talvez já se deu conta, podia-se ver o agito do parto, água quente, toalhas. Do lado de fora, penso ter visto um beija-flor. Talvez não saiba, mas essa ave era a sua outra mãe, seu anjo protetor. Tempos depois, quando a Maria Motta morreu, o beija-flor veio visitá-la e a acompanhou quando seu espírito subiu aos céus. Um conselho: fique de olho nesse beija-flor, de vez em quando ele bate à sua janela, pois é a Maria Motta que vem te ver. Sabe como é, saudades. Pois foi essa tríade, essa trindade médica e familiar, que cuidou de sua mãe e os protegeram, a ela e a você, no parto. Foi assim que você cruzou a primeira fronteira, a do parto e a da vida. Será a primeira de nosso percurso vital.

Autor

— Carregamos todos nós a nossa fronteira corporal, nossa pele, que separa o corpo do mundo exterior. Você, Vidraça, não tem pele, está feita de madeirame e vidros, mas se aproxima de minha fronteira dos olhos. Você mostra as fronteiras, alheias e as minhas, por dentro.

Vidraça

— Cuidado com o que você diz. Por ora, aceito que seja uma de suas peles de cristal, seus óculos nada portáteis, e que te mostram, ou revelam, coisas, as mais das vezes reais, que sua perspectiva não o deixou ver, ou que você não quis ver, e ainda outras que você talvez somente veja nos sonhos. Não deixo de ser uma de suas fronteiras, você está certo; e vou mostrar-lhe uma dimensão desconhecida de sua vida. Certo, você não pediu.

Precisou de um lamaçal gigante para me descobrir. As tragédias, é triste dizer isso, coisa comum, mas as tragédias, como as crises, muitas vezes são reveladoras de oportunidades, soluções, dimensões novas. Você mesmo mexe com essas ideias, ao narrar, no conto "Natal amarelo", as experiências de Maria José ao defrontar-se com a herança de mina de ouro há tempos desaparecida e redescoberta pelos movimentos de terra nessa tragédia de Mariana. Ainda bem que me catou no meio da lama. Agora estamos juntos. E lhe digo logo: você é um felizardo, pois o grande tema que perpassa sua existência são as fronteiras. Lidar com os limites, seus e da vida. Não está mal, como projeto de vida. Apenas adianto que isto não é tudo. Mas, por enquanto, reconheço seu direito de contar as suas coisas. Vamos ver aonde chegaremos.

Autor

— Tá certo, Vidraça, aceito o desafio. Sou um colecionador de fronteiras.

ENCONTRO COM YASSER ARAFAT

Junho de 2003. Missão algo secreta na Terra Santa. Destino: Ramalá, capital (provisória) da Palestina, cidade sitiada por Israel. Minhas funções, à época, no Itamaraty, de Diretor-Geral de área geográfica, compreendiam responsabilidades no relacionamento político com os países da região. Por causa disso, me propusera visitar o líder palestino Yasser Arafat em sua Mukata em Ramalá, "para levar-lhe mensagem do Presidente Lula", empossado há poucos meses em Brasília. O Ministro do Exterior, Celso Amorim, também de viagem marcada para a região, mas não para a Palestina, aceitara minha proposta. Não houve "mensagem", no sentido estrito, nem creio que o então Presidente Lula tenha sido informado. A visita, em si, de um representante diplomático brasileiro, em nível de diretor-geral, constituiria a "mensagem", ou seja, a visita reiteraria, em nível apropriado, o reconhecimento e o apoio do governo brasileiro aos direitos dos palestinos a um Estado livre e independente, ao lado de Israel em convivência pacífica na região, no momento abertamente rejeitados pelo governo de Ariel Sharon na sequência dos protestos violentos palestinos na II "Intifada".

Na residência da Embaixada do Brasil em Tel-Aviv, café da manhã caprichado, agregado com ovos escalfados em molho de tomate fresco bem temperado, o apreciado *shakshuka* israelense, a cor local do prato algo desvirtuada por ter sido preparado por empregadas filipinas.

Durante o pequeno almoço, o Embaixador fala da Intifada II, a segunda revolta armada palestina em pleno curso, e das ameaças que o Primeiro-Ministro Sharon andou fazendo, de considerar inimigo de Israel quem fosse avistar-se com Arafat, ora acuado por tanques israelenses em seu *bunker*, a "Mukata", o prédio sede da Autoridade Palestina em Ramalá.

Depois do café, o Embaixador, o Primeiro-Secretário e eu saímos no Volvo oficial em direção a Jerusalém e Ramalá. Fins de maio-junho, tempo lindo. Tel-Aviv se liga a Jerusalém por várias vias, inclusive férrea (é bonita a viagem, sobretudo em tempos de neve, a composição em subida lenta, para galgar os cerca de 750 metros circundando relevos ásperos, palestinos, dando tempo ao viajante para sentir as paisagens profundas em história e densas em conflito). Na época de nossa viagem, 2003, não há a opção pela estrada de ferro, em obras de modernização. Agora, soube que essa via férrea, que data dos tempos otomanos, foi permanentemente desativada, substituída por uma bela ferrovia moderna. Como seguiríamos para Ramalá, e em missão oficial, fomos de carro. Há duas autoestradas de Tel-Aviv a Jerusalém. Uma delas corta território palestino ocupado, é ladeada em muitos trechos por muros altos. Em outros, podem-se ver aldeias e vilarejos palestinos, a cujos habitantes, claro, não é dado usar a autoestrada. Comunicam-se por vias marginais, estradelas milenares quase sempre interrompidas ao depararem-se com assentamentos judeus ilegais. A outra autoestrada, mais liberal, digamos assim, serve aos israelenses e também aos árabes dos territórios palestinos sob administração israelense ou habitantes de Israel. Caso essa estrada fosse como se estivéssemos comendo um queijo, a primeira de três partes seria bem indigesta: plana, a secura das areias em contraponto com plantações e fábricas diversas – uma delas, a de cimento, parece também ser responsável pelo ar cinzento e pesado que envolve o viajante. Sendo toda iluminada, a estrada nessa parte fica mais interessante à noite, por antevermos, ao regressar de Jerusalém, as luzes de Tel-Aviv ao longe. Ao começo da subida, vislumbramos ainda áreas planas, bem tratadas pela irrigação, ali mesmo onde se deram batalhas horrendas desde tempos imemoriais e, mais perto de nós, entre judeus e árabes, em 1949, e, depois, na Guerra dos Seis Dias, levando, neste caso, os israelenses a "conquistar" Jerusalém, das mãos e armas dos jordanianos. O caminho nesse segundo trecho é bonito, montanha acima. Ainda estão lá, contudo, como um museu de passagem a céu aberto, as ruínas de tanques e de canhões usados nessas décadas passadas. O terceiro e último trecho da rodovia tampouco se digere facilmente, mas por uma condição universal das grandes cidades: a canseira do trânsito lento, aqui recompensada pela chegada à Cidade Santa, trazida ao contemporâneo pela arrojada ponte-passarela estaiada, trabalho estruturalista do arquiteto espanhol Santiago Calatrava.

Ali, vista desde o Monte das Oliveiras, a cidade compacta dentro das muralhas encobre as divisões religiosas, conflitos que vão pelo tempo adentro. E, triste dizer, por tempo adiante. Como diz meu irmão Ricardo, cientista biólogo que mantém relações estreitas de cooperação com seus pares israelenses, uma "encruzilhada mal resolvida". A beleza é imaculada, e resplandece sob o domínio dourado da cúpula da Mesquita Al-Aqsa, no Monte do Templo. Mas, o belo é também surreal. Forçam a vista outros muros, menos nobres. Conquanto nenhum muro esteja para contar casos alegres e bondosos, esses muros, construídos na corrente do tempo atual por Israel, separam, empurram as pessoas, tampam suas vidas com sombras de desesperança de que nem o sol truculento, o verão e o inverno conseguem dar cobro.

Tira-me dessas considerações o Primeiro-Secretário da embaixada, que me acompanha junto com nosso Embaixador em Tel-Aviv: "Devemos seguir". O tom desconsolado de sua voz parece não se referir ao fato de deixarmos aquela bela paisagem, mas à suspeita que tem de que dali em diante a estrada é algo desconhecida, mas com previsíveis dificuldades. Em plena Infantaria II, tentamos abrir caminho, salpicado de franco atiradores, entre Jerusalém e Ramalá. Nosso carro, veículo oficial da embaixada, não era, nem nunca foi, blindado. Para chegar a Ramalá, tivemos que recorrer a um guia, um brasileiro-palestino, que nos trouxe, em meio a uma cidade marcada pelos destroços de guerra, até a residência do ministro palestino das comunicações, que se dizia, com orgulho, amigo do Brasil num português bem razoável que atestava sua estada no Brasil como estudante de engenharia. Lá, aguardamos momento oportuno para ir até Arafat. A impressão surrealista volta à tona quando vejo a beleza de Ramalá. Mais alta do que Jerusalém, a cidade apresenta-se dignamente, espraiada em colinas suaves, envolta em um ar de montanha e relva verdejante, luminosa, nada que ver com as imagens postas na imprensa internacional de um aglomerado de casas afaveladas e gentes toscas. Destroços, sim, os havia por todo lado, ruas vazias, hotéis fechados com as janelas quebradas e os estilhaços de tiros nas paredes dos prédios. Em matéria de destroços e vidraças rompidas e estilhaçadas, Ramalá infelizmente competia com os cenários de grandes tragédias urbanas. Sobretudo por sabermos que, de uma forma ou de outra, por detrás desses destroços, a maior parte das vezes lá está o ser humano, como agente da destruição, e, *hélas*, sempre como vítima. Anos depois, nas ocasiões em que voltava a Ramalá, quando estive como embaixador acreditado junto ao governo de Israel, pude ver a transformação de Ramalá, recuperada do conflito, com vida diária ativa, mas infelizmente não desimpedida, de seus 30 a 40 mil habitantes, gente sofrida, mas altamente sensível e educada, cultural e economicamente próspera, marcada, contudo, física e politicamente pela presença sombria do muro.

Após um tempo de espera na residência do ministro das comunicações, fomos conduzidos à "Mukata", em veículo blindado da autoridade palestina. O edifício se via agora como um *bunker*, já tendo sido semanas antes bombardeado pelos tanques israelenses ainda estacionados do outro lado da praça defronte. Já no edifício, compacto como uma verdadeira fortaleza, guiados por agentes palestinos, percorremos corredores praticamente às escuras, algumas lâmpadas nuas penduradas em meio a sacos de areia empilhados, ambiente de guerra mesmo, antes de chegar à única sala ainda intacta do prédio, sem janelas, onde Arafat nos recebeu em presença de assessores. O encontro foi muito cordial. Ofereceu-nos o lugar logo à sua esquerda, ele à cabeceira de uma longa mesa coberta com objetos de decoração, símbolos religiosos, muitos docinhos. Com o chá, vieram fotógrafos, que saíram depois da sessão de fotos tão discretos como haviam entrado. Para abrir a conversa, notei minha admiração com a beleza de Ramalá, sua luminosidade e topografia suave. Respondeu-me Arafat logo, em tom amistosamente impaciente: *"but this is the holy land, this is the holy land!"*, sendo, claro, evidente sempre a beleza de um sítio sacrossanto. Transmiti verbalmente a Arafat o que seria a "mensagem" do Presidente Lula, o reiterado apoio do governo brasileiro à causa palestina. Yasser Arafat, visivelmente doente, a palidez e o tremer das mãos acentuados pelo presente confinamento, agradeceu muito as palavras e o apoio brasileiro, notando o isolamento a que Israel o havia forçado dentro da "Mukata". Falou enfaticamente da luta e do sofrimento do povo palestino. Pediu-me transmitir a Lula o convite para visitar a Palestina, o que somente ocorreu anos depois, ao final de minha missão como embaixador em Israel, em 2010.

Terminada a reunião, Arafat, de mãos dadas comigo, à maneira árabe, acompanhou-nos pelos corredores semiescuros até a saída. Havia um batalhão de fotógrafos e câmeras de televisão à nossa espera. Arafat estava efetivamente confinado dentro da "Mukata" e as forças israelenses não o deixavam sequer sair à porta, o que fez comigo e meus acompanhantes, o nosso embaixador de então e o primeiro-secretário da embaixada, calculo que pela primeira vez desde muito tempo. Disse em tom de confidência, antes de despedir-me, em frente a todos: *"you see, there are a lot of Israeli sharp-shooters (snipers) around this square. I can be hit by them any time now"*. Instintivamente, nós ainda de mãos dadas, achei por bem afastar-me fisicamente uns centímetros do líder, por tola precaução. Aí mesmo entregaram-me as fotos de nosso encontro, testemunho de uma experiência diplomática extraordinária. O ministro Celso Amorim, depois, quando nos encontramos no seu jatinho da FAB, no voo da Jordânia, onde estávamos para um Fórum Davos Regional, em direção ao Líbano, viu minhas fotos com Arafat e bem o notei desapontado por não haver ele mesmo ido ter com o líder palestino.

Desenho de Rita Cipolatti.

PRIMEIRA VIAGEM À EUROPA

O 707 da Varig faz uma aproximação lenta, sustentada pelo vento de proa, em direção ao aeroporto de Lisboa, num entardecer frio de janeiro de 1972. Como será isso? Ajeito-me na poltrona, no rabo do avião; tinha preferido um lugar bem ao fundo. Teria sido falta de premonição? Na queda, nas cercanias de Paris, de um avião 707 da mesma empresa aérea, pouco mais de ano depois, somente se salvaram os que iam bem à frente – os demais passageiros morreram sufocados pela fumaça do incêndio a bordo, antes do pouso forçado. Nessa ocasião, já havia assumido minhas funções na Divisão das Nações Unidas, no Itamaraty, e, por indução extemporânea, pensei, quando chegaram as notícias do desastre, ser sempre melhor evitar escolher assento ao fundo do avião. O silogismo disjuntivo falacioso durou até outro desastre aéreo, não me lembro quando nem onde, em que sobreviveram apenas os passageiros que estavam em assentos no fundo do avião sinistrado. Apertei mais o cinto de segurança e continuei pensando, com alguma excitação, como seria "*isso*".

Vejo a silhueta pálida da costa, o branco das ondas. Emoção forte, mas estranha diante do que conhecia só de ouvir contar, fotos, livros, filmes. Primeira viagem à Europa. De férias, na passagem do primeiro para o segundo ano no Instituto Rio Branco (IRBr), de preparação à carreira diplomática. Tomei emprestado o dinheiro da viagem no banco, os juros eram razoáveis nesse tempo. Dava para pagar com meu salário de professor de inglês no IBEU. Hoje, os alunos do IRBr já são funcionários públicos, empossados como Terceiros-Secretários da carreira assim que passam no concurso de admissão, com boa remuneração. Na minha época, nós, os alunos, recebíamos apenas uma bolsa, o equivalente a uns R$ 800,00, se tanto. O instituto ficava no Rio de Janeiro, na ala "nova", apelidada de "Niterói", no antigo Palácio Itamaraty, o da Rua Larga, ao lado da Estação da E. F. Central do Brasil e do então Ministério do Exército. O curso lá era de dois anos. Somente veio a integrar-se às instalações do Ministério das Relações Exteriores em Brasília tempos depois, em 1975, no anexo chamado de "Bolo de Noiva", outro projeto esdrúxulo de Niemeyer, e a cada período o curso encolhia de duração: um ano e meio, um ano, seis meses, completados por "estágios". Em compensação, houve a exigência de curso superior completo para o concurso. Quando fizemos, a exigência era de ter o segundo ano superior completo. Chico Penna e eu, os dois mineiros matutos – ele talvez até mais matuto do que eu –, havíamos passado no concurso em 1970, alugamos a preço especial, de colega diplomata que servia no exterior, um dois-quartos jeitoso no Leblon. Dois problemas: um, dormir no mesmo quarto, o outro fechado, reservado para as coisas do proprietário; dois, aturar Chico, wagneriano fanático, ouvir música a toda altura (só música de Wagner, alguns prógonos, Beethoven, Schumann, alguns epígonos, Bruckner, Mahler), num sistema de som que acabara de comprar e que eu invejava. Nada contra a música, bem ao contrário, sou músico, apreciador de música clássica e de ópera desde criancinha. Agora, Chico punha os discos – de vinil, estávamos na aurora do estereofônico – a toda altura, impreterivelmente das oito às 10 da noite, nem um minuto a mais, pelo que a vizinhança, decerto assustadíssima, não podia reclamar, ao menos não legalmente, daquela imensidão sonora que não tinha qualquer dificuldade em trespassar as finas paredes que separavam os demais apartamentos. Tivemos sorte: os moradores, gente educada, nunca reclamaram. Por gentileza para conosco, ou, o que sempre suspeitei, paralisados de terror com a tuba wagneriana ou com os maravilhosos, se percucientes, agudos de Birgit Nilsson na *Walquíria*. Houve um vizinho de porta que acabou até por fazer amizade, interessando-se por música. De minha parte, a longa vivência com música e ópera, graças à minha família de musicistas e à presença constante da música em casa, e à presença semanal, durante a temporada de ópera – sim, havia uma temporada de ópera anual no Teatro Francisco Nunes, ali no Parque Municipal, em Belo Horizonte –, para acompanhar minhas irmãs, a Conceição, pianista na orquestra, a Thereza, bailarina, em apresentações de óperas e balés, a participação no Coral Ars Nova, e minha eloquente e vocalmente infundada pretensão a tenor operístico, ajudaram-me a conviver tão bem como possível com aquele fanatismo do Chico Penna. Verdade que discuti muito com ele, não me conformava com sua visão estreita da música. Uma vez, ficou muito espantado comigo quando comprei os primeiros discos naquela altura, peças barrocas do compositor português Carlos Seixas e a ópera *Orfeo*, de Gluck, em vez de comprar Richard Wagner; ou quando lhe mostrei, ao ouvirmos a abertura dos Mestres Cantores, e o coral que se segue, cujas sonoridades, de uma polifonia característica da forma "*chorale*", contrasta com a teia contrapontística da abertura, que ambos tinham o mesmo material temático, trabalhado um em vigoroso contraponto bachiano, outro sob a forma coral *a capella* com vozes femininas angelicais. Ficou espantado ao descobrir que ambos eram feitos com a mesmíssima melodia, aquela que dá início à própria abertura da ópera. Na mesma ordem de ideias, fiquei bravo com ele por criticar e desprezar – imaginem – o *Allegretto*, segundo movimento da VII Sinfonia de Beethoven. Dizia que era só um ritmo enfadonho e repetitivo, não havia melodia. Arre! Mostrei-lhe calmamente a sublime melodia em tons descendentes em jogo com rápidas notas ascendentes que compõem num plano celestial toda peça. Ficou outra vez muito espantado de descobrir a beleza dessa música.

Confesso que foi nesse tempo que passei a me interessar mais por Wagner, cujas composições me prendem desde então de modo particular. Quanto a vivermos no mesmo quarto, bem, estava acostumado, fui "de Marinha", fiz o Colégio Naval e dois anos da Escola Naval, todo o tempo em internato, primeiro em alojamentos comuns, depois, na Escola, em "camarotes", com quatro alunos-aspirantes em cada unidade. Quando, no apartamento do Leblon, eu arranjava uma namorada, dormia com ela na sala, em cima de um cobertor, para amenizar a dureza dos tacos do piso. Ademais, quase não via o Chico: eu saía muito cedo, para dar aulas, e retornava aí pelas 11 da noite, pois de novo dava aulas após os cursos no IRBr, inclusive o opcional, de alemão, passadas as seis da tarde. Viajava pela Europa pela música e com as aulas de inglês que dava. Nos planos de viagem, me indagava como será "*isso*".

O voo fazia escala em Lisboa, depois Paris, mas meu destino primeiro era Londres e a Inglaterra de Shakespeare. Sendo apenas aluno do IRBr, o Itamaraty deu-me passaporte de serviço, ainda não fazia jus a passaporte diplomático. Agora, os alunos, já sendo Terceiros-Secretários, viajam com esse passaporte, e com certeza não precisam tomar emprestado dinheiro no banco para suas viagens particulares. O passaporte de serviço veio com a anotação: "o titular viaja em missão cultural". Mineiro matuto, tomei ao pé da letra esse protocolo, que de resto já era a minha intenção, e preenchi todo o roteiro da viagem, de passagem já comprada, e apenas munido de mil dólares em espécie e em cheques de viagem, mais o guia do Arthur Frommer, *Europe on Five Dollars a Day*, que, pasmem, consegui seguir à risca e no limite, numa intensa atividade cultural que hoje esbarraria facilmente nos 10 a 15 mil dólares em custos. Stratford-upon-Avon e o Royal Shakespeare Co., Covent Garden (Cavaleiro da Rosa,

Othello) e dias inteiros seguidos na National Gallery. Fiquei, claro, maravilhado com a grama inglesa, que me ficara na memória desde as cenas no Hyde Park no filme *Blow Up*, de Antonioni: certo dia, entrei num daqueles jardins de prédio público no centro de Londres e perguntei ao guarda se podia dar uma olhada naquela linda grama, e obtive resposta em *cockney*, em voz rouca, dita de uma vezada sonora tão rápida como o movimento de quem mata uma mosca com um jornal dobrado: *"so lon u don't foot the grass"*. Levei quase toda a manhã para entender.

Visitei nossa embaixada, fui recebido pelo embaixador, Sérgio Correa da Costa. Tinha o olhar calmo, que denotava alguma estudada nobreza. Do alto de um terno para mim inatingível de tão impecável, olhou-me de cima abaixo, eu com meus cabelos longos como mandava o figurino à época, blusa de lã grossa de gola rulê, sapato de sola de borracha, como se perscrutasse se seria aquele mineiro matuto digno de entrar para a carreira diplomática.

Pois me mostrou a embaixada, e me levou até a porta, onde se despediu, desejando-me boa estada em Londres. Soube depois que tinha o apelido de *"lord"*. *Gentleman*, devo reconhecer, e, pelo visto, terei passado na sua avaliação. Ao longo dos 45 anos de carreira, não tive a sorte de encontrar outros embaixadores educados, com uma ou outra exceção, Geraldo Silos, Rubens Ricúpero, Paulo Tarso, João Clemente Baena Soares, Celso Sousa e Silva, Sebastião do Rego Barros, talvez algum outro cujo nome me escape.

Lembro-me com muita afeição do embaixador Miguel Osório de Almeida, com quem trabalhei nos tempos da Divisão das Nações Unidas, cedido "a meio período" à Assessoria Especial do Ministro de Estado (AESP), que ele chefiava, em preparação da participação do Brasil em diversas conferências internacionais da ONU – nesse período, nas décadas de 1970 e 1980, intensificaram-se as conferências "temáticas" das Nações Unidas, em especial sobre meio ambiente e sobre população, no meu período na AESP junto com o Miguel Osório, quem me iniciou nas lides do multilateralismo. Aprendi muito com ele, e ali pude ver, na diplomacia multilateral, minha verdadeira vocação.

Miguel Osório tinha imensas qualidades, mas a educação, e ele sempre muito educado comigo, sempre dava lugar a diatribes contra delegados de outros países quando sofismavam sobre os temas da agenda, em oposição às teses – por vezes bastante radicais, defendidas pelo Miguel. Uma vez me deixou sozinho na bancada do Brasil, justo a primeira participação minha em reunião internacional, no caso a I Sessão do comitê preparatório da Conferência da ONU sobre População (Bucareste, 1974), em Genebra. Brasil com uma posição oposta à dos EUA, que lideravam, no tema do crescimento populacional, as teses catastróficas emanadas do Clube de Roma, que vinculavam o crescimento da população mundial ao iminente surgimento da fome no mundo. Pedi ao Miguel instruções, e obtive dele a seguinte orientação: "Preste atenção aos americanos. Sempre que o delegado americano pedir a palavra, você peça logo a seguir, e diga exatamente o oposto do que ele disser". Não conheço instruções mais claras.

Depois, Opéra de Paris (magnífico Tristão e Isolda), e dias seguidos no Louvre e nas Tuileries, em meio a *escargots*, coelhos desossados e batatas recheadas com ervas, Quartier Latin, vinhos e *Chanson Chevalier de la Table Ronde* a desoras e em alta voz, a ponto de sermos enxotados do bistrô, eu e os colegas recém-encontrados, vindos do Brasil; Bernard Haitink e a Sétima de Bruckner no Concertgebouwen em Amsterdam, Pisa, Florença e a Uffizi, Milão e o Scalla, Veneza e Roma. Lá comprei, com os últimos trocados, a sombrinha que a Thereza, minha irmã, me encomendara, antes de seguir, 45 dias bem passados na Europa, para o aeroporto e ser informado de que me havia enganado, o voo já partira às 10 da manhã para o Brasil, não era às 10 da noite! E agora, sem grana?

Consegui trocar algumas notas de 10 mil "cruzeiros novos", aquelas carimbadas. Por sorte faziam câmbio da moeda brasileira no aeroporto Fiumicino – por conta do turismo ou já da imigração brasileira? Remarquei a passagem para o voo do dia seguinte, sem dificuldade e sem custos – nessa época faziam isso, ainda éramos todos civilizados –, e passei a última noite na hospedaria do Exército da Salvação (dica do Arthur Frommer), depois de enganar a fome do dia todo com a sopa salvadora que incluíam na pequena diária.

Então, foi isso. Mas o que este "*isso*" tinha que ver com o a minha indagação, dentro de uma perspectiva diplomática?

Vivências de um diplomata mineiro matuto? Os mineiros, que a modéstia seja momentaneamente deixada de lado, sempre honraram a diplomacia brasileira. São tantos os nomes, José Sette Câmara, Paulo Tarso Flecha de Lima, João Guimarães Rosa. Sim, o João, como o chamou meu pai, colega de turma na faculdade de medicina de Minas Gerais, depois UFMG, onde perambulava, conforme o depoimento de meu pai, equilibrando livros da literatura russa debaixo do braço.

Depois de formado, clinicou por uns tempos na Polícia mineira, em Barbacena, antes de fazer o concurso para o Itamaraty e de mergulhar, em cheio, nas águas profundas e tormentosas da grande literatura. Como tantos outros diplomatas, especialmente de sua geração, como o pernambucano João Cabral de Melo Neto, conseguiu conciliar as carreiras de diplomata e de escritor. Até hoje, não poucos diplomatas desenvolvem atividades paralelas, como pesquisadores e estudiosos em diversas áreas, professores, jornalistas, filósofos, historiadores e igualmente nas artes (muitos pintores, como Sergio Telles e João Baptista Cruz) e na literatura. Música também, como o musicólogo Vasco Mariz, ou pianistas como Antônio Barbosa e Luís Benedini; até ouso incluir-me aí, não nessas estratosferas, mas no canto dos flautistas renitentes e, quem sabe o futuro, da composição estudada. Da escrita bem temperada, por que não? Depois conto como foi isso.

Trata-se, contudo, de uma espécie, se não em extinção, pelo menos em franca diminuição, pela crescente burocratização do trabalho diplomático, que exige cada vez mais do funcionário dedicação exclusiva à complexa dimensão administrativa de suas funções. Guimarães Rosa terá sido uma exceção entre os diplomatas mineiros, na sua grande maioria dedicados exclusivamente às lides da diplomacia.

Convém, entretanto, perguntar como será "*isso*", de mineiros na diplomacia. Como explicar?

Pois mineiro e diplomacia brasileira formam uma combinação nada fácil. Digna das *histórias santas e bárbaras* aqui narradas. Nem o mineiro é santo, tampouco a diplomacia brasileira é bárbara. Mas uns puxam para um lado, outros tendem para o oposto. Os genes não se cruzam bem. Mineiro que preza o nome é desconfiado, honesto, acredita na bondade das pessoas, não mente para enganar os outros, só a si próprio, e sobretudo não puxa saco. Tem na sua integridade um valor muito alto. Nessas acepções, todo mineiro é matuto, uns mais, outros menos. O mineiro matuta, portanto, é matuto.

Já o Itamaraty é uma expressão legítima do Estado brasileiro, a cada época, que, salvo em raros momentos, acaba por misturar a política como expressão, no plano externo, da defesa dos interesses nacionais e da busca pelo bem comum – e mesmo esta, tão distorcida e equivocada, como no governo Bolsonaro –, com a burocracia, a política pequena dos interesses pessoais e de grupo, e permanentemente tendo como referencial o calculismo barato.

Quando passei no concurso para a carreira diplomática, e fui admitido em 1971, junto com 13 colegas (eram 15 vagas, somente 14 foram aprovados), no então respeitado e admirado Instituto Rio Branco, a Dona Carmem Pinto Fonseca, sogra de minha irmã Angela, ao saber da notícia, sobressaltou-me. Mulher muito franca, vivida em coisas brasileiras, doutora em química, com um dos primeiros brevês de pilota de avião no Brasil, foi logo me dizendo: "Passou no Itamaraty?! Ihhh..., aquilo é um antro de famílias conchavadas e de padrinhagem. Sem puxar saco e sem padrinhos, você não tem futuro lá".

Bem, tive o meu futuro lá, *"carreira digna"*, nas palavras amigas de amigo insuspeito, sem padrinhos ou puxa-saquismos. Mas não é que a velha Carmem tinha razão? O seu neto, e também meu sobrinho, entrou na carreira diplomática anos mais tarde. Andou vivendo, ao que me conta, as mesmas situações por que passei, ao lidar, como matuto mineiro, com um sistema de traços bastante incompatíveis com nossos valores.

Eis a visão, significativa, de diplomata carioca, quando ainda era Conselheiro na carreira e antes de virar, bem cedo, embaixador posudo, e nem por isso menos competente, promovido por méritos próprios, mas não descuremos, nas promoções à época, as boas conexões com um Palácio do Planalto ainda rançoso a ditadura militar: confidenciou-me ele, na ocasião em que fomos colegas na Embaixada em Washington, meu primeiro posto no exterior, que o Itamaraty era – suspeito que já terá deixado de ser – uma expressão dos valores e comportamentos típicos da Zona Sul do Rio de Janeiro.

E acrescentava: "Zona Sul depois do túnel", referindo-se aos túneis que separam os bairros de Copacabana, Ipanema, Leblon, Gávea e Jardim Botânico dos restantes da Zona Sul e da Barra da Tijuca, no Rio de Janeiro. Como quem diz: "ou você se adapta às estruturas comportamentais e aos valores apregoados e praticados por uma casta de classe média alta ou rica dessa microrregião do Rio de Janeiro, ou sua carreira estará comprometida".

Casta ultraconservadora, diga-se de passagem. Como toda casta que se preze. Isso porque lhe perguntei, um dia, o motivo de, nos despachos com o chefe, ser costumeiro e de bom-tom o funcionário sempre começar contando uma piada. Talvez não seja mais assim, agora.

Os tempos são distintos, abriram-se muito mais vagas, salários melhoraram, há muita gente bem preparada que vem de outras regiões brasileiras, a tal cultura Zonal-Sul conservadora marginalizou-se na instituição, ainda que subsista naquilo que dela se impregna o Estado brasileiro. Marginalizou-se, mas manteve a aura: há na instituição muitos diplomatas e outros funcionários de carreira que vieram de regiões vizinhas ou mesmo distantes, e que logo entenderam ter que emular e adotar aqueles valores "Zona-Sul-depois-do-Túnel" se quisessem se destacar na carreira.

Tudo isso felizmente evoluiu, e a carreira, como digo, congrega gente de todas as partes do Brasil, com a consequente cultura de outros valores. Outro sobrinho meu bem mais novo (tudo indica que dei início, na minha matutice, a uma leva de diplomatas na família, diria já na terceira geração, ou quase), hoje Segundo-Secretário, faz uma carreira promissora e já com muito brilho, sem descurar-se de nossos valores mineiros; ao contrário, vivencia muito bem esses valores junto com seu potencial de intelectual de escritor e de historiador.

Vejo agora, de meu posto de observação como aposentado, o Presidente eleito, Jair Bolsonaro, ter escolhido para Chanceler o diplomata Ernesto Araújo, embaixador jovem, visivelmente sem experiência, não tendo sequer assumido posto de chefia no exterior, com uma linguagem preconceituosa e de rasgos autoritários, herdada de um guru exótico, que pretende conciliar a defesa dos interesses nacionais com uma visão que se diz cristã-ocidental-conservadora das relações internacionais. Veremos no que dará essa mistura, desconexa de nossa história e de nossos valores diplomáticos, e carente de legitimidade diante dos interesses nacionais que se propõe defender, ao rejeitar princípios básicos norteadores de nossa política externa, como o multilateralismo, a cooperação e a integração regional, a não intervenção, a universalidade nas relações externas, a centralidade no respeito aos direitos humanos e ao meio ambiente. Pouco menos de dois anos após a posse, o Chanceler bolsonarista já apregoava como grande conquista de sua diplomacia ter passado o Brasil a ser considerado "pária" entre as nações.

Por óbvio, nada que ver com qualquer esforço para escoimar a instituição de ranços de personalismo anteriormente mencionados, se fora esse o caso. Não será legítimo nem justo vincular tais vícios com a proposta, sempre seguida no trabalho diplomático brasileiro desde a década de 1960, quando nos afinamos com a criação da UNCTAD e com os demais países em desenvolvimento, no Grupo dos 77, na defesa de uma agenda internacional mais favorável aos nossos interesses, à guisa de uma "mudança de rumo" tida como necessária para "*desesquecer*" (conforme a linguagem usada pelo novo Chanceler de Bolsonaro no já citado discurso de posse no Itamaraty) os interesses, a história e as tradições pátrias.

O Chanceler Ernesto Araújo mencionou, várias vezes, no discurso de posse, não sem alguma dose de presunção, a necessidade de buscarmos a verdade, que considera distante dos conceitos e práticas da diplomacia brasileira em épocas recentes. Portanto, joguemos no lixo tudo acerca da política externa do Brasil nas últimas décadas – e aqui vão juntos o joio e o trigo. Todos nos damos conta das distorções e dos graves erros cometidos, na condução de nossa política externa, durante governos passados, em especial os governos dos presidentes Lula e Dilma. A prática de concessão de empréstimos com fundos do BNDES a países com grau elevado de instabilidade política, e com base em interesses pouco democráticos ou partidários, e, pior, com o favorecimento de empresas determinadas, surge como um equívoco evidente. A própria opção, no plano da macropolítica externa, adotada pelo Chanceler Celso Amorim, de privilegiar dois temas: o acesso do Brasil a um assento permanente no Conselho de Segurança da ONU; e as negociações comerciais multilaterais na Rodada de Doha, na OMC, neste caso com a ênfase desequilibrada nas negociações sobre agricultura, evidenciou-se um equívoco.

Ambas as aspirações frustraram-se e com elas frustrou-se nossa política externa de uma visão mais ampla e equilibrada na consecução de nossos interesses. Houve algumas iniciativas de natureza compensatória – o que chamamos em metodologia de medidas "band-aid", que tapam erros na formulação de teorias, neste caso de políticas –, tais como o movimento em direção aos países árabes, ou o seguinte, em direção aos países africanos; ou, ainda, a tentativa de injetar algum dinamismo à integração sul-americana, com a UNASUL, e latino-americana, com a CELAC. Como os procedimentos do tipo "band-aid", todas essas iniciativas, em si mesmas muito positivas, carecem de consistência, tomadas mais bem em função dos interesses do Chanceler em perseguir aspirações ligadas aos dois temas que privilegiou em sua macropolítica externa.

Na mesma ordem de ideias, foi promovida, nessa época, a abertura de embaixadas em diversos países no Caribe, na África e na Ásia, e mesmo na Europa, cuja justificativa, em parte significativa dos casos, vincula-se exclusivamente ao projeto de conquistar votos e apoio para a pretensão de conseguir assento permanente no Conselho de Segurança das Nações Unidas.

Como é óbvio, erros, ainda que graves, não podem justificar o rompimento com os princípios fundamentais de nossa ação externa. No caso das posições declaradas ou tomadas pela nossa atual chefia no Itamaraty, de moto próprio ou alheio, não parece razoável, a não ser no contexto de políticas populistas e de um nacionalismo arcaico, renegar a trajetória de conquistas do Brasil no campo externo, inclusive e primeiramente o respeito com que o nome do Brasil é visto no contexto internacional, por conta do combate a "falsas ideologias". Claro que devemos buscar a verdade, e não há como escapar dessa missão, se damos algum valor à vida. O problema é que temos muitas verdades, algumas – as boas verdades – acompanhadas de seu rabicho de ficção; outras – as falsas verdades – sempre encabeçadas por ideologias, as cabeças das hidras, que, cortadas, sempre renascem, em vestes ora esquerdistas, ora direitistas, estofadas sempre do recheio do radicalismo.

Contrariamente ao que diz o novo Ministro das Relações Exteriores, não vejo o Itamaraty, pelo menos nas últimas sete décadas, afastado nem do povo brasileiro nem dos interesses pátrios ou de suas tradições, mais ou menos do que os governos a que serviu. Tampouco vejo os diplomatas brasileiros se valorizando mutuamente, oblívios ao que se passa no Brasil real, fora dos muros do nosso Ministério. Mas posso estar equivocado e, como digo, houve enormes distorções. Daí talvez a minha matutice. Como assinalado, Chanceleres cometem erros, por vezes crassos, na execução acrítica de políticas externas, muitas vezes sob inspiração espúria.

É fato corrente, se bem nunca admitido oficialmente, que, durante a década de 1930 e inícios da década de 1940, por exemplo, o governo da ditadura getulista instruiu as nossas embaixadas e consulados a limitarem a concessão de vistos de entrada no Brasil a judeus, ou mesmo de se abster de fazê-lo. A partir de 1995, com a abertura dos arquivos do Itamaraty, pesquisas, como a da professora Maria Luiza Tucci Carneiro, da USP, não só confirmam essa política dos governos de Getúlio Vargas e, em seguida, Dutra como revelam a extensão de seu endosso e aplicação pelo Chanceler Oswaldo Aranha. O mesmo Oswaldo Aranha que é meritoriamente reconhecido pelos israelenses pela sua participação, em 1947, na decisão da Assembleia Geral da ONU, por ele presidida, de criar o Estado de Israel.

Diplomatas brasileiros que se recusaram a obedecer a tais instruções foram punidos. O caso mais conhecido foi o do então nosso embaixador em Paris, Luiz Martins de Souza Dantas, que concedeu centenas de vistos a judeus sem informar o governo da origem étnica dos requerentes.

Em entrevista ao jornalista João Fellet, da *BBC News Brasil*, em 20 janeiro de 2019, a professora Tucci conta que "Vargas instaurou um processo administrativo contra o embaixador, que passou 14 meses detido na Alemanha após tropas nazistas invadirem a embaixada brasileira em 1942. Em 2003, (Souza Dantas) foi reconhecido como Justo entre as Nações pelo Yad

Vashem (Museu do Holocausto), em Jerusalém". Retornarei mais adiante a essa importante questão da política do governo brasileiro de restrições à imigração judaica sobretudo durante os anos de 1937 a 1950.

De igual forma, é bom *desesquecer*, para usar linguagem do novo Chanceler, que o governo liberal e pró-ocidente de Juscelino Kubitschek de Oliveira, e – em seguida ao interregno Jânio-Jango Goulart, com a contrastante "Política Externa Independente" – como os governos iniciais da ditadura militar, a partir de 1964, deram apoio permanente e incondicional às posições do governo salazarista na África, votando sempre e praticamente de forma isolada na ONU a favor de Portugal e contra os movimentos de libertação nas colônias portuguesas, posição somente revertida de forma tardia no governo Geisel, na década de 1970, com evidente perda de credibilidade para nossa identidade no plano internacional, de um país comprometido com a liberdade, a democracia e o bem-estar e a autodeterminação dos povos.

E é melhor não pesquisar nosso perfil de votação na ONU nesse mesmo período, de apoio velado ou claro ao regime de apartheid na África do Sul.

Por outro lado, governos pouco ou nada competentes e de legitimidade questionável, como o foram os de José Sarney ou de Collor de Melo, com seus Chanceleres portadores de uma perspectiva paulista, patrimonialista e empresarial (Olavo Setúbal, Abreu Sodré, Celso Lafer), deram os passos iniciais para lograr ao Brasil a integração regional via MERCOSUL e a cooperação, com transparência total, nos respectivos processos de desenvolvimento em energia nuclear para fins pacíficos. Com a consequente evolução positiva no relacionamento bilateral entre os dois maiores países da América do Sul, assim como em toda a região do Cone Sul.

Deu-se ali, na verdade, um fenômeno altamente positivo. Os países da região, e notadamente o Brasil e a Argentina, passam de uma lógica de adversários competitivos, ou mesmo de confronto (já que os respectivos exércitos mantinham muitas de suas principais bases postadas umas contra as outras, ao longo da fronteira comum), para uma lógica de abertura e de integração.

Teríamos aqui um conceito bem diferente de "defesa": em vez de uma "defesa" *ex ante*, com canhões dispostos uns contra os outros, numa postura tradicional entre países adversários, agora se pratica, creio que ainda inconscientemente, uma "defesa" *ex post*, onde prevalece a amizade e o entendimento, com a abertura das fronteiras e a fluidez dos contatos, um pouco na linha da União Europeia; e com o compromisso de utilização apenas pacífica da energia nuclear, sem precedentes até agora em todo o mundo, já que aceito de forma quadripartite, entre os dois países, Argentina e Brasil, mais a Agência Internacional de Energia Atômica (AIEA) e a Agência Argentino-Brasileira de Contabilidade e Controle (ABACC), organismo bilateral que completa o esquema de salvaguardas amplo então acordado.

O contrário do que tenta praticar a chefia do Itamaraty, hoje, com os países vizinhos.

Rejeita-se o MERCOSUL, e não consigo entender como essa atitude, à semelhança de outras, adotadas por Bolsonaro e Ernesto Araújo, possa receber o apoio do parque industrial manufatureiro brasileiro, sobretudo o de São Paulo, que exporta principalmente para o mercado MERCOSUL, e mais alguns outros países da América Latina, em especial a Venezuela, também hostilizada. Talvez não se deem conta, quem sabe?

Caminhando na contramão de nossa história e do evidente interesse nacional em processos de integração, vemos a nossa atual política externa, se lhe cabe o nome, acalentar desentendimentos e dissensos, quando não instigar conflitos, a troco dos aplausos norte-americanos – questionáveis – ao alinhamento automático com as políticas e os interesses dos EUA. O caso da Venezuela é por demais marcante, e dispensa comentários. Dentro dos limites do respeito à soberania do país e à autodeterminação dos povos, o governo brasileiro pode e deve condenar práticas ditatoriais e autoritárias, assim como a falta de legitimidade democrática, de conformidade com a Constituição e os compromissos internacionais assumidos, tais como a chamada "cláusula democrática", que pede a suspensão ou exclusão de países com regimes não democráticos de associações, como o MERCOSUL, ou a CPLP, por exemplo. Daí a instigar conflitos ou intervenções para a mudança de regime é outra história.

Com respeito ao automatismo de alinhamento com os EUA (muitos dizem que nem é com os EUA, e sim apenas com Donald Trump; pessoalmente, penso que este tipo de reducionismo é enganoso, pareceria justificar sermos caudatários dos EUA, com ou sem Trump), penso que não carece estender-me, diante de um simples fato histórico: os EUA defendem os interesses dos EUA. Não me parece que estejam focados na defesa dos interesses ou valores cristãos ou ocidentais. Não por nada, mas conviria ter presentes as políticas adotadas pela Argentina durante a presidência Menem, na década de 1990, quando seu Chanceler Guido di Tella enfatizou o alinhamento automático com os EUA, definindo-o como de "relações carnais".

À época, e estamos falando, vale repetir, da década de 1990, ou seja, não faz tanto tempo assim, os argentinos passaram a integrar o Grupo Ocidental nos organismos multilaterais, abandonando sua postura (também radical pelo outro lado) de não alinhamento, e ficaram felizes com o rótulo de "aliado extra-OTAN", com que lhes agraciaram os norte-americanos. Pois perguntem aos argentinos se ainda consideram de interesse tal postura. Agora, somos nós que postulamos, pela mão trumpista, ingresso na OCDE – pouco provável com as iniquidades sistêmicas no Brasil pela desigualdade social, inclusive de corrupção, discriminação e desrespeito ao meio ambiente e aos direitos humanos – e passamos a ser, nós, "aliados extra-Otan", ou seja, passamos a estar dispostos a aceitar conflitos e tensões internacionais que não nos tocam diretamente. Pagaremos um preço de moeda, e, bem mais caro ainda, um preço político.

O distanciamento proposital do MERCOSUL ataca frontalmente um projeto de integração fundado na solidariedade e no interesse comum dos países membros e associados em promover o desenvolvimento e melhores relações comerciais e econômicas entre si e com o resto do mundo. Com base nas críticas lançadas ao MERCOSUL, como inoperante, e em simbólicas medidas de rejeição a esse projeto de integração, como a suspensão da adoção, nos países do bloco, das placas MERCOSUL para os automóveis, e a eliminação da referência ao MERCOSUL nos passaportes brasileiros, foi positivamente surpreendente a conclusão do Acordo de Livre Comércio entre o MERCOSUL e a União Europeia.

Pode-se bem imaginar que a conclusão desse acordo, com aspectos positivos para o Brasil e para o MERCOSUL e muitos outros questionáveis, deve-se à liderança exercida nessa área pelos setores liberais do governo Bolsonaro, já que toca nas questões de abertura de mercados. Em que pese não serem ainda públicos os termos do acordo, cuja negociação se prolongou por cerca de 20 anos, preveem-se dificuldades de lado a lado, pelo MERCOSUL e pela UE, na sua ratificação: críticas europeias ao descontrole ambiental no Brasil e mesmo à instabilidade política e econômica no país e na região; enquanto, do lado brasileiro, as eventuais vantagens a serem obtidas em acesso de mercado para produtos do agronegócio se confrontam com uma indústria defasada, que mal consegue navegar num pântano de incentivos e de protecionismo, cujos preços recaem no consumidor. Uma indústria em descompasso, com crescimento negativo, que não estará tão ávida por aceitar a concorrência com os europeus, função do acordo. Seria, entretanto, uma conquista em termos de avanço e atualização de nossa visão do mundo e das relações comerciais externas do Brasil, dando efetivo sinal político e econômico de abertura do Brasil, em termos de liberalização do comércio e de integração mais fluida do país ao sistema globalizado das relações internacionais, além de mostrar o reconhecimento da centralidade do multilateralismo no âmbito negociador internacional, justamente algo que vinha e continua sendo criticado ferozmente pelo novo Chanceler. Curioso, nesse contexto, o esforço notório do Ministro Ernesto Araújo de tentar assumir a paternidade do Acordo MERCOSUL-EU, quando a notícia do acordo veio a público.

Parecem no mínimo esdrúxulas as manifestações críticas com relação a temas tão caros aos princípios universais que o Brasil sempre adotou nas relações externas, tais como a confiança nas soluções pacíficas das controvérsias e no sistema da ONU, o meio ambiente e a mudança do clima, equilíbrio e respeito pelo Direito Internacional na questão do Oriente Médio, desconsiderados na proposta de transferência da embaixada do Brasil em Israel para Jerusalém, migrações internacionais, autodeterminação dos povos, defesa do multilateralismo e das negociações comerciais multilaterais, não interferência, desarmamento, solidariedade e cooperação internacionais. Tudo passa aparentemente a ser subordinado, na atual gestão, aos deveres impostos por uma alegada "cruzada" cristã-ocidental pela recuperação de valores minados pelo "globalismo". Veremos onde nos levará essa cruzada, mas voltaremos à questão mais adiante. Como, dados os parâmetros tradicionais da nossa política externa desde a Independência, compreender esse rompimento?

A AMAZÔNIA
FRONTEIRAS, ALÉM DOS LIMITES

A Amazônia é imensa, bioma velado, cheio de névoas úmidas, mas é a surpreendente transparência luminosa do horizonte que nos encanta ao cruzarmos, já quase à noite, o rio Javari, junto ao Solimões. Ali, no Alto Amazonas, somos quatro ou cinco a bordo da "voadeira", a canoa com motor de popa, feita de alumínio, e que, como uma faca meio cega, negocia fendas na imensidão das águas já escuras. Regressamos, membros da delegação brasileira que me coube chefiar, de visita oficial ao município fronteiriço de Benjamin Constant, em direção a Tabatinga – cidade brasileira fronteiriça com Letícia, do lado colombiano.

Fincamos lá, em Tabatinga, nosso "quartel-general" diplomático. Foi a propósito de projeto que desenvolvi, enquanto chefe da Divisão da América Meridional-II (DAM-II), do Departamento das Américas, encarregada, no organograma do Ministério das Relações Exteriores, de nosso trato com os países amazônicos.

Certo dia, aí pelos idos de 1987, na DAM-II, fiquei fascinado ao ler um relatório do Banco Interamericano de Desenvolvimento (BID), a propósito de projeto de cooperação fronteiriça entre Colômbia e Equador, região do rio Pilcomayo. Eram ali desenvolvidas ideias novas, pelo menos para mim, sobre o conceito de fronteiras, com vistas a promover o desenvolvimento da região fronteiriça, dos dois lados da linha de limites, com base na cooperação e no entendimento entre os países vizinhos. Em vez de darem-se as costas, os países limítrofes se articulam e juntam forças. Simples.

Ocorreu-me aplicar o mesmo conceito para as áreas fronteiriças com os países amazônicos, minha área de trabalho. Propus aos meus chefes promover a cooperação e a integração das comunidades fronteiriças na região, inicialmente com a Colômbia, tendo como base sempre a premissa de que as fronteiras não são apenas limites, ou linhas que separam dois ou mais países, mas constituem **também um espaço, o espaço fronteiriço**, propício para ações conjuntas e para a integração social e econômica.

À época, na boa tradição da política externa do Brasil, as relações com os países da América do Sul continuavam a merecer caráter prioritário. Visitas oficiais e de Estado se sucediam praticamente a todos os países da região. A minha divisão, a DAM-II, havia sido reforçada, tinha 10 diplomatas sob minha chefia. Um luxo! Em consequência dessa linha de política externa, ele próprio, e seu Chanceler Abreu Sodré fizeram turnos em visitas oficiais e de Estado praticamente a todos os países da região.

Trata-se, contudo, de prática normal no Itamaraty, a de reforçar as divisões e departamentos com atribuições conjunturalmente prioritárias. O que é menos comum é deixar ao nível de chefia de Divisão, pelo menos no Ministério das Relações Exteriores, a liberdade para a proposição e execução de iniciativas bastante abrangentes de política externa, como a que estamos apreciando. Essas divisões reforçadas de funcionários e da atenção maior por parte das chefias eram qualificadas pelos diplomatas na Secretaria de Estado por divisões "poderosas". Os seus chefes com frequência despacham diretamente com o Secretário-Geral ou mesmo com o Ministro de Estado. Mas nem sempre têm a mesma liberdade de ação que me foi dada na DAM-II.

A propósito dessa relativa autonomia com responsabilidade, permitam-me uma digressão. Tive oportunidade bem semelhante ao chefiar a Divisão do Meio Ambiente, de 1992 a 1994, logo após a Conferência das Nações Unidas sobre Meio Ambiente e Desenvolvimento, a Rio-92, da qual participei, ainda como Conselheiro, na chefia de um de seus grupos negociadores, por acaso o grupo negociador sobre mudança do clima, os demais (grupos sobre florestas, recursos financeiros, Agenda XXI – desenvolvimento sustentável e desertificação) tendo ficado a cargo de embaixadores. A propósito, convém dizer que, até a Rio-92, a chefia dessa "poderosa" Divisão do Meio Ambiente – "poderosa" por estarem ali concentrados os poucos colegas familiarizados com a complexa temática do meio ambiente tal como trabalhada no plano negociador multilateral – coube a Luís Filipe de Macedo-Soares, então Ministro[1], com quem mantive, desde Genebra, por estar comigo o "*desk*" de meio ambiente na nossa Delegação Permanente naquela cidade suíça, estreita correspondência no contexto das negociações sobre meio ambiente.

Participei, como delegado principal do Brasil, nas sessões preparatórias da Conferência do Rio, em Nova York, nos intensos trabalhos, que ocorriam concomitantes, nos comitês negociadores da Convenção-Quadro sobre Mudança do Clima, com muitas das sessões em Genebra ou Nova York, da Convenção sobre Diversidade Biológica, com sessões em Genebra e Nairóbi, cidade sede do Programa das Nações Unidas para o Meio Ambiente (PNUMA), assim como da Convenção sobre a Proteção da Camada de Ozônio. Vez por outra, era acompanhado de algum colega da Secretaria de Estado que conseguisse escapar por alguns dias do pesado trabalho de articulação e preparação da Conferência do Rio dentro do Brasil, exigido a todos na Divisão do Meio Ambiente.

Curioso que a Missão do Brasil junto à ONU, em Nova York, à época muito voltada para temas candentes ligados à chamada "Agenda para o Desenvolvimento", sendo o Brasil, leia-se, nossa Missão junto à ONU, um dos seus principais proponentes, optou por não se envolver com as negociações substantivas preparatórias da Rio-92, que se passavam justamente em Nova York. Para dar início a essas negociações, creio que ainda em 1991, fomos juntos, o Embaixador Ronaldo Sardenberg, chefe da Missão do Brasil junto às Nações Unidas em Nova York, e eu, a uma reunião consultiva dos chefes das principais delegações com o Secretário-Geral da Conferência, o canadense Maurice Strong, e o Presidente do Comitê Preparatório. Ronaldo não disse palavra, gentilmente deixou-me falar pelo Brasil. Passei meses à frente de nossa delegação, sem a presença ativa de colegas lotados em Nova York. Evidente que tal não teria acontecido se eu não contasse com total apoio e confiança do nosso embaixador Ronaldo Sardenberg.

Talvez outro motivo para a Missão manter-se à margem, no nível das negociações substantivas, do processo preparatório da Rio-92, ainda que prestando sempre inestimável apoio às nossas delegações, decorrerá da percepção de que a temática ambiental era ainda pouco proeminente no contexto das agendas de interesse para os países em desenvolvimento (PEDs).

O tema do meio ambiente, com efeito, era, ainda nessa época, visto com desconfiança. Teria sido incluído na agenda multilateral por pressão e interesse dos países desenvolvidos, com o objetivo de "desviar" a atenção da comunidade internacional de questões maiores, ligadas ao desenvolvimento econômico e social dos PEDs.

A questão ambiental era identificada como uma simples questão ecológica. Além do mais, estava instrumentada de uma linguagem altamente complexa, e de conceitos forâneos aos veios tradicionais da linguagem diplomática. Testemunhei sinal sintomático desse equívoco de percepção quando finalizamos, depois de muitas sessões noite adentro na sede ONU, o projeto de "Declaração do Rio de Janeiro", a ser submetido e assinado pelos Chefes de Estado e de delegações na Rio-92.

Trata-se de documento de princípios, na quase totalidade, se não por completo, voltados para a área de desenvolvimento econômico, com o endosso para uma série de reivindicações e proposições (tais como, direito ao desenvolvimento; responsabilidades comuns, mas diferenciadas; eliminação de barreiras não tarifárias; acesso, sem discriminação, de bens e produtos dos países em desenvolvimento aos mercados de países desenvolvidos; soberania sobre recursos naturais; acesso à tecnologia; respeito aos direitos e conhecimentos tradicionais dos povos indígenas; financiamento ao desenvolvimento e acesso a recursos financeiros para financiamento ao desenvolvimento sustentável; responsabilidade histórica dos países desenvolvidos na questão ambiental etc.) de interesse dos países em desenvolvimento, a maioria ainda objeto de debate e sem consenso em diversos foros onde se negociavam esses temas ligados ao comércio internacional e ao desenvolvimento, como UNCTAD, a Rodada Uruguai, em pleno curso, inclusive na própria Assembleia Geral da ONU.

Finalizado e acordado o projeto da "Declaração do Rio de Janeiro", vim à Missão junto à ONU para transmitir o texto final para a Secretaria de Estado. Quando o mostrei aos colegas, todos se espantaram de ver consignada nesse documento, que acreditavam conter uma série de princípios ambientais, no sentido ecológico do termo, uma abrangente declaração de princípios de natureza política e sobretudo econômica, absolutamente dentro da perspectiva de interesses defendidos pelos países em desenvolvimento.

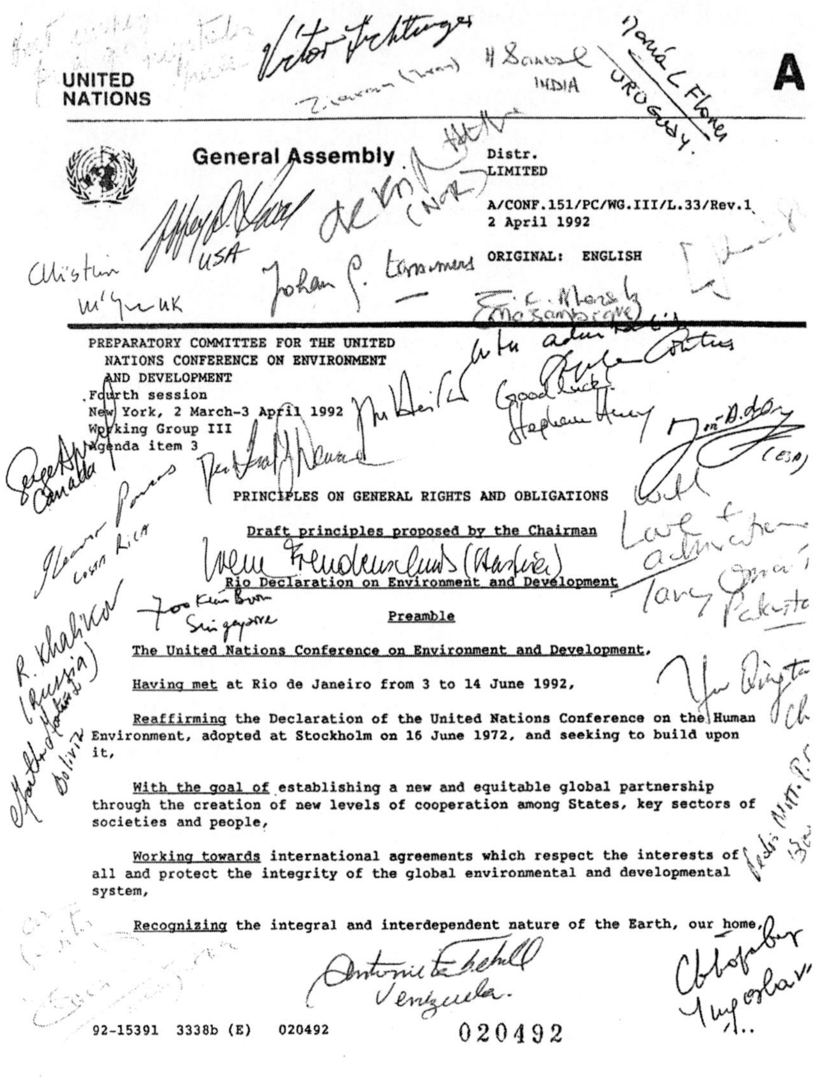

UNITED NATIONS

A

General Assembly

Distr.
LIMITED

A/CONF.151/PC/WG.III/L.33/Rev.1
2 April 1992

ORIGINAL: ENGLISH

PREPARATORY COMMITTEE FOR THE UNITED NATIONS CONFERENCE ON ENVIRONMENT AND DEVELOPMENT
Fourth session
New York, 2 March-3 April 1992
Working Group III
Agenda item 3

PRINCIPLES ON GENERAL RIGHTS AND OBLIGATIONS

Draft principles proposed by the Chairman

Rio Declaration on Environment and Development

Preamble

The United Nations Conference on Environment and Development,

Having met at Rio de Janeiro from 3 to 14 June 1992,

Reaffirming the Declaration of the United Nations Conference on the Human Environment, adopted at Stockholm on 16 June 1972, and seeking to build upon it,

With the goal of establishing a new and equitable global partnership through the creation of new levels of cooperation among States, key sectors of societies and people,

Working towards international agreements which respect the interests of all and protect the integrity of the global environmental and developmental system,

Recognizing the integral and interdependent nature of the Earth, our home,

92-15391 3338b (E) 020492 020492

Página inicial do documento da Assembleia Geral da ONU com o texto da **Declaração do Rio de Janeiro** tal como finalmente aprovado. Rubricado pelos chefes de delegação que o negociaram.

“Mas, isso não é meio ambiente!”, um deles, creio que o ministro-conselheiro ou um dos embaixadores-alternos, não se contendo, chegou a declarar. Era a percepção ainda preponderante no Itamaraty, inclusive nos diversos departamentos ligados à diplomacia multilateral, em quaisquer das áreas, política, econômica, comercial, cultural e de cooperação, onde o tema do meio ambiente ainda era visto com desconfiança.

Parecia ter havido um esquecimento quase que absoluto a respeito da I Conferência das Nações Unidas sobre Meio Ambiente, havida em Estocolmo, em 1972. Verdade que lá, o conceito que informava os debates era o da "poluição", conceito primário no tratamento da questão ambiental – na verdade, apenas um de seus efeitos, e nem de longe o mais importante –, e praticamente ausente na Conferência do Rio, 20 anos depois. Com efeito, os conceitos ligados ao meio ambiente evoluíram muito desde 1972, e depois do Rio de Janeiro ainda muito mais. Estocolmo não debateu mudança do clima, biodiversidade, camada de ozônio, responsabilidades "comuns porém diferenciadas", responsabilidades históricas. E a destruição das florestas equatoriais e tropicais apenas começava a ser notada. Mas, Estocolmo debateu originalmente o conceito de desenvolvimento sustentável, dando as bases que informaram o famoso Relatório Bruntland sobre a matéria, consolidando-se finalmente na Rio-92 como sua principal conclusão.

A pergunta se impõe: porque, nessas condições, teria o Brasil oferecido sediar a Conferência das Nações Unidas sobre Meio Ambiente e Desenvolvimento, em 1992? As queimadas e o desmatamento na Amazônia, objeto de críticas intensas na mídia internacional (não são de hoje), teriam tido um papel significativo. Mostrar de perto a transparência com que o tema era debatido e tratado pelo Brasil (que se fez, e agora se evita, o que dá mostras do autoritarismo que nos assola hoje) vinha ao encontro das tendências de abertura num quadro político recém-democratizado.

Tanto o Presidente Sarney como o Presidente Collor tomaram, no plano externo, medidas relevantes. Sarney, com a citada aproximação com os demais países da América do Sul, e com o lançamento das bases do MERCOSUL, junto com o presidente argentino Alfonsín; Collor, com significativa abertura comercial, os entendimentos com a Argentina na área nuclear e a adoção de uma política ambiental mais consolidada. De comum, o interesse em buscar maior integração do Brasil no contexto internacional, depois das décadas de isolamento do regime militar.

Em todo esse contexto negociador preparatório da Rio-92, onde as convenções citadas foram abertas à assinatura pelos mais de 100 Chefes de Estado e de Governo participantes, pude contar com as instruções extraordinárias da Secretaria de Estado, de responsabilidade de Filipe de Macedo-Soares na chefia da Divisão do Meio Ambiente, bem como da liberdade e da plena confiança que me estendeu o Embaixador Rubens Ricupero, meu chefe direto em Genebra. Essa convivência estreita com Luís Filipe durante o intenso trabalho negociador na questão ambiental reforçou muito nossa amizade, forjada na primeira relação de trabalho, quando me convidou para a subchefia da Divisão do Mar, da Antártica e do Espaço (DMAE), outra "poderosa" divisão, que chefiava quando o Brasil instalou a estação permanente na Antártica, em 1983 a 1984.

Tive dois grandes mestres em negociação multilateral: o Embaixador Miguel Osório de Almeida, que mencionei mais no início dessas *Vivências*; e o meu amigo Filipe, Embaixador Luís Filipe de Macedo-Soares. Quando fui designado para meu último posto, antes da aposentadoria, como Embaixador Representante Permanente do Brasil junto à Conferência do Desarmamento (CD), em Genebra (2014-2016), Filipe, que anos antes já havia também ocupado essa função, telefonou-me. Deu-me os parabéns pelo posto, e recomendou a cozinheira da Residência da nossa Missão junto à CD, que ele havia amparado e de quem havia cuidado, a Maria. Ao cumprimentar-me, Filipe foi efusivo ao tecer as mais altas distinções ao trabalho na área do desarmamento e da CD, opinando que ali, na CD, tratava-se de temas da mais alta relevância mundial, e no mais alto nível de articulação negociadora, "uma área de relevância ainda muito maior que a do meio ambiente". Disse isso num tom de voz que me fazia supor que o que dizia era quase uma incongruência, pois sei que para ele as negociações na área ambiental foram e são da mais alta relevância na diplomacia multilateral. Filipe sempre teve pela CD e pela área do desarmamento no plano multilateral a maior admiração e o maior respeito.

Tomei a liberdade de inserir, talvez fora de ordem, essas referências às negociações multilaterais sobre meio ambiente e minha participação nas mesmas, em função do contexto das experiências que tive, de poder tomar iniciativas e de negociar com liberdade responsável, sempre com a confiança dos chefes. De mais a mais, como é óbvio, a Amazônia estará centralmente vinculada a praticamente todos os temas da agenda multilateral do meio ambiente.

Voltemos à região amazônica, pois.

Com a boa recepção à proposta pelo Secretário-Geral, Embaixador Paulo Tarso Flecha de Lima, parti logo para o trabalho de campo com o projeto Tabatinga-Letícia[2], devidamente articulado, no Brasil, com o governo do Estado do Amazonas, o Ministério (então) do Interior, e por via diplomática com a chancelaria colombiana.

Apesar de modesta, a iniciativa seria um fator positivo num conjunto ainda bastante limitado de ações de cooperação e de linhas de comércio do Brasil com os países amazônicos, ao contrário do que se passava no Cone Sul, onde sempre houve maior densidade de contatos, densidade acrescida então com os entendimentos iniciais de integração comercial e de cooperação na área nuclear com a Argentina.

Não é um conceito de fácil aceitação, o de tratar as regiões fronteiriças como tal, isto é, como região comum aos dois (ou mais) lados, uma zona comum, própria à integração, respeitadas as soberanias respectivas dos países limítrofes, e não **apenas** como linhas de limites que separam e afastam. Afinal, são vistas – equivocadamente – como espaços periféricos. É certo que esse conceito já é praticado há muitas décadas, no contexto da Comunidade Econômica Europeia. Já eram igualmente privilegiadas as regiões de fronteira dos EUA com o Canadá e o México, com movimentos de integração e de cooperação bastante densos, mas ofuscados, claro, pelos fenômenos que, amiúde, se identificam com as realidades nas fronteiras: contrabando, imigração ilegal, tráfico de drogas, violência, clandestinidade, barreiras de toda ordem, muros. As chamadas *"border regions"*, o espaço de 150 km de cada lado ao longo das linhas limítrofes entre México e EUA detém um PIB entre os 10 maiores do mundo.

O ambiente fronteiriço Brasil-Colômbia, uma região esquecida, de beleza forte, que se abre à imensidão do Rio Amazonas, lá ainda chamado de Solimões, não difere, em tese, dos demais espaços fronteiriços, na Amazônia ou em outras regiões. As variações dizem mais bem respeito às escalas geográficas e às intensidades das relações socioeconômicas.

Dia seguinte, feriado no Peru, data em que se celebra a independência, 28 de julho. Defronte quase a Tabatinga, uns quilômetros rio acima, vamos, as delegações do Brasil e da Colômbia, ao posto peruano na fronteira tríplice, em visita de cordialidade pela data nacional. Chegamos, ao sol do meio-dia, de voadeira, a tempo de participarmos das singelas cerimônias relativas ao dia, com hasteamento da bandeira.

Fomos recebidos de braços abertos pela guarnição peruana naquela tosca cabana a beira rio, com ceviche (de peixe amazônico, claro) e pisco. Mais sanduíches de pernil de porco bem apimentados, típicos, estes sim, da região serrana. Um deleite em plena floresta. E um deleite em pleno rio, pois navegar pelas águas sempre cheias de mistério do Javari e do Solimões é, repito, uma das mais extraordinárias experiências. Perigosa, basta cair um pouquinho a tarde, e não se vê, por exemplo, as terras flutuantes, verdadeiros *"terrabergs"*, barrancos por vezes enormes, arrancados das margens pela força das águas, capazes de jogar os navegantes na corrente da água imensa, viagem sem retorno.

Não aconteceu conosco, felizmente. Os mestres das voadeiras eram bons pilotos. De volta a Tabatinga, outro cuidado ao desembarcar: as cobras, que não se vê no lusco-fusco do entardecer. Passamos por esses obstáculos, também. E aí, antes de entrarmos nos temas propriamente ditos da nossa reunião bilateral, outra confissão importante: comi, ao jantar, num restaurante de fundo de quintal em Tabatinga, os melhores escalopinhos de vitela ao limão de minha vida. Inacreditável encontrar tal delicadeza numa comunidade em plena selva nos confins da Amazônia? Talvez resquício cultural da sofisticada gastronomia dos tempos de vacas gordas da Era da Borracha, de tonalidade europeizada, porém respeitosa do ambiente e das gentes da região, e por isso mesmo com certeza nada tendo que ver com a invasão devastadora da Amazônia, nas décadas recentes, dos grandes criadores de gado vindos do Centro-Oeste.

Tivemos uma significativa conferência bilateral em Letícia, no nosso nível operacional, mas com grande pompa e circunstância. Nosso projeto, discutido previamente em reuniões em Bogotá e em Brasília, foi aprovado na reunião, da qual participaram delegações representativas das diversas áreas de cooperação de ambos os lados. Em outras palavras, áreas como saúde, educação, transportes, meio ambiente, comércio, energia etc., passaram a receber tratamento mais articulado, nos níveis municipal, e federal (no caso de Tabatinga, tendo Letícia status especial na Colômbia).

Os colombianos, mais que nós, temo, valorizam suas regiões de fronteira na Amazônia, seja com o Equador, ou com a Venezuela, neste último caso com uma interação transfronteiriça muito densa, na região da comunidade de San António. A desestruturação política e social na Venezuela, função da ditadura Maduro, vem distorcendo essas dinâmicas, com os consequentes movimentos emigratórios de venezuelanos para a Colômbia e demais vizinhos, o mesmo acontecendo, em muito menor escala, mas nem por isso de forma insignificativa, para o Brasil, na região fronteiriça de Santa Elena de Uairém e Paracaima.

Projetos semelhantes foram desenvolvidos logo em seguida com os demais países amazônicos, inclusive com as Guianas. Notam-se, em muitos casos, literalmente, a construção de pontes, como sobre o rio Oiapoque, com a Guiana Francesa, ou a ponte sobre o rio Tucuruvi, para acessar o território da Guiana (ex-inglesa), ou ainda a ponte Iñapari-Assis Brasil, entre os estados de Madre de Diós e o Acre.

Com o Peru, por exemplo, lembro-me bem da satisfação de Paulo Tarso, ao presidir uma reunião interministerial na Secretaria-Geral, preparatória das visitas do Chanceler Sodré e em seguida do próprio presidente Sarney ao país vizinho, em poder relatar os nossos entendimentos recentes, com a parte peruana acerca do projeto de cooperação fronteiriça Brasil-Peru, na região de Iñapari-Assis Brasil.

Tendo chefiado a delegação brasileira, integrada por diplomatas e técnicos de algumas áreas do governo, às reuniões em Lima, havia proposto, com aceitação pelo lado peruano, que o encontro de cúpula, *cimeira*, como se costumava dizer, entre os presidentes Sarney e Alan García, já pré-agendado, se desse não em Lima, mas na região de fronteira.

Foi uma dupla *cimeira*: do lado brasileiro, em Rio Branco, no Acre; e, do lado peruano, no dia seguinte, em Puerto Maldonado, capital da província Madre de Diós, a mais pobre do Peru, por acaso terra de Alan García, recebido em grande ovação da população da região. Dentre os protocolos então firmados, estava o da construção da ponte transfronteiriça entre Iñapari e Assis Brasil, concretizada há alguns anos, e concebida não só como ligação regional, mas como integrante do "corredor Atlântico-Pacífico", já pensado para o escoamento de produtos agrícolas brasileiros em direção ao mercado asiático.

Eram tempos em que se "pensava grande". Época do visionário projeto peruano, a chamada "Carretera Marginal de la Selva". Ainda na fase de ideia, contemplava a construção de uma estrada de rodagem de norte a sul da América do Sul, nunca concretizada, e que apenas ladeava o território brasileiro, sem nele entrar. Seria algo como que perpendicular ao traçado de outro projeto visionário, de feitura brasileira, a "Transamazônica", já sendo implantado, à maneira "Brasil Grande" do regime militar – com direito à política econômica do professor Delfim Neto e ao crescimento exponencial da dívida externa graças à abundância de petrodólares com juros altos.

As importantes interações fronteiriças entre o estado brasileiro de Roraima e a Venezuela merecem referência à parte: Roraima se abastece de energia da Venezuela, enquanto seu sistema elétrico não se integra ao conjunto do sistema nacional; e Roraima exporta, para as regiões vizinhas na Venezuela, toda sorte de produtos manufaturados, equipamentos agrícolas, alimentos etc., havendo igualmente uma integração (escolas, assistência médica, comércio, diversos outros serviços) entre as comunidades vizinhas à fronteira comum.

A conjuntura atual, marcada, de um lado, pelas difíceis condições na Venezuela, sob a ditadura, com o incremento notável das emigrações de venezuelanos para o Brasil, e, por outro, a atitude do governo Bolsonaro de hostilizar o país vizinho, a ponto de quase provocar um conflito na fronteira, tem gerado uma insegurança não só política, mas também econômica e social na região, que bem revela os erros e equívocos de uma visão defasada sobre o conceito de fronteira.

Na realidade, as iniciativas inovadoras ocorriam e ocorrem no conjunto das fronteiras do Brasil com os demais vizinhos sul-americanos. Estão muito mais adiantadas, evidentemente, no sul do continente, sendo o MERCOSUL forte catalizador das mesmas.

Triste ver, assim, não só com relação à Venezuela, mas com relação às demais regiões circunvizinhas ao Brasil, em especial no Cone Sul, a projeção, pelo governo brasileiro atual, de visões críticas, e mesmo hostis, acerca das dinâmicas de integração em seus diversos modos, seja o fronteiriço, sejam os de maior amplitude institucional, como o próprio MERCOSUL.

A escala relativamente modesta desses projetos de cooperação em áreas de fronteira pode ser enganosa, na medida em que, gradualmente, tais iniciativas tendem a integrar-se em projetos mais ambiciosos, de desenvolvimento regional ou congêneres. Com uma marca singular: nesses entendimentos, as capitais federais tornam-se periféricas, e a "periferia" passa a ser focal. Uma inversão importante a respeito do que se entende acriticamente por fluxos de desenvolvimento, que no mais das vezes têm origem nos centros de poder político e econômico, em direção à periferia, se e quando lá chegam[3].

A Amazônia, esse imenso bioma velado sem fronteiras, guarda seus segredos no íntimo de sua gente, das florestas e das águas misteriosas, deixando-se revelar aos poucos, e apenas àqueles com sensibilidade suficiente para reconhecer e respeitar sua imensidão complexa. O caso a seguir, em epílogo a este texto, ilustrará talvez algo dessa Amazônia misteriosa, que teimamos em ignorar.

A Amazônia, e é sempre bom lembrar que o Brasil partilha esse bioma com outros oito países "amazônicos" vizinhos (inclusive a França), será sempre maior do que todos os projetos que ali se desenvolvem ou ali foram implantados, sempre maior que o conjunto de políticas nacionais, ao longo de séculos. Durante a ditadura militar, a Amazônia foi contemplada com o Plano de Integração Nacional (PIN), do governo Médici (com seu *slogan*, ao que parece sendo hoje revivido, "integrar para não entregar"). Lá estavam as rodovias transamazônicas, dos anos 1970, e seus corolários do "Calha Norte" e da "Perimetral Norte". São muitos também os projetos internacionais, anteriores – lembram da Fordlândia, de Henry Ford, ou o projeto de Herman Kahn, do "Grande Lago Amazônico", do Hudson Institute, ou ainda do "projeto Jari" (celulose), de Daniel Ludwig. Para não falar nos americanos que, após a Guerra da Secessão, quiseram fundar uma "República da Amazônia" para grupos de ex-confederados sulistas: acabaram indo para São Paulo, onde fundaram a cidade de Americana.

Mais recentemente, os projetos se concentram na ideia de internacionalização da região. Nós, brasileiros, não nos damos conta de que é preciso conhecer a região, cuja parte brasileira é equivalente a dois terços do território nacional, a e desenvolvê-la de acordo com os parâmetros de sustentabilidade. Como dizia, nos anos de 1970, a nossa professora de geografia no Instituto Rio Branco, Bertha Becker, "há três grandes eldorados reconhecidos atualmente (então): os fundos oceânicos, ainda não regulamentados, a Antártica, partilhada entre as grandes potências, e a Amazônia, única a pertencer, em sua maior parte, a um só Estado Nacional". A Convenção sobre o Direito do Mar e a "Autoridade" por ela criada para tratar justamente dos fundos marinhos já permitiu avanços significativos nessa questão. Da mesma forma, a Antártica de há muito deixou de ser assunto apenas das grandes potências. A Amazônia, contudo, continua, por conta de políticas equivocadas e desconhecimento dos governos e da sociedade brasileira, a sofrer um processo combinado de deterioração e destruição de suas riquezas: seus patrimônios ambiental, de diversidade biológica, florestal, hídrico, mineral e cultural, em troca de uma ocupação ilegal, desmatamentos crescentes e incêndios devastadores.

É fácil verificar adicionalmente que, para proteger a Amazônia da "cobiça" internacional, não resultam exércitos e canhões. Estes podem ajudar, e devem estar presentes, no exercício constitucional da soberania nacional, na proteção do espaço amazônico, como de resto em todo o território, contra os fatores adversos tradicionalmente ligados à noção de fronteira, como contrabando, tráfico de drogas, imigração irregular, enfim, os fluxos transfronteiriços ilegais tradicionais. A presença militar brasileira na parte brasileira da Amazônia continua a ser, como se dizia antes no linguajar oficial, "fator de integração nacional", e, em tempos atuais, desempenha funções importantes em auxílio a outros órgãos públicos, como no combate a incêndios florestais. Mas os canhões e a presença militar pouco ou nada podem contra a evasão ilegal de biodiversidade, por exemplo contida numa folha ou semente de planta amazônica levada para fora do país no bolso de um simples indivíduo, e que se revelará um bem científico sob proteção de alguma patente ou outro tipo de propriedade intelectual.

Somente a negociação internacional multilateral, com acordos que protejam nossa biodiversidade e riquezas minerais, a par dos conhecimentos tradicionais, dará conta desse recado. Da mesma forma, será por meio da efetiva aplicação do conceito – cada vez mais objeto de distorções – de desenvolvimento sustentável, na esteira das decisões da Conferência das Nações Unidas sobre Meio ambiente e Desenvolvimento, a Rio-92, que poderá ser equacionada a dimensão mundial das funções da Amazônia na mudança do clima e no aquecimento global; e facultada a verdadeira integração da Amazônia ao Brasil e seu pleno aproveitamento pelo país de forma integrada no contexto internacional.

Ainda não nos demos conta de que é preciso aprender a Amazônia, de sua enorme dimensão, não nos demos conta de sua enorme dimensão e valor. E respeitar os que lá vivem.

A RODOVIA BR-174: UMA ESTRADA DE CONFLITOS. COMO MEDIR DISTÂNCIAS NA IMENSIDÃO DA AMAZÔNIA?

Trata-se de caso muito curioso e bastante emblemático de nossa ignorância a respeito desse mundo. Como parte de minhas atribuições no Itamaraty, na chefia de divisões afetas à região, inclusive a já mencionada Divisão da América Meridional-II (responsável pelos relacionamento com os países amazônicos), e a Divisão do Meio Ambiente (DEMA), viajei muito à Amazônia: reuniões da SUDAM, acompanhamento de visitas oficiais, reuniões do Tratado de Cooperação Amazônica (TCA), hoje uma organização internacional (OTCA), projetos de cooperação com países vizinhos, seminários e reuniões na área do meio ambiente etc.

Numa das minhas andanças por lá, participei certa vez, creio que em fins da década de 1980, de reunião em Manaus com os governadores dos estados do Amazonas e de Roraima, como representante do Itamaraty, junto com vários técnicos governamentais, a propósito do traçado da BR-174, projeto de rodovia federal que liga Manaus a Boa Vista, e de lá até Paracaima (974 km), na fronteira com a Venezuela.

A rodovia, cuja construção havia sido iniciada ainda em 1970, foi "concluída" várias vezes, primeiro em terraplenagem, depois em asfalto precário (1998) que, como tantas outras rodovias da Transamazônica, não resistiu ao tráfego pesado dos caminhões e às chuvas intensas, e se dissolveu. Foi finalmente asfaltada em 2013. Como estava sendo reconstruída aí pelo final da década de 1980, colocava-se também a renovação do traçado.

A questão em exame se referia à passagem da rodovia por extensa área, boa parte da qual no estado do Amazonas e parte também em Roraima, então ainda um território, onde há uma grande reserva indígena Waimiri-Atroari.

Aventurei-me, em meio à discussão que se instalara, a apoiar um traçado mais longo para a rodovia, que contornasse a reserva indígena. Minha alegação era de que seriam apenas algumas dezenas de quilômetros a mais.

Interrompeu subitamente a discussão o governador do Amazonas para comentar em tom enfático, dirigindo-se a mim, em resposta ao meu aparte: "na Amazônia, a unidade de mensuração das distâncias não é o quilômetro, nem dezenas de quilômetros, e sim mil quilômetros. Aprenda isso!"

Enfiei minha viola no saco. Claro que a observação do governador, corretíssima como conceito, embasava o ponto de vista por ele defendido, sem dúvida em coincidência com fortes expressões políticas, e que de fato prevaleceu, de que o traçado da rodovia cruzasse a reserva dos Waimiri-Atroari.

A BR-174 efetivamente cruza a reserva indígena. Tem, por conta dessa passagem, um histórico tristemente negativo, em que constam populações inteiras de indígenas dizimadas pela ocupação forçada por colonos, madeireiras e mineradoras, inclusive, ao que se relata, com ação armada nos primórdios de sua abertura, assim como pela indiscriminada contaminação dolosa de indígenas, gerando epidemias, por diversos vírus, tais como sarampo.

Relatos que, hoje, carregam uma atualidade dolorosa.

[1] Disponível em: VIVÊNCIAS DIPLOMÁTICAS E AUTOBIOGRÁFICAS-PARTE III-AMAZÔNIA E MEIO AMBIENTE – Mineiro Matuto.

[2] Originalmente denominado "Projeto de Cooperação Fronteiriça das Comunidades Vizinhas ao Eixo (geodésico) Tabatinga-Apaporis entre Brasil e Colômbia".

[3] "*We live dangerously here in Laredo. We are subject to floods, droughts, the Mexican government and the American government*" (resposta a uma pesquisa de opinião) *apud* Niles Hansen, *International Regional Science, Review,* 8 83): 264, 1983, *in* COELHO, Pedro Motta Pinto. *Fronteiras na Amazônia*: um Espaço Integrado. Brasília: FUNAG, 1992, p. 157.

NOVA YORK E GENEBRA

São as duas "mecas" da diplomacia multilateral.

(I) – NOVA YORK

Sede da Organização das Nações Unidas (ONU). Lá, na sede da ONU, respira-se o ar cosmopolita da cidade e pratica-se uma diplomacia ao mesmo tempo prosaica e política. Sempre de alto nível, diga-se. Mesmo no mais ínfimo subcomitê, ou na mais informal das sessões de consultas, o nível político das negociações é alto, pois, como dizia nosso querido chefe no Departamento de Organismos Internacionais, o Embaixador Baena Soares, ali se lida com a "agenda da humanidade". É também uma diplomacia prosaica, por ser democrática, exceto no Conselho de Segurança (CSNU), mas aí já é outra história.

O CSNU, único órgão com poder decisório e, de acordo com o Capítulo VII da Carta da ONU, com poder para autorizar o uso da força armada "para manter ou restabelecer a paz e a segurança internacionais" (Artigo 42), vem, desde há algum tempo, tendo questionada a sua estrutura, vista como desequilibrada e anacrônica, de assentos permanentes para os P-5, EUA, Rússia, China, França e Reino Unido, e seus demais 10 assentos rotativos distribuídos pelos grupos regionais. Obviamente, sem êxito. Há todo um histórico na ONU a respeito da composição do CSNU. A atual composição foi definida pela Resolução 1991 (XVIII) da Assembleia Geral, com a emenda ao Artigo 23, que eleva o número de membros do CSNU de 11 para 15.

As objeções para uma mudança que "atualizaria" a estrutura do Conselho, com aumento do número de assentos permanentes e não permanentes, "adequando-o à nova ordem política internacional", vêm de todos os lados. Explícitas ou não, mas no geral categóricas, as objeções principais são dos P-5 (ainda que Reino Unido, França e Rússia mantivessem posição mais flexível), que sem dúvida não têm motivos para ceder parte de seus poderes, ligados à própria fundação da ONU. Compreensivelmente, a maioria dos demais países membros, por conta de desacertos na busca dos consensos regionais em torno da escolha de quais países seriam os beneficiados com a criação de assentos permanentes adicionais, reconhece a importância do tema, mas hesita em tratá-lo com a devida prioridade, a não ser ocasionalmente. No plano da retórica, entretanto, já houve momentos em que o tema da reforma do CSNU ganhou dinâmica própria no plano multilateral, em especial na Assembleia Geral da ONU, que afinal o colocou na sua agenda permanente. Houve muita negociação no contexto de um ou outro grupo regional, como o Grupo Africano, ou em função de articulações, seja a favor, como a do chamado G-4, que reuniu os quatro países com interesse proeminente em aceder a um assento permanente no Conselho, Alemanha, Brasil, Japão e Índia, ou contra, como no caso do grupo Union for consensus (Ufc), o chamado "Coffee Club", formado ainda na década de 1990 por países que se opõem a uma possível expansão do CSNU. Como se poderia esperar, o grupo compunha-se de países que rivalizam em importância com os membros do G-4 nas respectivas regiões: Itália, Espanha, México, Argentina, Colômbia, Paquistão, Turquia, entre outros.

O tema da reforma do CSNU ganhou relevo no início da década de 2000, com auge em 2005, por conta dos 60 anos de vida da ONU, tido como um momento para uma reforma mais ampla da Organização. O Secretário-Geral Koffi Anan chegou a apresentar um "plano" para a reforma, com propostas alternativas de aumentos de assentos rotativos e outros fixos por quatro anos, e que ficou apenas nas boas intenções, pois não atendia a quaisquer das principais correntes de países. Diante desse tema maior, e obviamente de alta complexidade, verificaram-se mais desacertos do que qualquer tratamento construtivo durante todo esse período, marcado pelo ativismo de muitos dos países proponentes e candidatos a assentos permanentes, em articulação entre si e nos grupos regionais, e em debate contínuo com seus opositores.

E os países do P-5 assistindo a tudo em camarote como se tratasse de um tema equivocado. O presidente norte-americano George Bush resumiu bem os limites da questão ao definir como "*one or so*" o número de novos assentos permanentes no Conselho, numa eventualidade remota de reforma. Mesmo nesse período, o tema não foi acolhido com muito entusiasmo em diversas instâncias, como no Movimento Não Alinhado (MNA) e nos contextos regionais, por conta das rivalidades anteriormente referidas. Em 2005, nas funções de Subsecretário para África, Oriente Médio e Ásia (SGAP-II), recebi instruções do Chanceler Celso Amorim para chefiar a delegação do Brasil na Reunião Ministerial do MNA em Kuala Lumpur. O Brasil participa das reuniões do MNA na qualidade de "observador", e o nosso encargo era de fazer *lobby* em favor da postulação do Brasil a um assento permanente no CSNU junto às diversas delegações presentes. Acompanhado do chefe do Departamento de Organismos Internacionais do Ministério, o embaixador Carlos Sérgio Duarte, promovemos encontros informais com algumas delegações, e invariavelmente a reação de nossos interlocutores era no máximo a de ouvir atentamente, por mera cortesia para conosco. Em um desses encontros, com a delegação do Marrocos, o Embaixador marroquino, que era o Representante Permanente em Nova York, nos retrucou friamente, sobre eventual apoio ao pleito brasileiro: *"le Brésil et la réforme du Conseil? Mais, puisque personne n´en parle..."*.

O Brasil, calcado sobretudo nos seus trunfos de população larga, território extenso – e agriculturável, ao contrário da tundra canadense e das geladas estepes siberianas, e economia dentre as maiores 10 do mundo, sempre namorou a ideia de ter um assento permanente no CSNU. Com direito a campanha explícita a partir de 2003, no governo Lula e seu Chanceler Celso Amorim. Fizemos de tudo para mostrar que somos um país sério. Oferecemos para participar com tropas e comandar a Força de Paz da ONU no Haiti, articulamos iniciativas de aproximação com os países árabes e africanos, e endossamos ou reforçamos grupos de "geometria variável", como no caso do Fórum de Diálogo Índia-Brasil-África do Sul (IBAS), proposta original e muito interessante da então Chanceler sul-africana Nkosazana Dlamini Zuma e que mais tarde, a partir de 2006, evoluiu para ter, com o BRICS (Brasil, Rússia, índia, China e África do Sul), um grupo tido como de países "emergentes", um esforço maior de coordenação econômica; ou, ainda, na Comunidade dos Países de Língua Portuguesa (CPLP) – esta sempre útil em ocasiões de endosso a candidaturas brasileiras a cargos e a organismos internacionais, com sede em Lisboa, ali abrimos uma Missão Permanente junto àquela organização, separada da nossa embaixada, em 2005. Aproveitando o débito de embaixadas residentes brasileiras em países da África, e na sequência à prioridade dada àquele continente pela política externa proposta pelo Presidente Lula, Celso Amorim expandiu a abertura dessas embaixadas para a América Central e Caribe e outras partes do mundo de forma acentuada, com base em cálculos de apoio à nossa pretensão ao assento permanente na ONU. Sobrepôs-se, assim, a movimento a que as diversas áreas pertinentes do Itamaraty, e nós, no Departamento da África e depois na Subsecretaria-Geral de Política para África, Oriente Médio e Ásia, havíamos proposto com muita cautela, com a escolha de alguns países significativos em cada quadro regional, na África, na Ásia, no Caribe, assim como na Europa Oriental. E abriu, com essas medidas, com a instalação adicional de algumas de embaixadas em ilhotas no Caribe, ou em certos países africanos e asiáticos, o flanco de nossa diplomacia para críticas que não tardaram a vir, mesmo ainda antes do término dos governos Lula e Dilma.

Em retrospecto, mas mesmo quando se criou o G-4, ficara evidente um equívoco com relação ao posicionamento brasileiro, de preferir a composição com Alemanha e Japão, dois países vencidos na II Guerra Mundial, e desde então com perfil relativamente discreto no jogo de poder onusiano. Ademais, a candidatura alemã, além de outros concorrentes da região, se sobrepunha a dois lugares de membros permanentes europeus, França e Reino Unido. Quanto à Índia, é no mínimo questionável a escolha brasileira de alinha-se, melhor dizendo, escorar-se no principal concorrente e provável escolhido para uma única vaga de membro permanente a ser eventualmente aberta, a julgar pelos critérios de Bush (*"one or so"*).

O caso africano é bastante significativo. Diante da eventualidade da reforma do CSNU, e das diversas propostas e contrapropostas para uma nova estrutura do Conselho bem como de candidaturas a assentos permanentes, o Grupo Africano na ONU, sempre um dos grupos regionais mais politicamente alertas e ativos, quando nada pela composição numerosa de países que o integram, dando-lhe peso político não desprezível em votos na Assembleia Geral, tomou a iniciativa de articular-se, numa reunião de consultas promovida pela União Africana (UA) em inícios de 2005, em Ezulwini, na Suazilândia, agora Reino de Eswatini. O chamado Ezulwini Consensus, no que toca à reforma do Conselho, reivindica dois assentos permanentes, com direito a veto, e cinco não permanentes para a África, todos a serem ocupados por países africanos a serem escolhidos pela UA. Logo em seguida, outra reunião africana, essa em Sirte, dos países do norte da África, reivindicava, pela Sirte Declaration, também dois assentos permanentes, além de mais dois adicionais assentos não permanentes.

Ezulwini e Sirte, por fixarem uma posição em termos regionais, jogaram um enorme balde de água fria na candidatura do Brasil e do G-4, cujo pressuposto estava justamente na representatividade individual desses países no concerto das nações, e não no contexto regional, onde havia, como assinalado anteriormente, objeções e rivalidades fortes, impeditivas de qualquer consenso em nível das regiões. Na América do Sul, por exemplo, Colômbia e Argentina, sobretudo, objetaram frontalmente a apoiar a pretensão brasileira. O caso da Argentina sendo ainda mais grave, já que o nível de coincidência e de entendimento em política externa em função do MERCOSUL e de integração em outras áreas, como a nuclear, sugeriria atitude de boa vontade com relação ao pleito brasileiro. O G-4 havia, pouco antes da reunião dos países africanos em Ezulwini, lançado formalmente a candidatura dos países do grupo com base em projeto de resolução na AGNU circulado informalmente. Ficou bastante claro, entretanto, que as articulações entre o G-4 e o Grupo Africano não foram suficientes para impedir esse confronto de posições no seio do conjunto dos países em desenvolvimento, o G-77, com a consequente diluição da força das reivindicações do G-77 acerca da reforma do Conselho.

Vi o desconforto e o desapontamento de nossa chancelaria com esses desenvolvimentos, tendo assumido a SGAP-II nessa época (inícios de 2005). A nova estrutura para a Secretaria de Estado concebida por Celso Amorim e o Secretário-Geral Samuel Pinheiro Guimarães contemplava oito subsecretarias-gerais, dos quais cinco entraram em funções de imediato (SGAP-I, Assuntos Políticos Multilaterais, América do Norte e Europa; SGAP-II, Assuntos Políticos, Ásia, Oriente Médio e África; SGEC, Assuntos Econômicos; Assuntos Relativos às Comunidades Brasileiras no Exterior, SGCBEx; e SGEX, Administração – as demais três,

SGAP-III, uma partição da SGAP-II em duas áreas, para a Ásia; a SGAM, para temas multilaterais – meio ambiente e outros, depois evoluindo para uma subsecretaria-geral para assuntos de energia e meio ambiente, e a SGAS, para a América do Sul, Central e Caribe, efetivadas um pouco mais tarde). Sendo o mais antigo dos SGAPs a tomar posse (antecipada, pois o decreto-lei que estabelecia o novo organograma, com as outras três subsecretarias, ainda se encontrava submetido ao Congresso), fiz o discurso de praxe na cerimônia levada a efeito na sala da Secretaria-Geral, presidida pelo Chanceler Celso Amorim, com a presença de todos os Chefes da Casa e demais diplomatas lotados na Secretaria de Estado. Houve algum constrangimento por parte do próprio Celso Amorim e alguns outros colegas, mais a par do contexto multilateral em que se encontrava nossa candidatura a um assento permanente no CSNU, quando, em tom otimista, mencionei, a respeito do tema de nossa candidatura ao CSNU, os esforços que todos nós desenvolvíamos em defesa dessa pretensão, a essa altura já desgastada em especial pela posição africana.

O fato é que efetivamente a força de uma posição consensual por parte dos países em desenvolvimento na questão da reforma do CSNU havia sido diluída na sua essência pela posição africana em favor de uma solução com base em propostas regionais. O oposto da proposta defendida pelo G-4 e nele, pelo Brasil.

Teria havido articulação e consultas suficientes entre o G-4 e o Grupo Africano em Nova York? Sempre me garantiram que sim, mas a surpresa com que o "Ezulwini Consensus" e, em seguida, a "Sirte Declaration", logo endossados pela União Africana, foram recebidos em nossa chancelaria pode sugerir o contrário, senão mesmo certo excesso de confiança na condução de um processo negociador em que talvez víssemos as consultas com os africanos em nível de prioridade mais baixo do que os entendimentos com os P-5 e outras potências de expressão maior. Em todo caso, logo depois de assumir as funções na SGAP-II, recebi instruções do Chanceler para viajar em missão por países africanos, para entregar no mais alto nível carta em defesa das posições brasileiras e, implicitamente, do G-4. Outros colegas embaixadores em postos-chave foram igualmente instruídos a fazer missões semelhantes tanto na África como na Ásia e no Oriente Médio. Debalde, pois "o estrago" já havia sido feito, ou seja, o tempo para os entendimentos no seio do G-77 já havia sido esgotado, principalmente em função de Ezulwini.

Natural que perdêssemos o estímulo na sequência dessas ocorrências, numa atitude algo semelhante à da raposa com as tais uvas verdes da fábula. Com o fim do governo Lula, já em seu segundo mandato, e com Dilma Rousseff na Presidência da República, seu desinteresse e desconhecimento em matéria de política externa, agregados à sua ojeriza pessoal ao Chanceler Patriota, com quem se recusava a falar, as principais linhas da política externa de Celso Amorim (a Rodada de Doha e Reforma da ONU e do CSNU, a primeira já terminada em fracasso, a segunda relegada a segundo plano pela comunidade internacional), nossa diplomacia começou a definhar-se. Os Chanceleres escolhidos por Dilma, em seguida a Antonio Patriota, Mauro Vieira e Luís Alberto Figueiredo, premidos pela falta de perspectiva em política externa por parte do Planalto e cientes de seus mandatos-tampão, fixaram-se em planos inexpressivos, um, por sua vocação para sobrevivência política, outro, por coincidência de suas funções na área do meio ambiente na Secretaria de Estado com a atenção exigida a Dilma na resposta brasileira diante do movimento internacional na questão da mudança do clima. Fato é que, com a eleição de Jair Bolsonaro, a política externa do Brasil caiu no buraco negro do misticismo ideológico onde os parâmetros e princípios que sempre nortearam nossa ação externa, como a defesa do multilateralismo, a solução pacífica de controvérsias ou o respeito à soberania e à igualdade das nações, aos direitos humanos e o meio ambiente, foram trocados pelo culto irrestrito a lideranças externas, como a de Trump, nos EUA, ou a de Netanyahu, em Israel, neste último caso por conta de agradar ao movimento evangélico, base de seu apoio político. O combate à ONU, e ao que chama de "globalismo", seja lá isso o que for, passou a ser uma tônica em pronunciamentos e parte da retórica intrínseca de atitudes que significam de fato a ausência de coerência na expressão externa do Brasil, obviamente com graves consequências negativas para nossos interesses e mesmo para a nossa segurança nacional. No que toca à questão referida anteriormente, a propósito do tema da reforma da ONU e do CSNU, nossa pretensão, já relegada, como assinalado, a um contexto subsidiário na agenda da ONU, terá tido sua pá de cal com o discurso pronunciado pelo Presidente Bolsonaro na abertura da Assembleia Geral da Organização em setembro de 2019. As uvas, de verdes, se tornaram desbotadas.

Na verdade, nem chegaram a ser verdes. As uvas que na década passada imaginávamos colher ao pleitear um assento permanente no Conselho de Segurança das Nações Unidas haviam perdido a cor e murchado já bem antes de o Presidente Bolsonaro fazer o triste papel ao falar na abertura da LXXIV Sessão Ordinária da Assembleia Geral da ONU.

É polêmico, sem dúvida nenhuma, nosso interesse em pleitear assento permanente no CSNU. Qual será ou seria a prioridade para nossa política externa ou para os interesses nacionais de estarmos com um assento permanente no Conselho? Prestígio, por certo, para o país, que se colocaria em nível de primeiro plano no contexto internacional ou, em linguagem mais tradicional, no "concerto das nações". Em vez de apenas seguir os ditames da agenda internacional, estaríamos em condições de participar de sua formulação, com vistas a atualizá-la e dar-lhe mais equilíbrio, com melhor posição ademais para nela inserirmos de forma coerente e efetiva os interesses nacionais. Na sua condição atual de país periférico, e da qual não parece que sairemos tão cedo, função de nosso contexto interno – político, econômico, social e cultural, com tendência ao isolamento e a uma ilusória autoconfiança cada vez mais solapada pela persistência dos grandes problemas nacionais, sendo o maior deles a extrema desigualdade social – o interesse em um assento permanente no CSNU compreensivelmente cai para planos subsidiários, não tendo a opinião pública qualquer afinidade com a questão.

Sim, o discurso, o primeiro pronunciamento de Bolsonaro na ONU, foi de longe o pior pronunciamento de um chefe de estado do Brasil ou de qualquer representante de nosso país na tradicional abertura dos debates gerais das sessões ordinárias anuais da Assembleia Geral da organização. Nas palavras do embaixador Rubens Ricúpero, na coluna "Página Aberta" da revista *Veja*, edição de 29/0972019:

> "Se a meta da diplomacia do presidente Jair Bolsonaro for o isolamento, o discurso, proferido no último dia 24 na ONU atingiu plenamente o objetivo: o país se apequenou, ficou isolado na extrema direita do espectro ideológico. (...) O discurso foi a expressão de uma diplomacia belicosa, de valentia em defesa da soberania nacional", nas linhas de Trump, (faz) "denúncia do globalismo, ataques ao socialismo, ao comunismo, à mídia, invocação de Deus, apelo ao eleitorado religioso (...). Ele (Bolsonaro) se revelou no seu pior aspecto, até na apologia da ditadura militar, na sua insensibilidade aos grandes temas diplomáticos mundiais, ambientais e de direitos humanos. Da mesma forma que Trump, nem sequer mencionou o tema central desta Assembleia Geral: o perigo do aquecimento global causado pela ação humana. Não me parece que ele se importe com as consequências prejudiciais para os interesses políticos e econômicos do Brasil de sua postura externa (...). Em alguns trechos, até parece falar numa campanha eleitoral, pois hostiliza seus adversários no Brasil, seus antecessores na Presidência, acusados de comprar parte da mídia e do Parlamento. Rompe com a tradição de todos os chefes de Estado de evitar tratar de disputas internas fora do Brasil (...).

> É preocupante a transformação do Brasil no principal vilão global, papel até então do presidente das Filipinas, Rodrigo Duterte. Ele chamava atenção mais em razão de excessos na guerra às drogas (...). A postura extremada em matéria de meio ambiente, de povos indígenas e de direitos humanos liquida o pouco que restava do 'soft power' brasileiro".

Da mesma forma, nas palavras do embaixador Adhemar Bahadian, em artigo no JB digital de 29/09/2019:

> "Coincido com as críticas ao discurso tanto no tom como na substância. Em ambos, fluiu um rancor contra a Organização, seus fins e seus propósitos. A afirmação do Presidente de que a Organização das Nações Unidas não deve preocupar-se com uma ordem mundial 'abstrata' ignorou um princípio básico da Carta das Nações Unidas. A alegação de que entidades de direitos humanos e a própria Nações Unidas teriam dado respaldo ao trabalho escravo no 'Mais Médicos' certamente a ofendeu. A Assembleia não se reúne para ouvir problemas internos de seus países, mas para somar esforços na consecução de objetivos inscritos em sua agenda de trabalho."

Tais comentários são apenas uma pequena mostra de um universo de pontos criticáveis, que tornam o discurso do Presidente Bolsonaro lamentável por inteiro, e que poderiam ser resumidos na expressão do isolamento e do descrédito do Brasil no plano internacional. O embaixador Ricúpero, no artigo anteriormente referido, recorda que o Brasil, nos primeiros tempos da ditadura militar, viu-se igualmente isolado internacionalmente ao apoiar o regime salazarista na África, assim como a África do Sul do apartheid, e ao seguir os EUA no apoio isolado a Israel. São posturas características de modos políticos autocráticos, tanto na extrema direita como na extrema esquerda.

Ricúpero poderia ainda e com certeza ter recordado nosso isolamento na ONU durante a década de 1970, em virtude de nossa posição contrária ao conceito de "consulta prévia", sobre o aproveitamento energético de rios compartilhados, no caso com a Argentina. A insistência brasileira, ainda o regime militar, na postura de soberania absoluta na definição do projeto de Itaipu, em contraposição à exigência argentina de "consulta prévia", em conformidade com o direito internacional, no caso de rios sucessivos, resultou em desnecessária disputa bilateral que, levada à ONU, gerou isolamento e descrédito internacional do Brasil, somente resolvido quando o Chanceler brasileiro Ramiro Saraiva Guerreiro sabiamente convenceu as autoridades militares brasileiras a mudar de posição e aceitar o referido conceito.

Disputa igualmente desnecessária vem marcando a questão da Amazônia, conforme me refiro no texto "Caldeirão amazônico: negociação ou canhão?", por conta do ativismo internacional – crônico e, periodicamente, agudo, como nesse segundo semestre de 2019, em torno das queimadas e do desmatamento na região. Há um contraste com nossa reação em situações semelhantes no passado recente. Bolsonaro e sua equipe de ministros receberam com agressividade e hostilidade as críticas ao comportamento governamental brasileiro atual por omissão ou descompromisso com políticas ambientais, sob a arguição de soberania. Durante a década de 1980, ao contrário, em especial na sua segunda metade, os governos brasileiros, sofrendo críticas semelhantes por parte da comunidade internacional, a respeito das queimadas e do desmatamento na Amazônia, adotaram, em vez da agressividade nas respostas, tom conciliatório, a favor da cooperação, e mais, abriram as portas do país ao resto do mundo ao se oferecer para sediar a Conferência das Nações Unidas sobre Meio Ambiente e Desenvolvimento (UNCED). A proposta era a de que todos os temas ambientais fossem debatidos abertamente. A Conferência, que contou com a participação de mais de 100 chefes de Estado e de Governo, teve pleno êxito, havendo o

Brasil em seguida adotado série de medidas e de políticas públicas sobre a Amazônia, com o consequente amadurecimento, de forma distendida e não conflitiva, do trato da questão amazônica no plano ambiental internacional. A diferença com a reação do governo Bolsonaro às mesmas críticas é abismal. Hostilizou desnecessariamente, com declarações agressivas e vociferantes, o Presidente Macron, da França, e mesmo a sua mulher, por conta das declarações infelizes e equivocadas do presidente francês, a respeito de ser a Amazônia "o pulmão do mundo" – conceito efetivamente errôneo e de há muito já desmentido e desacreditado –, e do reconhecimento da Amazônia como uma "questão de responsabilidade internacional" – formulação que por incompleta na sua complexidade teria sido tomada impulsiva e desastradamente por Bolsonaro como uma ameaça à soberania nacional.

Note-se também que, no contexto da UNCED, estavam ainda sendo formulados os sofisticados conceitos de proteção do meio ambiente, ligados à noção de "responsabilidade comum, porém diferenciada" (*common but differentiated responsibilities*) de todos os países, ou com base no "princípio da precaução" (*the precautionnary principle*). Referendados a partir de então por praticamente toda a comunidade internacional, sob a liderança de países mais ativos na questão (como Brasil, indonésia, Malásia, França, países nórdicos), tais conceitos permitem aos diversos países tratar com mais equilíbrio as crises eventuais, agudas ou crônicas, e da mesma maneira reagir a elas. Despreparado, e com uma visão reacionária a respeito da conservação ambiental e do movimento internacional, tanto intergovernamental como não governamental, a ela vinculado, o governo Bolsonaro optou por reação retrógrada e agressiva, que apenas contribui para o descrédito da imagem do Brasil, com notáveis prejuízos políticos e econômicos para o país.

Tais prejuízos, políticos, econômicos e comerciais das posturas deste governo em nome do Brasil no contexto ambiental, relevados ademais pelas agressões à ONU e pelo consequente isolamento do Brasil, são bastante previsíveis e constantes de todos os comentários críticos do discurso do Presidente Bolsonaro na sessão de abertura da sua Assembleia Geral. Servirá, com certeza, a tais propósitos o acompanhamento dos investimentos externos no país nos próximos anos, assim como das exportações, inclusive no âmbito regional, onde a retórica bolsonarista dá preferência à repressão da dinâmica do relacionamento com os parceiros do MERCOSUL e demais vizinhos do continente sul-americano.

Abrangem, indiretamente, uma outra área, a da pretensão do Brasil a um assento permanente no Conselho de Segurança (CSNU), instância política máxima da organização, única com poder decisório sobre os países membros. Hoje colocada em situação marginalizada na agenda internacional, a questão da reforma do CSNU esteve em primeiro plano na primeira década deste século, sendo justamente o Brasil um dos mais ativos propositores dessa reforma, explicitamente candidatando-se a um assento permanente no Conselho. A reforma, como se sabe, era tida como necessária, de modo a atualizar a organização, para que possa refletir a nova ordem internacional. Diante da óbvia oposição dos membros permanente do Conselho, velada ou explícita, assim como das rivalidades regionais, o tema caiu em importância, mas subsiste na agenda da ONU.

Bastaria o referido discurso do Presidente Bolsonaro na ONU, absolutamente dissonante com as linhas e princípios essenciais da política externa do país, mas os parâmetros desses graves equívocas estão à mostra nas posições tomadas na área da política externa desde o início do seu governo: alinhamento automático e incondicional com os EUA; proposta da transferência da Embaixada do Brasil em Tel-Aviv para Jerusalém; ameaça de invasão da Venezuela e de um conflito armado na fronteira com esse país vizinho; descrédito do MERCOSUL; interferências nas políticas internas de países vizinhos, além da Venezuela, com a exaltação da ditadura chilena no período Pinochet e críticas ao resultado das eleições democráticas na Argentina; defesa de um nacionalismo extremado e descrédito do multilateralismo, inclusive da ONU, que associa à desconexa expressão "globalismo", tido como um fenômeno (pouco explicado ou identificado, mas, aparentemente, de condução espúria da agenda internacional a partir de interesses globais em oposição aos verdadeiros interesses nacionais) a ser combatido por todos os meios; visão dos temas ambientais como contrários ao interesse nacional, com a ameaça de denunciar os Acordos de Paris relativos aos compromissos assumidos no âmbito da Convenção-Quadro sobre Mudança do Clima, e o descompromisso com a sustentabilidade no processo de ocupação e exploração econômica da Amazônia, inclusive com incentivos à desregulamentação do uso da terra e à eliminação da ação fiscalizadora por parte de instituições governamentais, como o Instituto Brasileiro do Meio Ambiente (IBAMA), e não governamentais, com o desfazimento de projetos, como o do Projeto Amazônia, levado a efeito com participação e financiamento de outros países. Nesse vai e vem de posições incoerentes, vimos a China (RPC) ser primeiro hostilizada, para, a menos de um ano após a posse do governo Bolsonaro, ser exaltada como fonte promissora de investimentos; o mesmo se dando com o MERCOSUL e a União Europeia, desacreditados de início, um tido como inoperante, a ser substituído por outro arranjo, chamado "do Pacífico Sul" com o Chile e voltado mais para o Pacífico; e a outra, por albergar um "vazio cultural" (a Europa). Tudo isso para em seguida cantar o grande trunfo do Acordo de Livre Comércio MERCOSUL-UNIÃO EUROPEIA. Os exemplos se multiplicam, mas por aí podemos ter uma ideia boa das trapalhadas em política externa bolsonarista.

Somadas todas as vezes em que participei de reuniões na ONU em Nova York, penso que terei contados cerca de dois anos. Frustra-me, contudo, nunca ter servido na nossa Missão Permanente, ali na 477 da 3rd Avenue, no 9º (e de tempos para cá também no 10º) andar do prédio que durante anos acolheu os escritórios da revista *Playboy* – o que sempre trazia um charme adicional à entrada e à saída no andar térreo, por ali ficar à mostra, numa redoma de vidro, a silhueta, discreta, de uma "coelhinha".

Para qualquer diplomata com afinidade com a área multilateral, não importa de que país – os cinco países membros permanentes do CSNU, outros pós-industrializados, países em desenvolvimento, de economias "emergentes" (termo aliás já em desuso, pois na maior parte desses países as economias pararam de "emergir"), países chamados "pequenas ilhas" (que ganharam dimensão diplomática e *status* de importância por conta do tema da mudança do clima e os efeitos devastadores que se profetiza irão sofrer), países africanos, asiáticos e árabes –, nada com certeza se compara à extraordinária experiência diplomática que se vive nas negociações na sede da ONU.

E, por certo, ao conjugarmos a expressão ONU-Nova York, ou seja, um diplomata na cidade, encontraremos momentos pitorescos aos milhares. Escolhi este.

Abril de 1991. Estou por algumas semanas na cidade como delegado às reuniões preparatórias da conferência das Nações Unidas sobre Meio Ambiente e Desenvolvimento, prevista para o Rio de Janeiro, em junho de 1992, chamada de Rio-92, ou, ainda, no saber popular, erroneamente, de ECO-92 (pois nunca foi uma conferência sobre ecologia!). Sobra um tempinho maior no intervalo de almoço, entre sessões da reunião, que ocorrem na sede da ONU. Faço uma reserva para uma pessoa no Boulay. É longe, região da Bolsa de Valores, pego o metrô. À entrada do restaurante, em um corredor elegante que antecipa sabores e experiência única, um caixote com maçãs frescas deixa exalar um perfume original, hoje comum e cansativo, viva a imitação. Levado a uma mesa discreta já preparada para apenas um *couvert* naquele ambiente algo pós-moderno, peço o *lunch menu*. Taça de champagne, claro. Sou servido os pratos do menu, salada e costeleta de vitela, mas me surpreendo com a vinda de outros pratos servidos em ordem rigorosa. Um deles, um ensopado de ervilhas frescas, ainda sugerindo o orvalho da primavera dominante, protegia um pequeno naco de salmão selvagem quase vivo. E veio ainda uma terrina de frutos do mar. Na hora da conta, somente o preço do *lunch menu*. Bem, retorno deliciado ao trabalho e mais tarde relato o que vivi no Boulay a colegas da Missão do Brasil junto à ONU. E digo que é uma pedida imperdível, tudo aquilo que te servem pelo preço bem módico do *lunch menu*. Marcamos dois colegas e eu, imediatamente, a ida ao Boulay na semana seguinte. Fomos, pedimos o *lunch menu* e aguardamos ansiosos e afoitos pela bela sequência de pratos, oculta no menu pedido, mas que eu pudera testemunhar na semana passada fazia parte da nossa opção *lunch*. Qual nada! Fomos servidos, e muito bem, mas somente os pratos constantes do *lunch menu*, por sinal os mesmos da outra vez. Diante do relativo desapontamento meu e dos colegas, que me lançam olhares inquisitivos, "e não vêm outros pratos, como você falou?", digo, com toda a delicadeza e cuidado ao garçom, sobre essa aparente diferença de tratamento, reportando-me à experiência que havia tido na semana anterior. O garçom, dizendo que se lembra de mim, vai à cozinha, faz lá suas consultas e volta com a resposta: "o *Chef* Boulay o serviu, na ocasião passada, pratos adicionais em degustação, em reconhecimento da presença, no restaurante, de um comensal solitário, certamente um apreciador, pois não são muitos os que vêm comer sozinhos em restaurantes sofisticados e com preços correspondentes. Agora, em grupo, não tínhamos o porquê de esperar o mesmo tratamento singular". Mesmo assim, saímos, claro, felizes e satisfeitos do Boulay, mas não deixei de ser alvo de sutis comentários de desapontamento dos frustrados colegas[1].

Os relatos e histórias são muitos e diversificados, aparecerão alguns ao longo dessas *Vivências*, mas a maior parte ficará pelo caminho, quem sabe nos "anais", nos "summary records" e sobretudo nos "final reports" antes de sua aprovação em plenário.

Como revisitar as intervenções pitorescas, e cheias de verdade, do velho e conhecido embaixador Jamil Barudi, ou Baroody, da Arábia Saudita, aí pela década de 1970, nas plenárias das comissões, especialmente na II e na III Comissão, e no Conselho de Segurança em que lançava diatribes contra os poderosos, e contra a ocupação por Israel dos territórios palestinos?[2] Seu objeto de ataque preferido eram os EUA e a sociedade norte-americana, com os graves problemas de racismo e de segurança. Em Nova York, então, como assinalava em repetidos brados de retórica, a insegurança e a violência nas ruas eram enormes, sendo constantes os assaltos a delegados que saíam já à noite das reuniões nas áreas adjacentes ao prédio das Nações Unidas, e mais bem por toda a cidade. Ir ao Harlem, então, equivalia a buscar ser assaltado. Havia situação semelhante em Washington D.C., nessa época, quando lá cheguei para assumir meu primeiro posto no exterior, na Embaixada, em 1975, sendo ainda evidente a marca, pelos espaços de três quartos do distrito habitada por negros e adjacências, dos violentos conflitos raciais da década anterior.

Tive duas oportunidades concretas de remoção para a Missão em Nova York, ambas frustradas pelas circunstâncias. A primeira, ainda Terceiro-Secretário, há quase três anos lotado na Divisão das Nações Unidas (DNU), minha primeira função no Itamaraty depois de formado no Instituto Rio Branco e em seguida à posse. Percebi claramente ter sido injustiçado pelo meu chefe direto, à época, inclusive por me preterir, ferindo os critérios vigentes, na inclusão em delegações às sessões regulares da Assembleia Geral da ONU e pedi demissão. O chefe do Departamento de Organismos Internacionais, o estimado embaixador João Clemente Baena Soares – então ainda ministro de segunda classe, reconheceu meus motivos e, *sponte sua*, promoveu minha remoção para a embaixada em Washington, onde estava o nosso grande embaixador João Augusto de Araújo Castro, ex-Ministro das relações Exteriores no governo João Goulart, antes do golpe militar de 1964. Os dois eram amigos, e cheguei em Washington bem recomendado pelo amigo Baena tendo sido muito bem recebido, com minha mulher Moira, pelo casal Araújo Castro. Moira, também diplomata, foi obrigada, como cônjuge de diplomata removido para o exterior, a pedir "licença especial", não remunerada[3].

A Missão do Brasil junto às Nações Unidas, em Nova York, naquele momento, era chefiada por um embaixador eficiente, mas muito temido por seus arroubos de perseguições a novos funcionários – hoje não passaria incólume por questionamentos de assédio moral –, evidenciando traços marcantes de desequilíbrio emocional. Creio que essa circunstância terá influído em minha remoção para Washington, e não para a Missão em Nova York.

A segunda oportunidade se deu muito mais tarde, quando, após quase cinco anos como ministro-conselheiro em nossa embaixada em Buenos Aires, sendo processada a remoção, que eu havia pedido, para Nova York, houve mudança da chefia da Missão junto à ONU e o novo embaixador havia convidado outro colega. Deram-me, de consolação, a chefia, praticada então em nível de embaixador, do Consulado-Geral em Lisboa. A partir daí, a carreira para mim orientou-se por outros rumos.

(II) – GENEBRA

A Diplomacia multilateral: dissensos e contrastes. Dois casos Genebrinos. Um depoimento pessoal.

A) O GATT e os "novos temas" na rodada Uruguai; o meio ambiente

B) A conferência do desarmamento e o tratado sobre a proibição de armas nucleares

RESUMO: *no contexto negociador multilateral em Genebra, os países desenvolvidos procuram, muitas vezes de forma agressiva, impor agendas mais favoráveis a seus interesses. O presente texto procura expor, na perspectiva dos países em desenvolvimento, e do Brasil em particular, as dificuldades inerentes ao trabalho multilateral à época em que foram vivenciadas, bem como os esforços para vencê-las. O foco de atenção é modulado, ora centra-se no GATT (instituição que precedeu a OMC) e nas negociações sobre os "novos temas" da Rodada Uruguai de negociações comerciais (1986-1994), ora nas nascentes articulações diplomáticas sobre a questão do meio ambiente; ou ainda nas negociações sobre desarmamento, estas em momento mais recente, com a conclusão do Tratado sobre Proibição de Armas Nucleares.*

Genebra e Nova York são cidades geralmente vistas como os dois principais centros de negociação multilateral. Outras, como Londres, Paris, Viena, mesmo Bruxelas, não se comparam a essas duas, em matéria de densidade e abrangência das negociações que nelas ocorrem. À diferença de Nova York, entretanto, onde a diplomacia multilateral se concentra na sede da Organização das Nações Unidas (ONU), e é mais de natureza política, em Genebra essa atividade se encontra dispersa em numerosos foros, de natureza econômica, política ou técnica (neste caso, a maioria das agências especializadas da ONU, por exemplo). O que chama a atenção, no caso da cidade suíça, é o ambiente negociador sempre sofisticado tematicamente, mas que por vezes pode ser agressivo, por parte dos países desenvolvidos, sob a cobertura de iniciativas e propostas vanguardistas ou técnicas. Ademais, se em Nova York há uma representação mais numerosa e politicamente mais articulada dos países em desenvolvimento (PEDs), pelo menos no âmbito da Assembleia Geral da ONU, nas negociações, em Genebra a natureza mais técnica dos foros e sua diversidade tendem a favorecer as agendas mais caras aos países desenvolvidos.

COMO LIDAR COM ESSES DISSENSOS E CONTRASTES?

O contexto genebrino é particularmente interessante na medida em que os temas econômico-comerciais e outros, vistos como de natureza mais técnica, em contraste com o que se discute em foros políticos, cada vez mais se identificam com estes últimos; e vice-versa: à medida que avançam as negociações outrora técnicas, no âmbito do meio ambiente, por exemplo sobre mudança do clima, mais se tornam claras e abrangentes suas implicações políticas e econômicas, passando então estas ao plano principal das negociações.

Tradicionalmente, foros tão diferenciados como o Acordo Geral sobre Comércio e Tarifas (GATT), que deu origem à Organização Mundial de Comércio (OMC), ou a Conferência do Desarmamento (CD) constituem exemplos também de uma outra dessas características da negociação multilateral genebrina: mais do que em Nova York, as agendas de interesse dos países desenvolvidos são propostas em Genebra, não sem certa agressividade e disposição impositiva, por conta do maior controle que tais países detêm sobre muitos dos foros ali existentes. Tais tendências perderam muito de sua força em decorrência da crescente capacidade de articulação dos países em desenvolvimento na defesa de seus interesses comuns. A diplomacia multilateral sempre constituiu o melhor apoio para a defesa e a promoção desses interesses no plano das relações internacionais, mas muito mais hoje, graças à evolução das instituições negociadoras – por exemplo, com a criação da OMC, em substituição ao GATT –, mas também graças à melhor compreensão, no mundo em desenvolvimento, do valor da negociação multilateral. A negação desse valor, como se vê no caso do presente governo Bolsonaro no Brasil, é anacrônica e visivelmente equivocada.

A AGENDA IMPOSITIVA DOS PAÍSES DESENVOLVIDOS

Logo após chegar a Genebra para assumir minhas funções junto à nossa Delegação Permanente em Genebra (DELBRASGENU), em 1989, em meio às negociações comerciais da chamada Rodada Uruguai, promovida pelo GATT, tive uma experiência corriqueira que ilustra bem o que me esperava. Minha mulher e eu descíamos a Rue du Mont Blanc num domingo à tarde, em pleno verão, bem despreocupados, quando uma senhora jovem, meio empertigada, vindo em nossa direção, gritou-nos, em tom exaltado: "*vous ne pouvez pas vous mettre dans ma trajectoire*!", algo como "afastem-se do meu caminho", ou "saiam da minha frente". Como, surpresos, não oferecemos qualquer reação, outra vez repetiu a frase, omitindo o sujeito para ser mais ríspida, em modo sempre imperativo, "*pouvez pas vous mettre dans ma trajectoire!*", e seguiu caminho, pisando duro.

Talvez tivéssemos ocupado pelo menos em parte o espaço que marcaria a trajetória projetada em seu caminho pela senhora empertigada. A "trajetória" dela tinha que estar livre, sem impedimentos.

As negociações em Genebra tinham algo desse comportamento por parte dos países desenvolvidos. O contexto internacional mudou desde então e a agenda negociadora evoluiu, a OMC veio no lugar do GATT, por exemplo, mas ainda são notáveis, em muitos foros, as manifestações dessas relações desequilibradas.

A imposição da agenda por parte dos países desenvolvidos deu-se claramente com o lançamento, no âmbito do GATT, de nova rodada de negociações multilaterais sobre comércio internacional na chamada Rodada Uruguai, em 1986. As negociações sobre desarmamento, na Conferência do Desarmamento (CD), encontram-se, há anos, paralisadas, diante da oposição dos países nuclearmente armados a um programa de trabalho abrangente. Em matéria de meio ambiente, as negociações originalmente obedeceram a interesses dos países ricos.

A) GATT e rodada Uruguai; o meio ambiente

A Organização Mundial do Comércio (OMC), somente criada no início de 1995, resultou das negociações da Rodada Uruguai, terminadas em 1994. Até então, o comércio internacional era objeto das disciplinas do GATT, instituição dominada por grupo de grandes países ricos – EUA, Japão e Canadá –, mais a

Comissão da União Europeia, o seleto e exclusivo "clube do Green Room". Reunidos nessa sala da sede do GATT, ali na Rue de Lausanne 154, ditavam as regras do comércio mundial; Rússia, ainda União Soviética quando lá cheguei pela primeira vez, em 1989, e China não eram membros do Acordo Geral, uma espécie de associação limitada a pouco mais de 40 países, as "Partes Contratantes", onde, dentre os poucos membros em desenvolvimento, apenas alguns sobressaíam, entre eles Brasil e Índia, únicos capazes de opor alguma resistência aos ditames dos maiorais do clube, sendo sempre, contudo, lembrados de que a oposição à "trajetória" deles, os maiorais, tinha limites[4].

Durante a Rodada Uruguai, nós, de DELBRASGEN, sobretudo meu colega mais novo, hoje embaixador e com carreira marcada pela seriedade e alto nível de competência, Tovar da Silva Nunes, e eu, delegados pelo Brasil junto aos chamados "novos temas", recebíamos na Missão quase toda semana um qualificado técnico da UNCTAD para conversas informais muito instrutivas e orientadoras sobre o processo negociador, a partir do que podíamos melhor balizar nosso trabalho com base nas instruções de Brasília. Vale lembrar, como descrevo a seguir, que pouca gente sabia exatamente o que eram as negociações sobre comércio de serviços ou sobre propriedade intelectual, do ponto de vista de disciplinas do comércio internacional.

Também em Genebra, no carinhosamente chamado "Palais", atua o Conselho da ONU para Direitos Humanos, com seu Alto Comissariado; e ali, com toda sua tradição de altas negociações sobre os destinos da humanidade, está sediada a Conferência (das Nações Unidas) do Desarmamento (CD), à qual está reservada, com exclusividade de uso para suas sessões, a sala mais imponente de todo o Palais, sobriamente decorada com os afrescos de De Sert sobre "a Guerra e a Paz", que cobrem todo o teto e dão à sala um ar de bronze atemporal.

Na segunda vez em que servi em Genebra, de 2014 a 2016, apresentei, no salão nobre contíguo à esta sala, minhas cartas credenciais como embaixador Representante Permanente do Brasil junto à Conferência do Desarmamento ao Secretário-Geral da ONU (*Deputy*) em Genebra[5].

Contrariamente a Nova York, onde o grosso da atividade diplomática multilateral se concentra na ONU e seus escritórios, como o PNUD, em Genebra a regra é a diversificação desse trabalho pelos diversos foros. Qualquer um de nós, diplomatas lotados na cidade, acaba inevitavelmente por participar de reuniões e sessões negociadoras em muitos dos foros sediados na cidade e arredores, sem exagero.

Dá-se, entretanto, que, hoje em dia, os mesmos temas, inclusive os comerciais, tratados sob perspectivas diferentes ou complementares, são negociados em muitos foros, ao mesmo tempo ou quase. Como resultado, uma intensa agenda de trabalho para cada diplomata, que se estende muitas vezes a desoras e pelos fins de semana, limitando mais ainda o pouco tempo reservado para nossa vida privada – nisso, aliás, pouco diferindo do trabalho multilateral em outros centros, como o de Nova York.

Genebra se torna única, entretanto, por um motivo especial: o vanguardismo da agenda, o que é muito positivo, obviamente, e gratificante diplomaticamente. Mais talvez do que em Nova York, os temas negociados em Genebra costumam estar na vanguarda da agenda internacional multilateral. São temas que apenas anos depois, entrarão nas agendas de outros foros, alhures, ou mesmo em Nova York, em foros regionais, e, sempre décadas depois, nas agendas nacionais de cada país.

O tema da mudança do clima, com o IPCC – International Panel on Climate Change, pequeno grupo seleto de cientistas, reunindo-se com representantes governamentais em fins da década de 1980 e começos da década seguinte, em Genebra e arredores, sem merecer qualquer atenção focal no âmbito multilateral, e muito menos nos âmbitos regionais ou nacionais, é um exemplo marcante e atual dessa dinâmica. Mesma coisa para temas como o comércio de serviços, ou o da propriedade intelectual. Toda a temática ambiental com seu disciplinamento internacional, nas suas diversas ramificações, esteve por vários anos concentrada em Genebra, no desdobramento da Conferência de Estocolmo de 1972.

"OS NOVOS TEMAS"

Como disse, a primeira vez em Genebra "como posto", isto é, em lotação permanente na Missão do Brasil (DELBRASGEN), em 1989, a Rodada Uruguai a meio caminho, fiquei encarregado de nossa delegação aos três "novos temas" – comércio de serviços; comércio e propriedade intelectual; e comércio e investimentos.

Eram essas questões assim chamadas de "novos temas" pelo ineditismo de sua inclusão no âmbito das negociações comerciais no GATT, estas tradicionalmente restritas ao comércio de bens e às negociações tarifárias, ademais de temas correlatos, como as exceções relativas ao "balanço de pagamentos" (BOP, na sigla em inglês) de cada país, tema mais afeto, por óbvio, aos países em desenvolvimento, por sempre apresentarem déficits crônicos nesse quesito. Justamente por esse motivo, as reuniões sobre BOP eram muito divertidas, sendo das poucas onde nós, os PEDs no GATT, podíamos conseguir resultados favoráveis, com exceções, ou *waivers*, na aplicação de disciplinas do GATT, como "nação mais favorecida" ou "tratamento nacional".

Com a mudança das regras ao fim da Rodada Uruguai, e a criação da OMC, as exceções BOP se diluíram ou evoluíram, tendo ademais ficado sem sentido com o processo de globalização e o prevalecimento, no âmbito do comércio internacional, do liberalismo econômico iniciado nos EUA em 1980, de que foi consequência, aliás, o lançamento da própria Rodada Uruguai.

No Brasil, essa virada em direção ao liberalismo e à abertura comercial deu-se no início da década de 1990, no governo Collor. Senti na pele essas mudanças, ao longo das negociações na Rodada Uruguai, sobretudo no Grupo Negociador sobre

Serviços, mas também com força no Grupo Negociador sobre Propriedade Intelectual. No terceiro grupo negociador relativo aos "novos temas", o grupo sobre "medidas de investimento relacionadas ao comércio" (TRIMs, na sigla em inglês), as negociações se arrastavam, quase paralisadas pelas dificuldades inerentes à questão e pelas posições muito diferenciadas acerca do tema de como regular, controlar e proteger o investimento direto estrangeiro.

Nos dois outros grupos negociadores referidos, contudo, nós, delegados dos países em desenvolvimento mais ativos na articulação de seus interesses nas negociações, notadamente Brasil e Índia, atuávamos dentro de um quadro tradicionalmente mais bem protecionista. Meu antecessor na chefia da nossa delegação a esses grupos tinha sido o próprio Chefe da nossa Missão em Genebra, o Embaixador Paulo Nogueira Batista, a quem Ricúpero havia substituído meses antes.

Paulo Nogueira Batista era, conforme pude sentir nos meus primeiros contatos com as delegações nesses grupos, reverenciado e respeitado por suas intervenções lúcidas, e pela coragem na defesa de interesses comuns aos PEDs, enfrentando quase que sozinho e sempre em apoio mutuo com a Índia, o verdadeiro "rolo compressor" em favor de uma abertura indiscriminada do comércio em serviços e da proteção absoluta aos direitos de propriedade intelectual (por conta da necessidade de proteção dos avanços tecnológicos nos países desenvolvidos), razão de ser da inclusão desses temas na Rodada na visão dos EUA, Comissão da União Europeia, e demais poderosos do Green Room.

Devo insistir em que o comércio de serviços nunca tinha sido, até então, objeto de disciplinas no GATT. O "Acordo Geral" sempre se limitou ao comércio de bens. Serviços, na macroeconomia e na contabilidade pública, eram os "invisíveis" (transações de serviços no balanço de pagamentos, tais como seguros, fretes, mas sem incluir, por exemplo, as transações ligadas ao investimento direto estrangeiro).

Ainda em 1989, eram novidade, realmente um "novo tema", que havia sido introduzido no mandato negociador da Rodada Uruguai por conta do interesse dos países ricos que, no processo de globalização da economia com a aplicação das novas tecnologias da informação, começaram a vislumbrar o potencial do comércio de serviços e a necessidade da abertura dos mercados, notadamente nos países em desenvolvimento, ainda bastante fechados nessa área. Ainda eram os tempos da União Soviética e do Muro de Berlim. Mesmo muitos países desenvolvidos, como a Suíça e os nórdicos, tinham seus serviços públicos, tais como serviços financeiros ou de telecomunicações, controlados pelo Estado, sem qualquer tipo de abertura para a entrada de prestadores de serviços estrangeiros.

Somente em 2002 a ONU publicou o *Manual de estatísticas de Comércio Internacional de Serviços*, com a descrição em pormenor dos quatro "modos" por meio dos quais os serviços podem ser comercializados internacionalmente, tendo em conta a localização de fornecedores e consumidores dos serviços transnacionais.

Nos países em desenvolvimento, não havia, efetivamente, tanto no setor público como no privado, noção da extensão do comércio de serviços ou de seu significado, em termos de negociação no âmbito do GATT. Meu colega da Colômbia, vizinho da bancada do Brasil no Grupo sobre Serviços, e meu parceiro de tênis nos fins de semana, estava recém-chegado a Genebra, diretamente de Bogotá, onde desempenhava altas funções no Banco Central daquele país, no setor de serviços. Tendo já participado de algumas reuniões do Grupo sobre Serviços, confessou-me sua ignorância e perplexidade acerca do que se discutia ali, pois não tinha nada a ver com o seu trabalho anterior, ligado aos "invisíveis". Estávamos, de fato, diante de uma novidade, num debate bastante abstrato sobre como aplicar as disciplinas tradicionais do GATT, como "nação mais favorecida", "tratamento nacional", "barreiras não tarifárias" etc., a este novo tipo de comércio, cujas peculiaridades apresentavam, do ponto de vista do estabelecimento de regras ou disciplinas no âmbito do comércio internacional, não poucas dificuldades – com poucas afinidades com o comércio de bens.

Algo semelhante, para dar outro exemplo do vanguardismo característico de Genebra no trato de temas de alcance internacional, passa-se desde 2015, no âmbito da Conferência do Desarmamento, com as consultas e grupos de peritos sobre sistemas automáticos de armas-robôs que independem do controle humano.

Justo em 1989, o GATT publicou o primeiro relatório da instituição sobre "comércio de serviços". Revelou-se então, para espanto generalizado, que o comércio de serviços, em nível mundial, excedia em torno de 10 por cento o valor do comércio de bens também em nível mundial. A partir daí, e por acaso o processo de globalização afirmando-se em coincidência com o fim da União Soviética e a Queda do Muro de Berlim, deu-se uma extraordinária ativação das negociações em curso no Grupo de Serviços da Rodada Uruguai.

O Brasil via-se num momento de transição, com os ensaios promovidos pelo governo Collor de abertura de sua economia. A essa altura, estávamos, Brasil, Índia e alguns outros países em desenvolvimento, engajados na afirmação, no processo negociador, do princípio do "tratamento especial e diferenciado" para os PEDs, conceito já adotado nos foros negociadores sobre a temática ambiental, e que no âmbito do GATT tinha seu fundamento na Parte IV do Acordo Geral, introduzida em 1965, de natureza apenas exortativa à facilitação do comércio com os países em desenvolvimento.

Fácil imaginar o quanto Brasil, Índia e alguns outros poucos países em desenvolvimento, como Argentina, Colômbia (que presidia o grupo Negociador sobre Serviços) e Egito, viam-se pressionados para aceitar um acordo liberalizante na área do comércio de serviços, com a consequente abertura de seus mercados ainda bastante protegidos. Serviços financeiros ou de telecomunicações envolveram negociações especialmente complexas.

O mesmo, naturalmente, passava-se nos demais grupos dos "novos temas", ou seja, propriedade intelectual e investimentos, dentro das peculiaridades de cada um. Não havia, no GATT, experiência negociadora sobre essas temáticas, tipicamente navegávamos em águas não mapeadas, "unchartered waters" mas com uma única certeza: interesse forte dos países desenvolvidos, em especial EUA, UE e Japão (*demandeurs*, em linguajar gattiano), em normatizar essas áreas no âmbito do comércio internacional. No caso da propriedade intelectual, pela evidente necessidade de proteger os direitos desse tipo de propriedade decorrentes do desenvolvimento tecnológico e seu valor comercial. Necessário ir, portanto, para além das convenções existentes sobre a matéria, geridas em sua maioria pela OMPI e pela Convenção de Paris, e tratá-las na perspectiva de mercado e das relações comerciais: patentes, denominações de origem, registros, segredos comerciais, direitos autorais, praticamente todo o universo da propriedade intelectual passou a ser disciplinado comercialmente.

Em investimentos, havia questões ainda mais delicadas, muitas delas a tocar em áreas sensíveis de soberania nacional, como a da proteção dos direitos do investidor ou a da remessa de dividendos, ou a da movimentação de capitais.

Sabíamos que para nós, países em desenvolvimento, seria bastante difícil sustentar posições muito restritivas, defensivas ou de proteção de mercado, que não envolvessem compromissos abrangentes em outras áreas, onde nós tínhamos mais interesse em acessar os mercados dos países ricos, em especial em agricultura, outro tema que pela primeira vez, com a rodada Uruguai, foi objeto de negociações diferenciadas no âmbito do sistema GATT.

Nos "novos temas", sem dúvida, os *spoilers*, os que questionavam o consenso acerca da adoção de disciplinas que favoreceriam uma liberalização abrangente e rápida dos mercados eram Brasil e Índia, principais negociadores dos PEDs, já que a maioria adotava posturas discretas. Por essa época, em 1989 e 1990, no início de cada sessão negociadora, os chefes de cada grupo promoviam almoços ou jantares de consulta, com participação restrita aos principais negociadores. Dos PEDs, invariavelmente, apenas, Brasil e Índia, ocasionalmente o Egito. Foram incontáveis as vezes em que, nessas ocasiões, o delegado norte-americano me qualificava como *spoiler* das discussões. Simplesmente por eu trazer à mesa objeções a "consensos" que evidentemente se formavam, junto com cardápios sofisticados e vinhos elegantes, em torno das posições dos países ricos. Certa vez chegou mesmo a dizer que eu sempre "envenenava" os jantares do grupo negociador. Uma quase verdade, no plano imagético.

Aprendi muito nessas reuniões informais. Sobre negociação e sobre culinária e gastronomia.

Constrangimento. Creio que foi esse o estado mental em que nos deixaram, a nós, os negociadores brasileiros nessa altura da Rodada Uruguai, as novas atitudes do governo Collor, de disposição para uma relativa abertura do mercado brasileiro. Tratava-se de uma política de comércio exterior mais do que devida, diante do anacronismo de um Brasil ainda quase que completamente fechado ao resto do mundo. As mudanças, porém, vinham com uma característica sem precedentes em termos de negociações internacionais: abertura unilateral, sem a proposta de contrapartidas. Reciprocidade, como se sabe, é uma condição indispensável a levar-se em conta em negociações diplomáticas. Não digo que seja imprescindível sempre a sua aplicação, mas é sempre bom ter esse elemento por perto.

No caso, passamos a ceder abertura de nossos mercados sem maiores contrapartidas. Algo como estamos fazendo hoje, no governo Bolsonaro, em nossas relações avassaladas com os EUA de Trump, nosso suserano incontestável do momento.

O TEMA DO MEIO AMBIENTE

Por essa mesma época, despontava no horizonte negociador genebrino a temática do meio ambiente, na perspectiva da preparação da Conferência das Nações Unidas sobre Meio ambiente e Desenvolvimento (UNCED, na sigla em inglês), prevista para o Rio de Janeiro, em 1992, assim como das negociações paralelas das convenções e outras propostas de normatização dos temas "ambientais" (mudança do clima, diversidade biológica, proteção da camada de ozônio, florestas e desertificação). Em Genebra para uma reunião, Filipe Macedo-Soares, então ministro (da carreira diplomática, chamamos de "ministro de segunda classe", grau logo abaixo do "ministro de primeira classe", o seja, o de embaixador), chefe da recém-criada e toda poderosa Divisão do Meio Ambiente no Itamaraty, convidou-me para ficar com o *desk* de meio ambiente na nossa Missão, DELBRASGEN. Nas circunstâncias em que me encontrava, aceitei, pendente, claro, de consulta e aprovação pelo chefe da Missão, o embaixador Rubens Ricúpero.

Com efeito, a proposta era também de meu interesse. As atividades sobre meio ambiente em Genebra começariam para valer somente em setembro, após o verão que se iniciava. Já as reuniões da Rodada Uruguai seguiam em ritmo frenético, e não me dariam espaço e tempo para finalizar a minha tese em preparação para o Curso de Altos Estudos do Instituto Rio Branco (CAE). Ademais seria estimulante voltar a tratar das questões ambientais, um dos temas que primeiro me atribuíram no começo da carreira no Itamaraty, na Divisão das Nações Unidas (DNU), em 1973, e com o qual logo me afeiçoei – ainda que por então se tratasse de um tema "menor".

Sim, a Conferência de Estocolmo sobre Meio Ambiente Humano havia ocorrido há menos de um ano, em 1972, mas o seu seguimento (*follow-up*) apenas engatinhava, e não era absolutamente uma prioridade no contexto internacional, e muito menos nas agendas de política externa e de política interna nos países periféricos, como o Brasil. Menos ainda em um Brasil sob a ditadura militar, isolado externamente.

Única medida interna relativa ao desdobramento de Estocolmo foi a criação da Secretaria Especial do Meio Ambiente (SEMA), vinculada ao então Ministério do Interior, uma diminuta repartição cuja chefia coube ao saudoso Professor Paulo Nogueira Neto, um cientista biólogo de São Paulo, com especialidade em "abelhas sem ferrão". Seguira-se a Estocolmo a criação do Programa das Nações Unidas para o Meio Ambiente (PNUMA), com sede em Nairóbi. O professor Nogueira Neto chefiou nossa delegação à primeira reunião do PNUMA. Guardo com carinho na memória o relatório oficial escrito pelo estimado professor Paulo: uma descrição pormenorizada da beleza da fauna e flora vistas no caminho do hotel para a sede do PNUMA, onde se deu o encontro, nos aforas de Nairóbi. Sobre a reunião, propriamente dita, apenas uma ou duas linhas, para dizer que tinha sido ótima. Um banho de luz pura, própria de um estudioso da natureza, em meio à preocupação que já tínhamos, na DNU, com a desconexão, tão bem simbolizada no citado relatório, entre a agenda do governo brasileiro, para quem a questão ambiental ainda era praticamente ignorada, e tratada como uma mera questão menor, "ecológica", vista como apenas de interesse dos países ricos, preocupados com a poluição, sem considerar a complexidade econômica e política dessa agenda tal como já se desenhava no plano global. Ainda hoje, é frequente o grave equívoco de identificarem as tratativas nos planos interno e internacional sobre proteção do meio ambiente e o desenvolvimento sustentável como uma mera "questão ecológica".

Exceto pelas críticas internacionais ainda incipientes, mas já notáveis sobre desmatamento, garimpo predatório e queimadas na Amazônia, a questão ambiental entrou em nossa agenda indiretamente, com Itaipu e o diferendo com a Argentina sobre a questão do aproveitamento de rios compartidos. Como se recorda, tivemos um enorme e desnecessário desgaste de política externa, tanto em nossas relações com a Argentina e outros países vizinhos, como multilateralmente, na ONU, onde o Brasil ficou isolado, sofrendo derrotas vergonhosas na Assembleia Geral – tudo por conta de nossa equivocada insistência em não aceitarmos a noção de "consulta prévia" no aproveitamento hidrelétrico de rios compartilhados por dois ou mais países.

Sem dúvida, é uma questão complexa e potencialmente muito conflitiva. Ainda hoje, a Etiópia enfrenta dificuldades nos entendimentos com seus vizinhos ao norte, Sudão e Egito, por conta da grande represa construída sobre o Nilo em seu território (sendo países a jusante, ficam naturalmente defensivos diante das possíveis alterações do regime das águas desse rio).

Como ponto de conexão, o princípio da soberania sobre os recursos naturais. Trata-se de princípio que nunca foi questionado seriamente no plano internacional, ao contrário. Verdade que por tratar-se de fator prioritário sobretudo na agenda negociadora dos países em desenvolvimento, o fato é que sempre constou de todos os instrumentos internacionais negociados multilateralmente, em quaisquer das áreas correlatas ao meio ambiente (mudança do clima, biodiversidade etc.) como em outras áreas (direito do mar, recursos energéticos, renováveis ou não, recursos hídricos etc.). De tal forma que o desrespeito a esse princípio – na verdade uma norma de direito internacional –, quando ocorre, não encontra guarida nas relações entre Estados. Assim como se dá em todas as áreas das relações internacionais, o conceito de soberania de cada Estado sobre seus recursos naturais evolui e se enriquece junto com a ampliação do conhecimento e em função das novas realidades. Sem prejuízo, naturalmente, de suas características fundamentais.

O mesmo se verifica por exemplo na ciência, com a mudança de paradigmas. Como sabemos, as descobertas einsteinianas sobre as relações de espaço e tempo, com as teorias da relatividade geral e restrita, não invalidaram as leis de Newton; apenas as expandem para o terreno até então inexplorado das velocidades próximas à da luz. No campo das relações internacionais, o conceito de soberania sobre os recursos naturais viu-se, em décadas recentes, sobretudo a partir da segunda parte do século XX, diante de desafios particularmente exigentes, bem visíveis no trato de questões como o direito do mar, o meio ambiente, e outros, como os recursos hídricos ou energéticos, que necessariamente, por sua característica transnacional, interagem com as noções de fronteira e de limites da soberania dos Estados.

Convém, contudo, admitir que essa norma, relativa à soberania dos Estados sobre seus recursos naturais, tem, periodicamente, sido arguida de forma distorcida, sobretudo por regimes de inclinação autoritária, para justificar a adoção de políticas públicas questionáveis. Isso, por mero receio e oposição a dinâmicas de desenvolvimento e integração cujo pressuposto será sempre a transparência inerente ao Estado Democrático de Direito. Pode-se, por essa linha, verificar, como descrevo anteriormente, o quão falaciosa tem sido a postura do governo Bolsonaro, em especial na área externa, ao contra-argumentar as críticas à sua (inação) política e estímulo ostensivo à ocupação predatória da Amazônia com a alegação de "ameaças externas" à soberania do país sobre seus recursos naturais.

Ricúpero, sempre muito compreensivo, o que vejo como uma das qualidades dos grandes chefes, anuiu à minha mudança de *desk* na Missão, facilitada, no momento, pela chegada de novos colegas, entre eles o (então) ministro Sérgio Amaral e o (então) conselheiro Piragibe Taragô, colegas de "primeira água" e com certeza muito mais qualificados do que eu para assumirem as negociações nos grupos de minha responsabilidade no Rodada: Ricúpero confiou com tranquilidade a ambos, ao Sérgio Amaral os grupos sobre serviços e investimentos, e a Piragibe o grupo sobre propriedade intelectual. Pude assim contar com os meses de verão para terminar a minha tese, antes de entrar de chofre nas negociações ambientais em Genebra, e que me levaram a périplos constantes – e por vezes bem longos – a Nova York e Nairobi.

Minha saída das negociações da Rodada causou alguma surpresa, sobretudo no grupo sobre serviços, pois a essa altura já éramos, no "núcleo duro" dos negociadores, uma espécie de família, em virtude da frequência das reuniões, encontros informais, seminários, almoços e jantares de que participávamos. Pude explicar aos colegas que havia sido convocado para trabalhar nas negociações preparatórias da Conferência do Rio de Janeiro (UNCED), o que efetivamente foi o caso, as mesmas ocupando-me totalmente até o fim de minha primeira estada em Genebra, em 1992, e depois, vez que fui transferido para a Secretaria de Estado em Brasília, e chefiar a Divisão do Meio Ambiente (DEMA) em seguida a UNCED nos anos subsequentes.

Ficou, contudo, algo subentendido que minha saída se devia à mudança das posições que até então defendíamos, em função da abertura econômica e comercial levada a efeito pelo governo Collor. Com efeito, e tal como anteriormente referido, essa abertura, ainda que mais do que devida em sua substância, no contexto de um país que política e economicamente necessitava de abrir-se ao resto do mundo e atualizar-se em suas relações externas, causou-nos algum constrangimento nas negociações, pela forma como foi ali traduzida, tirando-nos "o tapete", por assim dizer, ao ser feita com base em concessões sem crédito às noções de reciprocidade ou de contrapartidas.

São práticas que por vezes o Brasil tende a repetir, pelo bem ou pelo mal, como por exemplo no atual governo Bolsonaro, com a eliminação sem contrapartida da exigência de vistos para cidadãos norte-americanos (ainda que possa haver alguma justificativa de natureza vária, em casos como esse), ou a desistência, na OMC, da condição de país em desenvolvimento, com a perda das vantagens que essa condição nos proporciona no âmbito dessa organização. É falacioso, nesse sentido, o argumento de que a contrapartida para essa desistência da condição de país em desenvolvimento será a eventual entrada para a Organização para a Cooperação e o Desenvolvimento Econômico (OCDE), já que a acessão a essa organização, para além do "benefício" da mudança apenas formal e duvidosa de *status*, apenas nos levará, em longo, custoso, e pouco realista processo de adaptação – em todos os setores da atividade econômica – a novas obrigações, próprias do quadro normativo dos países desenvolvidos.

Todos nós almejamos que um dia o Brasil alcance o nível e a qualidade de vida de um país desenvolvido. Penso, entretanto, que a entrada – ou não – para a OCDE será marginal nesse processo, cuja dinâmica dependerá muito mais de nosso esforço interno e de políticas públicas no combate à pobreza e à visceral desigualdade social, com prioridade para a educação e saúde, bem como na busca de um entendimento construtivo com os vizinhos e o resto do mundo.

B) Desarmamento. A conferência do desarmamento (CD): o tratado sobre a proibição de armas nucleares – (TPAN)

Impressionam os painéis de De Sert, na sala da Conferência do Desarmamento, a que se tem acesso principal pela Entrada XVI do Palais des Nations. Preconizam, em sua sobriedade e na temática da paz e da guerra, a seriedade e os altos propósitos do que ali se discute. A sala tem história, que se inicia nos seus tempos de sede dos debates da Liga das Nações, quando foi criada a CD em 1932.

Com o renascimento do multilateralismo em seguida à criação das Nações Unidas, deram-se várias iniciativas intergovernamentais em desarmamento a partir de 1960, com o Comitê dos Dez (TNDC), o Comitê dos Dezoito (ENDC), sempre em Genebra, de 1962 a 1968, e a Conferência do Comitê sobre Desarmamento (CCD), de 1969 a 1978. A CD, tal como é hoje, apenas ampliada para 65, de seus 40 membros originais, foi constituída em 1979, objeto de decisão da Primeira Sessão Especial da Assembleia Geral das Nações Unidas, dedicada ao tema do desarmamento, em 1978. É definida como "*the single multilateral disarmament negociation forum of the international Community*", sendo responsável por série importante de negociações sobre desarmamento, como a

Convenção sobre Armas Tóxicas e Biológicas, ou a convenção sobre Armas Químicas ou o Tratado Abrangente de Proibição de Testes Nucleares (CTBT), ainda que alguns dos principais entendimentos sobre contenção e desarmamento entre as principais potências nucleares, como até o próprio Tratado de Não Proliferação (TNP), tenham sido concluídos alhures.

Contrasta com a nobreza do lugar e os valores em prol da Paz Mundial que representa, e com a história de entendimentos e negociações bem-sucedidas, o sentimento generalizado de frustração que acompanha, ao longo das duas últimas décadas aproximadamente, os representantes permanentes e delegados dos cerca de 65 Estados-membros que participam das sessões plenárias semanais da CD.

Desde 1996, com a conclusão do Tratado Abrangente de Proibição de Testes Nucleares – CTBT (que ainda hoje não entrou em vigor), a CD encontra-se paralisada, por falta de consenso sobre seu "Programa de Trabalho". Não há o menor interesse, por parte dos países nuclearmente armados, que se abram negociações na área do desarmamento nuclear, tampouco havendo o consenso necessário entre esses países sobre a abertura de negociações sobre os principais temas da agenda.

Claro que não se trata de paralização completa de seus trabalhos, que se desdobram em várias temáticas. A agenda da CD, antes chamada de "Decálogo", hoje abrange sete ou oito temas, os principais sendo aqueles relativos ao desarmamento nuclear e outros tipos de armas de destruição em massa, espaço exterior, garantias negativas e positivas quanto ao não uso de armas nucleares contra terceiros, e alguns outros dentro de uma dinâmica bastante intensa, como o desarmamento de armas convencionais ou o relativo a armas biológicas.

Há ainda temas dentro de um quadro inovador, como as tratativas, por enquanto ainda bastante incipientes, sobre a questão dos sistemas de armas completamente automatizados, isto é, armas robóticas completamente independentes do controle humano, chamadas de *Lethal automatic weapons systems* (LAWS).

A par disso, todos os temas básicos da atual agenda da CD, armas nucleares, espaço exterior, garantias de segurança, além de outros indiretos, como não proliferação e o TNP, ou a própria questão da ampliação do número de países na CD, ou ainda a atualização das estritas regras de procedimento da Conferência, todo esse universo temático segue, se não na ordem do dia, pela ausência de um "Programa de Trabalho" acordado, mas subjacente, no nível de consultas, mais ou menos informais, mais ou menos intensas, mais ou menos programáticas.

Exemplo dessa atividade diz respeito à negociação e conclusão do Tratado sobre a Proibição de Armas Nucleares (TPAN), aprovado em Sessão Especial da Assembleia Geral da ONU, realizada em julho de 2017 em Nova York e aberto à assinatura em setembro do mesmo ano, na sede da Organização. Pelo seu ineditismo, por ser o primeiro instrumento legal de proibição de desenvolvimento, teste, produção, fabricação, uso, aquisição, posse, armazenamento ou transferência de armas nucleares, o tratado, ainda que negociado no seio da ONU, mas fora da CD, rompe praticamente com a inação da CD no tema do desarmamento nuclear, havida desde a conclusão do CTBT em 1996.

A proibição de armas nucleares passa agora a ser norma de Direito Internacional. O Tratado foi aprovado por 122 países, com a abstenção de Singapura e o voto contra da Holanda, único país da OTAN a comparecer. Demais países nuclearmente armados ou que compartilham armas nucleares não participaram e deixaram registrada sua oposição.

É fato que o TPAN, "resultado de um processo iniciado em 2013 com as Conferências sobre os Impactos Humanitários das

Armas Nucleares das quais o Brasil participou ativamente desde o seu início", conforme diz oficialmente o Itamaraty, na Nota 317, de 20 de setembro de 2017, foi concebido e trabalhado, tanto politicamente como em seus contornos objetivos, no ambiente da CD, em Genebra.

Foi-me possível ter papel ativo em levar adiante esse projeto, do qual ainda não se falava praticamente na CD, antes de 2014. Pelo menos, não, no plano intergovernamental na CD. Em consultas informais, como as levadas a cabo em preparação para as sessões do TNP anualmente, em Annecy, ou seminários e colóquios promovidos pelas ONGs mais relevantes acreditadas junto à CD, a necessidade de uma iniciativa do gênero começou a ser ventilada, promovida em especial por uma coalizão de ONGs, na intitulada International Campaign to Abolish Nuclear Weapons (ICAN).

Sediada em Genebra, a ICAN – que afinal ganhou o Prêmio Nobel da Paz pelo seu trabalho – mereceu, compreensivelmente, pouco ou quase nenhum apoio na CD, órgão formalmente preso à dependência do consenso não consentido pelas potências nucleares. Recebeu, sim, manifestações de simpatia de alguns países, como Áustria (das quais se dissociou quando o governo progressista do país, que integrava a liderança na iniciativa das referidas Conferências sobre o Impacto Humanitário das Armas Nucleares, vindo a sediar a terceira delas, em Viena, em 2014[6] foi substituído por governo conservador, em fins de 2015), México e Brasil.

No nosso caso, não foi imediato esse apoio à ICAN. Fiz meu primeiro pronunciamento na CD, ao chegar, com base nas instruções de então, em que, membros da coalizão chamada da "Nova Agenda", não nos associávamos à proposta da ICAN nem a uma oposição frontal aos países nuclearmente armados.

Lembro-me de que, no dia seguinte a essa minha primeira intervenção, uma das pequenas ONGs ligadas à CD, intitulada, creio, *FireWall*, circulou carta aberta com críticas fortes, e merecidas, a meu ver, à posição brasileira, por omitir-se a endossar esse projeto.

Em viagem de trabalho a Brasília, para participar de seminário, pude conversar longamente com o Subsecretário de Política Multilateral, meu colega de turma e amigo Carlos Antônio Paranhos, a respeito da conveniência de evoluirmos em nossas posições na CD, inclusive na questão de um instrumento para a proibição de armas nucleares. Propus, inclusive, que caso não pudéssemos negociar tal convenção ou tratado na CD, devíamos fazê-lo na ONU. Paranhos, como eu, já servira mais de uma vez em Genebra, a mais recente como embaixador alterno em nossa Delegação Permanente em Genebra (DELBRASGEN), incluindo o *desk* da CD, compreendeu rapidamente minhas sugestões, com elas tendo concordado, o que levou em seguida à nossa mudança de posição, agora em favor de uma negociação específica para a proibição de armas nucleares. Não sendo possível na CD, minha proposta é de que então se desse a negociação no contexto da ONU.

Por essa época, passados os momentos iniciais na CD, nós, delegação do Brasil, já havíamos feito contatos mais frequentes e abertos com o pessoal da ICAN, mesmo com o FireWall, com quem, a partir das novas instruções de Brasília, começamos a trabalhar de forma muito positiva. Também dentro da CD e no contexto ONU-Genebra, conseguimos, junto com o México (então na presidência – rotativa – da CD), apoio consensual, primeiro junto ao GRULAC e em seguida junto ao capítulo genebrino (informal) da Comunidade dos Estados Latino-Americanos e do Caribe-CELAC.

A CELAC havia aprovado, em sua III Reunião de Cúpula, em São José da Costa Rica, em janeiro de 2015, a "Declaração Especial sobre a Necessidade Urgente de um Mundo Livre de

Armas Nucleares". Nela, os Chefes de Estado da região se comprometem a iniciar, no mais alto nível político, as negociações de um instrumento nessa matéria.

Foi, assim, sem maiores dificuldades, possível renovar o apoio da CELAC (grupo ainda informal em Genebra) no ambiente da CD (onde os países em desenvolvimento se representam formalmente no chamado Grupo dos 18). Nosso acerto deu-se durante almoço memorável num bucólico restaurante em parque próximo do Palais. Foi muito reconfortante sentirmos apoio imediato e sem maiores cauções da presidência local do CELAC, a embaixadora da Costa Rica, e demais embaixadores e colegas de praticamente todos os países da América do Sul, Central, Caribe e México.

O passo seguinte foi assumido pela Primeira Comissão da AGNU, com base nas articulações prévias com a ICAN, mas também em função dos entendimentos havidos em Nova York previamente, durante a III Conferência de Exame do TNP, em junho de 2015. Nessa Conferência, renovaram-se, sempre com forte apoio da CELAC, as declarações emanadas das três Conferências sobre Impacto Humanitário das Armas Nucleares, bem como a própria Declaração de Costa Rica. Ali também, a proposta de um grupo de trabalho para negociar um instrumento de proibição das armas nucleares foi objeto de intensas negociações, no debate sobre o Artigo VI do TNP, o que facilitou sobremaneira a retomada do tema pela Primeira Comissão, com a negociação do tratado e sua conclusão em 2017.

Ainda em Nova York, nos dias finais da longa Conferência de Exame do TNP, em junho de 2015, recebo o convite de nosso chefe da Missão junto à ONU, embaixador Antônio Patriota, para almoçarmos. À saída de simpático "corner" restaurante no "East-uppertown", na altura da rua 70, Antônio Patriota me confidencia estar sendo planejado na Secretaria de Estado, em Brasília, o "fechamento" de REBRASDESARM, a Representação do Brasil junto à Conferência do Desarmamento. Patriota, quando Ministro de Estado, havia proposto minha remoção para essa "Representação"[7]. Aceitara a oferta de remoção para Genebra, nas funções de Representante residente do Brasil junto à Conferência do Desarmamento, sobretudo em decorrência do que muitos de nós, diplomatas com mais apreço pela diplomacia multilateral, professamos: a consciência da alta relevância dos temas de desarmamento nas relações internacionais e da prioridade que tais temas sempre mereceram em nossa política externa, em vista dos maiores interesses nacionais. Desarmamento talvez seja o tema de maior constância nos mais altos degraus da escala de valores da agenda internacional, em especial desde o final da II guerra Mundial, pois seu objeto diz diretamente respeito ao tema da paz. Tão simples e tão sóbrio como isso.

O Tratado sobre a Proibição das Armas Nucleares, foi, como assinalado, aberto à assinatura em Nova York, na sede da ONU, em 2017, sendo o então presidente Temer, o primeiro Chefe de Estado a assiná-lo, numa clara manifestação do reconhecimento pelo Brasil da relevância do desarmamento, em especial o nuclear. Contraste notável com decisões ou avaliações equivocadas que por vezes ocorrem por parte da chefia de nossa diplomacia, ao desmerecer o tema por conta de questionáveis políticas precárias e objetivamente inefetivas de contenção de gastos, motivo declarado da medida do fechamento de REBRASDESARM. A desativação do posto, sintomaticamente, deu-se em concomitância com a criação de novo cargo de embaixador alterno em DELBRASGEN.

[1] Este pequeno relato consta originalmente dos meus textos sobre o comensal solitário, intitulados: "Refeição a Sós: Muito Prazer", vide www.mineiro-matuto.com, categoria "ensaios".

[2] Vide, por exemplo, breve intervenção de Baroody em 1976, no CSNU, a esse respeito, no Youtube: "SYND 19 6 76 SAUDI AMBASSADOR JAMIL BAROODY ON OCCUPIED TERRITORIES".

[3] Essa injustificada – e anticonstitucional – discriminação contra um dos cônjuges diplomatas, e que acabava por discriminar, na prática, visto o contexto

de época, mais ainda as mulheres, perdurou até a administração do Chanceler Lampreia, quando então o casal de diplomatas pode enfim trabalhar no exterior com remuneração plena. Anos antes, sendo o embaixador Paulo Tarso Flexa de Lima o Secretário-Geral, fez-se uma "composição", igualmente irregular e ilegal, em que o cônjuge lotado no exterior, no mesmo posto ou em posto diverso, passou a receber a remuneração, sem ajuda de custo. Estávamos, a Moira e eu, lotados em Buenos Aires, eu na embaixada, ela no consulado-geral, quando recebi, aí por volta do ano de 1995 ou 1996, ligação telefônica de assessor do Lampreia no Gabinete, hoje embaixador Danese, ele mesmo já tendo estado na situação de casado com cônjuge diplomata, com a notícia de que tais cônjuges passariam a receber remuneração plena. Mas, vinha junto a advertência: que nenhum dos cônjuges nessa situação arguisse perdas devidas pela discriminação passada até aquele momento. Pessoalmente, insisti para que minha mulher, Moira, levantasse administrativa, e mesmo judicialmente, a questão, mas ela preferiu não fazê-lo, com receio de que tal ação pudesse prejudicar a minha carreira. Nunca concordei com isso, pois de fato a carreira dela foi muito prejudicada pelos nove anos que foi forçada a estar de "licença especial" no exterior, antes que se dignassem a reconhecer essa discriminação, no plano apenas salarial, mas permaneceu sua perda de posição na lista de antiguidade e, pior, permaneceu sua perda de dignidade profissional e pessoal, ao ver-se impedida, discriminadamente, de trabalhar no exterior, direito que era devido a ela e aos outros cônjuges de diplomatas – até então, não eram muitos, situação bem diferente da de hoje em dia – que eram diplomatas igualmente concursados e tendo tomado posse da mesma forma que seus cônjuges.

[4] A mesma tendência, de forma mais ou menos evidente, ou mais ou menos intensa, dava-se, e se verifica ainda hoje, em um ou outro, dentro da miríade de foros multilaterais em Genebra.

Genebra e cidades vizinhas sediam muitos desses organismos ou os secretariados de convenções, muitas delas concluídas sob a égide da ONU, como a Convenção sobre Diversidade Biológica, a CITES – Convenção sobre o Comércio Internacional de Espécies Ameaçadas de Extinção, o Acordo Internacional sobre Madeiras Tropicais, de 1983, substituído por novo acordo em 1994 e outro em 2006, com a ITTO – Organização Internacional sobre o Comércio de Madeiras Tropicais, ou ainda a RAMSAR – Convenção sobre as Zonas Úmidas de Importância Internacional Especialmente Enquanto Habitat de Aves Aquáticas.

Dentre os foros políticos, e outros de matiz econômico-político, há muitos dentro da estrutura das Nações Unidas, hospedadas no Palais des Nations, edificação imponente construída após a Primeira Guerra Mundial para albergar a então criada Liga das Nações. Lá está a Conferência das Nações Unidas para o Comércio e o Desenvolvimento (UNCTAD), órgão histórico, foco da articulação em defesa dos países em desenvolvimento (PEDs), categoria de países que então, em fins da década de 1050, inícios da década de 1060, consolidou-se no chamado Grupo dos 77, ou G-77.

Por isso mesmo, foi dos poucos foros genebrinos onde era possível fazer prevalecer os interesses dos PEDs no contexto das negociações multilaterais – ali, efetivamente, os PEDs se "meteram" nas "trajetórias" dos países desenvolvidos para lutar pelos próprios interesses. A UNCTAD sem dúvida alguma marcou presença, mas não demorou muito para que os países desenvolvidos articulassem sua marginalização como foro negociador.

A UNCTAD, de algum tempo para cá, perdeu força, pois o foco dos interesses dos PEDs passou gradualmente para outros contextos negociadores mais maleáveis, e menos estigmatizados, mas ainda constitui um importante centro de pesquisas e de estudos sobre as relações internacionais, numa perspectiva de apoio ao desenvolvimento econômico.

[5] Há também na cidade enorme quantidade de organismos regionais, alguns científicos, como o CERN, de pesquisa em física nuclear, outros muitos ligados à União Europeia e outras instituições europeias. Outros, ainda, na área mais bem econômico-comercial, como a EFTA – European Free Trade Association, mais ligada aos países nórdicos e alguns outros europeus não membros, à época de sua criação (1960), da CEE (agora apenas integrada por Liechtenstein, Islândia, Noruega e Suíça).

Enfim, Genebra é um mundo. E deixa bem para trás outras cidades europeias também importantes para a diplomacia multilateral, como Viena, Londres ou Paris. Compara-se talvez a Bruxelas, por conta da UE. Cidade pequena, mais de 70 por cento de seus habitantes são funcionários internacionais, com um vasto corpo diplomático. Com uma economia pujante, não fora uma cidade suíça, e seu alto custo de vida, deixa a maior parte de nós, pobres funcionários diplomáticos com salários apertados, pouco à vontade diante do luxo e dos altos preços dos serviços, mais bem adequados à extensa população flutuante árabe ou de magnatas e das gentes que podem conviver bem com a atração financeira desse centro urbano internacional, se não cosmopolita como Nova York.

[6] As duas Conferências anteriores realizaram-se em Oslo, 2012, e Nayrit, 2013. O Brasil participou ativamente das três conferências e subscreveu as

declarações conjuntas sobre o tema, inclusive por ocasião da IX Conferência de Exame do Tratado de Não Proliferação Nuclear (Nova York, 2015), em que me coube a honra de chefiar a delegação do Brasil, na qualidade de Representante Permanente do Brasil junto à Conferência do Desarmamento (CD).

[7] REBRASDESARM, apesar da longa lista de embaixadores representantes residentes do Brasil junto à CD, entre eles Celso Sousa e Silva, Sergio Duarte, Calero Rodrigues, Marcos Azambuja, Antônio Carlos Paranhos, Gilberto Saboia, Filipe Macedo-Soares, Antônio Guerreiro, e que atesta de uma relativa estabilidade da função, teria sido um posto "flutuante", por períodos; fictício, mesmo, mas sempre com representatividade. Em certas épocas, ainda que durante a minha gestão e a de alguns outros, onde havia restrições abaixo citadas, foi posto efetivo e funcionalmente independente da Missão em Genebra, com direito a série telegráfica e orçamentos de chancelaria e residência próprios.

No governo Collor, num transe similar de desativação de representações diplomáticas multilaterais no exterior, nossa Representação junto à CD foi reintegrada à Missão junto à ONU em Genebra, DELBRASGEN.

Mais tarde, já com Celso Amorim como Ministro das Relações Exteriores, o posto foi reativado, tendo em vista sua evidente relevância – mas apenas no plano da administração interna. Por precaução (justificável?) diante de prováveis críticas por abrir novo posto onde já existem outros dois independentes, DELBRASGEN e a Missão junto à OMC, Celso Amorim teria preferido evitar ser o posto de REBRASDESARM criado por decreto, e sim apenas por portaria interna. Dessa forma, o chefe do posto, apesar de contar com todas as prerrogativas da função, vê-se excluído da categoria de "Chefe de Missão junto a Organismos Internacionais" (o que significa vencimentos mais baixos, se comparados com o dos dois outros colegas "chefes de missão junto a organismos internacionais" em Genebra. Por motivos pouco compreensíveis, a Consultoria Jurídica do Itamaraty e a Secretaria-Geral sistematicamente denegaram os recursos submetidos por meu antecessor Filipe Macedo-Soares e por mim (eu peticionei por duas vezes), no sentido do reconhecimento do chefe da Representação como "chefe de missão junto a organismo internacional".

REBRASDESARM continuou sem direito a inclusão no organograma formal do Itamaraty, podendo definir-se, mais apropriadamente e com perdão da expressão, como um "puxadinho" de DELBRASGEN. Com efeito, as remoções de todos os funcionários, inclusive a do chefe da Representação, davam-se "para DELBRASGEN". Como continuam a dar-se, pois, de novo, a função acha-se reintegrada a DELBRASGEN, após o "fechamento" de REBRASDESARM decidido pela Chefia da Casa, num afã de economia tão fictício como inoperante – na verdade, pode-se bem ter presente que o motivo da mudança foi de ordem a atender contingências de natureza pessoal, com a criação das funções de embaixador alterno em DELBRASGEN, já que, na prática, as instalações físicas de REBRADESARM permanecem as mesmas, ocupadas, como antes, pelo Representante Permanente do Brasil junto à CD, seus assessores, e, como sempre, pelo significativo Escritório Militar de Apoio à nossa representação, chefiado, em rodízio com seus pares da Marinha e da Aeronáutica, por general quatro estrelas.

ISRAEL

PRIMEIRO POSTO COMO EMBAIXADOR, FEVEREIRO DE 2007 A MAIO DE 2010

Ignoro os motivos, mas minhas "remoções" na carreira diplomática sempre foram meio que "de roldão". Ponho as aspas, mas são supérfluas, todo mundo entende, remoção para servir em posto no exterior; ou, inversamente, de posto no exterior para a Secretaria de Estado, assim chamamos a sede do Ministério das Relações Exteriores, em Brasília. Minha remoção para Israel, como embaixador, não foi diferente.

Amigos do clube de golfe em Brasília, ao saberem da novidade, indagaram-me o que havia eu feito para receber tamanho castigo. Fácil de responder: não puxo saco. De mais a mais, intriguinhas de gabinete, como sempre.

No Itamaraty, logo aprendemos que a carreira diplomática gira em torno de duas condicionantes envoltas em denso mistério: remoção e promoção. Sempre estiveram, ao longo do tempo, submetidas ao jogo de influências pessoais e políticas, em contraponto com a baixa prioridade dada a virtudes republicanas tais como mérito, formação, capacidade profissional, antiguidade e legitimidade administrativa (respeito às regras) normalmente associadas às carreiras de Estado. Ingenuidade?

A cada período, mudam-se os atores, adotam-se, com relação aos processos de remoção e promoção, normas condizentes com os propósitos de maior transparência (ou menor, neste caso podendo serem chamadas de virtudes platônicas, bem chegadas a um quadro mental mais autoritário, típico da nossa cultura brasileira). Verifica-se, em momentos de otimismo, algum grau de abertura; mas, o tal jogo de influências encontra meios de permanecer ativo, demonstrando significativa resiliência. As chefias acabam sempre por atuar, nessas condicionantes – e em outras – com parcialidade. Já tive a ocasião de comentar tais particularidades da carreira diplomática no Brasil logo na primeira parte destas *Vivências*.

Retorno ao tema neste ponto apenas para dar, consciente do escasso interesse nesse tipo de narrativa, algum colorido à sequência de fatos que resultaram nessa minha remoção, da Secretaria de Estado (Brasília), onde exercia as funções de Subsecretário-geral político para assuntos de África, Ásia e Oriente Médio (SGAP-II), terceiro escalão no Ministério, em seguida ao Ministro de Estado e ao Secretário-Geral. Integrava, portanto, a "alta chefia" do Ministério.

Meus diretores de departamentos também estranharam. Um subsecretário, removido para um posto C, um posto "menor"? (os postos ainda sendo administrativamente classificados pela relevância – sempre muito relativa, qualidade de vida e – não consta, mas também por – charme, de A, os melhores, até D, os mais "difíceis").

Havia permanecido na Secretaria de Estado, por longos seis anos, desde 2001, quando regressei de Lisboa (onde estive como Cônsul-Geral por cerca de dois anos), para ocupar a chefia do Departamento da África e Oriente Médio. Jamais saberei se fiz ou não a melhor opção ao aceitar essa oferta do Secretário-Geral de então, espécie de nêmesis, sem saber o porquê. Longa história, aí, mas passo.

Minha promoção a Ministro de Primeira Classe – Embaixador, ocorreu em junho de 2003. Encabecei, como mais antigo, a lista dos três primeiros embaixadores promovidos no governo Lula, junto com Paulo Oliveira Campos, falecido prematuramente, e Ruy Pereira. O Presidente Lula, nos primeiros anos de gestão, demonstrava uma boa visão de política externa, certamente mais abrangente e pertinente do que a visão de seu Chanceler, Celso Amorim. Com uma perspectiva desenvolvimentista e de solidariedade no plano internacional, Lula desde o início deu prioridade às relações no plano sul-sul, com uma abertura extraordinária para a África, por exemplo, no que se poderia pensar estarmos resgatando a "Política Externa Independente" de Jânio quadros e San Tiago Dantas. E fez isso em total compatibilidade com nossos eixos prioritários de política externa, tais como definidos na Constituição federal de 1988, em especial a América Latina, ademais dos grandes parceiros tradicionais, no eixo sul-norte, EUA, Europa. Deu atenção notável e num aplano conceitual bem atualizado (abertura de mercados, mas não só, aos países árabes, mas infelizmente descurou do importante mundo asiático). Certo que durou pouco, com a predominância cada vez mais de interesses escusos e partidários. Desnecessário dizer que não sou filiado ao Partido dos Trabalhadores (PT). Mas confesso meu compromisso político maior, não com partidos, mas com a democracia e os valores republicanos, incompatíveis com a admissão de permanecermos passivos diante da trágica desigualdade social, econômica e cultural que nos distingue do resto do mundo; ou incompatíveis com aceitarmos taxas de juros de 100, 200, 300, 400% ao ano – por vezes até ao mês?, uma evidente e trágica exploração do homem pelo homem, uma das terríveis formas modernas de escravidão. Tais taxas de juros ainda são praticadas e aceitas – diria mais bem impostas, e são, na verdade, um imposto sobre as classes mais pobres – no Brasil. Praticadas tranquilamente, como se estivéssemos chupando jabuticabas, um fruto unicamente brasileiro.

Como vi então a proposta que o Chanceler Celso Amorim me fez, de ir para Israel? Primeiro posto como embaixador? Qualquer um de nós, diplomatas profissionais, poderia escrever um tratado sobre como se deu cada uma de nossas remoções, em especial no nível de chefias de posto no exterior. Aí, como disse anteriormente, entra de tudo.

Há, entretanto, casos – raros – de opção pessoal por postos "difíceis" por parte de embaixadores – não foi necessariamente o que se passou comigo, infelizmente. Nesses casos incluem-se os embaixadores que, caso quisessem, seriam, merecidamente, ou por qualquer outro motivo da série aventada anteriormente, prontamente removidos para os "melhores" postos – uma lista curta: postos na Europa Ocidental, EUA, Tóquio, Buenos Aires, alguns multilaterais, notadamente Genebra, Nova York e Bruxelas, e mais um ou outro que conjunturalmente se posicione "no mesmo nível".

O exemplo mais citado para um embaixador de prestígio que escolheu a remoção para posto "de sacrifício" é o de Ítalo Zappa, que foi para Maputo, em seguida à independência de Moçambique, na esteira da guerra de libertação. Zappa, como chefe do Departamento da África no Itamaraty, foi responsável pelo reconhecimento, pelo Brasil, do presidente Geisel e do Chanceler Antônio Azeredo da Silveira, da independência de Angola em 1975, sob o regime socialista do MPLA. Quis ir para Moçambique para dar seguimento à política externa mais independente que então se desenhava, com ênfase na vertente africana, de apoio aos movimentos de libertação das colônias, no caso mais imediato as colônias de Portugal, após anos, desde o início da ditatura militar no Brasil, de uma política obscurantista de apoio a regimes colonialistas europeus, notadamente o português de Salazar. Ítalo Zappa quis continuar na linha de frente na dissociação do Brasil desse equivocado e anacrônico alinhamento do regime militar no Brasil com as grandes potências e suas colônias, e que custou danos e feridas à imagem do Brasil, ainda hoje não totalmente cicatrizadas. Os países têm memória, podem acreditar.

São, como disse, raros os exemplos como o de Ítalo Zappa, contudo. Menos raros, infelizmente, como sabemos, são os períodos ou episódios igualmente obscurantistas em nossa política externa, em que predomina, dentre os mais diversos anacronismos e equívocos de percepção do contexto internacional e, pior, de nossos interesses, a identificação, em graus variados de servilismo, com as grandes potências e seus interesses. Como agora se dá, no governo Bolsonaro, sua irrefreada associação ao trumpismo e à direita radical e conservadora internacional; ou como ocorreu durante a era Vargas, de *flert* constante com o nazismo. Sejamos claros a esse respeito. A história de nossa política externa, desde sempre, e particularmente sob Rio Branco e depois com seus epígonos, nunca foi essa festa de iluminismo cujo único foco são os interesses nacionais. Getúlio e – como não – Dutra com o nazismo, vários governos em seguida a Getúlio prontos a apadrinhar – sem receber nada em troca, diga-se – as metrópoles em seu colonialismo asiático e africano, e particularmente Portugal de Salazar; e contentes em virar os olhos para o outro lado diante do apartheid na África do Sul, nesse caso com alguma reciprocidade pois necessitávamos do ferro-cromo importado da então Rodésia de Ian Smith, primo irmão do regime sul-africano. Bolsonaro hostiliza Biden por conta de Trump e das eleições? Geisel hostilizou Jimmy Carter por conta dos direitos humanos, cujo desrespeito pela ditadura militar no Brasil, à época, igualizava então, como agora, nossos crimes ambientais contra a humanidade na Amazônia. Até mesmo o grande Chanceler Ramiro Saraiva Guerreiro, por quem tenho a maior das admirações, um iluminado democrata e multilateralista, amigo da ONU no que essa organização representa em prol da paz e da igualdade dos

Estados, caiu na tentação de seguir o "evangelho do Barão", praticado por sem número de Chanceleres brasileiros, de não apoiar, a não ser retoricamente, movimentos regionais, como o "Grupo de Cartagena", de oposição à cobrança traumática de dívidas externas, dando preferência ao cortejo dos banqueiros norte-americanos. Semelhanças ou coincidências com o nosso patrono da diplomacia, o barão do Rio Branco?[1]

São, portanto, muitas as variáveis que entram nessa função das remoções, de tal forma que talvez seja mais apropriado vê-las em abstrato. No meu caso, basta considerar, como dito anteriormente, que foi de roldão.

Agregaria apenas uma curiosidade, no âmbito da categoria das intrigas. Soube, muito depois, que, quando me propôs a remoção para Tel-Aviv, o Chanceler Celso Amorim estivera insatisfeito comigo por não comparecer a uma iniciativa promovida pelo Itamaraty em Salvador, Bahia, sobre as raízes comuns Brasil-África na área da cultura. À época do evento, eu estava em missão oficial, na Guiné-Bissau, para concretizar nosso apoio, por meio da definição de programa de cooperação, à estabilização política no país, recém-egresso de um movimento golpista. Não pude estar em Salvador, portanto, para o evento, que de qualquer forma era da responsabilidade de outra área no Ministério das Relações Exteriores.

Por algum motivo, que desconheço, o Celso Amorim teria atribuído grande importância ao evento, e um falha grave na minha ausência. Pelo que valha, fica a comparação com a ausência dele e do próprio Presidente Lula, no Foro Brasil-África, em nível de Chefes de Estado, megaevento que promovi logo no início do governo Lula, primeiro mandato, em junho de 2003. O Foro foi sediado em Fortaleza, por obra e graça do governador do Ceará, Lúcio Alcântara, quem cedeu as instalações e o apoio do Banco do Nordeste para esse evento, totalmente inédito, sem precedentes, de grande repercussão e valia em nossa política de reaproximação com a África, defendida com ênfase por Lula no discurso de posse na presidência da República. O boicote de Lula e de Celso Amorim ao evento teria sido por conta do dito patrocínio do governador, político afiliado ao PSDB, partido oposicionista. Representaram-nos o Vice-Presidente e o Secretário-Geral.

Tendo-me dedicado alguns anos ao exame e ao trabalho de assuntos do Oriente Médio, como Diretor do Departamento e em seguida como Subsecretário, e mesmo antes, quando servi na Embaixada em Washington, instigava-me o interesse intelectual e profissional em conhecer melhor e mais de perto a intricada questão do Oriente Médio, Israel sendo um de seus focos.

Antes que Celso Amorim me chamasse ao seu gabinete para estender-me essa oferta, o que fez sem dar qualquer opção, eu havia comentado com Moira, minha mulher, estar contemplando propor a remoção para Tel-Aviv. Quem sabe o Gabinete de Celso Amorim não teria instalado aparelhos de escuta clandestina em minha residência, um apartamento funcional.

Havia estado em Israel já por algumas vezes anteriormente, a trabalho – uma delas já referida nestas *Vivências*, a propósito de visita que fiz ao líder palestino Yasser Arafat. Senti-me atraído, sobretudo pela extraordinária pujança intelectual e cultural israelense, a viver e ter a experiência profissional e pessoal no país, para talvez tentar *sur place* uma melhor compreensão dessa encruzilhada tão conflitiva do mundo, tão carregada de transcendência política e cultural. São valores que prezo, como diplomata disposto a desenvolver profissionalmente uma visão política a mais coerente possível das relações internacionais e em particular da região.

Uma segunda consideração diz respeito à percepção do Itamaraty sobre Israel e a região, tida – e não creio que o Celso Amorim a veria diferentemente – como de importância apenas relativa, em termos de nossa política externa, ou seja, sempre com algum grau de marginalização. É certo, por outro lado, que tanto árabes e palestinos, quanto israelenses, não reconhecem, no Brasil, uma voz particularmente capaz de exercer influência focal nas questões da região.

Há, contudo, uma praça em Tel-Aviv com o nome de Oswaldo Aranha, em reconhecimento de seu papel, como presidente da Assembleia Geral da ONU durante a aprovação a famosa resolução sobre a "Partilha" da Palestina. Estamos falando da criação de um Estado judeu e outro, palestino, e do reconhecimento da presença do Brasil na região, em momento histórico. Mal ou bem, pois o mesmo Oswaldo Aranha foi Chanceler de Getúlio na ditadura, e responsável por instruções do Itamaraty aos postos no exterior para não conceder vistos a judeus (nem a árabes, nem a negros). Praticamente todas a missões de brasileiros em visita oficial ou mesmo em vilegiaturas bem-informadas ou religiosas acabam por tentar incluir em suas agendas durante a permanência em Israel a justa homenagem ao ex-Chanceler de Getúlio. Como embaixador, a cada uma dessas visitas à dita praça, era requisitado a presidir uma cerimônia, como se a mesma estivesse sendo inaugurada ali e então, com o nome do Chanceler Oswaldo Aranha. "Inaugurei" a praça diversas vezes, tendo mesmo ganhado, com muito orgulho para mim, uma camisa da seleção brasileira de futebol, com as estrelas do "penta", assinada pelo Pelé, e que me foi dada pela sua ex-mulher, uma evangélica de presença assídua naquelas bandas, à frente de grupos religiosos brasileiros em turismo pela Terra Santa.

Claro, há sempre espaço para momentos ou episódios de uma política, digamos, "utilitária". Os choques de aumento dos preços do petróleo em 1973 e, mais particularmente, em 1979, despertaram no Brasil um "afeto" muito especial pelos países árabes produtores, não necessariamente estendido ao Oriente Médio como região, a cujos crônicos conflitos procuramos reagir, não sem alguma dose de hipocrisia, e com alguma dose de sabedoria, com a fórmula do "distanciamento equilibrado". Depois descobrimos o potencial dos países árabes para a exportação de produtos brasileiros, manufaturados, automóveis e, principalmente, carnes. De novo, a nota de dissensão vai por conta do governo Bolsonaro, que de imediato à posse cometeu a insânia de ventilar a intenção de mudar a sede da embaixada do Brasil para Jerusalém. Pressão dos evangélicos, modo de agradar Trump? Um passo em direção à salvação da humanidade com o retorno aos valores da "doutrina judaico-cristã" contra o "globalismo"?

Infelizmente, ainda vivemos estes momentos, como agora, no governo Bolsonaro, em que um ideologismo equivocado de direita radical, agregado a interesses supostamente evangélicos, apregoa, em submissão ao trumpismo, a adoção de uma política partidária em favor, justamente, da face obscura de Israel, a da ocupação ilegal de terras palestinas e da autoproclamada Jerusalém unificada.

Por outro lado, não convém esquecer que, após a Guerra dos Seis Dias, em 1967, e na sequência das fundamentais resoluções do CSNU 242 e 367, que definem os parâmetros básicos da convivência de Israel com os países árabes, com a criação de um Estado independente palestino, e após o primeiro choque do petróleo, em 1973, as votações brasileiras na ONU se alinharam nitidamente no lado árabe, inclusive quando vincularam o sionismo ao racismo. A bem da verdade, diga-se que o governo brasileiro, anos depois, revogou este voto.

Numa perspectiva histórica, a tendência da política externa do Brasil é a de ver a região de forma apenas pontual e, quando interessa, também de forma propagandística. Por exemplo, quando incorretamente contrastamos o fato da convivência pacífica no Brasil das comunidades árabe e judaica, com o contexto sempre conflituoso entre árabes e judeus na região, omitindo, porém, que, no Brasil, exceto pela imigração mais recente de árabes muçulmanos, a presença árabe é majoritariamente de origem cristã, de mais fácil convivência com os irmãos judeus emigrados.

Vale repetir que não temos dificuldade, ao contrário, em reiterar, em autoelogios, e sempre que a ocasião se apresenta, a ativa contribuição do Brasil em prol da criação do Estado de Israel, aprovada pela Assembleia Geral das Nações Unidas, então presidida pelo diplomata brasileiro e ex-Chanceler Oswaldo Aranha, em 1947.

Mas o governo brasileiro escondeu o quanto pôde, e continuamos a tentar fazê-lo, durante décadas, e creio que inutilmente, que o Itamaraty, sob o regime de Vargas então em afinidades com o nazismo, instruiu embaixadas e consulados do Brasil a impedir a concessão de vistos de entrada no Brasil para judeus e outras minorias (a política de discriminação na concessão de vistos prosseguiu depois também, no governo de Dutra, por algum tempo). Já tive a oportunidade de me referir a esses episódios lamentáveis da política externa e interna do Brasil. Por sorte e para nossa dignidade, houve diplomatas desobedientes, como Guimarães Rosa, à época nosso cônsul em Hamburgo, e Sousa Dantas, embaixador em Paris nesses anos trágicos, que concederam vistos a centenas, senão milhares, de judeus.

A desobediência custou a Sousa Dantas punição administrativa dada por Getúlio, tendo-se retirado da embaixada em Paris, invadida pelos nazistas, ficando confinado na Alemanha por mais de ano, antes de poder regressar ao Brasil.

Assim eram os governos autoritários à época e não há razão para crer em mudanças na natureza do autoritarismo. Cabe a lembrança do cônsul português em Bordéus, Aristides de Sousa Mendes, punido como um criminoso com a maior severidade por Salazar pelo mesmo comportamento de Sousa Dantas. Teve sua casa em Lisboa invadida e destruída pelos agentes policiais da ditadura, desempregado, sem como sustentar sua família, morreu de fome e de frio.

Israel era, e creio que ainda será, classificado como posto "C", ou seja, "posto de sacrifício". Na percepção ou no imaginário coletivo (já que poucos lá estiveram) entre os colegas diplomatas, trata-se de posto a evitar: alto custo de vida, distante de casa, permeado de conflitos, guerras e ataques terroristas, algum estoicismo na vida diária diante da ortodoxia nos costumes, de clima quente e desértico, situado em região de interesse subsidiário para o Brasil. Fora, portanto, dos radares de quem aspira a uma carreira de brilho.

Meses antes da minha partida para Israel, estourou em 1996 outra guerra de Israel contra o Líbano. Mais uma. Extremamente sanguinária, diria mesmo covarde, por parte de Israel. Na minha sempre pronta e matuta inocência – sobre o Oriente Médio e sobre o Itamaraty, cheguei a cogitar, com Celso Amorim, de remoção para outro posto, e o encontrei, como sempre, com a dureza de um cupinzeiro e inflexibilidade típica dos maus negociadores. Fui muito feliz em Israel, tenho a agradecer-lhe.

País de diminutas dimensões, tanto quanto se possa dizer, pois afinal não reconhece parte de suas fronteiras, portanto não podemos saber-lhe da área. E como está sempre avançando na ocupação de terras na Cisjordânia, em plena violação dos Acordos de Oslo e das resoluções do Conselho de Segurança e da Assembleia Geral das Nações Unidas, a questão é de difícil resposta. Sim, dizem que apenas recuperam a Judeia e a Samária. Enfim, país de diminutas dimensões, de momento. Caso estivesse na Amazônia, como em algum momento da história do sionismo se cogitou, a relação das proporções das duas áreas seria infinitesimal. Mas, como a Amazônia, Israel é um mundo. De sol, praia, mar Mediterrâneo de águas límpidas, desertos, belas ruínas romanas, algo desprezado como se ainda fossem propriedade do império conquistador, de César e Pôncio Pilatos, a beleza transcendental de Jerusalém, um Mar Morto vivinho de tragédias, com mais sal do que água, prenhe de ideologias testemunhadas em pergaminhos e em lutas selvagens de Jericó a Massada, a Terra Santa e o vinho de Cristo e das terras ocupadas no Golan, das saladas frescas mais inventivas que já comi, das cores mil dos temperos do Oriente, das belas mulheres de biquini e fuzil nas praias e nos bares. E a doçura da berinjela grelhada na brasa? Que dizer do "arroz e feijão" deles, a maravilhosa mistura de pepino e tomate em cubinhos, frescos, numa porção ingênua como o suco de romã que alivia a mente pesada de ressentimentos bíblicos e discriminação ortodoxa contra mulheres, à maneira dos primos árabes, rejeição kosher a tudo que não for kosher e a bichos sem escamas e com patas partidas.

Israel não é para não judeus, e pronto. Turismo, fora o de judeus (os franceses são frequentes), vá lá o evangélico, principal beneficiado das belezas impressionantes da região do "Mar da Galileia", o grande lago que os israelenses chamam de Kineret. Durante os anos que estive no país, não vi senão pessoas inteligentes e cultas, e muitos bons amigos. O senão fica por conta da tessitura política, a maioria dos cidadãos, e não só os ortodoxos, situando-se em regiões de ideologias conservadoras ou de direita radical – posições ideológicas a serem entendidas pelo prisma local, ou seja, contrárias à negociação abrangente de paz com os palestinos. "Liberais", lá, são os que apoiam tais negociações. Ademais da inteligência, permeia toda a sociedade a sensibilidade e apreço pelas artes, a música em particular. Aliás, a maioria das pessoas que conheci no país, para além da profissão, são exímios músicos amadores. Eu próprio, como flautista amador, fiz da prática da música e da promoção da boa música brasileira um modo particular de estreitar nossas relações, aprofundar e ampliar o conhecimento mútuo de nossas sociedades. Foram incontáveis, por exemplo, os grupos de choro que pude trazer do Brasil para turnês pelo país. E já tive a oportunidade de me referir ao Museu Adoniran Barbosa, no kibutz Bror-Hayil.

Considero, a propósito do relevo que se dá à música em Israel, que a minha principal conquista diplomática nos anos que lá estive em missão foi a de ter tido aulas de flauta com o flautista principal da Orquestra filarmônica de Israel, Yossi Arnheim.

Enfim, sociedade inteligente e culta, o que não quer dizer que não haja desvios ou oportunismos dentro dessa admirável coesão identitária. Quero dizer desvios pela tangente do círculo virtuoso da prática democrática e do humanismo. E nesse desvio já lá se vai metade da população economicamente ativa, ocupada com as artes da guerra. O serviço militar obrigatório a partir dos 18 anos para homens e mulheres, o restante, toda a gente que se vê na rua, trabalha nos computadores: produção e fabricação, programação, tecnologia da informação, comércio. De ressaltar, a poderosa indústria militar, simbiótica da indústria da informação e das poderosas universidades.

Por todo lado, os militares fardados convivem com os civis nos centros urbanos, mas boa parte deles está nas bases, e outros centros de pesquisa e de fabricação de armas nucleares, todos, junto com os serviços secretos, de olho na variedade de inimigos à disposição, em Gaza, na Palestina, nos campos de refugiados, nos territórios ocupados, no Líbano e outros vizinhos com potencial de armas nucleares, como o Irã, além, claro, do inimigo aleatório no espaço e tempo, o terrorismo.

A economia israelense, cuja base de sustentação continua a ser a sólida aliança com os EUA, oferece outras atividades, para além da indústria informática e militar, que, longe de serem desprezíveis, não deixam de ter uma especial cor local. Por exemplo, o comércio e lapidação de diamantes, ou o cultivo (fábricas e laboratórios) de pré-mudas. O grosso da agricultura em Israel é para a produção interna. Certo dia, indaguei a técnico sobre as famosas laranjas de Haifa, e obtive a informação de que o país não mais as exporta. Alegam que não podem se dar ao luxo de exportar água. Em vez de laranjas, exportam pré-mudas, ou seja, mudas em idade de sementes. A água, que antes ia exportada nas laranjas, agora fica.

Um dado curioso sobre a água, recurso raro na região, fator de guerras sem fim. Hishorn le Zion, cidade moderna, vizinha de Tel-Aviv, com mais de 500 mil habitantes, está praticamente plantada em cima de depósitos subterrâneos gigantescos de água pluvial. Depois de processada, a água é destinada a diferentes usos em várias partes do país, em especial a irrigação de áreas desérticas. O prefeito da cidade, por ocasião de visita protocolar que lhe fiz, mostrou-me, sempre com extraordinárias hospitalidade e gentilezas, outros aspectos dessa cidade, e que me fizeram vê-la e conhecê-la com apreço especial. Um desses aspectos diz respeito a uma das avenidas centrais da cidade, chamada, creio, "avenida das personalidades estrangeiras amigas de Israel". Ao longo de duas áleas centrais protegidas por jardins, viam-se erigidos marcos em mármore com os nomes e referências daqueles notados pela ajuda a judeus durante a Segunda Guerra Mundial. Lá estava o monumento ao embaixador brasileiro Sousa Dantas, ao lado de outros, como o cônsul português Aristides Sousa Mendes. Recordo-me do respeito e admiração com que aquela autoridade israelense leu comigo os dizeres de agradecimento do Estado de Israel àquele diplomata brasileiro gravados na placa de aço sobre o marco.

Mais adiante, no passeio de carro pela cidade que me proporcionou, o meu digno cicerone aponta para uma bela zona residencial, um bairro de casas vistosas, estilo subúrbio norte-americano, e me diz: "o Estado de Israel constrói e reserva essas casas residenciais para uso privativo e individual de cada judeu agraciado com o Prêmio Nobel, e sua família, independentemente de viverem em Israel ou em outro país. São, no momento (falava comigo em 2008), 780 casas, tantas quanto os agraciados".

[1] Tema é tratado de forma mais detida no conto "Natal cinzento, ou a morte do marquês do Rio das Velhas e os Duendes da Rua Larga de São Joaquim", neste livro.

O MUSEU ADONIRAN BARBOSA EM BROR-HAYIL

Quando a comissão de dirigentes do kibutz Bror-Hayil – chamado kibutz dos brasileiros – veio ver-me para apresentar um projeto "muito especial", em inícios de 2009, eu já havia assumido minhas funções como embaixador em Israel há quase dois anos. Tempo suficiente para promover a mudança de nossa chancelaria. Estava antes localizada em prédio obsoleto, decadente, malcheiroso dos esgotos que vazavam das tubulações defeituosas. Não era infrequente observarem-se camundongos em passeios furtivos pela minha sala. Tais incursões exploradoras me constrangiam sobremaneira ao ocorrerem na presença de visitas.

Agora, estávamos instalados com dignidade no 30º andar de prédio "inteligente", recém-construído, à rua Yehuda HaLevi 23, no coração de Tel-Aviv. A autorização para a mudança, obtida, como se imagina, não sem algum esforço negociador, veio com a definição, justificada pela área técnica da Secretaria de Estado por "parâmetros administrativos", mas para mim esotéricos, de um limite máximo para o espaço útil a ser alugado, de 270 m^2. Os tais "parâmetros administrativos" norteariam, em teoria, a área a ser disponibilizada para cada um dos escritórios (que chamamos de chancelarias) de nossas embaixadas pelo mundo fora. Para um posto de nível médio em termos de lotação de funcionários, como a embaixada em Tel-Aviv, 270 m² terão sido suficientes, mas apenas. No caso, estando no 30º andar, havia de todo modo a recompensa de uma belíssima vista da cidade e da orla marítima.

Aqueles senhores da comissão dirigente do Bror-Hayil, todos de idade bem madura, haviam emigrado do Brasil ainda nos tempos heroicos e socialistas dos primeiros anos de um Israel independente. Aí pela década de 1950, bem jovens e visionários, instalaram-se em Bror-Hayil, área cedida pelo Estado, ali bem pertinho de Gaza – estão sempre ao alcance dos foguetinhos lançados desde Gaza pelo pessoal do Hamas, e que tanto atormentam as forças de defesa de Israel.

Nunca mais deixaram o kibutz, acompanhando com nostalgia as transformações por que passaram essas instituições no país, e participando ativamente da construção de Israel e de seus intermináveis conflitos e guerras. O kibutz Bror-Hayil foi um dos primeiros sítios que visitei ao assumir o posto, pelo valor desses imigrantes brasileiros pioneiros na terra israelense e pela simbologia que projeta sobre as boas relações entre Brasil e Israel, ao longo da história comum aos dois países.

Depois do cafezinho de praxe, explicaram-me o motivo da visita. Com muita dificuldade, diante das limitações de espaço, haviam conseguido separar, num dos poucos e pequenos prédios da administração do kibutz, algumas salas, reservadas para a eventual instalação de um museu dedicado a Adoniran Barbosa.

Fiquei sabendo então que Adoniran Barbosa, nome artístico de João Rubinato, era judeu, registrado com esse belo nome, João Rubinato. Quem diria. Pois pretendiam modestamente homenagear esse grande artista brasileiro, mas também judeu, assim como a sua música, sua vida e obra, enfim, preservando-lhes a memória em Bror-Hayil. Não tinham, contudo, como financiar esse projeto. Indagavam se podiam contar com a ajuda financeira da embaixada e do governo brasileiro.

Fiquei fascinado. Olhando para aqueles senhores, nós juntos sentados ao redor da pequena mesa na ampla sala, as belas músicas de Adoniran passaram-me rápido pela mente, com suas letras inesquecíveis, sua linguagem peculiaríssima do português do Brás, algo italianizado em cada inflexão e em cada fonema: Trem das onze, Tiro ao Álvaro, Saudosa Maloca, Arnesto me convidou, Irene, Viaduto Santa Efigênia, As mariposa (assim mesmo, sem concordância). Esse grande compositor, humorista, cantor e ator brasileiro, nascido em Campinas, São Paulo, em 2010, filho de imigrantes italianos, com longa carreira artística, retrata em sua música e versos o cotidiano das camadas pobres em bairros como Brás e Barra Funda, assim como as mudanças trazidas pelo progresso urbano. Fez uma parceria inesquecível com Elis Regina.

Podiam, claro, contar com meu apoio. Afiancei-lhes que iria submeter, com todo o meu empenho, a solicitação de auxílio ao projeto às nossas autoridades, que certamente a considerariam com justeza. Assim foi feito e, por sorte, à época, as dotações orçamentárias para a área cultural ainda estavam bastante bem aquinhoadas – o que me permitiu, por exemplo, desenvolver um extenso programa de apresentações de grupos de choro brasileiros no país. (O choro, ou chorinho, é um gênero musical brasileiro com receptividade enorme, como se sabe, em várias partes do mundo, e despontava então em Israel).

Creio que recebi da Secretaria de Estado, sem muita delonga, cerca de 20 a 30 mil dólares, montante que permitiu ao Bror-Hayil materializar a Casa Adoniran Barbosa.

A inauguração, com boa quantidade de material sobre Adoniran trazido do Brasil, obtido pelo kibutz e também em parte pelo Itamaraty, foi uma festa. Memorável. Com direito a discursos, visita às instalações recém-pintadas, brindes com vinhos dos dois países, tudo embalado pelo grupo de cantores israelo-brasileiros e suas bandas a ecoarem ao vivo a arte genial do mestre Adoniran, brasileiro, e também judeu, agora com pé naquelas terras bem agrestes do kibutz. Viva João Rubinato, o humilde brasileiro e judeu de imigração italiana, e que se deu o nome artístico de Adoniran Barbosa.

Poucos anos depois, ainda com a imagem do museu no kibutz Bror-Hyail, mas já nas funções de Representante Permanente do Brasil junto à Comunidade dos Países de Língua Portuguesa (CPLP), em Lisboa, tentei promover seminário sobre a linguagem de Adoniran Barbosa. Havia um tema na agenda comunitária sobre "linguagens na língua portuguesa" e me pareceu próprio trazer ao debate a linguagem de Adoniran. Limitações orçamentárias, assim como falta de tempo hábil para identificar e convidar especialista no Brasil impediram que pudesse levar a termo a ideia.

Profissionalmente, tive uma experiência estimulante no posto. Quando nada, pelo contato sempre muito fluido com a chancelaria e outras autoridades, visitas importantes de lado a lado, culminando com a visita do Presidente Lula a Israel e à Autoridade Palestina em fins de 2009. Por conta de estarem as embaixadas, em maciça maioria, em Tel-Aviv, sendo ainda dominante o não reconhecimento de Jerusalém como a capital israelense, resultava um constrangimento assaz prazeroso a necessidade de ir com frequência quase diária à Cidade Santa por minhas obrigações do trabalho diplomático. Impossível falar de Jerusalém, por respeito a tudo o que a cidade é e representa. Inclusive em termos de conflitos, religiosos – pois ali estão os lugares sacrossantos das três religiões monoteístas – e políticos, com o convívio atribulado entre judeus e palestinos, conflitos vitais e transcendentais. Está tudo lá, os templos presentes e os que já se foram, as mesquitas, os muros, o das Lamentações e as escolas, yeshivot, dos ortodoxos, e todos os demais muros que separam, também de lamentar, a Via Dolorosa, o Santo Sepulcro, os hotéis históricos, o King David, o American Colony, essa maravilhosa antiga casa sultanesca, ponto de encontro da intelectualidade palestina, no lado árabe da cidade, os museus e o Yad Vashem, a lembrança permanente do Holocausto. Sempre uma experiência também acompanhar as sessões no parlamento, o Knesset. Nas frequentes idas de trabalho a Jerusalém, fazia sempre uma pausa-café antes da hora agendada em um conhecido hotel da cidade, onde os casais de prometidos ortodoxos cumpriam sua obrigação bíblica de apresentar-se publicamente: os numerosos casais, as mulheres apenas deixando ver a face, e os pretendentes de preto com suas longas barbas, tranças e cordões, mais o eterno chapéu, todos obviamente sem se tocarem, passeavam de lado a outro nos saguões do hotel para serem vistos. É uma cena curiosa, quiçá engraçada.

Contenho-me de referir os conflitos de toda natureza, latentes, inerentes, abertos, belicosos, armados, de terror, que pairam e com frequência se projetam sobre o país ou lá nascem. Episódios constantes, sombrios, trágicos e reais. Tive sorte, durante minha estada, com a não ocorrência de atos terroristas, que se saiba – o aparato de segurança e controle seguia forte.

Mas o terror do conflito em Gaza com mais uma invasão israelense, em 2009, arrepia. Relatórios sobre bombardeios massacrantes, e de desrespeito aos direitos humanos por comissões internacionais, debates na ONU, visita de autoridades de toda parte, até mesmo de Celso Amorim, no esforço da paz fugidia.

A voz política do Brasil é fraca na região se comparada, naturalmente, aos principais atores, EUA, Rússia, União Europeia, nessa ordem, ou mesmo com países como a China, Japão e Índia. Temos sido ativos o bastante, entretanto, no plano multilateral, mas muitas vezes com posições visivelmente desequilibradas ou distorcidas. Naturalmente, quando o Brasil se exprime com críticas acerbas, talvez injustificadas por momentos, lá está o embaixador do Brasil em Tel-Aviv a ser solicitado a dar explicações à chancelaria sobre o inexplicável. Somos pagos para isso também. Apenas digo, a respeito, que não tive vida fácil no posto.

Conheci minha atual mulher, Cristiane, em Israel, na residência da Embaixada. Foi por ocasião de singela recepção a grupo de empresários brasileiros, liderados pelo irmão, o querido Ricardo Yazbek, na área da construção civil. Cristiane, médica-dentista em Lisboa, integrava o grupo junto com outros familiares na visita a alguns países do Oriente Médio. Contei-lhe que já estava naquele momento removido para aquela capital lusa, em missão como representante permanente do Brasil junto à CPLP, sentindo, de minha parte, o nascimento de uma amizade duradoura.

VIDA DE CONSULADO
LISBOA
A AJUDA DE CARLOS CÂMARA PESTANA

Logo após eu ter assumido as funções de Cônsul-geral do Brasil em Lisboa, em agosto de 1999, pediu hora para ver-me o senhor Carlos Câmara Pestana, que se identificou como diretor do Conselho Consultivo para a Europa de uma grande instituição bancária brasileira. Recebi, à hora aprazada, esse homem, de méritos extraordinários. Advogado e pessoa de grande proeminência no mundo das finanças em Portugal, presidia o Banco Português do Atlântico (BPA), um dos maiores conglomerados financeiros do país nas décadas de 1950 e 1960, quando se viu na contingência, com a Revolução de 25 de abril de 1974, de emigrar para o Brasil[1]. Por seu currículo e suas relações pessoais no mundo dos negócios, foi admitido em um grande banco brasileiro, onde começou nova carreira, chegando à presidência da instituição depois de 15 anos.

Aceitou o cafezinho que lhe ofereci e, num tom de voz suave, mas sempre sério, iniciou a conversa dizendo-me da gratidão que tinha pelo Brasil, país que o acolhera tão bem numa hora de grande dificuldade para ele. Disse que não se esqueceria jamais de ter sido recebido de braços abertos e ter sido tratado da maneira mais amiga e fraternal por todos no país que, à época, em 1975, quando emigrou, enfrentava, com o regime militar (Geisel), grandes desafios e dificuldades.

Talvez valha aqui reproduzir pequeno trecho de entrevista que o doutor Carlos Pestana concedeu ao jornal *O Público*, há poucos anos[2], quando recebeu, das autoridades brasileiras, a autorização de residência: "'Fui à delegação do Ministério da Justiça do Rio de Janeiro, que funcionava num prédio, onde havia filas muito grandes, 90% eram portugueses de Angola e de Moçambique', recorda. Receia que o facto de ter liderado o Grémio dos Bancos lhe cause problemas. Um receio infundado. A 15 de Agosto recebe a carteira de residência e pode mandar vir a família. Com os papéis na mão, vai agradecer à directora do serviço. A resposta ficou-lhe para sempre na memória. 'E ela faz isto, que é extraordinário: levanta-se, vem até à porta, estende-me a mão e diz-me: não é o senhor que tem de agradecer. Eu é que, como brasileira, tenho de agradecer que uma pessoa como o senhor escolha o meu país para viver, numa situação tão infeliz do seu país. Quando saí dali, já ia levitando', recorda com emoção".

Câmara Pestana continuou, no mesmo tom de voz: "estou de retorno a Portugal, por motivos familiares (mais tarde vim a saber que sua mulher, por quem sempre manifestava muita estima, se enfermara), e ocupo apenas funções consultivas (nesse banco brasileiro), presidindo seu Conselho para a Europa. Minha gratidão ao Brasil, à maneira como fui recebido e tratado pelos brasileiros é imensa, e gostaria muito de retribuir, de alguma forma. O objetivo de minha visita é de indagar ao senhor Cônsul-Geral se vê algo em que eu possa ajudá-lo em suas tarefas e ao Consulado".

Ao longo das duas vezes em que servi em Lisboa, primeiro como Cônsul-Geral (1999-2001), e posteriormente como Embaixador-Representante Permanente junto à Comunidade dos Países de Língua Portuguesa – CPLP (2010-2014) tive sempre o privilégio de lidar com personalidades, públicas, empresariais, do mundo cultural ou diplomático da melhor estirpe. Posso afirmar que o mesmo diriam os embaixadores, e demais chefes de missão diplomática ou consular do Brasil que aqui serviram. Portugal é generoso na qualidade de sua gente e de seus líderes. Devo, entretanto, confessar que a visita de Câmara Pestana, suas palavras de gratidão ao Brasil e, não menos, sua oferta de ajuda desinteressada me tocaram particularmente. Por ser quem ele é.

Não tive maiores dificuldades em responder, fazendo-lhe uma proposta. Na altura em que me visitou, o Consulado-Geral do Brasil em Lisboa atendia, em média, 300 consultas diárias, com picos de até 600 atendimentos. Havia um "boom" de crescimento no país, após entrada para a União Europeia, e muita demanda por trabalho, em especial na construção civil. A emigração brasileira, de trabalhadores nesse setor, o da construção civil, fazia-se às pencas de centenas por dia, manipulados por máfias, e transportados em voos da Transbrasil (para aqueles que se lembram dessa companhia aérea brasileira).

Ignorantes e iletrados muitos deles, vinham a Portugal sem saber que viajavam para outro país, chegavam sem bagagem, em manga de camisa no inverno, eram instruídos pelas máfias a dizer às autoridades nos aeroportos que vinham a turismo (por exemplo, na Ilha da Madeira, e, quando indagados sobre como pretendiam lá chegar, diziam que iriam "de táxi"). O índice de retorno (de entradas no país rejeitadas pelas autoridades) era, evidentemente, enorme. A maioria dos que conseguiam entrar, ou arranjava logo emprego irregular na construção, ou se isolavam em *ghettos*, dormiam ao relento ou mesmo em caçambas de lixo. Soube disso logo, muitos vinham ao consulado, outros, aos milhares, sequer sabiam da existência do consulado.

Certo dia, um padre de uma comunidade perto de Mafra veio ter comigo para expor a situação degradante de várias centenas de imigrados brasileiros que começaram a frequentar sua igreja, em demanda de serviços básicos que a pequena paróquia não tinha condições de atender. Fomos lá, tendo montado um "consulado itinerante", e prestamos a atenção básica àqueles brasileiros desvalidos. A cada dia que passava, casos semelhantes se multiplicavam.

A forte e crescente demanda pelos serviços consulares, por parte dos cidadãos nacionais, a maioria recém-emigrada, portanto, mais carente de orientação, apoio e atenção, acontecia sobretudo na circunscrição de Lisboa. Talvez um pouco menos na do Porto, onde a comunidade brasileira era, e creio que ainda é, mais estável, com uma média maior de tempo de residência em Portugal. Recorde-se que à época, a circunscrição do Consulado-Geral em Lisboa abrangia as regiões do centro e do sul do país, inclusive o Algarve, onde tínhamos apenas um consulado honorário. O empreendedor brasileiro André Jordan, nosso Cônsul Honorário no Algarve, mantinha aberto um escritório em Villa Moura, prestando-nos inestimáveis serviços de apoio consular. De alguns anos para cá, foi aberta nova repartição consular no Algarve, o Consulado-Geral em Faro.

Disse a Câmara Pestana que o Departamento Consular do Ministério das Relações Exteriores, em Brasília, estava naquele momento empenhado em projeto de aperfeiçoamento e informatização do sistema consular como um todo, uma necessidade que se evidenciava ainda mais com o crescente surto de emigração brasileira para diversos países em várias partes do mundo.

A situação do Consulado-Geral em Lisboa, conforme assinalei, não era nem de longe um caso isolado, mas era urgente buscar de imediato meios de automatizar diversos procedimentos internos e de atendimento ao público. O Consulado-Geral em Lisboa ainda tinha a sede na Praça Camões, num vetusto prédio alugado há quase um século, com condições precárias para atender a nova demanda de forma eficiente. Tendo em vista que o projeto referido, ainda na fase de testes, não estaria pronto para aplicação a curto prazo, indaguei a Câmara Pestana se não seria possível obter-se da instituição bancária brasileira, diante da sua alta capacidade em informática, projeto a ser aplicado no Consulado-Geral em Lisboa de forma quase imediata.

Câmara Pestana aceitou o desafio, e se dispôs a examinar sua factibilidade com o banco brasileiro que presidira. Pendente a minha observação, de que teria preliminarmente de submeter ao Itamaraty a proposta, ficamos, naquela breve visita, acordados com a perspectiva de encontrar pronto alívio para muitas das dificuldades burocráticas que emperravam o trabalho consular. Submeti logo em seguida esse entendimento à Secretaria de Estado e recebi, passado pouco tempo, a concordância oficial para seguir adiante com a proposta.

Tivemos, Câmara Pestana e eu, vários encontros subsequentes, por assim dizer de trabalho, para "afinar" a proposta. Não é nada fácil traduzir, para uma linguagem operativa, do ponto de vista empresarial, os procedimentos de que tratam os manuais do serviço consular. Ademais, há, naturalmente, no serviço consular, como no serviço diplomático, áreas de segurança, fora os dados pessoais dos usuários, assim com os arquivos confidenciais, que deveriam ficar isolados, excluídos de qualquer contato e da eventual cooperação com o banco.

Passadas algumas poucas semanas de recebida a autorização devida do nosso Departamento de Assuntos Consulares em Brasília, chega a Lisboa, procedente de São Paulo, uma equipe de cinco ou seis técnicos em informática do banco. Essa equipe trabalhou, por várias semanas, entre idas e vindas, nos diversos setores do consulado, em todo o horário do expediente, inteirando-se dos procedimentos ligados a cada tipo de serviço prestado, notadamente os de natureza cartorial, mas não só. Os procedimentos de atendimento, por exemplo, foram os primeiros a serem agilizados. Reitere-se que a cooperação sendo prestada dizia respeito a procedimentos, não havendo, por motivos de segurança e proteção de dados pessoais de usuários ou de informações oficiais, qualquer acesso aos arquivos ou bancos de dados por parte da equipe. Devo notar que pude contar com todo o apoio da Secretaria de Estado e do Departamento de Assuntos Consulares. O projeto foi preparado e posto em aplicação ao final de um período de cerca de três meses. Com boa parte dos métodos de trabalho e dos procedimentos informatizados, foi notável a melhoria na eficiência e produtividade dos serviços no consulado.

Diante desses resultados, cheguei a sugerir à Secretaria de Estado que o projeto fosse utilizado em outras unidades consulares, tendo, entretanto, recebido a resposta de que o projeto de informatização e de uniformização dos serviços consulares já estava em fase adiantada de testes e que, portanto, seria melhor evitar a duplicação de esforços. Foi, de fato, num momento de transição que pudemos aproveitar a oferta de ajuda oferecida pelo doutor Câmara Pestana, até que o projeto abrangente desenvolvido pelo Departamento de Assuntos Consulares do Itamaraty, de informatização de todos os serviços consulares, começasse, ao longo dos anos seguintes, a ser aplicado gradativa, mas uniformemente em todo nosso sistema consular.

[1] PESTANA, Carlos Câmara. Web: O público. *Revista-2*, 12 de janeiro de 2014, "O banqueiro que viveu duas vezes": "O homem que antes da revolução, a meio da vida, se tornara um dos obreiros (há quem afirme que foi o principal) da transformação do Banco Português do Atlântico num império financeiro mais poderoso do que os grupos Mello ou Espírito Santo surgia agora acossado. Sentira-o no ambiente da instituição financeira, percebera-o numa conversa com Álvaro Cunhal, ficara com a certeza de que ser banqueiro, e para mais bem-sucedido, era ser contra o novo regime. Tarde ou cedo, teria de abandonar o país. À sua espera estava o Brasil, onde Câmara Pestana iria repetir a façanha do BPA: começa por baixo e no prazo de quinze anos, chega à cúpula do Itaú, que ajudará a transformar no mais importante banco privado da América Latina (com activos de 400 mil milhões, três vezes mais do que o défice público português)".

[2] O público, *Revista-2*, *op. cit.*

LISBOA
A COMUNIDADE DOS PAÍSES DE LÍNGUA PORTUGUESA (CPLP)

A Comunidade dos Países de Língua Portuguesa (CPLP) é uma organização internacional sediada em Lisboa.

É um desafio falar da CPLP, uma iniciativa que mexe com muitos arquétipos: viagens e descobrimentos, impérios, metrópoles e colônias, liberdades e desconfianças, criatividade, lideranças e democracias, vizinhanças e distâncias, igualdades e desigualdades. Era vista como arranjo regional, criado em 1996, em torno da língua portuguesa e de outros valores culturais e políticos partilhados originalmente por sete países – Angola, Brasil, Cabo-Verde, Guiné-Bissau, Moçambique, Portugal e São Tomé e Príncipe. Timor-Leste tornou-se membro pleno em 2002, quando de sua independência (liberando-se da Indonésia e da tutela da ONU). Em 2014 foi a vez da Guiné Equatorial, cuja adesão se deu em longo e controvertido processo, em vista dos questionamentos relativos às qualificações do país, de língua oficial espanhola, há 35 anos governado pelo ditador Teodoro Obiang, com escassos resquícios da língua portuguesa e onde está vigente a instituição da pena de morte – todos fatores conflitivos, senão incompatíveis, com as condições de admissão de membros, conforme os estatutos da organização.

Como é, então, que a Guiné Equatorial foi admitida? Numa resposta de "bate-pronto", tratou-se de proposta do Brasil, mas com assinatura claramente partidária, tendo sido articulada durante o segundo mandato do Presidente Lula. Exceto por uma consequente e generalizada expectativa de vir a CPLP, de orçamentos bastante limitados, a contar com um país membro adicional em condições de aportar recursos significativos à organização, não havia disposição, nem boa vontade dos demais países membros em receber candidato com o perfil assinalado da Guiné Equatorial. Brasil, de sua parte, com ligações de cooperação com a Guiné Equatorial na área do petróleo e principal beneficiado, estaria disposto, em troca, a ajudar o ditador Teodoro Obiang a sair de seu isolamento político, abrindo-lhe as portas da CPLP.

Meras especulações, mas assim corriam as vozes discretas dos delegados pelos corredores do belo edifício sede da Comunidade, junto à Sé, no bairro da Alfama, em Lisboa. Uma resposta mais sopesada encontrará eco nas contradições que por vezes podem sugerir alguma artificialidade na natureza da Comunidade, malgrado a solidez de seus fundamentos, a língua comum, traços culturais próprios, com peso geográfico no concerto internacional.

A CPLP traduz ensaio de uma identidade comunitária. Não tem nada que ver com expressões de cunho ideológico em torno da lusofonia, como o "lusotropicalismo", sempre referido no contexto da obra de Gilberto Freyre e outros.

A CPLP decorre de uma concepção contemporânea do que sejam e para que servem os arranjos e iniciativas regionais. Propõe-se uma organização capaz de dotar os países membros, como foi o caso do Mercosul no âmbito comercial, de uma plataforma diferenciada de diálogo entre seus membros e destes com os demais países, nos três polos de sua proposta de ação:

concertação política, promoção da língua portuguesa e cooperação e defesa dos valores democráticos. Objetivos legítimos, e que nada devem ao passado colonialista ou às hierarquias culturais ou econômicas.

E a plataforma é significativa: no momento são 9 países membros, com uma área total de 10.742.000 km^2, 7,2% da terra do planeta, em espaço descontínuo em quatro continentes, a maior parte no hemisfério sul, onde o português é a língua mais falada. É certo que é constituída de realidades muito diversificadas, o que, em seus propósitos, a Comunidade vê como fator positivo.

Há, com efeito, boa dose de originalidade na construção da CPLP, ainda que, como digo, a iniciativa mexa com muitos arquétipos, por exemplo ligados à lusofonia e à história colonialista, dominação e lutas pela independência; ou a modelos de agremiações como a "Commonwealth" ou o "Espaço Francófono". Nestas, no entanto, ao contrário da CPLP, onde as decisões são por consenso, subsistem as estruturas organizacionais de perfil hierárquico e tampouco têm a pretensão da concertação política. Enfim, uma organização que apenas completou 25 anos, com uma organização administrativa ainda muito precária, mas que gradualmente vem se afirmando como um espaço comum, não só culturalmente, mas também como de entendimentos políticos e com iniciativas concretas de cooperação. Sobre este ponto, aliás, vale referir a CPLP como uma "marca", como se deu por exemplo com o Mercosul, havendo, como lá, a multiplicação, de forma bem espontânea, de órgãos governamentais e entidades não governamentais, e outras da iniciativa privada, que se associam à "marca" CPLP, contando assim com aumento de escala nas respectivas atividades. Há de tudo, em todas as áreas. Esse, o envolvimento da sociedade civil, será talvez uma das consequências mais importantes da criação Comunidade CPLP, e que encontra ressonância nos órgãos governamentais representados dentro da organização.

As desconfianças, herdadas do contexto histórico Portugal-metrópole e colônias, sobretudo no seio dos cinco países africanos de língua portuguesa, os PALOP, conquanto ainda perdurem aqui e acolá, marcaram sobremaneira a aceitação da iniciativa, liderada em seus tempos de conformação, na década de 1990, pelo então embaixador do Brasil em Lisboa, José Aparecido de Oliveira, que a teve quase que como uma bandeira de natureza pessoal. Nunca foi um tema prioritário na política externa do Brasil, contudo, e somente com muita relutância, por parte de países ex-colônias ainda com os traumas de guerras recentes de libertação e de afirmação de independência, pôde ser assimilado como um desafio comum a todos.

Vindo justamente de Lisboa, onde passara dois anos como cônsul-geral do Brasil, removido para a Secretaria de Estado, em Brasília, para assumir a chefia do Departamento de África e Oriente Próximo, deparei-me logo em seguida com a II Reunião de chefes de Estado e de Governo da CPLP, assunto sob minha responsabilidade. Para mim, naquele momento, uma curiosidade, algo até mesmo exótico no plano de nossa política externa. Mas vi logo o desafio que consistia a busca, necessariamente conjunta dos países membros, de um espaço próprio no contexto internacional para a afirmação de valores caros a esse grupo de nações. Ouvia-se muito, e ainda, mas muito menos, a indagação, mesmo entre colegas diplomatas: "CPLP o quê? O que é isso?"

A notar que também o Mercosul, plataforma com objetivos mais bem voltados para a integração e a expansão comercial dos quatro países que originalmente a integravam, conformou-se igualmente na década de 1990. São arranjos com características e objetivos distintos, mas que podem desenvolver muitos pontos de semelhança, senão de convergência. De há muito que o Mercosul deixou de ser um organismo voltado apenas para a criação de um espaço comercial comum, uma área de livre comércio ou uma zona aduaneira: suas estruturas intergovernamentais permitiram uma notável expansão das áreas temáticas objeto de tratamento conjunto, para além dos movimentos de bens e serviços, como também de pessoas. Temas diversos, como meio ambiente, educação, energia, transportes etc. são objeto de tratamento em foros governamentais e não governamentais, sempre dentro da ótica da "marca" Mercosul. O mesmo ocorre na CPLP. Há mesmo, no plano político, o esboço de diretivas no plano supranacional, como é o caso da chamada "cláusula democrática", que condiciona a participação no Mercosul apenas a países com regime democrático. Essa cláusula fundamentou a suspensão da Venezuela e, por determinado período, do Paraguai. Significativamente, a mesma cláusula é condicionante da participação dos países na CPLP.

Findo o meu período em Israel, o Chanceler Celso Amorim ofereceu-me a chefia de nossa missão permanente junto à CPLP, em Lisboa. O Brasil foi pioneiro em contar com uma missão permanente de representação junto à CPLP em Lisboa. Sucedi ao primeiro ocupante do cargo, o embaixador Lauro Moreira. Em abril de 2010, quando lá cheguei, Portugal, país sede, já nos acompanhava com uma missão separada da chancelaria, com um representante permanente, como nós. Logo em seguida vieram Angola e Moçambique. Os demais países operavam, e creio que ainda operam a partir das respectivas embaixadas, de forma cumulativa. Aceitei por amor que aprendi a desenvolver pela causa, e por tratar-se de posto multilateral, ainda que limitado em escopo e número de países. Ademais, era estimulante a perspectiva de voltar a servir em Lisboa, em condições bem distintas daquela de cônsul-geral e, a bem dizer, daquela de embaixador junto ao governo português, esta uma função onde o charme e a beleza da representatividade compõem a ampla moldura de um quadro com pequena teia de substância. Não é, contudo, uma embaixada que se recuse, apenas não me foi oferecida. Terá sido falta de perfil para o posto, com certeza.

É fato que a diversidade e a desigualdade de escalas entre os países membros permitem um olhar cauteloso sobre o potencial da CPLP como entidade política e economicamente singularizada. A mesma dúvida sempre esteve presente no Mercosul, onde também há um peso político e econômico bastante diferenciado entre Argentina, Brasil, Paraguai e Uruguai. A rigor, o mesmo se poderia dizer da maioria dos arranjos regionais (EUA, Canadá, México) ou mesmo dos organismos multilaterais mais abrangentes. Até a própria ONU, evidentemente. Desse ponto de vista, a diversidade não terá valores positivos ou negativos, pois é um dado da realidade internacional e que se compensa na busca de convergências. Assim a teoria, assim a prática, com todas as nuances e contradições da realidade. Com efeito, a CPLP segue em pé, bem direitinho. Seu riquíssimo universo social tem sido de importância capital para o Brasil, seja ao pôr em relevo nossa identidade africana, seja ao reconhecer, na sociedade brasileira, potencial de solidariedade no esforço comum pelo desenvolvimento e reconhecimento da dignidade do ser humano. Há sempre uma resposta ativa e atenta por setores diversos da sociedade brasileira ao trabalho da CPLP, não só no restrito âmbito governamental, mas por meio de seus desdobramentos na sociedade civil. Tem tido, em termos de política externa, uma utilidade comprovada com os bons resultados da articulação, por exemplo, para o endosso de candidaturas de nomes originários dos países membros a cargos diversos no âmbito internacional, sempre com êxito. Muito da expansão da língua portuguesa e da cultura comunitária em décadas recentes se deve à presença da CPLP, que se vê crescentemente integrada na comunidade internacional com voz própria. Não é pouco.

AS AMÉRICAS
DE WASHINGTON, A ASSUNÇÃO E BUENOS AIRES

(I) WASHINGTON, D.C. – EUA

Em um belo dia de fins de outono, recém-chegado a Washington D.C., recebo em meu cantinho de Terceiro-Secretário na embaixada a chamada telefônica de minha mulher, que vinha buscar-me ao fim do expediente:

– Fogo! Corre, desce! Nosso carro tá pegando fogo, aqui mesmo, em frente à embaixada, corre!

Corri, desci e vi, parado meio sobre a calçada do número 3006, Massachusetts Avenue, diante do imponente prédio envidraçado da chancelaria da embaixada, o Mustang que havíamos acabado de comprar, 500 km no odômetro, com o motor em chamas. Susto nosso. Felizmente, minha mulher nada havia sofrido.

O aprendizado de como trabalhar em Washington começou ali, com o calvário que tive que percorrer em seguida para receber a indenização do seguro pela perda total do carro. E ainda tivemos, nós dois num abraço de desamparo e sem compreender como aquilo podia ter acontecido, de ouvir a piada de um dos bombeiros que logo acudiram naquela viatura com todo o aparato barulhento de sirenes e luzes tão trepidantes como as chamas que saiam do motor de nosso carro: "*this is what I would call a 'hot Mustang'!*" À piada, seguiu-se logo a advertência, em tom de trovão, para que tirássemos logo "aquilo" dali.

Bem, o bombeiro estava parcialmente equivocado na piada. Era de fato um "Mustang", mas muito longe de ser "*hot*". Com a clássica linha arrojada dos Mustangs, e num bonito azul-claro, o carro era de uma versão mais econômica, apenas com quatro cilindros e pequena potência, foi o automóvel mais em conta que pudemos encontrar no mercado local naquele momento. Estamos em fins de 1975. O democrata Jimmy Carter, presidente eleito, preparava-se para uma gestão em tempos políticos difíceis, na esteira do escândalo de Watergate e a renúncia de Nixon, e na evidência das ruínas em brasas de propriedades queimadas nos conflitos anos antes pelos direitos civis, em setores inteiros de negros em várias cidades americanas, sobretudo a capital, Washington, D.C.

Tempos econômicos difíceis também, pois Carter teria de lidar com altas sem precedentes no custo de vida no país, com taxas de juros atingindo 12 por cento ao ano. Os dois "choques" do preço do barril de petróleo, em 1973 e depois em 1979, talvez mais até do que a queda de Nixon e a conquista dos direitos civis pelos negros, mexeram na base do *American way of life* e seus automóveis bebedores de gasolina, os *gas guzzlers*. Penavam nas longas filas nos postos de abastecimento e, como se viu com o nosso "Mustang" econômico de quatro cilindros, revelaram-se inexperientes e desajeitados nos ajustes que se viram obrigados a fazer na indústria para o uso mais eficiente da energia. A consciência social dessa necessidade, se veio, foi gradual e se deu muito mais tarde, já no contexto das teorias da mudança do clima e do aquecimento global. De qualquer forma, o apoio amplo com que contaram Donald Trump e alguns outros governantes norte-americanos em tempos passados nas posturas refratárias à redução da produção de gases do efeito estufa mostra a resiliência existente nesse processo de conscientização.

Na embaixada, haviam-me encarregado de cuidar de assuntos na área da ciência e tecnologia. Pelas funções, fui ungido com a pomposa e dúbia função diplomática de *scientific officer*. Ficava muito constrangido quando, em visitas de trabalho a universidades e centros de pesquisa, tratavam-me, sem ironias, como se fosse efetivamente um cientista. Os americanos são assim, acreditam nas pessoas. O contrário de nós, pobres tupiniquins, que desconfiamos de tudo e de todos. Aprendemos com a dura realidade nossa, onde reina sempre a deusa dos enganadores e dos golpistas. Agora, com Bolsonaro, estivemos mais sofisticados ainda, ao querer exportar nossas desconfianças para desacreditar o resultado das eleições presidenciais que elegeram Joe Biden. O atual Chanceler brasileiro, Ernesto Araújo, diz que todos devíamos nos orgulhar de sermos agora um país "pária" no mundo. País pária é assim, tem Presidente e Chanceler que supõem fazer a verdade internacionalmente.

Pasmem, mas uma característica permanente das autoridades brasileiras em visita à cidade, que pude testemunhar ao longo dos cinco anos em que servi em Washington, D.C., foi algo semelhante: sempre se indignavam por não encontrarem as autoridades do governo norte-americano à absoluta disposição e à espera das nossas, fora das agendas acordadas. Não entendem como podem encerrar o expediente do dia, inclusive o presidente, às cinco da tarde, conforme o horário comum no país, o famoso *nine to five*. Os valores lá são inversos aos nossos. *Prima facie*, confiam, ninguém precisa apresentar carteira de identidade, mesmo porque não as há. Empregados e patrões que ficam no serviço após o expediente não são "dedicados ao serviço", como entre nós, mas incompetentes, já que não foram capazes de cumprir as tarefas do dia no horário previsto. Presidentes tiram férias e descansam nos fins de semana. Serão "cobrados" pela sociedade se não o fizerem. As leis são para todos. Não admira que nossas autoridades, nos seus tratos com os correspondentes norte-americanos, surpreendessem-se com a prática de valores que entre nós são apenas para exposição retórica, como organização, observação de horários, estrita separação da coisa pública da coisa privada etc.

O trabalho diplomático na capital norte-americana é, como se poderia imaginar, uma escola: de diplomacia, de política internacional e de civilização, sem exagero. Afinal, estamos no centro do império. De resto, em termos educativos e educacionais, acrescem a essa extraordinária experiência as oportunidades de estudo nas várias e excelentes universidades no Distrito de Colúmbia. Deparei-me logo com o fato muito positivo, na nossa embaixada, de muitos colegas aproveitarem a estada em Washington para cursos de mestrado ou doutorado. Eu mesmo fiz duas universidades, um bacharelado (B.A.) em música pela George Washington University e um mestrado (M.A.) em teoria política no seleto "Department of Government", da Georgetown University. Nas duas, o processo de admissão, no meu caso, foi bastante curioso e mostra o grau de abertura existente no sistema de ensino universitário no país.

Na Universidade de George Washington, fui ao departamento de música munido de meus diplomas de bacharelado em direito (UFMG/CEUB), diplomacia e relações internacionais, pelo Instituto Rio Branco, ademais de meu currículo de dois anos de Escola Naval e de um ano no departamento de música na UNB. Esse currículo permitiu minha admissão ao programa de bacharelado (B.A.), por cobrirem mais que satisfatoriamente os créditos exigidos nas diversas áreas do programa: ciências exatas (neste caso, meus créditos da Escola Naval em física, química, matemática), ciências sociais (direito). Quanto ao campo específico que propus (música), meus créditos eram muito parciais, pois mal havia feito o vestibular para música na UNB quando fui removido para Washington. Tinha comigo, por certo, a carta de recomendação de minha professora de flauta na UNB, Odette Ernst Dias, e outra do diretor do departamento de música daquela universidade de Brasília. Na entrevista no departamento de música da George Washington (há sempre as entrevistas com o candidato, olho no olho), o saudoso diretor, o maestro Steiner, grande violinista de seu tempo, viu o meu currículo, mas quis saber mais sobre meus antecedentes em música. Em resposta, comecei por dizer-lhe que vinha de uma família de músicos, uma irmã pianista, outra bailarina clássica, outra maestrina. Foi o quanto bastou. Disse ele que não precisava continuar, eu estava admitido. Ponto. Como já estava dispensado de cumprir os créditos em outras áreas, fiz o B.A. rapidamente, em dois anos, em *Applied Music,* com *major* em Flauta, com direito ao recital, condição *sine qua non* para o diploma.

Meu recital, no Marvin Auditorium, da universidade, em 1978, foi uma efeméride para mim, não importa o público pouco numeroso, coisa normal nesse tipo de evento universitário. Quanto mais não seja, pela densidade do programa, que mesmo hoje deixaria, suspeito eu, flautistas profissionais sem fôlego: trabalhamos muito, o pianista e colega de classe no departamento, Richard Allen, junto com meu professor de flauta William Fuhrmann, no programa que passava pela complexa sonata em si menor de J. S. Bach, BWV 1030, incluía Gluck, Mozart, Ibert e Poulenc, além de peça para flauta solo de Camargo Guarnieri. Não queria misturar as coisas. Não foi fácil cumprir o programa dos créditos em música, com aulas obviamente presenciais. Tive que arranjar tempo fora dos horários de expediente na embaixada (pela manhã cedo, durante a hora de almoço, à noite), e sobretudo nos cursos intensivos de verão. Em cinco anos em Washington, ocupei-me, em quase todas as férias, com cursos intensivos de verão, primeiro na George Washington University, depois na Georgetown University. Senão, não daria para terminar os cursos. Como as aulas de flauta eram individuais, podia fazê-las de forma diferenciada. Bill Fuhrmann deu-me estímulo importante e muita confiança. Alguns professores foram compreensivos comigo, como o próprio Steiner, por exemplo, que me deu o curso de regência como se fora aluno particular. Conheciam minhas limitações pelo meu dever de cumprir os horários da embaixada, e me ajudaram muito mesmo.

Sou eternamente agradecido a eles. Não só em termos de horários e outras flexibilizações, que de resto são absolutamente próprias do sistema de ensino norte-americano (pois, como disse anteriormente, é um sistema que funciona na base da confiança mútua: não creio que tão cedo vejamos algo parecido no Brasil, infelizmente). Há também que acrescentar o envolvimento sincero e pessoal dos professores com a evolução e a formação pessoal, não só profissional, de cada aluno. É como se eles quisessem "ver" à frente de cada um de nós. Na verdade, velam por cada aluno, aliás, cuidando de seu futuro, orientando-o da melhor forma. É algo impressionante, deveras.

Não à toa são os EUA o que são. Robert Parris, por exemplo, foi meu professor, primeiro de contraponto, e depois de composição. Um grande compositor contemporâneo, infelizmente falecido ao final da década de 1990. Recordo que estamos falando, aqui, de coisas que se passaram em fins da década de 1970, inícios da seguinte. Pois Parris, ranzinza como quase todos os gênios da música soem ser, e sempre implacável nas críticas às fugas e demais peças que eu compunha (sempre de madrugada, não havia outra hora) como exercícios de "para casa", uma vez conversou comigo em tom pessoal, sabedor de minhas dúvidas sobre seguir a carreira diplomática ou a carreira de músico: aconselhou-me, com sinceridade de propósito, a não deixar a diplomacia e fazer música como amador. Não porque não reconhecesse o potencial em mim para a mudança de carreira, mas simplesmente por uma visão realista do mundo, alertando-me para as durezas, bem conhecidas, da vida de um músico profissional. É assim. A propósito, recomendo, mesmo para quem não tem pretensões a músico profissional, o divertido livro de meu antigo professor de teoria e solfejo na UNB, o trompista e amigo Bohumil, intitulado *A dura vida do músico*, publicado por sua editora. Bohumil seguiu seus próprios conselhos e, de músico, mudou de atividade profissional, tornando-se um empresário bem-sucedido com uma das maiores editoras e livrarias de música e partituras da América Latina, sediada em Brasília.

Enfrentei processo parecido ao caso da minha admissão para o B.A. na George Washington University, talvez mais complexo, para a admissão ao mestrado em teoria política no Government Department, um departamento muito exclusivo dentro da Universidade de Georgetown, por si mesma uma universidade exclusiva, integrante da Ivy League norte-americana. Por sorte, tinha feito, antes de pleitear fazer o mestrado, alguns cursos, também intensivos de verão com o professor Czerny, que em seguida se tornou diretor do departamento. Fizera com ele, ainda sem ser aluno permanente de Georgetown, um curso sobre Post Industrial Societies, um estágio de desenvolvimento econômico e social atingido pelos países mais avançados, baseado na economia de serviços, não mais da indústria, que hoje, em pleno ano de 2021, passadas mais de quatro décadas daquele ano de 1979, ainda parece alheio aos processos que informam a teoria do desenvolvimento no Brasil. Ou, pelo menos, na prática, pois nossa sociedade parece ter sido (infantilmente) convencida de que a solução para nosso desenvolvimento está, não nos serviços e em tecnologia da informação, mas, pasmem de novo, no setor agrícola. Agricultura e da mineração. O "deus Agro", o que tudo pode!

Pelo visto, continuamos aferrados aos nossos históricos "ciclos econômicos", começando com o do pau-brasil, depois o da cana de açúcar, depois o do ouro, todos graças aos escravos, depois o da borracha, em consonância com o ciclo de imigrantes internos e externos e o ciclo do café. Sim, tivemos o ciclo da indústria, tão feroz, primitiva e poluidora como aquela primeira industrialização de quase dois séculos atrás nos países desenvolvidos; e, fora o atraso secular, houvemos por bem conjugá-la com o "ciclo" dos grandes projetos, sob a tutela do regime militar autoritário, da corrupção longeva das grandes empreiteiras e das estatais de sufixo "...brás", começando pela Petrobrás, e terminando com a Amazônia em brasas, inflações bilionárias e um desenvolvimento humano negativo em todos os seus principais fatores, como educação, saúde, habitação, respeito aos direitos humanos e a conservação do meio ambiente.

Veio então o grande ciclo do agro, endeusado como a salvação da pátria. Está mais, de fato, para boia de salvação, cuja natureza de temporaneidade é mais que evidente. Acompanha-se da questão: e onde está o ciclo da indústria limpa, tecnologicamente embasada? Ou: e onde está a atenção aos setores de serviços, de infraestrutura e demais, serviços básicos, onde estão a saúde, a educação, a cultura? Mas, há 40 anos, estávamos falando, na Georgetown Univesity, da era pós-industrial, das cidades sem chaminés. E de sociedades que evoluíram para proteger e conservar (o que não tem nada que ver com "preservar", a maioria das pessoas e, pior, dos governantes, ainda confundem os dois conceitos) o meio ambiente, em função do formidável, mas tampouco compreendido, conceito de desenvolvimento sustentável. E, com o meio ambiente, proteger a Amazônia; e lutar contra o aquecimento global. Nada contra o agro, no momento de fato é o que salva o Brasil da total falência econômica, porém em nada contribui para diminuir a vergonhosa e trágica desigualdade social no país.

Dizia que foi então o professor Czerny quem me avalizou para a admissão ao mestrado em "Government", com "major" em teoria política e "minor" em metodologia. Mas só depois de submeter-lhe projeto de trabalho sobre tema do curso que dava, e de debatê-lo em longa entrevista pessoal. O que relatei anteriormente a respeito da interação entre professores e alunos na Universidade de George Washington, na base da flexibilidade, atenção e compreensão com a situação individual de cada aluno, vale igualmente para meu curso de mestrado na Universidade de Georgetown.

Inútil repetir que empreguei as horas matutinas, de almoço, vespertinas (após seis da tarde, até 10, 11 da noite) fora, obviamente, as férias (nos cursos intensivos de verão) para poder cumprir todos os meus créditos nas diversas matérias, inclusive os devidos em substituição à tese, normalmente desestimulada no nível de mestrado. Apenas para finalizar essa referência, que já se alonga, estou ciente, mas inevitável e importante para mim, aos meus estudos nos EUA, enquanto servia na embaixada, cabe um depoimento sobre o fato de que somente pude terminar de cumprir os créditos devidos (em quatro disciplinas) quando já havia sido transferido para a embaixada em Assunção, Paraguai. Meu chefe então, o embaixador, general Fernando Bethlem, por conta própria me autorizou regressar a Washington, em duas licenças que totalizaram quase quatro meses (um inteiro semestre escolar). Seria e é impensável obter tal tipo de autorização caso estivesse na chefia do posto, no caso a embaixada em Assunção, onde eu já estava lotado, um embaixador de carreira. Felizmente, mas apenas muitos anos depois, o Itamaray criou um programa de licenças a diplomatas para cursos de "posgrado", creio que já na época da gestão do Chanceler Celso Amorim.

1976 foi um ano excepcional, em Washington e nos EUA, com as comemorações do bicentenário da independência do país. As altas taxas de juros, a incríveis 12 % ao ano (a 7% para a habitação, bem diferentes das taxas normais de 0,5 a 1% anuais), assim como a crise gerada pelo aumento dos preços do petróleo continuavam a fazer estragos significativos na economia, mas nem de longe suficientes para impedir as magníficas e custosas celebrações, em todos os campos da atividade humana, e sobretudo nas artes, com exposições, concertos, as melhores orquestras e artistas do mundo, e lançamentos, como o Museu Nacional do Ar e do Espaço do Instituto Smithsonian, em Washington. Tudo isso, como de esperar-se, em meio a surto de nacionalismo, o "império" norte-americano no seu apogeu, disposto a deixar à margem de seus destinos manifestos os traumas recentes da Guerra do Vietnam, de Watergate e a renúncia de Nixon, ou o da luta pelos direitos civis. Nada, ou quase, podia turvar esse momento de grandeza exaltada, nem mesmo a súbita explosão de demanda pelos automóveis japoneses, uma atraente alternativa para os "guzzlers" nacionais que exigiam visitas demasiadamente frequentes às filas intermináveis nos postos de gasolina. As Torres Gêmeas do World Trade Center, cuja construção terminara pouco antes, em 1973, simbolizavam, com sua altura ainda incomparável e o belo projeto arquitetônico, a vanguarda e a liderança dos EUA no mundo.

O brilho do aço inoxidável das torres parecia ofuscar, pelo menos momentaneamente, as sombras de um mundo ainda envolto na Guerra Fria. O contencioso político máximo estava por certo ainda em Moscou. Nesse veio tradicional da ação de política externa dos EUA e da URSS, na era nuclear, os conflitos se estendiam ou se projetavam pelas respectivas áreas de influência, África, Ásia e América Latina, estando sempre muito ativos os serviços secretos e as agências de inteligência, para interferir nos assuntos internos e impor as respectivas ideologias, do que resultou intenso militarismo na América Latina, como se viu no Chile, na Argentina e no Brasil, por exemplo.

Na embaixada do Brasil, lidávamos com essas tensões e essas realidades. Logo após a posse, o vice-presidente norte-americano, Walter Mondale, um senador liberal democrata, ativista em direitos humanos, veio ao Brasil, numa missão ostensiva de cobrança ao presidente Geisel pela extensa violação dos direitos humanos praticada pelo regime militar no país. Nossa resposta foi grosseira: Geisel determinou o término do programa de cooperação militar bilateral, mantido pelos dois países praticamente desde a II Guerra Mundial. Uma ação que contradiz, pelo certo ou pelo errado, toda a nossa vocação em política externa, desde o barão do Rio Branco, de buscar relações as mais estreitas possíveis com os EUA.

Sobre esse episódio da ida de Mondale ao Brasil, pude, já como embaixador em Israel, conversar pessoalmente com o ex-presidente Carter, numa reunião seleta de ex-líderes mundiais em Jerusalém. Eu acompanhava o nosso ex-presidente Fernando Henrique Cardoso. Na conversa informal em meio à reunião, mencionei o assunto a Carter, e vi que ficou muito irritado, comentando que "aquilo" – a ida do vice Mondale ao Brasil – "tinha sido ideia do Mondale", que havia chamado a si, por ser um ativista na matéria enquanto senador, a questão dos direitos humanos, interna e externamente.

Naquela segunda metade da década de 1970, o tema dos direitos humanos era sem dúvida uma das questões prioritárias na agenda internacional e na agenda multilateral, já que se entendia como corolário triste e trágico da Guerra Fria, com os serviços de inteligência de cada grande potência a ensinar aos serviços armados dos países periféricos, à guisa de "cooperação militar", os métodos de tortura, modernos ou nem tanto, contra os "subversivos". Em outras palavras, Carter, naquele rápido comentário na reunião em Jerusalém, pareceu ter autorizado a ida de Mondale ao Brasil a contragosto: ter-se-ia arrependido, passado algum tempo, de ter endossado ou ter sido conivente com a hipocrisia norte-americana, que ensinava a tortura e se arvorava ao mesmo tempo em defensora dos direitos humanos? O Jimmy Carter de 1976, também um ativista dos direitos humanos, tinha um tom diferente do Carter, ex-presidente, décadas depois, em Jerusalém. Seja como for, a visita de Mondale terá sido uma contribuição à progressiva, se lenta, evolução no trato dos direitos humanos no Brasil, que afinal somente se consolida já no regime democrático, sob a proteção constitucional de 1988.

É fato que, contradizendo muitos, a história tende a repetir-se, ou a manter-se arraigada ao prolongamento ou repetição de episódios, o que é triste e lamentável, em sendo os episódios dolorosos. Não será, pois, assim, quando vemos o presidente do Brasil, quem sabe pelo aprendizado de valores equivocados em sua rápida e controversa vida militar, somados a instintos pouco condizentes com os direitos humanos, defender a tortura e enaltecer torturadores? Ou praticar o negacionismo com respeito aos valores e procedimentos inerentes à democracia? E eis que a história tem gosto por repetir-se: não esqueçamos da provável encrespação política em certos círculos do governo atual no Brasil, notadamente naqueles responsáveis pelas políticas ambientais negativas ora em curso, com uma imaginada visita ao Brasil da vice-presidente Kamala Harris dos EUA, notável ativista em ambas as áreas, tanto direitos humanos com meio ambiente.

Mas, voltemos ao ambiente político norte-americano e sua faceta externa, em meio às celebrações do bicentenário da independência.

Dizia que do alto daquelas torres gêmeas do World Trade Center, entretanto, e dos centros de governo em Washington, já se lançavam olhares de soslaio para o despertar árabe, com a primeira alta súbita dos preços do petróleo, logo acompanhada de uma segunda, ainda mais forte, em 1979. O despertar muçulmano já se fazia algo visível no horizonte nem tão longínquo nem tão difuso. Atingiu com violência os EUA ainda na presidência de Carter, com o retorno do Aiatolá Kholmeini e a revolução iraniana em 1979. Carter perdeu a reeleição por conta dos norte-americanos da embaixada dos EUA em Teerã, feitos e mantidos reféns por mais de 100 dias e do fracasso vergonhoso da operação "Deserto" de resgate, uma trapalhada militar sem precedentes. Se há um traço de sensibilidade nacional de que os norte-americanos muito se orgulham é justamente o de serem orgulhosos de seu país e de suas instituições, realizações e cultura. Com razão. Naquele momento, trocaram logo a sensibilidade humanista de Carter, que não soube liberar rapidamente os reféns em Teerã e punir o Aiatolá, pelo conservadorismo imperial de Reagan, aliado de Margareth Thatcher no voo livre em prol do expansionismo do capital e do complexo tecnológico militar.

Profissionalmente, conviver e lidar com esses tempos e fatos da realidade política dos EUA foi, como se pode imaginar, extremamente estimulante, uma experiência e um aprendizado valiosos, mesmo lá no meu cantinho humilde de Terceiro-Secretário, mas logo promovido, ainda em Washington a Segundo e a Primeiro-Secretário. No início, como disse, cuidava dos assuntos ligados à ciência e tecnologia – "scientific officer" – no linguajar de lá. Não era pouco: participei de seminários extraordinários sobre as novas formas de energia mais limpas e alternativas. Bom lembrar que no Brasil estávamos começando com o programa do álcool em substituição à gasolina. Cuidava ademais dos assuntos relacionados com a energia nuclear. Bom lembrar, igualmente, que, em 1974 a Índia havia explodido sua primeira bomba atômica, tendo o Brasil, um ano depois, em 1975, assinado com a Alemanha um abrangente acordo de cooperação nuclear, para a construção de 8 (!) usinas nucleares e o desenvolvimento de enriquecimento de urânio no país, com o que nos tornaríamos independentes tecnologicamente no aproveitamento dessa forma de energia, com o "domínio do ciclo nuclear", como se dizia na época. Estimava-se, nos círculos políticos dos EUA, que o Brasil buscava seguir o curso indiano, sobretudo em vista de nossa recusa em assinar o Tratado de Não Proliferação de Armas Nucleares (TNP). O senador John Glenn, ex-astronauta, presidia o poderoso "Operations Committee" do Senado, onde o caso do acordo nuclear Brasil-Alemanha estava sendo debatido. Meu colega de embaixada, Mario Grieco, e eu lá estávamos presentes a todas as sessões de audiências (*hearings*). O ambiente era de muita hostilidade ao governo brasileiro (Geisel), em função dos riscos de proliferação nuclear envolvidos no acordo. Marcaram-me em especial, nesse contexto, as declarações de uma autoridade do executivo, especialista em Brasil. Em seu depoimento, sugeriu aos senadores do comitê não se preocuparem tanto com o Brasil vir a construir uma arma nuclear, pois não havia, no país, capacidade organizacional suficiente para tanto, sublinhando que o Brasil não tinha condições e preparo técnico e de gestão para sequer cumprir o acordo. Palavras proféticas.

Tive, ainda em 1976, a oportunidade de seguir no trabalho multilateral, na sequência ainda de meus anos iniciais na Divisão das Nações Unidas. Fato é que fui designado, já em Washington, para diversas reuniões multilaterais, por exemplo em Vancouver, na I Conferência das Nações Unidas sobre Estabelecimentos Humanos (*Habitat*). Lá, tive meu primeiro contato com computadores, sendo a sala principal e os diversos comitês da conferência dotados de terminais. Um luxo, uma demonstração de força da riqueza canadense. Estive também designado para a XXXI Sessão Ordinária da Assembleia Geral da ONU. Minha mulher, Moira, e eu tivemos um período muito enriquecedor na Big Apple, nesses cerca de três meses do Outono de 1976, eu lidando com os temas sociais na Terceira Comissão.

Trabalhei com três embaixadores, o que aliás se deu também anos mais tarde, na embaixada em Buenos Aires, já nas funções de Ministro Conselheiro. Isto porque em ambos os postos acabei ficando por quase cinco anos, o que é raro para um diplomata brasileiro ainda nas classes de Secretário (Terceiro, Segundo ou Primeiro-Secretário, e de Conselheiro: a praxe é o prazo de três ano, ou menos). Em Washington, a experiência foi um pouco melhor, com relação aos chefes, mas sempre com um ou outro trauma. No caso, aconteceu de o nosso grande embaixador, Araújo Castro, ex-Chanceler quando da eclosão do movimento militar de 1964, e admirado por todos por suas virtudes diplomáticas e democráticas, veio a falecer, semanas depois de Moira e eu chegarmos à capital norte-americana. Entre os colegas da embaixada, era como se o mundo desabara, tão querido era Araújo Castro. Chamaram-nos, aos que lá estavam, e eu entrei na dança, apesar de recém-chegado, de "as viúvas de Castro", apodo carinhoso, mas carregado de algum sarcasmo, sobretudo pelo contraste com o novo ocupante do cargo, o embaixador João Batista Pinheiro e sua terrível mulher Céu Azul, uma ex-oficial de chancelaria grosseira e imperial no trato dos subordinados do marido. Na realidade, muitas mulheres cônjuges de embaixadores incorporavam essa infeliz tradição do Itamaraty, de tolerar chefes autoritários que, nos círculos fechados das missões diplomáticas, comportavam-se como reizinhos capazes de espezinhar e perseguir por puro prazer mórbido os funcionários e até os respectivos cônjuges. Há muitas histórias, são muito comuns e conhecidas, não vale a pena referi-las. É um traço negro da Casa, que me atingiu, triste dizer, e à minha mulher, Moira, em algumas instâncias. Hoje, com a adoção recente de leis apropriadas no Brasil sobre abuso de poder e assédio, sexual e moral, essa tradição perde força, ainda bem, mas é de morte lenta, uma triste tradição *die hard*, sobretudo quando se vêm casos correntes e notórios que são ou acobertados ou tratados de forma leniente pelo poder público. Pessoalmente, creio que a gestão Pinheiro na embaixada foi salva pelos excelentes colegas que tive ali, em especial Rubens Ricúpero, então conselheiro, chefe do setor político, e Álvaro da Costa Franco, ministro conselheiro. Álvaro substituíra a Celso Dinis, pessoa também afável e das melhores qualidades, encarregado de negócios durante a interinidade desde o falecimento de Castro até a chegada de Pinheiro.

Não poderia, a esse respeito, deixar de registrar a atenção e a forma carinhosa com que todos na embaixada fomos tratados, com a partida de João Batista Pinheiro, pelo novo chefe, o embaixador Antônio Azeredo da Silveira, ex-Chanceler notável. Uma palavra amiga também a seu ministro conselheiro Felipe Lampreia, meu chefe imediato, de saudosa lembrança, e à mulher, Lenir, sempre esbanjando simpatia beleza e alegria.

Moira, diplomata também, mas impedida de trabalhar, forçada a entrar em "licença especial para acompanhar o cônjuge" (fórmula da época para não deixarem, em preconceito absurdo e ilegal, os cônjuges diplomatas servir ao mesmo tempo em posto no exterior) e eu, recém-casados, fomos felizes em nossa casinha cor-de-rosa à 8623, Raybun Road, Bethesda, Maryland. Empregamos nosso tempo, eu trabalhando e estudando e ela estudando (fez um importante mestrado em educação, na Universidade de George Washington, e nunca se gabou disso) e acompanhando nossos pais, os meus e os dela, durante as frequentes e longas vistas que nos faziam. Outro dia, dei, por puro saudosismo, uma olhada no Google Maps, para localizar aquele endereço: a casinha estava irreconhecível, com mais um andar, cheia de petrechos e decorações vários, aparentemente toda reformada em estilo futurista-decadente. Seus proprietários em nossa época, os queridos doutor Kim e senhora, pessoas de bom gosto e que se tornaram grandes amigos, com certeza já a teriam vendido.

(II) ASUNCIÓN, PARAGUAY

Para todos os efeitos, na época em que lá estive, talvez seja melhor manter os nomes em espanhol. Em guarany talvez fosse mais original, mas além do *baê chapa, ñandetê*, o *mbotauê* – fingir-se de tolo, o traço mais marcante da personalidade local – e o *lunes temprano, señor, sin falta*, que é quando são marcados todos os compromissos de serviços caseiros, *fecha* nunca *cumplida*, claro, acabei por não me aprofundar tanto na bela e expressiva língua local. A remoção de Washington foi outra luta, mas dessas coisas intestinas ao Itamaraty já me ocupei antes e creio que basta. Todos nós poderíamos falar horas e horas dessas duas condicionantes, a remoção e a promoção, mas deixemos para outra ocasião. Essas vivências merecem mais transparência, menos poluição.

E mais transparência quer dizer, antes de qualquer outra coisa, que Moira e eu fomos muito felizes lá também, em Assunção, onde servi na embaixada por quatro anos e tal, sob a chefia magnânima do general Embaixador Fernando Bethlem. Um encanto de pessoa, mas severo de admirar-se consternado com seus adidos militares. De um deles, o Comandante Waldir Pontes, fuzileiro (creio que por conta do nome "Pontes", uma identidade da arma, treinam todo o tempo para fazer as famosas "cabeças de ponte") com muita honra e agraciado pelo *moto Ad sumus* ("Sempre presentes") dessa heroica Arma da Marinha, fiquei muito amigo tempos depois, quando já estava para reformar-se como Almirante Quatro Estrelas, Comandante do Corpo de Fuzileiros Navais. Waldir teve, ou tem ainda, duas marcas, que talvez o tempo (de novo, o tempo...) encarregue-se de dizer se foram de gravidade ou não: integrava o serviço de inteligência da Marinha; e (muito tempo depois), fã incondicional de Bolsonaro. Bem, dois fenômenos de ocasião, diria que sem comparação com minha própria fenomenologia multidisciplinar, multifacetada e visivelmente imperdoável.

De mais a mais, cabe lembrar que estamos, nessa visita retroativa ao Paraguai, no início da década de 1980. João Figueiredo "eleito" *mano militari* presidente do Brasil. Amigo do general Bethlem, que o ajudou, junto a Geisel, a conter a quartelada do general Sílvio Frota, que queria, ele, ser presidente. Dançou. E foi o Bethlem, então comandante da Região Militar da Amazônia, quem o fez dançar, deixando-o sem apoio no generalato alto comando. Ponto para Bethlem, junto a Figueiredo. Em Assunção, Bethlem pedia algo a Figueiredo, era ordem cumprida. Foi assim promovido a embaixador o nosso ministro conselheiro Heitor Pinto de Moura, um intelectual, jornalista, ademais de diplomata da velha guarda, que nos fazia tomar chá com biscoito às cinco da tarde e se recusava a ouvir outra música que não fosse Mozart. Como já tive oportunidade de dizer nessas vivências, conheci muita gente fanática, musicalmente falando (e espero que só na música, o que não diz boa coisa da pessoa, na minha cachola). É que não parece fazer sentido. Mas faz! Olha aí a quantidade de gente que, por exemplo, não gosta de pintores impressionistas ou modernistas: só da fase azul de Picasso. O resto de Picasso, não serve. Bem, há gosto para tudo, e espaço para a convivência, havendo um mínimo de tolerância. Mas, Bolsonaro?

E lá em Assunção, mesmo entre nós, colegas, a barra da tolerância, se ostensivamente flutuante, era para um ou outro menos palatável. Mas, fazíamos em conjunto leituras marxistas e socialistas aos sábados à tarde, Marcuse, Hegel, Valter Benjamin, enfim, sobretudo Escola de Frankfurt, na moda então. Depois, cansei, preferi empregar o meu tempo livre nos estudos de flauta. Isso em pleno Paraguai ditatorial, com Stroessner, já por muitas décadas, pelos menos umas três, à frente de um terrível aparelho de repressão política e contrabando acobertado por Brasil e Argentina, a mando norte-americano. Mas éramos diplomatas, felizmente. Com direito a passaporte diplomático, sem o qual talvez não se recomendasse a presença lá, naquela época. Mera precaução, digamos. Mas os golpes de traficantes e falsários são permanentes.

Há, por exemplo, o caso de colega, diplomata brasileiro que, em Assunção para uma conferência, hospedou-se no então melhor hotel – senão o único decente – da cidade, o Hotel Guarany. À hora fresca da tarde, encontrando-se sentado à mesa para um café na varanda do hotel, foi abordado por um desconhecido que, à guisa de lhe oferecer proteção por algum dinheiro, informou-o ao pé do ouvido que *"la policia ya sabe que usted está acá"*, supondo que o colega fosse alguém procurado pela polícia – como praticamente todos os forasteiros na cidade o seriam, normalmente.

A cidade de Assunção pré-mudanças que ocorreram a partir da década de 1980, e que encontrei ao chegar, era de fato povoada de gente suspeita de toda ordem, mas tinha um aspecto urbano aprazível, em meio ao calor sufocante em boa parte do ano. Por conta das altas temperaturas, todo mundo acorda cedo e os expedientes, para os que trabalham, não passam do meio-dia. Depois dessa hora, só os bandos de cães meio selvagens perambulam pelas ruas, enquanto a *siesta* deixa a cidade adormecida. Pela noitinha, os *asados* em churrascarias ao ar livre, sempre com o indefectível *tererê*, espécie de chimarrão frio que se toma de sol a sol. Mas, há a opção dos uísques de vinhos sobretudo espanhóis, mas argentinos e franceses, também. Sim, há uma tradição de vinhos nas classes mais altas, os apoderados. De mais a mais, o permanente contrabando não deixa os preços das bebidas e demais artigos provenientes de outros países subir demasiado.

Tudo isso pareceria de um exotismo fantasioso e arcaico aos olhos de hoje, pós-Itaipu, um Paraguai verdejante de democracia, e inebriado de ares menos arrogantemente clandestinos e só em parte dos saldos do contrabando. Tudo isso, impossível de prever à época.

Nesse período, início da década de 1980, o país se encontrava visivelmente em fase inicial de transição: as estruturas sociais, políticas e econômicas arcaicas, calcadas num modelo visceralmente patrimonialista, autocrático e corrupto começavam, muito levemente ainda, a sentir o impacto das tendências modernizantes e liberalizantes trazidas com o projeto de Itaipu. A extraordinária dimensão econômica e social desse empreendimento "binacional", por localizar-se sobre a fronteira comum, mas de autoria e sustentação brasileira, começou a forçar mudanças de escala e de natureza nas frágeis estruturas guaranis, em meio à feroz resistência às mesmas por parte dos estamentos e elites que se beneficiavam do tradicional e arcaico isolamento do país e da economia ainda ancorada apenas no setor primário e, externamente, no contrabando. A recessão internacional nos anos de 1982 e 1983, com impacto forte no Brasil e na região do Cone Sul, e mais o influxo de investimentos decorrentes de Itaipu, acabaram por injetar mais força ao processo evolutivo no Paraguai, primeiro com a desvalorização em quase 100 por cento de uma moeda que se mantinha com paridade fixa ao dólar desde a chegada de Stroessner ao poder em 1954; e, em seguida, com o início da formação de uma classe média, com a melhoria dos serviços nos setores públicos e privado. O Brasil e a Argentina se beneficiaram muito dessa nova realidade no país, com o aumento das exportações de bens e serviços para o novo mercado. No longo prazo, essas transformações, que afinal causaram também a mudança política com a queda do ditador Stroessner e a instauração da democracia, permitiram a conformação do Mercosul, com a inclusão do Paraguai, fator essencial para a identificação diversificada do bloco regional.

Esse era o quadro com que lidávamos em nosso pequeno mundo diplomático na embaixada em Assunção, sintomaticamente ainda chefiada por um embaixador de fora da carreira, um general de quatro estrelas reformado.

Como disse, Bethlem me autorizou a regressar por mais de uma vez aos EUA para terminar meu curso de mestrado na Universidade de Georgetown. Nenhum embaixador de carreira faria isso.

Foram anos de aprendizado sobre América Latina, e notem que o Brasil, por mais que queiram negar os brasileiros, faz parte da América Latina.

Fato mais importante: minhas duas filhas, Laila e Cecília, nasceram em Assunção. São paraguaias, de direito, ainda que não tenham, até agora, requerido a nacionalidade. Acho que no Brasil, infelizmente, é matéria de *bullying* ser paraguaio. O país anda tem um longo caminho pela frente até o seu reconhecimento como "país sério", aquilo que se atribui a De Gaule – equivocadamente? – na sua avaliação do Brasil. Vendo Bolsonaro como presidente, a frase, seja lá de quem for, traz uma atualidade intrínseca ao ser brasileiro. Infelizmente.

(III) BUENOS AIRES – ARGENTINA

Parecia mágico. A Argentina do presidente Carlos Menem, por aí já inaugurando seu segundo mandato, e do ministro da economia Domingo Cavallo era uma terra dos sonhos quando lá cheguei em fins de 1994. Cenários de país altamente desenvolvido, luzes, luxo, fartura, salários altos. A riqueza na ponta da varinha de condão, operava-se o "milagre econômico": a unidade monetária, o peso, havia, com a "Lei da Conversibilidade", alçado às alturas do dólar, desde o início do seu primeiro mandato. Menem, um peronista convertido, depois da eleição, ao neoliberalismo. A Argentina estava aberta ao exterior, ao comércio internacional e com poder de compra. Uma frenética valsa de importações de bens e serviços. O que importa se a indústria local perde competitividade e se apaga. As reservas em moeda forte são insuficientes para sustentar a conversibilidade? Não faz mal, vamos às privatizações. Tudo feito de acordo com o programa neoliberal do chamado "Consenso de Washington", uma receita cozinhada pelo Banco Mundial, Fundo Monetário Internacional e o Departamento do Tesouro dos EUA, e servida como único alimento em prato feito pelo FMI aos países latino-americanos a partir de 1989.

Algo me lembrava uma mistura de Sarney, com os Planos Cruzados I e II, e Collor de Melo, com sua "única bala de prata", que os argentinos copiaram quase uma década depois, com o "*corralito*", quando a "conversibilidade", já insustentável, era levada a pique nas águas turvas da corrida ao dólar em meio ao caos político e ao empobrecimento súbito e em escala significativa da população. Naquele momento de minha chegada, com a década de 1990 ainda por completar sua primeira metade, e vendo a conversibilidade operando o "milagre econômico", tampouco poderia supor que o Brasil estaria dando sua contribuição ao desastre no país vizinho, nosso importante parceiro no Mercosul, um corajoso empreendimento conjunto dos quatro países do Cone Sul que acabara de sair do forno.

O Brasil, recém-ingresso no Plano Real, com o presidente Fernando Henrique Cardoso por tomar posse, junto com uma equipe de governo que exalava autoconfiança, entrava num período de relações intensas com a Argentina, sob o amparo do projeto maior de integração comercial e de expansão econômica via Mercosul. Passados quatro anos, se tanto, eis que a nova moeda brasileira, o real, se verá pressionado, pelo desequilíbrio em nossas contas e pela instabilidade gerada pelo intenso jogo político do presidente Fernando Henrique com a emenda da reeleição. No processo, perderam prioridade as reformas estruturais necessárias para a sustentação da economia – e da moeda.

Os argentinos, sócios do Brasil no Mercosul, e já se beneficiando de bom fluxo de investimentos brasileiros no país – Sadia, Brahma, Itaú e outros serviços bancários, transportes aéreos e terrestres –, viam na moeda brasileira e no Plano Real algo como uma âncora que dava estabilidade à movimentação financeira e dos negócios, estes manejados localmente pelas empresas brasileiras em Buenos Aires com seus representantes e gerentes reunidos no "Grupo Brasil", afinal um poderoso grupo de *lobby*. Do ponto de vista comercial e do desenvolvimento do Mercosul, o Grupo Brasil se constituía em braço importante de auxílio para a embaixada.

Em fins de 1998, diante do quadro de instabilidade econômica no Brasil, os empresários argentinos suspeitavam de uma próxima desvalorização do real, temida por certamente acarretar impacto muito negativo sobre a manutenção da conversibilidade de Domingo Cavallo, ela própria já sob intensa pressão interna.

Nesse contexto delicado, o ministro da economia do Brasil, o sofisticado Pedro Malan, durante conferência aos empresários em Buenos Aires, assegura que não haverá desvalorização do real. Contrariando sua garantia ali dada aos argentinos, a desvalorização ocorre três dias após esse evento. Estive presente à dita conferência de Pedro Malan e pude testemunhar, em seguida, o desapontamento, desgosto, mesmo, do empresariado argentino com a informação conflitiva e contraditória com os fatos. No fundo, a desvalorização do real foi sem dúvida um fator catalizador na turbulência, contribuindo para precipitar a crise violenta que em seguida tomou conta da situação econômica e política na Argentina.

Tal foi o quadro evolutivo na Argentina durante o período em que lá estive, de 1994 a 1999. Não era, pode-se ver, uma embaixada pachorrenta, os estímulos de trabalho vinham de todo lado. Naturalmente, a embaixada era muito exigida. Logo após tomar posse em Brasília, Fernando Henrique visitou a Argentina. Tem sido uma praxe da política externa do Brasil a escolha da Argentina, nosso grande vizinho e sócio no Mercosul, para a primeira viagem oficial do presidente eleito. Costume infeliz e propositadamente rompido pelo presidente Bolsonaro, que optou por fazer a primeira visita oficial após a posse ao Chile, o que poderia ser compreensível, sendo o Chile pais igualmente de importância para o Brasil, não quisesse Bolsonaro, com a opção, significar ostensiva crítica à política interna argentina e o menos que implícito desplante de render preito às "realizações" do período autoritário chileno. Foi mal-recebido e vaiado no Parlamento chileno; e a hostilidade à Argentina, gratuita, apenas o desmerece e o desqualifica como representante da sociedade brasileira e do país.

A visita do presidente Fernando Henrique à Argentina deu-se com toda a pompa e circunstância próprias de uma Visita de Estado. Os dois países viviam um clímax das boas relações. Brasil, porém, já não mais partilhava diretamente do Consenso de Washington, ainda que a política econômica de Pedro Malan não lhe fosse totalmente indiferente. Ao contrário, notavam-se coincidências, como por exemplo na política de privatizações seguida pelo Brasil. Independentemente da receita neoliberal washingtoniana da época, tínhamos muito o que coincidir com a Argentina, especialmente em função do Mercosul e de um processo implícito de integração regional. Ficava, porém, fora de quaisquer desses círculos de coincidência, felizmente, a identidade avassaladora assumida pela Argentina com os EUA.

Guido di Tella, o ministro do exterior argentino, interpretava de modo particular esse processo de incorporação incondicional ao Consenso de Washington ao anunciar em alto e bom tom que a Argentina queria ter "relações carnais" com os EUA. No plano diplomático multilateral, o país deixou de fazer parte dos grupos tradicionais a que pertencem os países em desenvolvimento, como o G-77, da ONU, para integrar o grupo de países desenvolvidos, agora que finalmente havia ascendido ao "primeiro mundo"! Não foi senão com algum constrangimento, como o de um rico que dá a mão a um pobre, que a Argentina participava, junto com Brasil, Paraguai e Uruguai, países em desenvolvimento, da criação do Mercosul – um projeto de integração regional com base na expansão e na liberalização comercial.

Como se sabe, o surto de magia durou pouco. Em 2001, veio o famoso "*corralito*", a suspensão dos meios de pagamento e o congelamento dos depósitos bancários por conta da exaustão das reservas em moeda forte e da corrida em direção ao dólar. Com uma indústria desativada, e dependente apenas das exportações de serviços e do setor primário, a economia viu-se forçada a cumprir rigoroso programa de ajustes do FMI com um consequente aumento exponencial da pobreza. Início de um longo período de fragilidade política, econômica e social que, com altos e baixos, perdura até hoje. Em todo esse processo desarticulador, de pouco ou nada valeram as tais "relações carnais" com os EUA.

Pelo visto, a Argentina não aprendera a lição de que, entre países, conta menos a amizade que interesses. Na invasão das Malvinas, em 1982, o presidente argentino, general Gualtieri teria cometido o grave e mesmo equívoco de confiar no apoio norte-americano, quem sabe na crença da validade do Tratado Interamericano de Assistência Recíproca, concluído em contexto da II Guerra mundial e com frágil validade sustentada no período da Guerra Fria; mas sem efeito entre os aliados no hemisfério norte, em especial entre o Reino Unido de Thacher e os EUA de Ronald Reagan. Muito da derrota devastadora dos militares argentinos para a armada inglesa se deve ao fato de contarem os ingleses com informações permanentes dos serviços de inteligência norte-americanos sobre a movimentação das forças militares argentinas.

Na Argentina da primeira metade do século XX, esta sim, rica e desenvolvida, com direito a quatro prêmios Nobel (o quinto, de Nobel da Paz, dado a Perez Esquivel, veio mais tarde, na década de 1970) a fartura vinha, como sempre, principalmente das exportações do setor primário, carnes, lã e trigo. É conhecido o comentário confortante de um político argentino e grande proprietário, a propósito de período em que por algum motivo a economia do país sofria alguma retração: "não há porque preocupar-se, pois entre nós tudo se resolve com uma boa colheita". Até hoje, o principal evento comercial e termômetro da economia é a grande feira de exposições chamada La Rural. Mas, a Argentina conta com uma sociedade coesa (apesar da permanente e histórica tensão Buenos Aires – província e capital federal – e o resto do país – campo), altamente educada e civilizada. Sem dúvida seu maior *asset*, e que permite ao país, junto com seus extraordinários recursos naturais e humanos, recompor sempre as bases de um desenvolvimento autônomo e dinâmico. Sob esse aspecto, apresenta condições bem distintas daquelas do Brasil, onde a falta de coesão social, as grandes desigualdades socioeconômicas, e os baixos índices de desenvolvimento na educação, a par das dimensões geográficas e demográficas, são fatores que pesam de maneira bem distinta no processo de amadurecimento e de equilíbrio político na dinâmica de recomposição do crescimento, quando a mesma se fragiliza.

Pessoalmente, a magia que encontrei em Buenos Aires permanece intacta. É certo que a cidade, e o país, viviam anos dourados, mas talvez nem por isso. A conversibilidade da moeda, um peso igual a um dólar, significava alto custo de vida, em especial para quem tinha seu salário em dólar. Um cafezinho, que sempre custou, digamos, dois pesos, talvez equivalentes a 20 centavos de dólar, antes da sua equiparação à moeda norte-americana, passou, com a conversibilidade, a custar dois, três dólares. A garrafa de vinho no restaurante, que antes se comprava por 20 pesos, equivalentes a dois ou três dólares, agora se comprava pelos mesmos 20 pesos, mas equivalentes a 20 dólares. Bonança para os argentinos, custos altos para os forâneos. Bonança para os importadores, desestímulo para o setor exportador.

Tampouco identificaria o motivo dessa mágica no trabalho na embaixada, ainda que altamente estimulante. Bem ao contrário, como ministro conselheiro, numa das maiores embaixadas que temos, com uma média de 20 diplomatas e cerca de 100 funcionários, bem instalada num prédio de nove andares, três subsolos, salas de exposições e de conferência para mais de 150 pessoas, tive um período de intensa atividade, sobretudo de gestão administrativa, mas não só, com um ambiente de chefia por vezes tenso e bastante complicado. Destaco em especial a facilidade de lidar com a chancelaria local, o Palácio San Martín, diplomatas profissionais da melhor estirpe que sempre mantiveram as portas abertas para o diálogo e o relacionamento amigo. Uma vez, como encarregado de negócios, veio jantar em nossa casa, um espaçoso apartamento em prédio na esquina das ruas Posadas e Montevidéo, toda a chefia do San Martín, fora o Chanceler. Penso que foi em torno de Jorge Faurie, o estrito e nervoso chefe do Protocolo argentino, amigo que mais tarde vim a reencontrar como embaixador em Lisboa, na época em que lá estive como representante permanente do Brasil junto à CPLP.

Como na embaixada em Washington, onde servi com três embaixadores (Araújo Castro, João Batista Pinheiro e Azeredo da Silveira), fui, em Buenos Aires, acompanhado de outro colega ministro conselheiro, o Paulo Silveira, chefiado por três embaixadores, o terceiro, Sebastião do Rego Barros, uma raridade no Itamaraty, pela simpatia, educação e sensibilidade.

Ignoro os motivos, mas a embaixada do Brasil em Buenos Aires carrega consigo, de há muito, e pude testemunhar tal coisa durante o período em que lá servi, um ambiente assaz conservador, no sentido "saquarema-segundo-império". Talvez por conta da imponência da residência oficial da embaixada, o Palácio Pereda, bela edificação em estilo afrancesado, do início do século XX, tendo como modelo o prédio do Museu Jacquemart-André, em Paris, construção dos séculos XVIII e XIX. O fato é que se sente a austeridade algo artificial do ambiente fazer com que as chefias tenham a tendência a matizar eventuais impulsos diplomáticos mais liberalizantes originários de Brasília, dando vazão a atitudes mais bem formalmente presas a protocolos e prudentes reservas, em detrimento de posturas mais comprometidas com a substância de uma agenda que deveria privilegiar a integração e a cooperação aberta e franca. Em outras palavras, notam-se, com frequência, tendências anacrônicas, de retrocesso aos tempos em que Brasil e Argentina se identificavam num relacionamento competitivo e de natureza adversária, em detrimento do acolhimento dos ventos de integração, trazidos pelo MERCOSUL, tempos de início do século XX, como o Palácio Pereda, tempos de um barão do Rio Branco saquarema e de seu adversário Zeballos.

Nada, enfim, que motivasse percepções de estar num lugar de atração singular, do ponto de vista de nosso trabalho diplomático, em seu ângulo interno à embaixada.

Basta, porém, mencionar o esplendor das livrarias, do Teatro Colón, do correr da vida despreocupada e elegante na "Recolleta" e os "*revueltos gramajos*" nos bistrôs das redondezas, do tango, das milongas e de suas histórias, do clube Hurlington, tão tipicamente inglês como o caminhar das gentes de terno e gravata pelas ruas, e onde comecei a praticar golfe, sempre mal, diga-se, e o conforto da gente amistosa, culta. A gastronomia vai muito além do já soberbo *assado* e das delirantemente suculentas "empanadas salteñas", da maciez do "chivito" e dos preciosos vinhos malbec e do Catena Zapata, do Don Valentin Lacrado ou do Perdriel Centenario. Vinhos da época. Agora, são muitos outros, muitos mais. A música é o tango e mais tudo, o tudo de Piazzolla, do "Oblivion", do "Invierno Porteño" ou do "Adiós Nonino", ou de Ginastera e de Angel Lasala. Sim, fiz muita música nas poucas horas vagas em Buenos Aires. Além da flauta, me aventurei pelo piano de aulas iniciais, pelo "bel canto" ("bel" só no título deste estilo de técnica vocal, claro) nas aulas com a saudosa professora, o soprano Zulema Castello, esposa do maestro Lasala, e funcionária do setor cultural da embaixada. *Y, por lo demás, imensas amistades*. Sabe a chocolate a neve em Bariloche, na moldura do magnífico Hotel JaoJao. Pelo norte, um outro mundo: Córdoba, com seus prados cor de poente, Mendoza e suas canaletas de água de neve derretida dos Andes e colinas vindimeiras e ainda La Rioja, terra de Menem, de poucos habitantes e dos chivitos, esses cabritinhos simpáticos, bem cotados na culinária, que sobrevivem nas serras desérticas e pedregosas que demarcam a região. Certa vez propus, sem encontrar qualquer eco, fosse o chivito, por sua capacidade de sobreviver em ambientes difíceis, escolhido com mascote do MERCOSUL.

Minha mulher; Moira, fez um belo trabalho servindo no nosso consulado em Buenos Aires. Foi somente a essa altura que recebemos a informação, do gabinete do Chanceler Lampreia, de que, finalmente, o Itamaraty passaria a pagar integralmente o salário dos cônjuges diplomatas. A informação veio com a solicitação discreta de que os cônjuges somente agora contemplados com o que de há muito era de seu direito, não reclamassem judicialmente ou administrativamente os seus atrasados. Moira havia permanecido em "licença especial para acompanhar o cônjuge" por nove anos (os tempos de Washington e Assunção, que relato anteriormente), mas, por mais que eu insistisse, nunca quis reclamar o que tinha de receber de direito, fora as compensações por ter-se atrasado na carreira. Dizia que não queria prejudicar a minha carreira. Sou-lhe grato pelas suas intenções, mas muito mais comovido de coração pela devoção com que sempre me acompanhou enquanto estivemos juntos. Nossas filhas, Laila e Cecília, então em início da adolescência, foram igualmente tomadas de paixão pela cidade, integrando-se com as amigas locais e carregando até hoje o mesmo sotaque portenho, que nem a escola, por ser a francesa, cuidava-se de disfarçar nos seus currículos.

De toda essa rica experiência, deixou marca especial e carinhosa uma "criação" culinária minha, o "frango à Aline". Aline, uma coleguinha de escola da Cecília, linda, bem falante e inteligente, vinha em nossa casa para estudar com minha filha, e às vezes ficava para almoçar ou jantar. Em ocasiões, eu, glutão de frangos, preparava um frango que fazia as delícias da Aline, que toda vez me pedia o mesmo prato. A tal ponto que lhe dei o nome, de "frango à Aline". O "frango à Aline" se preparava em molho que combinava o básico "molho espanhol" com vinho madeira e algum xerez. Nada demais ou original, não fora o próprio frango, uma maravilha de frango campestre de cerca de três quilos, uma carne de sabor extraordinário. Era o frango comum nos supermercados argentinos até a introdução, no mercado local, dos pouco palatáveis frangos brasileiros, de quase nenhuma afinidade com o que se possa chamar de criação natural ou campestre. Triste dizer, haviam sido pavoneados com orgulho pelo presidente Fernando Henrique durante sua visita de Estado à Argentina como um grande feito econômico, por serem vendidos ao preço de um real por quilo. Como a nova moeda brasileira foi oficialmente cotada a pouco mais de um dólar, o frango brasileiro logo destronou o frango argentino, cujo preço, por quilo, era pelo menos umas três ou quatro vezes mais. Na verdade, a introdução do frango brasileiro a cerca de um dólar o quilo simplesmente acabou com a produção argentina. Nem tudo são flores no MERCOSUL.

A ANTÁRTIDA E A FAZENDA DO PAIOL
AS ÚLTIMAS FRONTEIRAS

Apesar do inverno, as flores insistem em nascer... Resiliência!!

Fazenda do Paiol, foto: Romulo F. Martins.
Palavras do sobrescrito: Romulo F. Martins

Navegávamos há 14 dias pelo Atlântico Sul, de águas frias apesar de estarmos em inícios do verão, ao longo da costa meridional do Brasil e, em seguida, da costa argentina. O *Barão de*

Tefé, navio oceanográfico, feito navio polar (quebra gelo), da Marinha do Brasil, atravessava, com alguma humildade e muita galhardia, entre narigadas de proa e orelhadas de bombordo e boreste, caturrando e jogando, como dizem os marinheiros, as águas escuras e tormentosas do estreito de Drake. Dezembro de 1985. Segunda missão oficial brasileira à nossa estação na Antártica. Rumávamos para a Ilha de São Jorge, e nela para uma península, aberta ao sol ainda visto na linha do horizonte das terras ao norte, a baía do Almirantado. Lá havíamos fincado, no ano anterior, a presença física do Brasil no continente gelado.

*A fazenda do Paiol fica prós lados de Sete Lagoas, mas bem antes, de quem sai de Belo Horizonte. A estrada era por Esmeraldas, onde penso que o Marcos, que não está mais com a gente, tinha arranjado uma namorada. Não sei, é o que os irmãos diziam. Deus o tenha, assim como ao Dalmo, o mais velho, que já tinha, naquelas décadas passadas, cara de fazendeiro, cabelo e bigode ruivos, Dorinha, Maria, Lúcia. Desconfio que o Geraldo, outro com DNA de fazendeiro rico, gostava bem do "*footing*" na praça da igreja, nas Esmeraldas. Tristeza, quando soube, agorinha mesmo, pelo também irmão Rômulo, o Bocage, que tinha Alzheimer. Há 10 anos. Quando descobriu meu telefone, o Bocage me ligou de surpresa, quanto tempo não nos víamos ou falávamos. Muita alegria. Família grande, essa do tio Ignacinho e tia Mariquitinha. Donos da fazenda do Paiol, onde passei temporadas de férias, tinha nove, 10 anos. Primos, pelos lados de minha mãe, os Figueiredo de Sete Lagoas. Romulo mandou-me fotos da fazenda, igualzinha era antes, sempre bem cuidada. As fotos eram da festa, do reencontro, ano passado, da família, todo ano fazem lá na fazenda. Acompanhados de boa linguiça e cerveja. Lá estavam os irmãos, celebrando a vida, a fazenda e as saudades, debaixo de um caramanchão que reconheci pelas flores cor-de-rosa: Luciano (Grilo), Daniel, que regulava comigo, Eduardo (Du), Roberto, que regulava comigo também – todos os irmãos eram em "escadinha", Silvinha, Martha (Rapinha). O Rômulo, o patriarca, na fila de trás. No dia de ir para a fazenda, nas férias, tio Ignacinho me buscava em* *casa, em Belo Horizonte. Era sempre numa sexta-feira à noitinha. Sentado no banco de trás do velho Ford, lá ia eu satisfeito da vida, olhando aquela miríade de estrelas, nunca se viram tantas, em meio ao barulho surdo e entrelaçado dos pneus no cascalho que cobria, de distância a distância, os sulcos poeirentos da estrada de terra. Quietude das Minas Gerais.*

Havíamos descansado, em meio à viagem, em Rio Grande, o porto mais meridional do Brasil. O que não foi ruim, belas garotas, belas praias, bom chope.

Todos ali se lembram de mim. Claro, figura impoluta, o Pedrinho, menino de 10 anos, vestido da cabeça aos pés, ao chegar, com o uniforme do Atlético Mineiro, já com a bola das peladas de fim de tarde na mão. Recitava de cor a escalação do time: Cafunga (depois Osvaldo) Murilo e Ramos; Mexicano, Monte (Zé do Monte) e Afonso (depois Haroldo – o que virou médico, como muito mais tarde o dr. Sócrates, que nunca foi do Atlético, cito por citar, e o Tostão); Murilinho, Tomasinho, Valdo, Alfredo e Amorim. O Bocage diz que eu recitava ademais uma escalação que começava com: Castilho, Píndaro e Pinheiro..., mas isso era a do Fluminense, meu time de botão, campeão da vizinhança.

Nada disso ao chegarmos em nossa estação – erroneamente chamada de "base", pois não é um posto militar –, bem ao fundo da baía do Almirantado quatro ou cinco contentores interligados, que somente conseguimos visualizar depois de intensa faina manual com pás, para retirar a neve que os cobria por inteiro. Era a nossa "Estação Antártica Comandante Ferraz". Lá estava, à beira de uma praia de cascalhos e pinguins, não muito afastada de antiga estação inglesa, em ruínas, de caça de baleias, com o esqueleto de uma delas, enorme, bem à frente, e que afinal compunha o quadro de nossa paisagem. Um quadro anacronicamente defasado naquele continente branco e cinza, objeto de tantas missões científicas e de exploração, e de caçadores de baleias, por mais de século. Chegávamos tarde: outros países vizinhos, como Chile e Argentina, mantêm no continente estações desde há muitos anos; estações permanentes, guarnecidas todo o ano. A do Chile é na verdade uma verdadeira cidade, escolas para as crianças, supermercado, banco, aeroporto.

Fins de semana eram dias de jogo sério, em campo de futebol mesmo, de terra, claro, lá perto da fazenda, no povoado de Caracóis. Ali, no meio daquela gente grande que fala com sotaque mineiro tão carregado que parece outra língua, um dialeto, mesmo, punham-me de goleiro. Até que agarrei umas bolas. Uma vez até me abraçaram, pois peguei um pênalti.

Brasil, país novato no continente gelado. Demoramos para chegar. O Tratado da Antártica, de 1959, resultou da ação dos 12 países que mantinham operações de pesquisa e estações no continente: Argentina, Austrália, Bélgica, Chile, EUA, França, Japão, Noruega, Nova Zelândia, Reino Unido, República Sul Africana e a URSS, hoje Rússia. Brasil aderiu ao Tratado em 1975, criando o Programa Antártico Brasileiro (PROANTAR) em 1982. A Estação Antártica Comandante Ferraz foi inaugurada em fevereiro de 1984. Durante alguns anos subsequentes, permaneceu como estação ocupada apenas durante o verão. Quando lá estive, em 1985, chamava a atenção a precariedade das instalações, na verdade espelho de nossa inexperiência de vida em ambientes gelados, e com a dimensão do continente antártico. Para começo de conversa, as autoridades brasileiras encarregadas da instalação da estação optaram por localizá-la no fundo da chamada baía do Almirantado. Outras estações, como a da Polônia, localizavam-se à entrada da baía, por ali haver maior exposição ao sol. A nossa, no fundo da baía, é muito mais sujeita ao frio, à neve, e às intempéries. Com o novo projeto da estação inaugurado há coisa de ano ou dois, o Brasil passou a dispor de uma das mais bem equipadas e amplas instalações de um país de porte médio no continente. Sem dúvida, a mais moderna, sendo efetivamente um belo projeto.

A cheia no ribeirão, Fazenda do Paiol, foto Romulo F.

Um dia, pela manhã, Daniel e eu saímos para explorar as redondezas. Primeiro a área das mangueiras, para chupar manga. Depois, para além do curral, ver a bicharada toda. Seguimos pela estrada de Esmeraldas até a grande barroca, um perigoso precipício formado pela erosão. Já caminhávamos de volta, caçando passarinho com o bodoque, quando de súbito vieram os trovões e a chuva forte. Corremos e nos abrigamos onde era possível, por sorte na casa humilde, de teto de sape, de um dos empregados da fazenda, meeiro nas colheitas. Víamos a casa da fazenda ao longe, depois do ribeirão, que a essa altura já fazia literalmente jus ao aumentativo, não mais o plácido riacho que sempre se cruzava com água no calcanhar. Tornozelo, mas dizíamos sempre calcanhar. Não está mau de todo. Muito bem, passadas a chuvarada e a enchente, voltamos para casa, depois de agradecer aos donos da casinha o oportuno acolhimento. Já o sol se mostrava, mas era arredio em meio das nuvens retardatárias e ainda bem respinguentas. Ia dizer "nuvens de cara ainda fechada", mas reservo o qualificativo para descrever, aquilo sim, era cara brava, a expressão do rosto e da voz da tia Mariquitinha ao nos ver, subindo tranquilos a escada que dava à cozinha. Estava muito nervosa, teria pensado o pior, ao não nos encontrar dentro de casa durante a tempestade, o ribeirão transbordando, rios, trovões. Brandia o cabresto em direção a Daniel, e me dizia ao mesmo tempo: "e você, Pedrinho, você é porque é visita, se não entrava no couro também!", e continuou a ralhar com o pobre do Daniel, puxando-lhe a orelha. Eu escapara, "por ser visita", mas nós não havíamos dado conta do perigo por que passamos. Estávamos aprendendo a fronteira da inocência. Os demais primos de nossa idade ou pouco mais velhos tinham ficado em casa, não por conta da chuva, mas das aulas caseiras, ministradas pela Lúcia, a irmã professora, todos sentados ao redor da reconfortante mesa da sala de jantar.

Não era assim, contudo, com nossa estação primitiva, com aquecedores internos de resistência exposta, contentores revestidos com lambris de pinho, altamente inflamáveis. Coloquei bem claro em meu relatório oficial da missão essas observações a respeito do iminente perigo de incêndio. Nossos primeiros projetistas com certeza desconheciam o fato mais importante, constante de toda a literatura da história das expedições ao continente, desde Amundsen e Scott, de que o maior perigo na Antártica não é o frio ou o gelo, mas o fogo. Infelizmente, deu-se essa tragédia em nossa estação passados alguns anos, creio que uma década, com um incêndio iniciado nos geradores e que se espalhou pela estação, com duas mortes. Crônica de um incêndio previsível e anunciado. Relatórios, como se sabe, são feitos aparentemente para não serem lidos e tampouco levados em conta. De todo modo, eu lá estava não como perito na segurança das instalações, e sim como diplomata responsável pelos aspectos jurídicos e de relações internacionais no contexto da nossa missão.

Mesma precariedade com respeito às nossas roupas específicas para as condições locais. Hoje, os pesquisadores brasileiros residentes na estação dispõem de roupas adequadas. As roupas de que dispúnhamos em 1985, possivelmente feitas por alfaiates de fardas da Marinha, da rua da Alfândega no Rio de Janeiro, vazavam frio e água gélida pelas costuras. Voltei uma vez encharcado até as cuecas de uma visita à estação chilena. Embarcamos, na primeira parte da viagem, no *Barão de Tefé*, para em seguida passarmos ao bote de borracha e motor de popa que, se na ida deslizava em mar calmo, na volta batia em caturradas de proa contra as águas revoltas, submetendo-nos, todos a bordo – éramos uns cinco ou seis –, a intensa chuva de água a temperaturas abaixo de zero. Fomos então recompensados com uma belíssima dose de uísque a bordo do *Barão de Tefé*, após galgarmos, com o corpo gelado, as escadas laterais de corda (cabos) entrelaçada, à moda dos piratas, o costado também gélido do navio. Saudoso preparo físico! Como representante do Itamaraty, e à época nas funções de subchefe da Divisão do Mar, da Antártica e do Espaço Exterior (DMAE) na Secretaria de Estado, em Brasília, tinha como principal ocupação durante os cerca de 10 dias na estação participar das visitas a outras estações vizinhas (lembro-me do orgulho, creio que dos poloneses, em mostrar-nos o canteiro de tomates frescos que mantinham em estufa na estação permanente), fazer inúmeras conferências sobre legislação antártica para os tripulantes e pesquisadores e, não menos importante, passear em meio a colônias de pinguins.

Hoje, o Sistema do Tratado da Antártica, que congrega o tratado de 1959 e vários outros acordos e convenções, constitui organização sólida, de que participam tanto os membros originais, chamados "territorialistas" por manterem suas pretensões de domínio sobre as respectivas projeções cartográficas sobre o continente, como os "não terriorialistas", o maior número das "partes consultivas", entre aqueles "não territorialistas", o Brasil. No frio antártico, com mais propriedade aplica-se o lema do barão do Rio Branco, *ubique patriae memor*, a lembrança da pátria, navegando as fronteiras abertas da liberdade.

Gloriosos dias, antes de avançar pelas fronteiras da vida adulta, naquela Fazenda do Paiol, comendo as saborosas coxas de frango "com muita pele", como se lembra Martha, a Rapinha, da forma como eu as pedia à tia Mariquitinha, fora as paneladas de rolinhas selvagens, pássaros do porte de uma codorna, e muito saborosos, que os maiores caçavam de cartucheira ali por perto. Nós também caçávamos algumas, armados de nossos bodoques. Aventura quase de filme de terror era ver matar porco – e como gritam os porcos e protestam diante da faca grosseira que lhes vai ao coração direto. O resto era jogar bola e tomar banho no ribeirão. Ah, e ali perto da casa estavam sempre à vista os pés de marmelo, com suas varas ameaçadoras, e que silvavam quando eram brandidas como chicote, mas nunca usadas dessa forma, mais bem em nossos jogos de vaqueiros. E ouvir à noite, na varanda, as histórias (também santas e bárbaras), mais os conselhos dos dois velhinhos, pais de Mariquitinha e Ignacinho, o Seu Ignácio e o Seu Moreira. Contos e conselhos mineiros, que habitam nossa pele, a dos netos, e a minha, sem nos darmos conta.

Parte II

HISTÓRIAS (SANTAS E BÁRBARAS)

Como dizia meu pai, o doutor Luizinho,
é chuva na cuia funda!

INTRODUÇÃO À PARTE II

Traços e valores da cultura das Minas Gerais e da cidade natal, Santa Bárbara, estão presentes em várias vivências e histórias, como na visita do então barão de Caxias à fazenda do Rio de São João, após debelar a revolta liberal de 1842 em Minas; ou na exploração criminosa de recursos naturais e do meio ambiente, com o exemplo do rompimento, com mortes e feridos, da barragem de lama de minério de ferro em Bento Rodrigues, e o drama consequente de Maria José, em "Natal Amarelo", contagiada com a doença da febre amarela e com a sorte da herança súbita de mina de ouro reaparecida em meio à lama ferrosa. Nesses e demais contos estão o ser humano, suas fronteiras existenciais e o destino imprevisível ("O Homem Descalço"); e o confronto com o passado, que se acompanha do charme da noiva que "ressuscita" nas mãos do médico, lá na mineiridade do São Gonçalo do Rio Abaixo ("O Velório da Noiva"); ou com o futuro ("Ano 2230. Revolta em Marte e a Queda da Dinastia dos Braguineros no Brasil"). O conto «Natal cinzento», referido na apresentação da Parte I, é, na verdade, um ensaio em formato de fantasia sobre a temática das fronteiras e a política externa do barão do Rio Branco, patrono do Itamaraty.

O VELÓRIO DA NOIVA
OU O ATESTADO DE ÓBITO

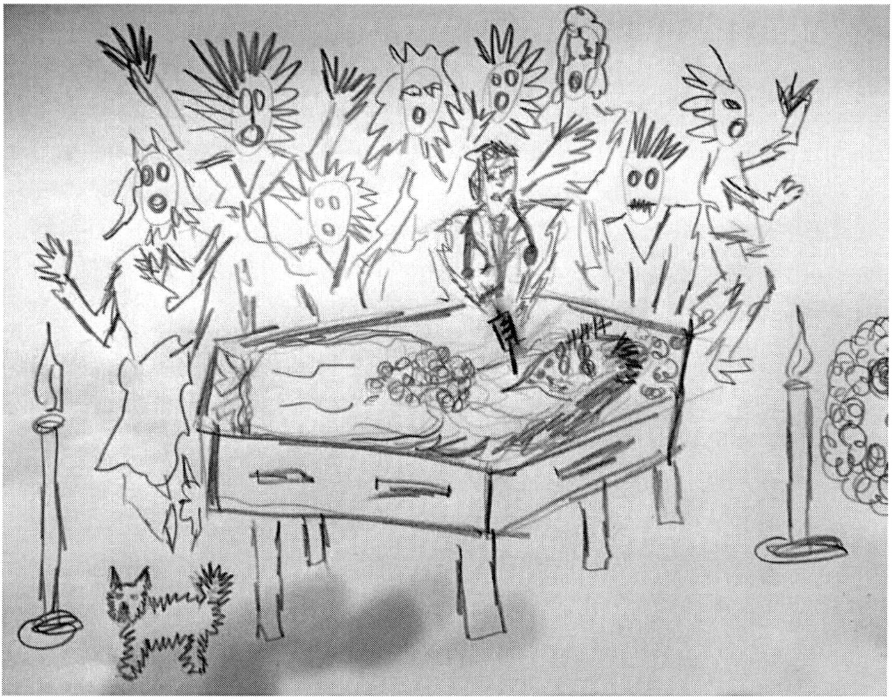

Desenho: Rita Cipolatti.

Vão longe, na minha estrada vivencial, essas histórias "santas e bárbaras". Outras, matutei. Matutar, o que é? Pergunte a qualquer matuto mineiro, e ele coçará a cabeça, tomará um cafezinho, dará umas baforadas no cigarro de palha, mastigará um biscoito de polvilho, se tiver, e dificilmente lhe responderá de chofre, dirá que é preciso matutar. Adianto, contudo, aqui, uma conotação, a de que o melhor significado talvez seja o praticado pelo meu pai, o doutor Luizinho quando conta "causos", que seria mais ou menos assim: "acreditem, pois tudo é muito verdade verdadeira, assim como quando a gente vê, pelo mato dentro das Minas Gerais, muita chuva a cair, e diz, como se estivéssemos contentes de viver: 'é chuva na cuia funda!'".

A propósito, creio que não fará mal algum revivermos logo um dos *causos* do doutor Luizinho, sempre muito verdadeiro, que ele conta com prazer imenso e, como se verá, com conhecimento de causa.

Consta que um dia, e já às tantas horas da manhã, lá pelos idos fins da década de 1930, ou será no início da década de 1940, em plena Segunda Guerra Mundial, conflito que se refletia já na escassez de produtos importados no Brasil, inclusive combustíveis, um cavaleiro bate com vigor à porta de seu consultório, sito na pequena casa ao lado do sobrado da família Pinto Coelho, onde o pai, seu Juquita, tinha a linda farmácia, em Santa Bárbara. Tinha ares de muita pressa, falou ofegante, quando o próprio doutor Luiz atendeu ao chamado:

— Doutor, doutor, depressa, doutor, venho pedir um atestado de óbito. Minha sobrinha, Juscelina Fagundes, faleceu ontem, teve um ataque fulminante, ficou rígida. Foi experimentar o vestido de noiva, casório no sábado, os pais desesperados, ninguém sabe como aconteceu. No velório, um choro só, madrugada adentro, logo Juscelina, muito amada na vila, doutor, mas não tem médico lá, uma tristeza, e o cemitério diz que sem atestado de óbito não pode enterrar. Vim no galope que esse burro me deixa vir, ainda mais com a lama chuvosa, buscar o atestado, doutor, e levo já, pois o enterro está marcado agora pras quatro da tarde. Chove, mas tá quente, o doutor sabe, não é bom a finada assim, no caixão aberto, tantas horas. O noivo não arreda pé, vim eu buscar o atestado lá pró cemitério.

— Espera, Seu..., como é mesmo o seu nome?

— João, Seu doutor, João Matoso Fagundes, pra seu servir.

— Pois então, Seu João, me diga o nome do lugar, tá vindo de onde?

— Desculpe, doutor, nem falei, nessa pressa. Venho dali de São Gonçalo, o do Rio Abaixo, uma hora no lombo de burro, chuvarada. Burro bom taí, doutor, não tem enxurrada que faz ele escorregar. Né, Assuntoso! É o nome dele. Assuntoso porque tem sempre as orelhas viradas pra direção de quem fala, espertice pura, ainda mais prum burro. Mas é forte e valente. — Na frente da casa que serve de consultório do médico doutor Luiz, João puxa o cabresto de Assuntoso, assim com a mão mole de quem segura animal manso, enquanto diz essas palavras mais bem dirigidas carinhosamente ao burro. Uma chuva rala começa a cair sobre os dois homens e o burro, este agora de orelha encolhida. — Doutor, pode me dar o atestado de óbito pra defunta?

— Seu João, não posso, não, Seu João, dar o atestado sem ir lá ver a morta. — O doutor Luiz entra de volta ao consultório, para não se molhar, e gentilmente diz num gesto para que João Matoso também se proteja. E continua: — Tenho que examinar, não posso dar o atestado assim de longe, acredito no relato e no ocorrido, mas tenho que ir lá ver.

— Ai, meu Deus, mas então vamos, doutor, só que eu não sabia, não trouxe outra montaria pro senhor.

— Não se importe, Seu João, vou no meu carro. Mas lhe peço um favor: dê uma chegadinha na Casa Rocha, na Rua do Comércio, logo ali, é a loja de fazendas, pergunte pelo Macário. É meu ajudante quando preciso, bom rapaz. Peça-lhe que venha com urgência, o Seu Rocha vai compreender, vamos atender um caso em Rio Abaixo. E lhe peça para trazer um saco de capim, de preferência meloso. Aqui tem um guarda-chuva. Enquanto isso, vou me preparar para partirmos imediatamente.

— Perfeitamente, doutor. Mas, capim?!

— É, Seu João, pro carro.

— Pro carro??!

— Pra encher o pneu do carro, caso fure. Só tenho um sobressalente; se furarem dois, não temos alternativa, não posso seguir caminho. Nesse caso, enchemos o pneu furado com o capim, e o carro vai muito bem. Peça a ele também um pouco de lenha para o gasogênio.

A estrada para São Gonçalo do Rio Abaixo previsivelmente não trata com carinho o Ford Bigode do doutor. Não trataria, mesmo sem chuva, na seca. Agora, então. Pesado com os dois ocupantes, doutor Luiz na direção e Macário na boleia, atento aos escapes indecisos do motor, o automóvel ladeia na lama, pneus deslizam. Devia ter colocado corrente nos pneus, pensa o doutor. A descida até o córrego Conceição, afluente do rio Caraça, de Santa Bárbara, já transbordando com as cheias, é feita com o carro engrenado em segunda marcha. Transposto o ribeirão, viu-se que havia entrado água no carburador, e por duas vezes os tripulantes tiveram que esperar, sentados dentro do carro, o esvaimento da água nessa peça. De nada valeram as tentativas de Macário, primeiro, e do doutor Luiz, depois, para manualmente voltear a manivela do motor. João Matoso, montado no burro, passou nessa hora por eles, ofereceu ajuda, mas acabou por seguir caminho, a tempo de antecipar em São Gonçalo a chegada iminente do doutor, para dar o atestado de óbito para o enterro de Juscelina Fagundes.

À chegada, o clima é meio de festa, como só ocorrer em todo velório no interior mineiro. Choradeira por um lado, de umas poucas senhoras, as irmãs e a mãe de Juscelina, gente da vizinhança, a ex-professora do grupo escolar. Do outro lado, mais adiante, homens, moços e velhos, conversa alta, cachaça e café com biscoito de polvilho e broa de milho. Da cozinha vinha um cheiro de feijão com linguiça e carne seca com torresmo, ares de feijão tropeiro, também pudera, hora do almoço já passada, com a demora do João Matoso, que nunca vem com esse atestado. Cheiro de couve só na hora de comer. A casa, bem-posta, com solar de mirante e varanda de teto largo, bom pra proteger da chuva e do sol, cheia de varais com bandeirinhas de São João, coloridas. E nem estamos em época de festa caipira. Mas, tudo, por conta da defunta, cujo passamento repentino, véspera de casar, deixou todos por demais consternados. No meio da sala, o caixão aberto, Juscelina em trajes de noiva, o rosto ainda como se viva fosse na dança fugaz da luz das duas velas que ladeiam o esquife, tez rosada ao pó *rouge* que lhe passaram na face, queixo firme, olhos em sono angelical. João Matoso, no burro Assuntoso, e o doutor Luiz, mais Macário no carro, chegam mais ou menos ao mesmo tempo, lá pelas três e meia. Para alívio geral, pois agora o enterro da morta está garantido, e praticamente no horário previsto. Cumprimentos de praxe, o doutor Luiz, com sua maleta de médico, adentra a sala e chega ao pé do caixão. Estetoscópio na mão, começa o exame, pede um pouco de silêncio, não detecta batidas audíveis do coração de Juscelina. Abre-lhe um pouco mais o peito, as senhoras interjecionam sussurros maldosos. O doutor Luiz olha para a face de Juscelina. Moça bonita, pensa. Morrer assim, jovem. Olha de novo. De repente, vê um ligeiro movimento numa das pálpebras, como uma imperceptível reação ao pouso de uma mosca. Toca-lhe levemente com a ponta do dedo e, novamente, o piscar ligeiro. O doutor Luiz enfurece-se, começa a tremer de raiva por dentro, abre a maleta, encontra a seringa, perfura com força uma ampola com éter, e diz consigo mesmo, entre dentes rangidos: "esta moça não está morta! Está vivinha, finge, é histérica, a desgraçada!". Sem mais se conter. "Vai ver. Éter dói. Vai pular com essa injeção". Ato contínuo, e para espanto e surpresa geral, avisou, alto e bom som:

— Esta moça não está morta, está mais viva que todos nós —, e aplicou-lhe no braço, por cima mesmo da manga do vestido alvo de noiva, a dose de éter. Juscelina deu um pulo, levantou-se gritando de dor, e o doutor Luiz a esbravejar: — saia daqui sua desgraçada, sua fingida, saia já!

Gritos das mulheres, correria de levantar poeira em tempo de chuva, pão de queijo, há pouco servido quentinho pro doutor, rolando pelo chão, as gentes indo pra todo lado. Pandemônio. Alguns saíram aos gritos de milagre, milagre! Mais calmo, o doutor Luiz explicou aos pais da noiva tanto quanto podiam eles entender o ataque histérico e a reação da paciente, asseverando-lhes que "no demais a filha estava muito bem de saúde, e que possivelmente com o casamento tais sintomas iriam desaparecer". Juscelina, fechada no quarto com a mãe e as irmãs, não parava de chorar, o noivo do lado de fora do quarto, não o deixaram entrar. O senhor do cemitério foi dispensado com muitas desculpas do pai da noiva, não, porém, sem antes partilhar, junto com os convivas ao velório putativo, o feijão tropeiro que fumegava na cozinha, alheio às coisas deste e do outro mundo.

UM APARTE
GEOGRAFIA DESTA E DE ALGUMAS OUTRAS HISTÓRIAS (SANTAS E BÁRBARAS)

Como se vê e verá, atravessam alguns dos contos a serra do Caraça, do seminário onde grande parte da família dos Mottas estudou, onde antes o pai foi médico, e do agora santuário onde os lazaristas dão de comer aos lobos guarás (sim, os da nota de duzentos reais) que chegam de mansinho à noite, dóceis como a doçura do mel santabarbarense, poucos sabem dessa iguaria, produzida em Santa Bárbara. Sabem da matriz, a igreja do Rosário, arquitetura barroca, das mais belas e harmoniosas das redondezas, ainda que compreensivelmente não se lembrem, e nem lhes ocorre lembrar, do nome de um dos fundadores dessa Igreja Matriz de Santa Bárbara, o rico Capitão João Teixeira Alves, proprietário de várias lavras de ouro, entre essas a mina de Itajuru, e da Fazenda do Rio de São João, de que voltaremos a falar no conto logo adiante. Tampouco se lembram que o sobrado na rua de Baixo, com as janelas e vidraças coloniais enfileiradas, hoje colégio, pertenceu ao meu avô, o Coronel Pedro Moreira Teixeira da Motta, personagem muito importante em nossa vida e na história desses confins, e, portanto, com direito a foto e atenção mais pausada. Sabem do Hotel Quadrado, hoje restaurado, valha-nos o nosso amigo, o advogado Anchieta, benemérito da cidade e seu proprietário; sabem da antiga cadeia, que hoje alberga um *pub*, com celas gradeadas ao rés do chão, de frente para a praça central, e onde os presos se divertiam, naqueles idos do tempo, mexendo com as moças que porventura passassem diante das celas, no *footing* da praça; mas, não mais sabem das viagens de trem. Ainda as vislumbram, ao entrarem agora na estação da Estrada de Ferro Central do Brasil, que virou museu, ainda bem, logo ali para baixo do Hotel Quadrado e do casarão de esquina, que pertenceu ao Seu Juquita e Dona Rosinha, meus avós paternos.

Seu Juquita, José Luiz Pinto Coelho, farmacêutico formado na Escola de Farmácia de Ouro Preto, e inventor de prosas, quem sabe uma das suas mais inspiradas atividades, além de maestro músico da orquestra da Matriz, casado já com bodas de ouro com Dona Rosinha. Grande e sagaz conversador, esse meu avô. Seu Juquita inventou, entre muitas outras, aquela história do Mister Gronga, chefe de missão inglesa que vinha à cidade para recuperar as minas de ouro já exauridas, e que por toda a parte e arredores gerou comoção grande, parecida, mal comparando, claro, com aquela causada nos EUA por Orson Welles com o anúncio da chegada à Terra dos marcianos. É que, com o correr da "notícia" da iminente "chegada da missão inglesa", cresceu junto a sensação de renascimento da riqueza numa cidade empobrecida e nostálgica dos tempos em que a fartura do ouro era tanta que se via, com a chuva, pó de ouro a escorrer pelos riachos e enxurradas. Verdade, podem acreditar. Pois a botica do Seu Juquita sempre foi ponto de encontro da prosa local. Com suas três grandes portas à frente do casarão abertas aos que buscavam remediar a saúde e da solidão, mas também aos curiosos de toda espécie, a farmácia era ricamente mobiliada com estantes de cedro e uma infinitude de vidros coloridos, almofarizes de cobre e potes de porcelana com dizeres exóticos, como "Ung: De Althéa" ou "Pom: De Bellad" emoldurados em pinturas de bananeiras verde-bandeira e ruínas de colunas coríntias em amarelo pálido da cor do céu grego no verão tórrido, quando batem os ventos desérticos do Saara, carregados de pó de areia. Ali, por detrás do longo balcão em balaustrada, sempre de terno e colete, Seu Juquita aviava receitas e sobretudo dava asas a uma boa prosa com os visitantes.

Santa historinha bárbara! Santa Bárbara. Hoje quem lá vive sabe que a cidade, com mais de 300 anos, vizinha de Ouro Preto e, como essa, outrora rica em ouro, tem a economia com base na mineração de ferro e outros minerais, devastadora dos campos, da vegetação e dos homens com suas represas de lama e barro. Basta ver o que pode acontecer bem perto de Santa Bárbara, na comunidade do Carrapato, com a represa da Anglo-Gold Achante, mais de 13 milhões de m^3 de rejeitos venenosos, lama com arsênio, cianeto, logo acima do rio Conceição, afluente do rio Caraça, onde a cidade capta a água, e cujo rompimento afetará diretamente várias outras comunidades, como Brumal, São Bento, São Gonçalo. Ou a ameaça que segue pairando sobre os habitantes de Barão de Cocais, vizinha de Santa Bárbara, e redondezas, caso se rompa, como previsto, a represa dos dejetos da mina de Congo Soco, com seus 34 mil m^3 de lama e pó de ferro. É a mineradora VALE, sempre presente. Muita desgraça já vista e por vir! Santa barbaridade!

Vão esses relatos por além do vizinho arraial, agora município, de Catas Altas do Mato Dentro. Lá viveu também o Seu Juquita, casado em novas núpcias, aos 86 anos, com Margarida, chefe dos Correios local, e dona de um belo sobrado de portal e janelas verdes, ali na rua de baixo, à esquerda de quem desce a praça principal. Foi sua ex-amante, depois mulher de papel passado, com a bênção do padre, segundas núpcias não tiram esse direito, a vó Rosinha, de solteira Rosa Lúcia Magalhães, primeira mulher, já morta e enterrada. O morro solitário de Catas Altas, por onde peregrinam as casas coloniais e velhos sobrados, parece um pequeno Davi, que enfrenta, a pouca distância, num grande espetáculo de luz e sombra, que dependendo da hora do dia deixa quase cegos os habitantes do arraial, o imponente Golias, a serra do Caraça, um muro com cara de gente, já disse, alto, quase alpino, de granito, minério de ferro puro, com seu antigo seminário onde tantos filhos de boas famílias da região sofreram barbaramente com um aprendizado medievo, antes de se tornarem os juristas, advogados e políticos que tanto contribuíram para a conformação das elites intelectuais mineiras séculos atrás. Ali estudou Affonso Penna, nosso tio bisavô, presidente da província e do Brasil. O casebre em ruínas dos pais de Affonso Penna ainda se pode ver, à entrada de Ribeiro de Penna, nos Trás-os-Montes. Pois vieram todos de Portugal, nossos antepassados, de pai e mãe. Praticamente todos os Mottas, da descendência do patriarca João da Mota Ribeiro, ali de Celorico de Basto, pelos lados de Braga, e muitos dos Pinto Coelhos, da descendência do Barão, o Tenente Coronel José Feliciano Pinto Coelho da Cunha, por lá passaram. Igreja linda, com órgão que data de sua construção no século XVIII, dando para o vale coberto de mata atlântica em bioma de transição para a vegetação de terras altas. Prédio da biblioteca pegou fogo, muitos anos atrás, hoje ainda em ruínas, somente em parte recuperado. Todo o conjunto de prédios do Caraça, hoje privatizado e com exploração hoteleira, faz parte de uma área reservada e bem preservada. Vale a viagem.

Catas Altas, com suas donas sempre de preto e à porta, ou à janela, e que sem relutância (talvez agora menos do que antes, muitas já morreram) convidam com prazer o transeunte visitante a tomar um vinho de jabuticaba, como desvela poeticamente Fatima Pinto Coelho, no livro sobre Catas Altas[1].

Nossas histórias (santas e bárbaras) se perdem nas profundezas das minas de ouro do Congo Soco, de Cuiabá e Caeté, de Volta do Frade em Santo Antônio do Rio Abaixo, das lavras do Bananal, em Catas Altas. Voam por sobre Bom Jesus do Amparo, povoado feito freguesia em 1858[2] e as fazendas do Rio de São João e do Rosário do "coronel" Pedro Moreira Teixeira da Motta, cujo bisavô, João da Mota Ribeiro[3], nascido em 1775 e batizado, corretamente com um só T, em Celorico de Basto, nas cercanias de Braga, do outro lado do grande rio chamado Atlântico, chegou ao Brasil nos idos findos do século XVIII, com 20 anos de idade. "Viera a negócio de parentes seus do Reino: para liquidar, como procurador, certa herança aqui aberta por seus tios Francisco e Antônio da Mota Miranda, falecidos pouco antes em São Gonçalo do Rio Abaixo, município de Santa Bárbara"[4]. Soube prosperar no comércio, na pecuária e na agricultura, com aquisição de terras de mato, dentro das Minas Gerais (Senhor revisor, por favor mantenha a vírgula onde está, entre "mato" e "dentro", obrigado), deixando, ao falecer em 1835, só de terras, além das fazendas citadas anteriormente, as de Itajuru, Barra de Sant´Ana, Três Barras, a Quinta do Lago, e o Retiro do Mota, em Taquarassu, e terras em Itabira, somando área total calculada em "mil e tantos alqueires". Foi empreendedor na indústria, não só a extrativa (com a exploração de importantes jazidas auríferas), ou com a instalação, na Fazenda do Rio de São João, de "filatórios" para a tecelagem de panos de algodão, e de "uma das primeiras forjas hidráulicas de beneficiamento do ferro", de uma tipografia em Ouro Preto, à rua do Carmo número 9, além da produção de açúcar no grande engenho daquela fazenda, azeite e moagem de trigo. Como digo, saberemos mais desse nosso primeiro antepassado em terras brasileiras e de alguns de seus filhos.

[1] COELHO, Fatima Pinto. *Catas Altas do Matto Dentro-Minas Gerais*. Rio de Janeiro: Editora Barléu, 2018.

[2] Por obra e graça do Major Pedro Augusto Teixeira da Motta, 4º filho do patriarca, Coronel João da Mota Ribeiro. Herdeiro da Fazenda do Rio de São João, que recebeu o Barão de Caxias e toda a sua tropa "sob telha" na fazenda, em seguida à campanha de Caxias em Minas, para combater a sublevação separatista do Barão de Cocais, José Feliciano Pinto Coelho da Cunha, em 1842.

[3] As referências e anotações sobre João da Mota Ribeiro e descendentes da família Teixeira da Motta (ao que parece, os filhos do patriarca já foram batizados com a grafia de dois ´tt` no nome Motta) encontram-se com base em Massaniello Lopes Cançado. *Nota Biográphica do Cel. João da Motta Ribeiro, em comemoração do primeiro centenário do seu fallecimento. E outras observações sobre membros da illustre Familia Motta. Maio 1835-1935.* Santa Bárbara, maio de 1935, mimeo; e Salomão de Vasconcelos, *Solares e Vultos do Passado.* Belo Horizonte: Imprensa Nacional, Livraria distribuidora Oscar Nicolai, [s.d].

[4] VASCONCELLOS, *op. cit.*, p. 14.

NATAL AMARELO

Desenho: Rita Cipolatti.

NATAL AMARELO: PARTE I

Fanfarronice! Palhaçada! Isso mesmo, tudo no mundo não passa de uma grande burla, diz Falstaff. Maria José Alves deixa-se levar pela reflexão, recostada na cama do quarto no Hotel Quadrado, em Santa Bárbara, em Minas Gerais, uma das muitas cidades do chamado Quadrilátero Ferrífero, e cuja prosperidade relativa se deve à mineração. Outrora de ouro, agora de ferro. Pensará talvez em outros termos, menos sofisticados. Falstaff ainda não a alcança. Mas, é o que lhe vem à cabeça, e como boa mineira, matuta: palhaçada, ou ao menos uma brincadeira de mau gosto. Vai mesmo herdar uma mina de ouro? Ainda convalesce da febre amarela que a acometeu, felizmente de forma benigna. Uma loucura, sair do hospital em São Paulo, logo antes de ter alta. Fugiram, isso é o que é. Ela, logo com o ex-namorado Vicente. Para ele, tudo isso é verdade, "temos que sair agora do hospital, ir ao cartório nessa cidade, Santa Bárbara, para tentar fazer o registro a tempo". Registrar o ato notarial de "interesse". "Você é herdeira", lembrou, "o cartório deu prazo, que vence em dias, para você se apresentar e garantir a posse e exploração da mina, chamada de Itajuru". Havia guardado na bolsa a notificação do cartório, mês passado, recebida após o falecimento do pai, quando foi ver a mãe viúva. À época, leu o documento e não deu importância, não pode ser coisa séria. Além do mais, na condição enferma, tratar de papéis, com certeza contas, cobranças?

Sim, estivera enferma. Contraíra a doença durante a estada na casa dos pais em Aymorés, região no vale do Rio Doce infestada pelo mosquito Aedes, em seguida levada às pressas para São Paulo, depois de passar pelo posto de saúde local, onde a longa fila para vacinação compete em desespero com outra, homens, mulheres e crianças com sintomas da febre, em busca de atenção médica. Vicente, ao visitá-la no hospital, dá por acaso com o documento no chão, caído de sua bolsa. Ao lê-lo, vê que o juiz da Vara Cível da Comarca de Santa Bárbara estabelece para dali a poucos dias, fim do mês e do ano, o prazo, final e irrevogável, para manifestar judicialmente o tal "interesse" na mina.

Havida há bem mais de século e meio como soterrada e desativada, a mina foi literalmente aflorada pelos maciços movimentos de terra e lama gerados pelo recente e trágico rompimento das barragens de dejetos de minério na região de Bento Rodrigues, divisa dos distritos de Mariana e de Santa Bárbara. Requisitado o título de concessão sobre a mina, por interesse de uma empresa mineradora, a Sociedade Nacional de Lavras e Mineração Ltda. (SONALAM), concorrente com as mesmíssimas empresas mineradoras responsáveis por essa grande tragédia: a SAMARCO, subsidiária da companhia VALE, e a anglo-australiana BHP, foi apenas encontrada, no cartório de Santa Bárbara, a relação pré-escritural da concessão original, por título de sesmaria, ainda nos tempos coloniais, por D. João VI, a um certo João Teixeira Alves, qualificado à margem do documento como rico proprietário português instalado na região. Examinada a linhagem, e sendo parca a descendência de João Teixeira Alves Filho, verificou-se tratar de antepassado de Maria José.

Ao seu lado, na cama, Vicente relê com vagar o comprovante emitido pelo cartório, relativo à reclamação, em tempo hábil, da propriedade e posse da lavra recém-descoberta de Itajuru, pela herdeira legítima, Maria José Alves. Não que fosse imprescindível, pensa, mas Maria José afinal teve visão, quando se casou com José Taboão, ao manter o nome de solteira. Fica mais fácil o reconhecimento judicial da pretensão, agora direta, com o falecimento do pai, Luiz Figueiredo Alves, a quem havia sido originalmente endereçada a notificação cartorial.

Parece, segue matutando Maria José, nunca em vida o pai se deu conta dessa herança, tampouco houve jeito, pois a mina esteve soterrada e esquecida por quase dois séculos. Triste reconhecer que a mina aflorou, depois desse tempo todo soterrada, graças – se é pode dizer assim, Deus me perdoe – à grande tragédia causada pelo rompimento dessas barragens; mas, disseram lá no cartório que terá havido, na mesma hora do desastre, pequenos tremores de terra. Com o epicentro justo perto de onde a mina se descobriu.[2] "Sabe-se lá como essas coisas acontecem, e aqui estou eu, herdeira de uma mina de ouro. E será que sobrou algum ouro lá, depois de tanto tempo? É sabido que as minas de ouro nessas regiões se esgotaram ainda em começos do século XIX. Taí a famosa mina da Passagem, como me disseram, entre Mariana e Ouro Preto, hoje apenas um ponto turístico. Há outras que vêm sendo descobertas e que produzem muito ouro, ainda mais com as novas tecnologias de exploração. Falaram lá também no cartório, acho que pra me animar, da mina do Morro Velho em Nova Lima, com seus mais de dois mil metros de profundidade, ainda em atividade, com muito lucro para as empresas inglesas que a exploram."

Maria José, embalada por pensamentos contraditórios, ora vê em tudo uma farsa, ora se vê milionária. Ainda sem entender como deixou, às carreiras, o hospital em São Paulo, aperta a mão de Vicente. Sente-se segura ao lado do ex-namorado, com quem partilhou os últimos 10 anos, em Santos. Decidiram separar-se, tornaram-se bons amigos. Maria José acaba de voltar para José Taboão, a tempo de celebrarem as Bodas de Prata. Está feliz por recompor o antigo lar, ainda mais agora que o Zé Taboão se aposentou na TRANSSILVA, não mais essas intermináveis viagens pelas estradas, ele levando no caminhão as cargas geridas pela empresa. Juntos mudam-se para um pequeno apartamento em Jacareí, ao lado de São José dos Campos. "Foi uma luta", pensa, "conseguir a transferência como professora do curso elementar em Jacareí, mas afinal consegui". Vicente é um bom homem, viveu a seu lado uma paixão. Ajudou na educação do filho, Eustáquio, ao aceitar que ela o trouxesse para Santos enquanto cursasse a secundária. Agora, cá está ele, é uma ajuda desinteressada. "Não havia tempo para avisar Zé Taboão, só já a caminho, depois do voo para Belo Horizonte, pudemos fazer isso. Ficaram desnorteados, ele e meu filho Eustáquio, sair às pressas do hospital, sem avisar. Foi mesmo uma fuga. Pudera! E fugir logo com o ex-namorado. O hospital até já havia informado à polícia sobre meu desaparecimento. Bem, tudo esclarecido. Falei com o Zé, ainda não entendeu por que, mas tivemos que vir logo, Vicente por sorte leu os prazos, questão de dias. Mais ainda agora, com os feriados de Natal, só temos pouco tempo até o final do ano. Sinto-me bem, a alta no hospital estava prevista para hoje ou amanhã. Falei com o médico, ele ralhou comigo, pediu para regressar logo. Mas, continuo a ver nessa história uma grande armação. Herdar uma mina de ouro, não pode ser verdade, não tem cabimento, minha família sempre foi pobre, será que vou virar milionária? O título de propriedade da mina está assegurado, foi por pouco, ainda bem que o Vicente insistiu para a gente vir. Bem, amanhã voltamos, é uma longa viagem. Valeu ter alugado o carro no aeroporto, em Belo Horizonte. A estrada não é lá essas coisas, mas a paisagem é linda, montanhas altas."

Maria José por momentos viu-se novamente vestida de professora. Sempre quis estudar aquilo que já se chamou "geografia", e que, com a evolução da matéria, passou a identificar-se nos currículos com títulos como "geografia humana", "desenvolvimento sustentável", "ecologia", "habitat e biodiversidade". Achou tempo e ocasião para continuar a divagar. Aprecia o caminho, longo de uns 170 quilômetros, com a sensibilidade especial dos que veem como o homem pode ser tão agressivo com a natureza. No carro alugado, deixam o aeroporto de Confins, à época com obras de ampliação para transformar-se naquela modernidade cosmopolita dos grandes aeroportos, graças à Copa do Mundo de futebol. Tomam a "Via Verde", sendo remodelada graças à Copa do Mundo, viva a Copa do Mundo, não se sabe afinal se a copa é do futebol ou dos políticos, não importa, eis aqui mais uma grande oportunidade para governantes e empresários corruptos dançarem a alegre valsa das propinas antes milionárias, agora bilionárias, como será revelado logo em seguida em operações policiais como a Lava-jato, passam pela fantasmagórica

"Cidade Administrativa", conjunto incongruente de prédios administrativos, projetado por um Niemayer decadente, imaginem se houve concurso licitatório. O GPS os dirige para o anel rodoviário que contorna pelo lado oeste Belo Horizonte, tenebroso pela violência do trânsito, dominado por caminhões de minério e milhares de automóveis e veículos de toda espécie em cabal e vertiginosa demonstração de indisciplina e desrespeito pelas regras básicas de convivência no trânsito, numa estrada sem qualquer traço de conservação ou de sinalização. Segue-se, à saída de Belo Horizonte, a formação montanhosa que protege – melhor dizer, protegeu, a cidade, a Serra do Curral, depauperada de seu antigo verde profundo, azul radiante ao amanhecer, e azul avermelhado ao sol poente. Maria José vê a proliferação do concreto bruto que mancha toda a barra da montanha como câncer, formando prédios altos de entortar o pescoço, e que ademais se concentram nesse espaço que já foi, agora não mais, parte da serra. Admira o paredão montanhoso, traço único da cidade, que ainda conserva, nesse trecho, aferrado no qualificativo de "bairro", o nome do "Belvedere", a bela vista natural que existiu um dia. Agora, só prédios amontoados como numa praia de pedras em maré baixa, shopping e lojas, multidões de automóveis em movimentos curtos e desencontrados, impacientes com os engarrafamentos, como um formigueiro atacado por formicida, pencas de antenas transmissora que, como lanças, ameaçam os céus desamparados e as poucas nuvens como se fossem invasores daquele território árido, outrora verdejante.

Não sabe Maria José que a serra do Curral é oca, as mineradoras, de ferro e de ouro, carcomeram, pelo lado sul, o de Nova Lima, a montanha por baixo, deixando apenas uma fachada, a que olha para a cidade. Não sem antes, com total conluio, conivência – pois, das mineradoras advém sua principal receita – e menosprezo das autoridades municipais, estaduais, federais, reduzirem ao nível zero, à linha do sopé, o bloco maciço de hematita que integrou a serra a leste, ao lado do Pico do Cruzeiro.

Bela vista da cidade, essa que se teve um dia do Pico do Cruzeiro. Quem não foi, décadas passadas, ainda criança ou adolescente, fazer piquenique lá em cima? Impressionava a beleza da matéria maciça da montanha ao lado, ferro puro, essa que foi totalmente minerada e destruída. Sem ter como reagir de outras formas, ainda mais em tempos da ditadura militar, os habitantes de Belo Horizonte colavam nos vidros dos automóveis um plástico transparente com os dizeres: "Olhem bem as montanhas", numa advertência nostálgica sobre o arrasamento em curso das montanhas mineiras pela exploração descontrolada e criminosa do minério de ferro.

Passados o viaduto "do Mutuca" e os fiapos que ainda restam de mata tropical atlântica, alcançam-se, após longo trecho ascendente na estrada para o Rio de Janeiro, de asfalto muito machucado sobretudo pela constante passagem dos caminhões de minério – seria inverossímil e irresponsável chamá-la de autoestrada – e, logo antes da saída para Ouro Preto e Santa Bárbara, os contrafortes da Serra do Espinhaço. Com seus plácidos lagos de altitude. Há gente boa que afirma serem lagos artificiais, a Lagoa Inglesa, a Lagoa das Codornas. Hoje tornaram-se, enquanto não secam de todo, virtuais bebedouros para a sedenta especulação imobiliária – e, claro, fonte de água para as estações de mineração nas vizinhanças, originando as assustadoras barragens de lama de minério, todas em vias de rompimento. Em curtas gestações rasgam-se às margens desses lagos os terrenos para novos loteamentos, como em canteiros onde se plantam pedras, condomínios habitacionais cuja beleza agreste, ou conflitiva com a natureza, varia de espaço a espaço, conforme mudem as perspectivas. Ali, em meio ao permanente passar dos pesados caminhões, poderosas armaduras recheadas de minério, e apesar deles, a cidade de Belo Horizonte labirinta sua expansão.

Maria José ainda não sabia, em 2016, que passados três anos do trágico rompimento, em 2015, da barragem do Fundão em Bento Rodrigues, entre Mariana e Santa Bárbara, com seus

34 milhões m^3 de lama ferrosa espalhando morte e destruição por todo o vale do Rio Doce e além, virá o trágico e devastador rompimento de uma das barragens da companhia VALE, ali mesmo à sua direita na estrada, no vale a oeste, que a crista da serra não a deixa ver, em Brumadinho, no Córrego Feijão, com cerca de 250 mortos, dezenas ainda desaparecidos e centenas de feridos. Maria José não sabe, ainda, da triste realidade da mineração em Minas Gerais, e de resto no Brasil. Só em Minas, nos últimos 15 anos, sete barragens de dejetos de minério rompidas, fora centenas nas redondezas.

Vem depois a descida acentuada para Itabirito, lá embaixo, onde também se rompeu uma barragem dessas, tempos atrás. De comum, além da devastação, das mortes, a impunidade em recompensa pelas propinas, e o escárnio das empresas responsáveis, pela vida humana, fauna, flora e o meio ambiente. A descida em fortes curvas e declives deixaria, a cada trecho de vegetação rala, a vista perdida no lindo mar de montanhas ao longe, a leste, não fosse o ar carregado de pó de minério e de terra vermelha. Há mineradoras por todo lado, australianas, inglesas, canadenses, chinesas, japonesas, norte-americanas, grandes brasileiras, como a companhia VALE e também as pequenas, como a referida SONALAM. Espalham-se por todo lado, armadas de bombas de dinamite que, para quebrar o minério, explodem dia e noite em cachos de pedra, terra, pó e ferro. Suas escavadeiras removem entranhas sagradas na nossa história pela liberdade – *libertas quae sera tamen,* não é isso que diz a bandeira das Minas Gerais? –, cavando feridas que nem a varíola, sangrentas de pó e barro asfixiante e endurecidas pelo minério, e em cuja pele, como por milagre, ainda se aconchegam alguns pobres matões, que o poeta romântico associaria a lágrimas verdes do pranto da natureza que escorrem pelas grotas enquanto não se ressecam da poeira venenosa e das queimadas.

São, mais adiante de Itabirito, uns 60 quilômetros de colinas e morros suaves, verdejantes nessa época chuvosa do ano, e de algumas localidades pitorescas, como Cachoeira do Campo e seu antigo colégio salesiano, de harmoniosa fachada colonial, que se destaca entre palmeiras imperiais na paisagem da montanha, e onde os meninos internos, quando de castigo, eram obrigados a ajoelhar sobre grãos de milho, com a face voltada para a parede; ou o povoado de Coelhos, bonito pelo nome, ou ainda Saramenha, de casas toscas que guardam o segredo da faiança.

A vista repentina de Ouro Preto, ao longe, na descida depois da penúltima curva na estrada, é deslumbrante. O barroco esplendoroso da cidade cravado no meio das montanhas que ainda brilham num opaco morno, com a memória do ouro outrora ali escondido. O Pico do Itacolomi, que se vê à direita, se imporia como um marco sóbrio num céu nervoso e cambiante como o próprio barroco, não fossem as igrejas, sozinhas, altaneiras em seus adros, torres e sinos, com seus frontais eternizados pela arte de Aleijadinho, verdadeiras sentinelas da época do ouro colonial, a negociarem com a montanha como se fossem iguais em estatura. Ali, corre o diálogo entre os deuses celestiais e a população, uns e outra sempre carrancudos, ao que parece inconsolados da riqueza perdida e talvez envergonhados de sua exploração pelo colonizador português que conta com a mão escrava negra. A Vila Rica do Ouro Preto recebe, na moldura revoltosa de sua história e no aconchego do bambá de couve para as noites frias de junho, mas nem sempre com simpatia, as investidas e o abraço caloroso e tão necessitado daquela montanha e das gentes artistas que percorrem suas ruas e casas e que por lá se encantam, em meio das favelas que não mais permitiriam a Guignard pintar a sinuosidade de suas ladeiras com traços tão leves; e depois, aproxima-se a bela Mariana, tão setecentista como o órgão austríaco da igreja matriz, que só se vê de costado.

Mais algumas dezenas de quilômetros tortuosos, em meio a um trânsito tão desregrado como o das estradas maiores, e vislumbram-se algumas fazendolas onde talvez se encontre um bom frango com quiabo e angu. Maria José e Vicente passam por essa outra, a que chamam Serra do Caraça, escura, sombria, alta, com aquelas linhas de um rosto gigante na cumieira vigiando a chegada, afinal, em Santa Bárbara. Enfiada nas costas mais baixas dessa serra, lá está Catas Altas. "Catas Altas do Matto Dentro", arraial por muito, muito tempo, desconhecido, alheia a roteiros turísticos das "cidades coloniais mineiras", isolada de todo mundo que nunca provou a canjiquinha, a contraface do Caraça, virou município com a chegada do asfalto, duas ou três décadas atrás, desgarrando-se da vizinha Santa Bárbara, mas ainda tem resguardada a identidade colonial em dignos sobrados e na igreja matriz, Nossa Senhora da Conceição, inacabada por dentro, como a sinfonia, com suas torres abauladas em modo árabe e o magnífico Cristo do Aleijadinho. Ali também se vislumbra, contudo, pelo movimento acelerado de um turismo tosco, a ansiedade pela chegada do primeiro hamburger Macdonald, que com certeza não tardará.

Itajuru, a mina que poderá ser de Maria José, não fica longe dessas que já foram as catas altas, alguns quilômetros ao norte, justo na região de Bento Rodrigues onde rompeu a barragem do Fundão, gerando o "tsulama" de barro ferroso já referido. Passaram por lá perto. Da estrada, a meio caminho entre Mariana e Santa Bárbara, só se vê um mundão de barro e lama, destruição da vida e da natureza, que se estende a perder de vista, até hoje.

Toques leves na porta do quarto interrompem suas divagações:

— Senhor, é o escrivão do cartório, está na recepção, quer falar com os senhores.

Vicente levanta-se assustado e surpreso para abrir a porta ao atendente, não haviam já feito a declaração notarial "de interesse" na concessão e exploração da mina em tempo hábil, o que mais desejaria o escrivão? Maria José e Vicente se compõem, descem à recepção do hotel, um espaço pequeno, no andar térreo, originalmente teria sido apenas parte do porão da casa, por isso bastante escuro, sem janelas, apenas a porta para a rua, decorado com cartazes turísticos da cidade e da reserva florestal do Caraça. Apenas lhe dão algum charme o teto e as vigas em madeira, junto com as paredes de pedra à mostra, tudo datado de quando terá sido construído o velho hotel; final do século XVIII? Ao fundo da sala, num sofá de almofadas de algodão grosso em vermelho cinzento, dois rapazes leem jornal, bebericam cerveja, mas observam com interesse a cena que se desenvolve à sua frente.

— Boa tarde, minha senhora, dona Maria José Alves, senhor Vicente Amado. Queiram desculpar-me a intromissão, venho diretamente do cartório onde estiveram há pouco. Devo informar à senhora dona Maria José que, por imperdoável omissão do meu assistente ao dar-lhe o recibo da reclamação em tempo hábil ao direito de propriedade, posse e exploração da mina referida do Itajuru, não se deixou constância do adendo relativo à falta do registro original da sesmaria onde se localiza a antiga lavra, ou seja no Itajuru, pendente do que a dita reclamação de "interesse" na concessão e exploração da mina em tempo hábil tem caráter meramente provisório, com a reserva em seu nome válida por mais apenas cinco dias úteis, contados a partir da data de notificação, ou seja, hoje, dia 24 do corrente mês de dezembro. Queira por gentileza ler e assinar essa notificação aqui no livro que me prontifiquei a trazer comigo, visto ter ocorrido a omissão, imperdoável, repito, por parte do assistente. O rapaz, sabem, é novo no cartório, recém-formado em ciências jurídicas, engatinha nas lides burocráticas. Engraçado que, como adotou como emblema na lapela de seu terno um pequeno alfinete dourado com o signo da justiça, a face de olhos vendados diante de uma balança, ficou logo conhecido na cidade como "Zé Balança". Vejam só. É de fato um pouco almofadinha, talvez mereça a alcunha, mas é bom rapaz e muito aplicado. Foi mesmo um descuido, que venho aqui procurar reparar pessoalmente. Queira a senhora dona Maria José Alves assinar aqui, por favor?

— Mas, senhor escrivão, esse registro da concessão original da mina, devemos buscá-lo onde, se não está no seu cartório?

— Justamente isso, minha senhora, não temos muita ideia. — E acrescentou em voz baixa, olhando de soslaio para os dois rapazes que continuavam a bebericar cerveja ao fundo da sala: — À época da concessão da sesmaria, muitos dos registros faziam-se em igrejas importantes da região, em Ouro Preto, Mariana, Catas Altas, e aqui mesmo, na nossa Igreja de Santo Antônio. Soubemos que cá não foi nada encontrado, conforme nos foi dito pelos próprios agentes e técnicos das empresas interessadas igualmente em obter a concessão, e que, devo dizer, são concorrentes à posse da mina, como a senhora dona Maria José Alves. Pouco podem fazer, contudo, por enquanto, já que legalmente a senhora, como potencial herdeira da concessão, tem o direito preferencial na manifestação de "interesse", pendente, claro, da apresentação dos documentos e títulos necessários. No caso, dá-se a falta do registro original. Nossa recomendação será no sentido de que façam imediatamente suas inquirições junto a essas principais paróquias, mas lembro que o tempo disponível, conforme o Código de Processo Civil, o Código de Minas e portarias subsequentes editadas pelas autoridades federais na área das minas, da Agência Nacional de Mineração, é muito limitado.

Disse essas frases quase que ao pé do ouvido de Maria José e de Vicente, para que os rapazes que continuavam a bebericar cerveja não o escutassem.

— E esses senhores agentes das mineradoras — acrescenta Vicente, já desconfiado, dirigindo o olhar para os dois rapazes —, já não terão procurado o título original em outras paróquias da região?

— Sim — disse o escrivão, depois de alguma relutância. — Talvez o tenham encontrado; mas, não poderiam retirá-lo, como os senhores tampouco poderão fazê-lo, caso o encontrem. Porém, a precedência da apresentação, dentro do prazo estipulado pelo senhor juiz da Comarca, é da dona senhora Maria José Alves, herdeira legítima. Digo, a apresentação da referência sobre o título: livro tal, folhas tantas, em arquivo da paróquia tal. Os senhores naturalmente poderão acompanhar a referência de foto ou *fac-símile*. Têm ainda cinco dias para encontrar o documento citado.

Colocando-se à disposição, despediu-se com um "boa tarde". Vicente acompanhou o escrivão até a porta do hotel. Ao estender-lhe a mão e a gentileza de ligeira vênia, ouviu, do representante ainda que indireto da justiça, uma confidência, cochichada em tom de negócio sério, e que deixou o companheiro de Maria José com um leve sorriso de entusiasmo.

Diante das observações do notário, Vicente procura arrumar as ideias, tanto esforço, só para ouvir a solicitação de que têm que procurar um documento, em alguma igreja na região, sabe-se lá qual. Sorte que o escrivão lhe confidenciou algumas referências. Quis logo falar a Maria José.

— Pelo visto, temos que repensar nossos planos de voltar a São Paulo amanhã.

No quarto, Vicente pede por telefone uma caipirinha. Maria José toma um banho, revigorante. Acometeu-lhe de repente uma dor de cabeça, leve, mas persistente e alguma indisposição. Será da viagem até Santa Bárbara, longa, estradas movimentadas, e essa tensão de cartório e de prazos, fora a ideia de herdar uma mina de ouro. A doença vem-lhe à mente. Tivera sorte, foi internada por mera precaução médica. Não sabem dizer por que foi diagnosticada com a febre amarela. Teve uns sintomas, olhos e pele amarelada, alguma dor no corpo e febríola, mas, em Aymorés, onde foi primeiro ao posto médico, a epidemia dominante nessas paragens não deixa dúvidas aos médicos: "Internamento para observação", disseram.

Desde logo, vale comentar que Maria José passa, ali, no hotel em Santa Bárbara, da febre amarela, podemos dizer assim, para a febre do ouro, coincidência, metal amarelo. Está confusa, tem apreensão, acha que tudo só pode ser uma brincadeira de mau gosto. Mineira, desconfia. Não de Vicente, porém. Iam jantar, mas, depois do banho pôs quase que automaticamente uma camisola, única que havia levado na pequena mochila que conseguiu trazer na fuga do hospital, na manhã do dia anterior. As enfermeiras de plantão no hospital não desconfiaram de seu "passeio" pelos corredores com o visitante. Vieram. E agora?

O atendente no hotel trouxe a caipirinha que o companheiro havia pedido. Mesmo depois de refrescada com o banho, provou o ar abafado e carregado, precisava respirar, sentia-se meio bamba, com dores nos quadris. Entreabriu a janela, não muito. Do casarão em frente à janela podia-se ver dentro do quarto. Fora, embaixo, na esquina, um mendigo com o gorro de Papai Noel pedia esmola os poucos transeuntes. Olhou para Vicente, que sorvia aos poucos a bebida, observando a silhueta insinuante, delineada pela camisola algo transparente, daquela que havia sido sua amante e companheira. Achou melhor dizer algo:

— Sabe, Vicente, não sei se fizemos bem em vir, fugir do hospital por conta de uma herança que nem sabemos ao certo se existe mesmo. Obrigado por me trazer e ajudar a defender meus interesses, você é um amor. — Juntos por 10 anos, não é pouco, decidiram separar-se. Voltar para o Zé Taboão. E continuou: — o Zé me recebeu de coração aberto, quando falei que ia voltar, queria retomar nossa vida, agora estou com você no mesmo quarto, dormindo ao seu lado, não quero magoar o Zé mais do que já o magoei. E não me sinto bem, Vicente, meio enjoada, com essa dorzinha de cabeça. — Vicente levantou-se da cama, deu-lhe um beijo suave em seu ombro, e se perderam por um instante num longo abraço.

— Maria José, amanhã terminamos com isso, falta apenas encontrar esse tal documento, penso que não será difícil, o próprio oficial do cartório deixou-me entender isso, quando o levei até a porta do hotel. Vou dar uma chegadinha à farmácia comprar remédio pra você. Vai ficar melhor logo, ponha uma roupa, vamos ao restaurante ali na esquina, precisamos comemorar, uma ceia natalina, quem sabe. O restaurante parece bom, recomendado pelo hotel.

De retorno da farmácia, Vicente encontrou Maria José já pronta para saírem. Véspera de Natal, o amarelo das luzes festivas ao longo do átrio da imponente igreja de Santo Antônio refletiu-se no rosto algo empalidecido de Maria José. Ligados em pensamentos outros, não perceberam o sol a esconder-se, no tardio do verão, detrás do prédio da antiga cadeia, por conta das nuvens cinzas que com certeza iriam em breve espalhar chuva. Apenas poucas manchas alaranjadas no pedaço visível do horizonte. O recepcionista do hotel lhes emprestou um guarda-chuva.

Regressaram alegres do restaurante, um espaço bem jeitoso no conjunto renovado da antiga estação ferroviária. Estavam contentes, mas indecisos sobre a situação em que se encontravam, dúvidas sobre dúvidas, conversaram bastante durante a refeição: Maria José compreensivelmente preocupada com José Taboão e com o filho Eustáquio, já meio arrependida de ter seguido o conselho de Vicente de irem, sem mais, a Santa Bárbara, sem aviso ao hospital e aos médicos, o que estaria pensando o Zé Taboão. Vicente, por seu lado, tentava tranquilizá-la, não tinham opção naquele momento, ou perderiam a oportunidade. Já, já, estariam de retorno a São Paulo, quem sabe com a herança garantida. Sobre esse ponto, Vicente reiterou a Maria José o que lhe dissera antes:

— Você sabe, Maria José, achei que devíamos vir, que eu devia trazer você, me arrisquei, não sei se o Zé Taboão e o Eustáquio vão entender o que fiz, mas é importante que você tenha sempre presente que pessoalmente não tenho interesse nessa sua herança, é uma coisa de vocês, faço por amizade, pelo longo tempo que estivemos juntos, de repente me senti na contingência de acompanhá-la até esta cidade. Estamos separados, mas de alguma forma continuamos juntos, amizade de verdade, e sei que quanto a isso o Zé me entende, e o Eustáquio também.

Seguiram diretamente para o hotel, a chuva rala e o pouco movimento nas ruas os desestimularam a um passeio, talvez necessário para a boa digestão da costelinha de porco com torresmo e couve, mais a canjiquinha – prato que não conheciam – com que se deliciaram. Haviam provado, ademais, o "peru à Califórnia", prato especial servido na ceia de Natal. Maria José esteve ainda sem apetite maior, mas o que comeu foi com gosto. Logo se recolheram ao quarto e se deitaram, juntos, porém separados, na cama de casal com reposteiro e que, pela idade, rangia sob o peso e dos movimentos do casal, dando a perceber, dos corredores e no andar de baixo, onde fica a portaria, ruidosos sinais que pareciam amorosos, como aqueles que só os amantes fazem. Adormeceram oblívios daquele anoitecer morno e úmido de dezembro, nos confins das Minas Gerais.

Despertam assustados com o repicar dos sinos da igreja, vizinha do hotel. Dia de Natal. As badaladas, de tão fortes, pareciam estrondos no quarto ao lado, interrompendo aquela noite de sono de paz íntima. O celular toca. Maria José atende, Eustáquio ansioso por saber notícias. Resolveu vir, preocupado com a mãe, seu voo de São Paulo chegara de noite em Belo Horizonte, saía agora do hotel em carro alugado para Santa Bárbara, já reservara no mesmo hotel. Conversam longamente, a mãe sente a inquietação do filho. Os dois se gostam muito, quase não têm segredos um para o outro. A mãe consegue tranquilizar Eustáquio:

— Vamos ficar mais um dia, temos prazo até o fim do ano para localizar esse documento, não se preocupem, você e o Zé, eu estou bem. Não me sinto nem um pouquinho doente. Já que viemos, agora temos que fazer o possível, mas, logo, logo, voltamos. Não precisava vir, mas fico feliz com sua vinda. Você deve chegar mais ou menos à hora do almoço, esperamos você.

Zé Taboão também chamou, mais tarde. Não queria assustá-la, pediu que voltasse logo, os médicos, pois agora já era uma equipe do hospital a tratar do caso de Maria José, a paciente evadida, já haviam pedido seu retorno imediato. A polícia fora notificada, para localizá-la. Família e os amigos, todos preocupados. Eustáquio decidira viajar para encontrá-los, Maria José, com Vicente, longe, em Santa Bárbara, em busca do que talvez não passasse de miragem.

No carro, Eustáquio não se conformava com a atitude da mãe. "Por conta de mina de ouro", pensa. Na melhor das hipóteses, herança tardia, de mina surgida em meio a grande desgraça, aflorada com os movimentos de terra causados pela avalanche de barro e minério com o rompimento da barragem da VALE em Bento Rodrigues, mina que aparece no meio de tanta morte e devastação. Não pode ser verdade. Não é de bom augúrio. Tempestades e uma contínua chuva forte na estrada, durante o percurso, fizeram com que Eustáquio levasse muito mais tempo do que o previsto para chegar a Ouro Preto e seguir, de lá, para Santa Bárbara.

NATAL AMARELO, PARTE II
O CONTRACONTO [1]: NATAL AZUL (CONTO INFANTIL)

Teve tempo para matutar sobre a vida, o quão havia crescido. Longe, pensou, distantes os dias em que jogava bola com Maurício nas ruas de Itarém, tempo em que ensaiou o primeiro namorico com Ana, Ana Augustina, Tina para a família, mas Ana, simplesmente, para ele, que gostava do nome assim curto, bem redondo. Sei lá, recorda, parecia que chamá-la de Ana, apenas, sem nada mais, a trazia mais para perto dele. Morava na casa vizinha, não assim ao lado, mas perto, e na família era Tina. Ele gostava mesmo de chamá-la Ana. A mãe acabara de separar-se do pai, Zé Taboão, comemorou seu aniversário só com o pai, Ana e Maurício, na hamburgueria da cidade, recém-aberta, ficara impressionado com as luzes claras e azuis do ambiente. Saboreou um hambúrguer, feliz com a presença do pai e dos amigos, mas a ausência da mãe o deixou triste. Ainda é o prato preferido quando come fora. Lembrou-se de que aquele foi o ano do Natal todo colorido de azul que passou ao lado do pai, José Taboão, e do gato Capim. Lembrou da véspera do Natal, do sonho com a mãe ausente. Tinha boa lembrança dos dias e dos anos em Itarém. E aquele Natal foi muito especial para ele, foi como um conto para crianças, de final feliz. Um Natal Azul, de tão bonito:

Como todo subúrbio de cidade grande no Brasil, Itarém, espécie de vila a oeste da Grande São Paulo, é uma comunidade trabalhadora, muitas vezes alegre, outras triste ou silenciosa, quando, de noite ou mesmo de dia, assaltos ou algum outro tipo de violência interfere na rotina diária dos habitantes. Sempre se levantam cedo, muito cedo, para chegar em tempo ao trabalho, nas fábricas, nos shopping centers e nos supermercados das redondezas, onde muitas mulheres itaremenses encontram trabalho, para completar o salário familiar, ou para realizar o sonho de não ser mais domésticas ou simplesmente donas de casa. À noite, as casas baixinhas ou geminadas, os sobrados velhuscos de fachada estéril e de construção pobre se iluminam. A cor predominante é a luz azul dos aparelhos de televisão, cujos reflexos vencem as grades de proteção das janelas, sempre abertas quando faz calor, e se projetam como fantasmas dançantes nos troncos e nas folhas das mangueiras, amendoeiras, ipês e paineiras espalhadas ao longo das ruas. Normalmente, pouca gente nos bares e botequins, exceto, claro, às sextas e sábados. Recentemente, abriram um Markburguer's numa esquina, todo chique, e a turma que se reunia na pizzaria Marco Polo, do Seu Tonico, logo em frente, mudou-se em penca para lá.

Foi no Markburguer's que Eustáquio, para comemorar os 13 anos, chamou os coleguinhas da escola, no dia 20 de novembro. Chamou só os mais amigos, uns quatro ou cinco, além do vizinho de rua, Mauricio, com quem sempre jogava bola depois da aula. Os outros moravam perto, também, e Eustáquio tinha conseguido, num dia em que o pai estava de muito bom humor, a promessa de que deixaria comemorar os seus 13 anos com um bom Bigmac. Jose Taboão, o pai, também foi, claro, era o aniversário do filho, e para segurar a barra da conta. A única menina do grupo era Ana Augustina, da sua idade, um pouquinho mais velha, a quem ele chama de Ana, mas "Tina" para a família. Quando Eustáquio lhe perguntava se não se incomodava, se não tinha importância chamá-la de Ana, ela dizia que óbvio que não, que esse era seu nome, e que Tina era bonitinho, mas quase que só dentro de casa. Na escola, era Ana Augustina.

Eustáquio bebeu uma coca e lembrou da mãe, que bem podia estar ali. Era a primeira vez que ele pisava, com direito a comer, num Markburguer's. Antes havia entrado, mas, sem dinheiro, que fazer. Aquela luz toda branca às vezes o deixava meio confundido pelo excesso de claridade e o brilho nos vidros largos, mas o ruído das pessoas falando, dos atendentes dando ordens a partir das caixas registradoras e outros limpando as mesas, jogando restos e pilhas de copos e sacos de papel usados, tudo se assemelhava a uma festa intensa, agitada. Sempre que olhava para tudo aquilo, pelo lado de fora, sobretudo à noite, parecia uma cerimônia, feito no palco de um teatro, ou feito uma missa solene, com as pessoas entrando, saindo, sentando-se, dialogando, em torno de mesas e de uma espécie de altar-mor, com o hamburguer encarnando o deus máximo do consumo. Eustáquio tinha formação católica, e o colégio onde estudava agora era católico. A mãe, devota de Padre Eustáquio, santo milagroso, daí o nome do filho. Maria José, a mãe querida, não estava. Nem podia, pois, separada recentemente do pai, morava longe, em Santos. Bem, poder, poderia, bastava pegar um ônibus e quem sabe passar uns dias com eles.

Os dois se gostavam muito, ele, como filho único, sentia ainda mais a ausência dela, agora já de vários meses. Foi duro. Era duro. Eustáquio não compreendia ainda muito bem por que sua mãe havia deixado Zé Taboão, assim, sem mais. Ele, antes, escutava as reclamações dela, de que com seu trabalho de motorista de caminhão estava sempre ausente, que não dava atenção para ela, estava cansada disso, quando chegava, só queria dormir, e o dinheiro sempre curto, ela passando dificuldade para pagar as contas e fazer uma feira decente. Está bem que tudo isso era difícil para ela, mas daí a abandonar a casa, por quê? Quando

Eustáquio lhe perguntava, nas mensagens de e-mail e zap que trocavam, a resposta nunca foi convincente, meio vaga.

Pensou no Natal que estava chegando em breve, dentro de um mês, por aí. Quem sabe a mãe não viria? Por ele, poderia ir até Santos e passar o Natal lá, com a mãe e seu namorado, o Vicente e até passear no seu barco. Maria José havia contado do barco de Vicente, barco bonito, que usava para passear com turistas no Guarujá. Vicente era dono de uma loja de turismo. O pai, porém, não deixaria, pelo menos este ano. Havia prometido que passariam juntos o Natal, em dias estaria saindo para fazer um transporte, justamente do porto de Santos até Belo Horizonte, e que lá pelos primeiros dias de dezembro estaria de volta, para ficarem juntos no Natal. Quem sabe quando poderiam passar o Natal juntos de novo? Zé Taboão e Maria José haviam acertado que Eustáquio continuaria os estudos com a mãe, em Santos, e que o próximo Natal o filho ficaria com ela.

Aquelas luzes do Markburguer's, brancas e intensas, fizeram Eustáquio lembrar das festas de fim de ano, e querer um Natal bonito, com luzes, mas não como aquelas. Pensou na mãe, pensou no barco do Vicente, imaginou o mar, o céu claro, e disse para Ana, no meio da conversa, que seria tão bom se pudéssemos ter um Natal colorido, todo de azul, com uma árvore de Natal que fosse como uma noite azul-clara, cheia de estrelinhas, uma árvore que fosse grande, grande como o universo e a Via Láctea. Havia lido na internet que quem inventara a árvore de Natal foi um pensador religioso chamado Lutero, na Inglaterra, quando viu por entre os pinheiros, ao andar na neve numa noite clara de Reis, o brilho das estrelas, milhares delas, tendo então decidido imitar essa visão colocando, em casa, muitas bolas coloridas e velas num pequeno pinheiro. Ana lhe respondeu que, na fazenda dos tios, onde ia passar o Natal, o céu era assim brilhante, de dia e de noite.

Eustáquio foi para casa, dormiu e sonhou. Sonhou que o pai, depois da viagem que ia ainda fazer, veio à casa com o caminhão carregado. Tinha passado rapidinho por casa, antes de seguir para São Paulo e fazer a entrega lá em Minas Gerais. Na noite estrelada, todo mundo dormindo, seu gato Capim sobe na carroceria, por acaso aberta e acaba derrubando uma caixa grande e leve, que se abre no chão. Eustáquio acorda com o berro do gato, vai lá fora e vê montões de artigos de decoração de Natal, festões, um jogo de presépio, muitas bolas, todas azuis. Ficou maravilhado, e pensou que sua árvore e seu Natal eram ali, naquele momento. Pé ante pé, pegou a caixa, recolocou tanto quanto podia os adornos, e levou para dentro de casa. Viu que tinha um endereço na tampa: "TV Paulista. Programa Bola Azul". Sem saber por que, ligou o aparelho de TV, bem baixinho. A luz azul da tela lhe deu ânimo para montar, num pequeno pinheiro artificial que sempre usavam de árvore no Natal, todas aquelas bolas azuis. Montou o presépio, fez decorações com o festão, e, sob o olhar desconfiado de Capim, que com seus miados era o único som que fazia contraponto ao palavrear baixo da TV, cantou "Noite Feliz", pensou na mãe, e chorou bem baixinho. Depois, fez um carinho no gato, foi na geladeira, pegou um copo de leite, entornou um pouquinho no pires para Capim, bebeu tudo de um gole e foi dormir.

De manhã, acordou do sono sobressaltado, foi até a sala. Vazia. Apenas o pequeno pinheiro sem nada, nu. Olhou pela janela e viu Capim, deitado numa sombra. Ficou vários dias pensando naquele sonho, pois sua vida, até que o pai regressasse, iria ser um pouco solitária. Ana foi para a fazenda, Maurício sumiu com a família. Itarém, nesse período, chove, muita lama, depois vem o sol forte. Sente-se sozinho. Vê TV e fala com a empregada Hortênsia, mas são coisas sem sentido. Pensa outra vez no Natal. Será que, por estar virando homem, o Natal agora passa a ser diferente? Mais responsabilidades? Talvez, mas o que lhe marcavam eram as luzes diferentes do Natal de seu sonho.

Chegou dia 24, seu pai está ali, a ceia será peru com farofa, a Hortênsia preparou. Os vizinhos aparecem antes, para conversar com José Taboão, tomam muita cerveja. Eustáquio liga a TV, pensando naquelas bolas azuis e viu, de repente, um programa que se chama "Programa Bola Azul". Ei, pensa, é o programa da caixa que caiu do caminhão no meu sonho. Ele existe! Fica assim, achando curioso, quando, ainda mais de repente, toca o telefone, ele atende, e aparece o locutor do programa que está vendo, para dizer que aquela casa foi selecionada para ganhar uma caixa de decoração de Natal; desde que possam confirmar que estão vendo o programa, respondendo agora à senha que aparece na tela. Eustáquio, assustado, olha para a TV, e vê a frase: "tudo azulíssimo" na tela. Ele a repete automaticamente para o locutor, sem muito acreditar se ainda está sonhando ou não. Da janela aberta, onde agora se instalou, Capim lhe fez um grande, sonoro miau.

NATAL AMARELO: PARTE III

Eustáquio já havia passado de Ouro Preto, onde deu uma paradinha para descansar e respirar o ar puro e luminoso que, numa trégua da chuva, deixava transparecer o sol já forte refletindo nas ruas empedradas, fazendo desprender-se delas, aqui e ali, em pequenas poças de água represada em desvãos, um vapor grosso de umidade. Pensou na volta de Maria José para Zé Taboão, uma coisa linda. E via Zé Taboão, seu pai, algo mais envelhecido, mas ainda muito bem. Talvez apenas cansado?

Zé Taboão aposentou. Mais ou menos, não completamente. Não mais empregado como motorista de caminhão na TRANSSILVA LOGÍSTICA Ltda. Bom para Zé Taboão, concordou Eustáquio consigo mesmo, ele nunca gostara mesmo muito da empresa. O logo da firma de transportes e logística sempre chamou a atenção de Eustáquio: um oito deitado, como o símbolo de infinito na matemática, entrecruzado com um outro número oito em pé, na vertical, tudo simbolizando, ao que parece, um complexo trevo de autoestradas.

Aposentado mais ou menos, o Zé Taboão. Pois ainda faz uns bicos, o que o deixa fora de casa às vezes por bons períodos. Não como antes, porém. Muda-se para Jacareí, São José dos Campos, sede da empresa, quando ainda empregado, e agora, sem trabalho fixo, fica por lá: "não é assim tão mau, Jacareí", ouviu-lhe há pouco dizer, "tem tudo perto, praia, montanha". Como se ele efetivamente fosse à praia e à montanha! Em Campos do Jordão, disse que foi uma vez só, e mesmo assim a trabalho, levando carga. Ficara encantado com a cerveja amarelo escuro que faziam lá. E tem tudo perto de casa, continua ele, padaria, supermercado.

A boa notícia, muito boa mesmo, quase inacreditável, Eustáquio ainda em Coimbra, terminando o curso de direito, a linda notícia, que chegou como um pão de ló fresquinho e bem dourado à sua mesa de café da manhã, foi que Maria José, sua mãe, havia voltado para Zé Taboão. Sem explicações, da mesma forma como saíra de casa, deixa o namorado Vicente, resolve voltar ao lar. A separação, que tanto marcara Eustáquio, pois nunca havia compreendido bem o porquê, foi um golpe na forma como aquele menino de 13 anos idealizava as coisas.

As ideias e o pensamento de Eustáquio vagueiam, e vão tecendo um contraponto com outras lembranças, talvez menos alegres, mais próximas da realidade que encontrou ao chegar no Brasil, procedente de Lisboa.

Desembarca agora em São Paulo, nas curtas férias de Natal e Ano Novo, já aliviado dos exames de fim de semestre em Coimbra. Ana havia ido ao aeroporto esperá-lo, na madrugada morna e chuvosa de dezembro. Regressa ele em 15 dias, para completar o último ano e receber o bacharelado em direito, conquista graças a muito esforço seu, mas somente possível com a bolsa da Fundação Gulbenkian, obtida com a intervenção de Cristófilo, professor de filosofia e literatura de quem ficara amigo na escola secundária. O programa original de Eustáquio é passar o Natal com o pai e a mãe em São José dos Campos, agora que ela havia voltado para casa. Beleza, relaxar, fazer nada.

Planos mudados: espera pela chegada do pai, teve que alugar às pressas um pequeno apartamento mobiliado em São Paulo. Vão visitar a mãe, hospitalizada no São Luís, com febre amarela. Cúmulo, não podia imaginar, chega ao Brasil e de repente a mãe no hospital, vítima de uma enfermidade que pensava não mais existir no Brasil. Maria José fora ver a mãe, viúva, em Aymorés, leste de Minas Gerais, Vale do Rio Doce, uma das regiões no Brasil onde grassa o surto da febre por conta dos mosquitos Aedes Aegypti, transmissores. Soube em algum momento pelos jornais que muito dessa epidemia, no caso de Minas Gerais, se deve à devastação causada na flora e fauna de toda a região do Vale do Rio Doce pelo lama escorrida no desastre de Mariana, que liquidou com tudo, matou gentes, ceifou casas, bichos, vegetação ao longo de todo o vale, o Rio Doce perdeu 14 mil toneladas de peixes. Na lama foram-se sapos e outros predadores dos mosquitos que proliferaram, trazendo junto a epidemia.

"A peste!", chegou a exclamar. "Estamos de regresso à Idade Média", avaliou, do alto de sua experiência de mais de três anos no velho e civilizado mundo europeu. Eustáquio entra no shopping Villa Lobos, em Pinheiros, perto da faculdade de arquitetura onde Ana estuda. Quer comprar um presente para a mãe.

Vê na vitrine de uma joalheria o par de brincos dourados, seriam de ouro mesmo, trabalhados em linhas de uma, duas, três formas de coração formando um círculo, como trevos, e pendente uma pérola barroca linda, de uma amarelo pálido e translúcido. Gosta, mas de imediato tem dúvidas, não pelo preço, que imagina não será barato, mas para isto as economias darão. Parece-lhe de mau gosto dar à mãe um presente cujas cores de alguma maneira conotam a doença que a acomete. Nada disso, pensa de novo, nada uma coisa que ver com a outra. Entra na loja, "pois não", diz a moça atenciosa, e pede para ver os brincos. Olha em volta, quanto brilho aqui, parecem as luzes brancas do Markburguer´s onde teve o aniversário de 13 anos em Itarém, longe da mãe. Sente de momento a mão que lhe toca de leve o ombro e o desperta daquela imagem macia que guarda da adolescência.

Ato Primeiro

Pedro (autor)

— Olá!

Eustáquio

(Virou-se, e não viu José Taboão, nem Ana, nem Cristófilo, que iam se juntar a ele para o almoço de confraternização de Natal, e em seguida visitar a Maria José no hospital, mas uma face que não reconheceu.)

— Oi, ehh..., pois não?

Pedro (autor)

— Não me reconhece, certo, Eustáquio?

Eustáquio

— Assim, assim...

Pedro (autor)

— Nem poderia, agora. Mas o conheço de algum tempo para cá. Você talvez não possa me reconhecer.

Eustáquio

— De fato, não...

Pedro (autor)

— Olhe, tenho que dizê-lo diretamente, meu caro filho, não há outra forma: sou um escritor nas horas vagas, e você é um personagem que estou criando. Para mim é muito importante que o autor encontre pessoalmente seus personagens, mesmo que esses não o reconheçam. O que faz sentido. Por isso me identifico. Por acaso, estava aqui neste shopping fazendo compras e o vi passar, ali mesmo à entrada. Me chamo Pedro, prazer em encontrá-lo.

Vendedora

— Senhor, aqui estão os brincos que pediu para ver. — A interrupção da vendedora foi com muita delicadeza.

Eustáquio

— Sim, claro, vamos vê-los. O senhor diz que é meu autor? Quer dizer, tomou a minha pessoa e está fazendo dela um personagem? Interessante... Eu não o conheço, o senhor me aborda assim de repente, sabe o meu nome... Chamou-me de filho e não é meu pai.

Pedro (autor)

— Queira desculpar-me chamar-lhe de filho, tampouco eu gosto dessa forma de chamar os outros. Não sei por que o chamei assim. Mau gosto. Nenhum autor aliás tem o direito de chamar qualquer personagem de filho, isso é uma besteira, peço novamente desculpas. São bonitos os brincos, serão seu presente para a Maria José?

Eustáquio

— É. Sabe o nome de minha mãe também. Onde nos conhecemos? Por que me escolheu para criar o personagem de seu livro? É livro, não é?

Pedro (autor)

— Conto, por enquanto. Escrevo contos, histórias, e você, em alguns desses contos, é um dos principais personagens. Não o escolhi para ser personagem, você **é** o personagem. Você está sendo criado. Deixe-me dizer-lhe uma coisa: imaginei este nosso encontro fortuito, por acaso aqui no shopping, para podermos conversar e ver se resolvemos nossos problemas comuns. Acho mesmo importante que autor e personagens dialoguem abertamente, e troquem ideias.

Eustáquio

— Está querendo dizer que não existo na vida real, sou apenas um personagem seu, e mesmo assim ainda em formação?

Pedro (autor)

— Sei que está esperando Ana e o Zé Taboão, mais um amigo seu, o Cristófilo, para almoçarem. Confraternização de Natal. Posso juntar-me a vocês por alguns momentos, afinal são todos meus personagens, fora o Cristófilo, que se recusa por princípio a ser um personagem criado. Você conhece as teorias dele. Vão ao Rascal, certo?

Eustáquio

— Moça, aqui, vou levar os brincos. É para presente, por favor. Pedro, seu nome é Pedro, pois não? Pois, como diz ser meu autor, convido-o a pagar os brincos, assim ficamos dentro do seu conto.

Pedro (autor)

— Com muito gosto. Senhora, por favor, a fatura?

Eustáquio

— Depois, pedirei licença, tenho os meus compromissos, e você poderá seguir com seus personagens. Não me importo, ao contrário, até me honra que você me tome para construir seu personagem. Vou dar-lhe meu telefone, me chame quando quiser, só que agora tenho mesmo esse almoço que você adivinhou e não vai dar para seguirmos conversando. Você sabe de minha amizade com o Cristófilo, também? Vejo que me investigou a fundo.

Pedro (autor)

— Ora, estamos todos juntos nisso, nesta nossa história. O Cristófilo é uma pessoa de fato muito especial. Devo dizer-lhe, a bem da verdade, que não estou fazendo de você, Eustáquio, um personagem neste conto: você, repito, é um personagem. Sua vida real está dentro do conto, ousaria dizer que você não existe fora desta narrativa. Sabe aquela frase-advertência que aparece antes ou depois dos filmes no cinema: "esta é uma obra de ficção, qualquer semelhança com pessoas da vida real será mera coincidência"? Para mim, autor, você é real, mas dentro da ficção, compreende, não há coincidências por cá, se bem que estou sempre à cata da coincidência. Acho que a coincidência, como defende o Cristófilo, nos aproxima de Deus, que com certeza tem algo que ver com a coincidência absoluta.

Eustáquio (olhando desconfiado e mesmo irritado para o autor)

— Está tudo muito bem, ô Pedro, mas, vai desculpar-me, tenho o encontro agora, tenho que ir.

Pedro (autor)

— Sim, Eustáquio, apenas um minuto. Peço sua compreensão para o seguinte: preciso de sua ajuda, como autor; não sei ainda muito bem como desenvolver a narrativa, não estou muito certo de seu perfil; ia dizer de seu caráter, mas você se irritaria ainda mais comigo; então, pra resumir, não estou certo de seu potencial como personagem, de sua moldura. Você, por seu lado, me parece que tem alguns problemas, alguma incerteza sobre o que fazer, que caminho seguir, agora que está para formar-se em direito, taí a Ana, vocês se gostam, ela é uma pessoa ativa, centrada nos seus estudos de arquitetura. Você tomou gosto por Portugal, virá depois para o Brasil ou fica por lá? E Ana? Irá para lá também? Ademais, que fazer de sua visão pessoal, sua vocação social, humanitária, que você esconde até agora de você mesmo, de juntar-se a alguma ONG em defesa dos imigrantes de África e do Oriente Médio que chegam em ondas cada vez mais avassaladoras na Europa, sofridos e indefesos? Olhe, a moça o chama, não esqueça os brincos para Maria José.

Vendedora

— Aqui estão, senhor.

Eustáquio

— Obrigado, moça. Pedro, você me deixa confuso com todas essas histórias, e admito que me conhece bem...

Pedro (autor)

— Bem, eu criei esse encontro de vocês aqui no shopping, uma confraternização de Natal, vai ser legal, mas vocês verão algo surpreendente ocorrer. Apenas não imaginei, de início, que poderia me juntar ao grupo. Posso? Assim, podemos continuar nossa conversa, e termos, todos juntos, momentos agradáveis. Depois do almoço, me despeço, e vocês seguirão para o hospital, para visitar Maria José. Ela vai gostar dos brincos, garanto, quando estiverem com ela. Prometo não mais me imiscuir com os personagens deste conto. Mas não resisti à tentação de ter entrado, como autor, no meu próprio conto, na minha própria narrativa da história, nem que seja por uns momentos que, como digo – com a autoridade de autor – serão muito agradáveis, mas também cheios de criatividade, com imprevistos à porta. Alerto, entretanto, para um desenrolar triste dessa história.

Eustáquio

— Você é meio maluco, Pedro, mas, tem a sua graça, claro que pode vir conosco, vamos ao Rascal. Por mim, iria naquela hamburgueria. A sugestão de almoçarmos no Rascal foi da Ana. Venha então.

Ato Seguido: do Restaurante

Sentam-se à mesa Ana, Zé Taboão, o amigo Cristófilo, Eustáquio e Pedro (o autor). Ruídos de restaurante cheio, hora do almoço.

Ana

— Gosto deste restaurante, apesar de ruidoso. Ainda bem que achamos esta mesa neste cantinho.

Eustáquio

— Bem, gente. Cá estamos, temos um convidado, o Pedro: diz ser o nosso autor, num conto que escreve. Sabe muita coisa sobre nós, até mesmo sobre você, Cristófilo. Apenas ignoro se você entra no conto como personagem, como todos nós, certo, Pedro?

Ana

— Tem nome, o conto?

Pedro (autor)

— "Natal Amarelo". Faz parte de uma série, "As Cores do Natal". Sem querer fazer discurso, agradeço muito a todos vocês a oportunidade deste encontro, não é comum os personagens admitirem conversar com o autor, ainda mais numa confraternização tão íntima e especial como esta, um encontro natalino.

Eustáquio

— Pedro, quero que tome em conta o Cristófilo. Personagem seu ou não, tem que ser uma referência. Pesquisador na Fundação Gulbenkian já há vários anos, foi o responsável por eu conseguir a bolsa para Coimbra.

Pedro (autor)

— Cristófilo, para mim é uma grande honra encontrá-lo. Admiro-o muito, como filósofo, tenho conhecimento de seus pensamentos e escritos.

Eustáquio

— Conheci o Cristófilo como professor palestrante durante o curso secundário, em Santos, ficamos amigos, conheceu meus pais, já separados, e, como pesquisador residente na Gulbenkian, em Lisboa, e depois em Coimbra, seguimos com nossa amizade. Virou amigo da família, também.

Zé Taboão

— O Cristófilo cozinha muito bem, e até nos ensinou alguns pratos típicos da Guiné. Nasceu lá. Guiné-Bissau, ele sempre nos corrige, são agora várias as Guinés. Paraíso dos peixes, vocês nunca viram camarões tão grandes. Por falar nisso, vamos servindo?

(Zé Taboão levantou-se e, precedido de Ana, foi servir-se de um arroz com açafrão e frutos do mar numa grande *paella*. Eustáquio viu o prato do pai, achou-o apetitoso, mas aquele arroz colorido em tonalidades amarelas o deixou algo incomodado, lembrou novamente da mãe no hospital com febre amarela. Estava indignado e inconformado, como pode a febre amarela instalar-se assim sem mais por todo lado no Brasil, nordeste, centro, sudeste, uma epidemia que grassa e avança em direção aos centros urbanos. Não havia então sido erradicada essa doença no Brasil já há muito tempo, sendo confinada aos grotões florestais? É mesmo a peste, estamos de volta à Idade Média.

Naquele início de tarde, os amplos vidros do restaurante também deixavam entrar, por entre árvores, uma luz do sol em tons dourados que ora parecia acariciar quem ali estivesse, às vezes era como se incomodasse.

Cristófilo

— Aprendi a cozinhar desde pequeno, na minha terra, a sofrida Guiné-Bissau.

Ana

— Conte pra gente um pouco da sua história, Cristófilo, o Eustáquio está sempre falando de você, está sempre citando frases suas...

Cristófilo

— Não tenho muita história, o Eustáquio é que fica a promover-me. Mas tenho uma coisa interessante na minha vida: nasci na época da independência da Guiné-Bissau, em 1973. Motivo de orgulho para mim. Foi uma época dura. Lutas armadas, conflitos. A Guiné é um país muito pobre.

Ana

— E os portugueses explorando, tirando de lá as riquezas que podiam.

Cristófilo

— Tive sorte, consegui ir para Portugal, para cursar a universidade. Conheci o Eustáquio quando vim ao Brasil como professor. Fiz amizade com ele e depois com os pais, e cá estamos.

Ana

— Você continua dando aulas e palestras no Brasil?

Cristófilo

— Sim, felizmente. Gosto muito de estar no Brasil, ver de perto as contradições e os contrastes sociais daqui. Confesso que são referências permanentes para as ideias que procuro desenvolver, sabe, os dois lados da realidade... Estive há pouco na Universidade Lusófona do Brasil, a convite, para palestras. Essa universidade, fundada pelo governo brasileiro perto de Fortaleza, no Ceará, congrega estudantes dos países africanos de língua portuguesa e estudantes brasileiros.

Eustáquio

— Para mim a realidade tem mais de dois lados, tem muitos... Conheço a UNILUSO das notícias quando foi criada. É nova. Mas, tem um cheiro velho, de mofo, pois carrega um viés "centro-periferia", Brasil brincando de ser um centro emanador de cultura, quando mal consegue ter sua própria identidade cultural. Mas, deixemos a conversa séria para depois. Hoje, é dia de comemorarmos. Um brinde à minha mãe, que vai estar boa logo e de volta à casa, com o pai, nosso querido Zé Taboão.

Todos (brindam, haviam pedido um bom vinho tinto chileno)

— Feliz Natal! Que a Maria José fique boa logo! Muita saúde para nós e todos!

Ana

— O médico não disse que ela teria alta logo?

Eustáquio

— Sim, penso que nos próximos dias, está para ter alta, felizmente. Na verdade, o caso dela foi muito benigno, não chegou, graças a Deus, à fase tóxica da doença. Ela é muito forte. Vamos andando? Quero ver logo a minha mãe, estive com ela quando cheguei, e depois só agora voltamos ao hospital.

Pedro (autor)

— Queria agradecer a todos vocês a oportunidade que me concederam de encontrá-los e de ter o prazer dessa convivência, tão próxima e para mim muito emotiva, apesar de curta. Cristófilo, obrigado pelo cartão com suas referências, espero que não se incomode se eu em breve procurá-lo, sei da sua relutância em aceitar ser um personagem. Eustáquio, cuide bem da sua mãe.

Cristófilo

— Com muito prazer, espero seu contato. Até breve, então.

Eustáquio

— Pedro, obrigado por pagar os brincos que levo para minha mãe.

Pedro (autor)

— Ora, Eustáquio, foi um prazer, e não me custou nada. Literalmente. Lembro que estamos no mundo da ficção. Adeus a todos.

Pedro sai. Zé Taboão (atende um chamado no celular).

— Alô, Maria José! Está bem, já fala ao telefone. Como? Saiu do hospital? Com Vicente? Estão em Belo Horizonte, indo para onde, Santa Bárbara? Você está maluca? Sei... Sei... Não acredito! Tem que garantir a herança de uma mina de ouro? No cartório de Santa Bárbara, prazo vence no fim do mês?? Meu Deus!

À mesa, todos ficam em silêncio, tentando escutar as meias falas do Zé Taboão com Maria José ao telefone e entender o que se passa. Zé Taboão desliga, algo trêmulo, explica a todos o quanto pode e o quanto entendeu da conversa. Diz que tem que ir ao hospital, para resolver a saída de Maria José, ocorrida antes de ter tido alta, na verdade uma fuga. Saiu do hospital com Vicente, mas isso não o preocupa, pois os dois se conhecem, têm já um bom relacionamento, claro que no começo da separação foi difícil.

Deu-se então uma situação de perplexidade. O que fazer. O grupo troca ideias.

— Ir atrás de Maria José?, aventura-se a indagar Cristófilo.

— Bom lembrar que ela está com o Vicente, amparada, pelo menos, está, ainda que seja pelo ex-companheiro, pelo visto ainda são companheiros, diz Ana.

José Taboão ficou meio calado diante deste último comentário de Ana, e pôs-se a conjecturar:

— Temos que saber se toda essa história é verdadeira, herdar uma mina de ouro? Melhor irmos até lá, a essa cidade, a tal de Santa Bárbara, é bem longe, e justo agora, véspera de Natal, não encontraremos passagem nos voos para Belo Horizonte, não vale a pena, de qualquer forma, pois ela disse que voltarão logo, só uma ida ao cartório, voltam em seguida.

Eustáquio interferiu:

— Acho que vou tentar ir, minha mãe pode não estar bem.

Zé Taboão procurou consolá-lo:

— Não insista, Eustáquio, quando você lá chegar, talvez nem os encontre mais, eu tenho confiança na minha mulher, ela voltou pra mim agora, se foi com o Vicente deve ser porque calhou de ele estar a visitá-la no hospital e terem visto a urgência das providências que deviam tomar para ter direito à herança, mas, que surpresa, herdar uma mina de ouro, será que ainda há ouro lá? Se tiver, estamos ricos, viva!

Em meio a essa conversa, Cristófilo não se conteve:

— E se tudo isso não passar de uma obra de ficção? O Pedro, esse autor amigo seu, Eustáquio, nos dizia durante o almoço estarmos dentro de um conto que ele escreve, e que não passamos de personagens. Com licença, mas acho que ele inventou essa história da mina de ouro, quem sabe para dar alguma vida ao conto, mas não passa disso.

Ficaram todos mais perplexos ainda. Eustáquio se recusou logo, como aliás havia indicado a Pedro quando se encontraram, a aceitar ser um mero personagem de um conto de ficção, sem compromisso com a realidade. E asseverou:

— É assim? Então, onde está mamãe? No hospital, onde devia estar, não está.

Outro vácuo silencioso na conversa, antes que Zé Taboão, com a sabedoria de caminhoneiro recém-aposentado, sugerisse irem todos para casa:

— Não nos meteremos em viagens a essas alturas, conheço essas estradas de Minas, são perigosas, ainda mais nessa época, vamos esperar novas notícias de Maria José e Vicente.

Decidiram, de regresso do hospital, ir para casa, o pequeno apartamento alugado na Vila Mariana, e esperar por mais notícias dos fujões.

NATAL AMARELO: PARTE IV

Dia 25 de dezembro, Natal em Santa Bárbara, Minas Gerais. Maria José e Vicente, ainda atordoados pelas fortes badaladas dos sinos na igreja próxima, experimentam as sensações gostosas do café da manhã bem mineiro, broa, pão de queijo, café de coador, uma salada de frutas com pitanga e carambola. No terraço do hotel, onde é servido o café, as mesas dispõem-se sob um caramanchão com parreiras de uva, que protegem os hóspedes do sol, nascido já forte com o novo dia, depois das chuvas da véspera, com a sombra das largas folhas e o perfume forte da fruta madura em cachos ao alcance da mão. Vicente nota alguma palidez no rosto de Maria José, e sente a mão mais fria do que de costume. Os dois rapazes que no dia anterior bebericavam cerveja na recepção do hotel, agora sentam-se à mesa ao lado, tomam café. Fazem um gesto em direção a Maria José e Vicente, e um deles se aproxima:

Luís Aveiro

— Bom dia, peço desculpas por interrompê-los. Antes de mais, desejamos-lhes um Feliz Dia de Natal, em nossa cidade. Permitam que me apresente, meu nome é Luís Aveiro. Meu companheiro da mesa ao lado, Júlio Pedreira, e eu somos engenheiros da empresa SONALAM, de mineração e lavras. Fazemos no momento um trabalho de pesquisa e levantamento de prospecção de áreas de lavras de minerais não ferrosos, em especial o caulim, mas não só. Sabemos do motivo que os trouxe até Santa Bárbara, a herança da mina recém-aflorada de Itajuru. E sabemos o que devem procurar hoje, para completar o processo de garantia de posse e exploração dessa antiga lavra. Podemos nos sentar para conversarmos um pouco? Creio que temos condições de ajudá-los.

Vicente e Maria José, surpresos, aquiescem com gesto de cabeça e, já acomodados os engenheiros à mesa, Luís continua:

— A nossa empresa, a SONALAM, teve acesso, logo após o desastre de Bento Rodrigues, aos resultados de um levantamento de rotina que havíamos feito, o Júlio e eu, justamente da área onde em seguida aflorou, por pesados deslocamentos de terra com o rompimento da barragem, a mina de Itajuru. Verificamos, em primeira mão, a possibilidade, ainda pequena, de retomar-se a exploração dessa lavra, com base nos estudos técnicos empreendidos pela empresa. Digo em primeira mão porque também por acaso havíamos adquirido a propriedade das terras em área justaposta ao local onde ressurgiu a mina de Itajuru. Talvez não saibam, continuou com algo de estilo de vendedor no tom de voz, mas a SONALAM é empresa de pequeno porte, se comparada com a dimensão de uma VALE, atua somente dentro do Brasil, mas em certos casos, somos concorrentes. Essa área foi um caso em que trabalharíamos em complementação à VALE, pela presença ali de outros minerais. De posse desses dados, a SONALAM investigou a procedência da titularidade da lavra, tendo localizado as referências necessárias junto ao cartório de títulos da comarca de Santa Bárbara. Foi um trabalho longo, tendo incluído, entre outras medidas, a busca da titularidade original da lavra, em terras doadas por sesmaria pelo trono português ao senhor João Alves, tetravô da senhora Maria José Alves.

"Como veem — resumiu Luís —, fizemos uma vasta investigação sobre a situação dessa mina recém-aflorada. Boa parte desse levantamento foi feita junto ao cartório de títulos aqui da comarca de Santa Bárbara, e antes que a VALE, por exemplo, ou outra dessas grandes empresas mineradoras pudesse fazê-lo, providenciamos a carta oficial para o herdeiro, Luís Figueiredo Alves, que veio a falecer, queira aceitar, dona Maria José, os nossos sentimentos, e a carta seguinte em seu nome, agora como herdeira."

Maria José, com calafrios e ainda sem apetite, não se conteve:

— Não sei se devo agradecer-lhes por essa história, meio estranha, mas o que pretendem?

Desta feita, o engenheiro Júlio, o companheiro de Luís, adiantou-se:

— Dona Maria José, senhor Vicente, conhecemos os seus nomes e os identificamos com a ajuda, como disse, do cartório aqui da comarca. Informaram-nos da sua chegada ontem na cidade. Somos na verdade parceiros, o cartório apenas cumpre seu papel, ao informar dos requisitos para a perfeita atribuição da titularidade da mina. Por orientação do cartório, que foi igualmente dada aos senhores, partimos em busca dos livros que dão conta da titularidade original. Após longas e extenuantes viagens às igrejas da região onde poderiam estar esses documentos originais, chegamos a uma ideia bastante precisa do local onde se encontram. Sabemos, porém, que não serão dados a conhecer senão em presença dos legítimos herdeiros, no caso a senhora dona Maria José.

— E por que querem ajudá-la? — indagou Vicente.

— Resulta — disse Luís —, que podemos criar uma boa parceria, de interesse para a herdeira e para a nossa empresa. Podemos levá-los agora mesmo até a igreja onde temos informação que se encontram os livros originais, fazemos em conjunto a comunicação de direito, em tempo ainda hábil ao cartório, e oportunamente propomos à herdeira a compensação devida pela concessão e exploração da lavra. Os senhores compreendem, e poderão verificar isso quando fizerem eventualmente o reconhecimento da área da mina, que a exploração da lavra exigirá altos custos. Trata-se de mina antiga, dada, à época, pouco menos de 200 anos atrás, como esgotada, tendo sido por isso, ademais da insalubridade do local, abandonada pelos antigos donos. Muitos escravos morreram das febres por lá. Hoje, sua recuperação depende de tecnologias de ponta, com altos investimentos. Estamos autorizados pela empresa a adiantar à senhora Maria José, caso aceitem a parceria pela exploração do ouro pelo prazo de 20 anos, oferta de compensação muito significativa, em termos monetários. Considerem ademais que as grandes empresas mineradoras já declararam estarem desinteressadas por essa lavra em particular, devido às circunstâncias de suas responsabilidades pelo desastre do rompimento da barragem de Bento Rodrigues, não desejando explorar uma lavra que ressurgiu com essa tragédia. No caso da SONALAM, como não temos qualquer responsabilidade pelo desastre ocasionado pelo rompimento da barragem de Bento Rodrigues, não vemos motivos para não investir nesse empreendimento.

O engenheiro Júlio ainda completou:

— Gostaríamos que soubessem que estamos de boa-fé nessa proposta. A tal ponto que, caso optem por não seguirem com essa parceria, consideraremos de perfeita ordem indicarmos, sem compromisso algum dos senhores para conosco, a localidade onde temos elementos para acreditar se encontram os livros que procuramos. Devo adiantar, contudo, que os prazos estabelecidos pela Agência Nacional de Mineração são bastante curtos para que a exploração da mina seja devidamente legalizada e em seguida autorizada e ativada, sob perda de direitos bastante amplos sobre a lavra.

Subitamente, Maria José sentiu forte enjoo e, pálida, teve um princípio de desmaio. Todos a sustentaram, os atendentes vieram, foi levada à sala de banhos. Vicente, assustado, pediu aos engenheiros que aguardassem, seria um mal súbito passageiro. Em todo caso, um médico, apesar do dia festivo de Natal, foi localizado por sorte pela recepção do hotel, e veio logo a seguir. Quando chegou, Maria José já estava bem melhor, apenas ainda fraca. Por alguma razão, nem ela, nem Vicente, disseram ao médico acerca dos antecedentes imediatos da internação de Maria José com suspeita de febre amarela, primeiro em Aymorés, depois em São Paulo. Com certeza estavam convictos de que essa suspeita havia sido superada pelos bons prognósticos dados no hospital paulistano, a ponto de os médicos estimarem a alta de Maria José para os próximos dias.

Sem maiores referências, o médico no hotel, ao final da rápida consulta, diagnosticou "cansaço, fadiga, com retenção de líquidos", e receitou um medicamento contra enjoo, um outro diurético, e repouso. Pediu-lhes, a ela e a Vicente, que não hesitassem em chamá-lo caso estimassem conveniente.

Decidiram regressar à mesa no terraço do hotel, onde os dois rapazes engenheiros bebericavam, agora café, não mais a cerveja do dia anterior. Maria José fez questão de dizer que se sentia bem agora. Em tempo oportuno, em seguida às estimas de melhoras, Maria José informou os funcionários da empresa que seu filho, Eustáquio, deveria chegar em Santa Bárbara aí pelo meio-dia, talvez pudessem continuar a conversa na parte da tarde. Indagou-lhes também qual a estimativa da compensação monetária que pretendiam oferecer.

— Serão — respondeu o Júlio, com ímpeto de executivo — 10 milhões de reais, ao longo dos próximos 20 anos em quotas anuais iguais, ou seja, a soma de 500 mil reais por ano, valores corrigidos pela inflação mais o índice de correção suplementar da indústria da mineração; mais a participação nos dividendos da SONALAM, relativos a essa mina de Itajuru, na base de 5%, igualmente durante os 20 anos, a partir da assinatura do contrato. Devemos acrescentar que, conforme nossa previsão de retorno dos investimentos a serem feitos, a mina deverá oferecer dividendos líquidos em torno dos 10 milhões de reais anuais, mas somente a partir do terceiro ano de operações, o que significaria outros 500 mil reais anuais, a partir do terceiro ano, para a senhora dona Maria José. — Entregou-lhes, ato seguido, uma minuta de contrato, para que pudessem avaliar.

As coisas eram bastante confusas para Maria José. De fato, parecia sem sentido tudo aquilo que conversavam ali, essa torrente de informações, seguidas de uma proposta tentadora. No seu estado de saúde, que de momento se tornara bastante frágil, era mesmo quase impossível entender o que se passava. Esquecera-se de dizer ao médico que passara a sentir dores ao urinar. Ainda bem que havia dado um diurético, mas quem sabe não haveria alguma infecção. Ligaria de novo ao médico para indagar.

Como que voltou a si, com a indagação do engenheiro Luís, se não seria possível irem ainda esta manhã até o local, na verdade uma fazenda antiga nas redondezas, onde se encontram os livros que procuram, visto a urgência e os prazos para a entrega das informações ao cartório:

— Não dispomos de muitos dias à nossa frente, dona Maria José, seria bom se pudéssemos já no dia 26, amanhã, formalizarmos a sua garantia de propriedade, posse e exploração da mina junto ao cartório. A fazenda não fica longe, no máximo uma hora daqui.

Olhou para o ex-namorado, como que a pedir ajuda. Vicente ficara todo o tempo apenas a ouvir, nada dissera sobre a história dos engenheiros, e a proposta, que no seu íntimo viu como muito boa oferta, nas circunstâncias. Nada havia dito, pois a questão toda dizia respeito a Maria José, de quem se estava separando; e, de verdade, não queria tomar parte nessa questão da mina, apenas ajudar Maria José. Desde o início pensou assim, assumindo mesmo a responsabilidade de trazê-la até Santa Bárbara, antes mesmo que ela tivesse alta no hospital. Sentiu Maria José muito debilitada desde a noite anterior, com enjoos e dores, quase sem apetite ao jantar, de repente começou a preocupar-se, e se ela... não, não pode ser uma recaída, parece mesmo um princípio de uma febre gripal. Sem pensar muito mais, Vicente balbuciou, inclinando a cabeça como em dúvida sobre o que diz, que a proposta parecia interessante, quem sabe não vamos logo ver esses documentos. E indagou aos engenheiros:

— Não é mesmo longe, esse local, essa fazenda? Não entendi por que os livros estariam numa fazenda antiga.

Os engenheiros os acalmaram, não, não era longe a fazenda do Rio de São João.

— Chegaremos lá em menos de uma hora, fica para os lados de Cocais, passado o Caraça, perto do município de Bom Jesus do Amparo.

Os livros não estavam propriamente na fazenda, mas na sacristia da importante capela barroca construída dentro do edifício principal da fazenda. Haviam chegado a essas informações depois de longa pesquisa no Santuário do Caraça, de cuja biblioteca, ao lado da igreja, os livros foram retirados ainda pelo proprietário original da sesmaria, o português João Alves, por coincidência também proprietário da fazenda do Rio de São João e para lá levados. E ainda bem que foram retirados do sítio original no Caraça, pois teriam se perdido no incêndio que praticamente destruiu o lindo prédio da biblioteca poucas décadas atrás. Claro que se tratou de uma irregularidade, mas comum à época, os proprietários costumavam retirar por empréstimo os livros de registro arquivados em igrejas, em geral para incorporar, por conta própria, alguma benfeitoria ou mesmo alguma aquisição de bens, antes de devolver os registros aos devidos arquivos. No caso em tela, o senhor João Alves, tetravô da senhora Maria José os manteve na fazenda de sua propriedade, por contar a mesma com imponente capela, autorizada mesmo pelo Vaticano, dadas as suas dimensões e riquezas, a manter o Santíssimo e a celebrar todos os ritos da religião católica, sendo-lhe atribuída a qualidade de paróquia, ainda que dentro de uma propriedade privada.

O engenheiro Júlio ainda agregou:

— Podemos seguir agora mesmo, caso pareça bem, em nossa camionete, é bem confortável, com ar-condicionado.

Maria José deixou-se levar, se não fosse, não haveria como ter acesso aos documentos, era o procedimento do cartório, já comunicado ao dono atual. Apesar da viagem relativamente rápida, Maria José chegou à fazenda, uma magnífica edificação dos tempos coloniais inteiramente restaurada, com calafrios e muitas dores. Recebidos pelo proprietário, conforme havia sido agendado pelos engenheiros, em acerto com o escrivão do cartório, foram levados diretamente à capela, também restaurada com parte de seus ornamentos e peças barrocas em impecável estado, à exceção do velho órgão "imperial", peça barroca do século XVIII, mandada vir da Áustria por João da Mota Ribeiro, então residente da fazenda, com a esposa, filha de João Alves. Foram informados de que não havia ainda sido tecnicamente possível fazer a restauração do pequeno-grande órgão, sito na parte central do coro da capela, dado o seu estado avançado de deterioração. De lá, seguiram para a sacristia, onde lhes foi mostrado o registro que tanto buscavam, num livro grande, retirado cuidadosamente de um gavetão do pesado arcaz de jacarandá reservado para os paramentos dos sacerdotes e alfaias litúrgicas. Dando para a parte frontal da fazenda, a sacristia possuía luminosidade suficiente para que pudessem tirar as fotos necessárias dos escritos nas páginas já bem amareladas.

A euforia visível dos engenheiros, com o acesso aos documentos, contrastava com o estado de fraqueza de Maria José. Vicente notou sua pele mais amarelada, quis pensar que era por reflexo do sol naquele ambiente onde a cor dourada prevalecia, seja pelas alfaias litúrgicas por sobre o imenso arcaz de paramentos, seja pelos próprios raios solares que penetravam pelas vidraças foscas de poeira. Foram levados em seguida ao salão da fazenda, para refrescarem-se antes do regresso a Santa Bárbara, e uma breve visita às demais dependências daquele grande e vetusto prédio, frequentado, ao longo de séculos, por histórias trágicas e algumas mesmo bárbaras, certamente desconhecidas dos visitantes e mesmo dos atuais donos, investidores do Rio de Janeiro que compraram, para uso familiar, a fazenda, então em estado de ruínas pelos herdeiros decadentes, nos dois sentidos, da família dos Mottas, cujo patriarca, anteriormente mencionado, João da Mota Ribeiro (ainda lido com um T, pois português, vindo jovem ao Brasil, originado das cercanias de Braga, a vila de Celorico de Basto). Maria José não os acompanhou nessa visita, preferiu descansar um pouco numa das poltronas de couro que, naquele salão colonial, pouco tinham a conciliar em estilo, mas eram de todo modo confortáveis.

O sol já se havia firmado quando empreenderam a viagem de regresso, Vicente abraçado a Maria José, que dormitava e, de quando em vez, parecia delirar. Tinha febre, o ar-condicionado não ajudava, pois ele sentia os calafrios da companheira cada vez mais frequentes. Pousou-lhe sobre os ombros apenas a jaqueta, fina, de algodão, que por mera precaução havia levado. Decidiu chamar pelo celular o médico em Santa Bárbara, o mesmo que a atendera no café da manhã. Trocaram informações, e Vicente pediu aos engenheiros que, ao chegarem, fossem diretamente ao hospital, por orientação médica que acabara de receber. Maria José foi levada, já no hospital, a uma ala separada, de casos contagiosos. Muito enjoo, mal conseguia andar, os rins lhe doíam particularmente. À chegada ao hospital, o médico que a atendera, e mais outro, haviam dito a Vicente que parecia um caso de dengue, mas as complicações aparentes, e que seriam objeto de análises e exames urgentes, sugeriam algo ainda mais grave, febre amarela. Indagaram onde ela esteve recentemente, e só então Vicente pode relatar-lhes o quadro de Maria José, e a escapada do hospital em São Paulo antes que tivesse alta. Os dois médicos não podiam acreditar, "uma aventura complicada e perigosa", disse o médico conhecido, "vamos acompanhar e ver os exames", disse o outro, o do hospital, indicando que "vamos comunicar a situação da senhora Maria José Alves imediatamente ao hospital de São Paulo", lembrando-se que, de fato, o hospital havia sido notificado pela polícia de mensagem acerca da senhora Maria Alves, internada no Hospital São Luís, em São Paulo e que havia deixado prematuramente aquela instituição médica.

No corredor do pequeno hospital santabarbarense, o plantonista acerca-se dos dois médicos e lhes diz que a paciente senhora Alves perdeu os sentidos, estão tentando reanimá-la. Vicente, ao lado deles, ouve e se desespera:

— Não pode ser, meu Deus!

Seu telefone toca enquanto os médicos saem apressados em direção à ala separada onde está Maria José. Atende. Eustáquio fala primeiro:

— Olá, Vicente, acabo de chegar, já no hotel. Onde estão, sabe da mamãe?

[1] *Contraconto*: o neologismo, pelo que valha, deve aqui ser entendido pela ausência relativa do elemento dramático, tal como convencionalmente entendido. Elementos dramáticos poderão ser notados na Parte IV.

[2] COELHO, Fatima Pinto. *Catas Altas do Matto Dentro-Minas Gerais.* Rio de Janeiro: Editora Barléu, 2018.

A AMIGA VIDRAÇA. OS MÉDICOS

A amiga Vidraça me viu nascer. Meu alter ego, alguém que me conhece por dentro, por assim dizer, e que não tem pejos em dizer-me certas verdades que eu, como diplomata, acostumado a duvidar das verdades, tenderia a questionar, mas como vêm de meu alter ego, me prontifico a admitir, aceitar e endossar. Não daria um só tostão quando vejo o nosso Chanceler Ernesto Araujo dizer que busca retomar a verdade histórica no Itamaraty, e para isso questiona administrações passadas e as linhas mestras de nossa diplomacia. É certo que muitos erros foram e são cometidos desde Rio Branco e antes, mas revolver os fundamentos da política externa do Brasil, identificados com princípios basilares das relações externas, tais como o da não interferência, ou o da solução pacífica das controvérsias, ou a defesa do multilateralismo, é outra história. Faria muito melhor se buscasse eliminar as práticas costumeiras da instituição, de favorecer, por exemplo, o personalismo, inclusive o de natureza familiar (até Rio Branco, o Barão, se favoreceu disso, sendo o pai, Visconde do Rio Branco, diplomata). Vidraça até poderia ser uma ficção. Mas, por favor, não desprezem sua presença em nossa realidade.

Como eu lhe dizia, quando conversávamos sobre a experiência relatada de meu encontro com Arafat, em Ramalá:

— Verdade, Jerusalém é uma história longa de caminhos que chegam, cruzam-se e que se abrem.

— Que lindo!

— Vidraça, não brinque. Jerusalém é mesmo uma cidade santa, mas também uma "encruzilhada mal resolvida do mundo", como disse meu irmão Ricardo quando lá esteve. Os caminhos se cruzam, mas as encruzilhadas estão marcadas por sangue e conflitos intermináveis.

— No Brasil de hoje, 2019, Jerusalém, parece, está ficando na moda, com a declarada intenção de o Presidente Bolsonaro mudar a Embaixada do Brasil para lá, pelo que sei em pleno desrespeito ao Direito Internacional, às Resoluções das Nações Unidas e ao bom senso.

— Pois é, Vidraça, não se mexe com Jerusalém impunemente. Caso me permita dizê-lo, penso que Jerusalém, a par de suas dimensões históricas e religiosas, deste e de outros mundos, também tem, lá no rabinho de suas múltiplas e humanitárias dimensões, e diante do contraste entre Jerusalém como o cadinho de encontro das civilizações em meio ao deserto e sua sublimação nas religiões teocráticas, uma parecença com a Amazônia pujante de verde, água doce e povos primitivos: ambas são muito maiores que os projetos ali desenvolvidos pelo homem. Em Jerusalém, as histórias são verdadeiramente santas e bárbaras, enquanto na Amazônia, pelo menos por enquanto, o barbarismo importado da civilização tem prevalecido. Agora, você tem essa mania de dizer as coisas com uma ironiazinha fina. Jerusalém é realmente muito linda. Ignoro se você, nessas suas andanças históricas, por acaso esteve por lá. Não é impossível, sabe? Pois é, te descobri num lamaçal, você, uma vidraça com vidros de cristal (quando te achei, eram só cacos, um ou outro vidro, perdão, cristal, inteiro), muita poeira e lama por cima, e a moldura de madeirame, de quadrados iguais, bem ouropretanos, coloniais, de pau pesado, nobre, bem que poderia ter tido origem naquelas paragens. É sabido que D. Pedro II, quando peregrinou pela Terra Santa, pelos idos de 1875, trouxe, ao regressar, além dos entendimentos preliminares para emigração sírio-libanesa para o Brasil, muitas relíquias, entre elas alguns cortes e mudas de pau do Líbano, o famoso cedro. Você e sua madeira, que, sem me gabar, descobri em meio daquele lamaçal, podem ter sido construídas com algum elemento originário da terra onde se diz que o sol nasce, depois de passar pelo Japão e China. Para mim, você tem algo de santo, e não quer revelar.

— É uma possibilidade, talvez tenha mesmo sido fabricada a partir de um pinheiro plantado com muda trazida do Líbano, ou, quem sabe, algum pau que, de santo, será apenas o contato com uma relíquia que algum prelado à época esqueceu à minha janela. Sem querer esnobar, meu madeirame é do chamado pinho-de-riga. Riga, Estônia. Vinham de lá essas madeiras, via Portugal, mas a origem no Oriente Médio também é plausível. Veremos isso um dia, mas posso desde já lhe garantir que você não me encontrou por acaso. Nosso encontro no lamaçal não terá sido mera coincidência, pois você, ao aceitar ser Embaixador do Brasil em Israel, de 2006 a 2010, seu primeiro posto no exterior como Embaixador, com certeza quis sentir de perto as densas fragrâncias do deserto marcadas pelos intermináveis conflitos e sacrifícios entre irmãos. E do sacrifício maior Daquele que se fez homem para dar-nos a Redenção. Sei disso, e lhe digo que estamos nisso juntos. Você me reencontrou, e vejo que precisa de minha ajuda para encontrar seu caminho, o verdadeiro, dentre todas as sendas, matutas ou diplomáticas, que você já percorreu e ainda vai percorrer.

"Vi você nascer. Você, claro, não se lembrará. Depois de feita, bem instalada em casarão de Ouro Preto, onde fiquei tranquila muitos anos, dali me tiram por conta de uma 'reforma'.

Fui parar em Santa Bárbara, no casarão de seu avô, numa parte que foi ampliada para acomodar sua mãe, única filha do dono do sobrado, agora casada com o pai Luizinho. Anos depois, os avós mudam para Belo Horizonte, desiludidos e brigados com metade da população por causa da política local, e o casarão, vendido, vira colégio. Fiquei sem lugar nas novas instalações. Mudaram-me para Mariana, também para uma bela casa, demolida à revelia da prefeitura para também virar colégio, parece sina, hoje supermercado. Material de construção, você sabe, é material vagabundo, não no sentido de ter baixa qualidade, o que obviamente não é o meu caso, mas por não ter destino fixo. Vagamos como um navio à matroca. E fui aproveitada em uma casa simples, mas de bom gosto, em Bento Rodrigues, destroçada pela lama. Em seguida, com o primeiro sol, passadas a tempestade e a enxurrada, vislumbrei sua figura, de porte elegante, com algo de nobreza decadente, a face meio escondida pelo capacete de trabalho de salvamento, algo titubeante como pessoa, e com quem de certa forma me identifiquei. Dei-lhe uma piscada, quero dizer, ajustei-me para que pudesse refletir a luz do sol sobre você, para chamar sua atenção, e você me empurrou devagarzinho com o pé, como quem quer ver que objeto é esse, e com alguma relutância me apanhou, toda suja de lama, eu, vidraça nobre, ou, se não nobre, pelo menos colonial, nascida, isto é, fabricada em meio do século XIX.

"E resolvi falar. Sei que as vidraças, como qualquer ser inanimado, ou os animais não humanos, menos o papagaio, claro, não falam; mas, por algum milagre lá da Terra Santa, sinto-me como um reflexo seu, que conhece sua história, tanto a interior, aquela lá de dentro, que você e todos nós por vezes sufocamos, como a exterior. Sinto-me como reflexo seu, digo, e agraciada com voz, Deus seja louvado.

"Ouvi há pouco você sugerir que tenho essa 'ironiazinha fina'. De fato, conquanto a use parcamente, é para o seu bem, espero que não se incomode, serve para assinalar com mais força os contornos de certas coisas imaginativas que você diz, e que se perdem por vezes no emaranhado de um raciocínio tanto ou quanto barroco, queira desculpar-me a franqueza."

— Você acaba de usar o termo "barroco" como um qualificativo algo pejorativo. Poderíamos discutir horas, você sabe bem, conhece muito melhor do que eu o barroco como estilo de época, e toda a bagagem cultural e humana que esse estilo de época trouxe consigo, para a literatura, a música, a arquitetura. Você tem o barroco nas veias, quer dizer, na seiva que já existiu na sua madeira. Deixe de provocar-me. Aceito sua crítica, mas tenha presente que o termo barroco denota uma parte importante de nossa formação cultural e humana, aqui no Brasil, especialmente nestas nossas Minas Gerais, mas não só, veja o Rio, a Bahia, Pernambuco, mesmo São Paulo, e nos liga a algumas de nossas mais profundas raízes.

— Conheço as suas histórias, mas é importante que as conte, de viva voz, pessoalmente. Estou cá apenas para comentar, e lhe fazer companhia. Além, claro, de por um pouco de ordem nesses relatos. Vejo que está um pouco confuso, você fala de mim, em vez de concentrar-se nas suas histórias, nas suas vivências diplomáticas e na sua vida. Sugiro voltarmos a Santa Bárbara, sua terra. No quarto onde tive a honra de ser janela. Naqueles idos de 1946, você nascia, das mãos de três médicos, pai Luizinho e compadres, muito chique, na casa mãe, o velho sobrado do avô, "coronel" Pedro Motta e vó Cecília. Vi tudo. Cinco e quinze da tarde, dia 28 de maio. Naquele sobrado, quem nele entra pela Rua de Baixo, vê, passando pela varanda, uma escada à esquerda que desce ao porão, adega de vinhos e cachaças do coronel. E, pela direita, outra escada que, subindo, dá ao corredor longo, por onde se distribuem de um lado os quartos, de outro cozinha, sala de jantar. Logo no quarto do fundo, espaço ampliado com vista ao quintal, e em cuja parede nova me haviam instalado, a mim, vidraça de alto coturno, vidros de cristal, madeirame nobre, como você talvez já se deu conta, podia-se ver o agito do parto, água quente, toalhas. Do lado de fora, penso ter visto um beija-flor. Talvez não saiba, mas essa ave era a sua outra mãe, seu anjo protetor. Tempos depois, quando a Maria Motta morreu, o beija-flor veio visitá-la e a acompanhou quando seu espírito subiu aos céus. Um conselho: fique de olho nesse beija-flor, de vez em quando ele bate à sua janela, pois é a Maria Motta que vem te ver. Sabe como é, saudades.

"Logo no início do corredor, à direita, em seguida a um vestíbulo, o salão de visitas. Muita política do interior correu ali. O avô, fazendeiro, se impunha como coronel dessas paragens que iam de Bom Jesus do Amparo a Caeté, as divisas alinhando-se a leste por Santa Bárbara, Catas Altas e o Caraça, e a oeste pelos contrafortes do Espinhaço, na imponência das serras de granito e minério de ferro puro, que se olhavam frente a frente, separadas por um profundo desvão, agraciado com o nome de "Portão dos Mottas". Portão dos Mottas acabou por identificar, no linguajar da região, o conjunto soberbo dessas duas serras mais o desvão entre elas, a divisa a oeste das terras do avô coronel Pedro Moreira Teixeira da Motta. A mulher, Cecília Figueiredo, vinha de outras bandas, as de Sete Lagoas, onde os Figueiredo, também fazendeiros, que remédio, eram família abastada. Casaram quando ela, Cecília, tinha 13 anos. Sem comentários. Consta que foram felizes, mas imagino que naquelas alturas a noção de felicidade talvez não fosse um atributo a ser considerado nas relações de um casamento. Convém notar que o velho coronel Pedro Moreira Teixeira da Motta, dono inconteste de muitas terras e de duas fazendas, acabou por deixá-las, numa ação tão suspeita e desconcertante como injusta, para dois dos seis filhos: Itagiba, Moacir, com a conivência – sabe-se lá em troca de que –, de um terceiro filho, Adair, este já bem instalado numa fazenda próxima, perto de Caeté, onde foi promotor por muitos anos. Ficaram a ver navios dessa herança os outros dois filhos homens, Jandir e Darcy, bem como a única filha, Maria do Carmo. Vencido no intricado e violento mundo político de Santa Bárbara da época pelos adversários "inimigos" políticos, os Moreira dos Santos, o velho Pedro Motta e a mulher Cecília, ele já septuagenário, vieram viver com a filha e seu marido Luizinho em Belo Horizonte, depois de celebrar, com toda a pompa e circunstância, as Bodas de Ouro, justo na igreja, muito mais que capela, interna da fazenda do Rio de São João, centro do império de propriedades de mais de 1.400 alqueires mineiros. Na ocasião festiva, o velho coronel Pedro Motta, com toda a possibilidade induzido pelos filhos Itagiba e Moacir, a eles cedeu as duas fazendas, Rio de São João e Rosário, deixando deserdados os outros filhos[1].

"Isso já faz tempo, corria o ano de 1954. Já, já, falamos mais dessa fazenda, sempre retratada na perspectiva dos magníficos pés de sapucaia que se elevam à frente do casarão, e que, com suas copas densas e altas de mais de 30 metros, preparam o visitante para a dimensão igualmente extraordinária do nobre prédio colonial, tombado, já quase em ruínas, décadas depois, pelo Patrimônio Histórico e Cultural de Minas. Com a decadência econômica e política das oligarquias regionais, cuja semente está no fim da escravatura, o herdeiro do Rio de São João, nosso tio Itagiba viveu lá o quanto pode sem investir, sem modernizar, com um pequeno rebanho de gado zebu, subsistindo quase que somente da venda do mobiliário antigo e ilegalmente dos objetos de arte sacra da capela. O prédio está hoje restaurado e em mãos alheias à sua densa história — de que vale assinalar desde logo constar ter albergado "sob telha" toda a tropa de cerca de 800 homens de farda comandados pelo então Barão de Caxias e que a mando do governo central imperial havia ido a Minas sufocar a rebelião liberal de 1842 liderada por José Feliciano Pinto Coelho da Cunha, depois Barão de Cocais. A fazendo do Rosário, de construção mais modesta, teve destino algo distinto, menos trágico, por assim dizer, mas igualmente sofreu com a decadência inevitável gerada por proprietário que tampouco soube ou quis tomar conhecimento das novas transformações no mundo rural na região e no país."

— Tudo isso faz parte das histórias santas e bárbaras, vividas pelas duas famílias, os Mottas e os Pinto Coelhos, um quadro pintado com cores fortes e suaves ao mesmo tempo, e que nos tem, a nós, os filhos, inspirado em nosso aprendizado sem fim da arte da vida. E você, Vidraça, lá, quieta, na parede do quarto de meus pais, em Santa Bárbara, vendo e observando tudo, e depois indo parar no meio de um lamaçal, em Bento Rodrigues. Quem diria que experimentaríamos, décadas depois, uma tragédia que nos permitiu conhecer um à outra, a tragédia que atingiu Mariana e o Vale do Rio Doce em fins de 2015.

O TSULAMA DE MARIANA

— Um escritor engajado, na transição do romantismo para o realismo, e já desenganado de suas artes literárias e das gentes políticas, veria a coisa assim, Vidraça:

"Primeiro, vento miúdo, depois ventania, chuva fina, vento forte, trovões, trovoadas, tempestade. Dizem que até tremores de terra[2]. Dia 6 de novembro de 2015. Rompem-se as barragens Fundão e Santarém, de contenção de dejetos da mineradora SAMARCO (subsidiária da Cia. VALE e Anglo-Australiana BHP) na região de Mariana, Minas Gerais. Num processo que, mal sabia eu à época, se repetiria com ainda mais perdas de vida em Brumadinho, lá, 250 mortos, mais 150 feridos e ainda outros desaparecidos, com o rompimento da barragem do Córrego do Feijão, a enxurrada explode pela encosta do morro, pelo vale abaixo, cerca de 43 milhões de m^3 de lama vermelho-ocre da lavagem do minério de ferro atingem primeiro e de cheio o vilarejo de Bento Rodrigues, subdistrito de Mariana, dela distante uns 35 quilômetros, matam, destroem, sufocam, à maneira de tsunamis, vendavais, incêndios, enchentes, terremotos, tudo junto, vilarejos inteiros. 19 mortos. Uma pessoa ainda desaparecida, lama, lama, lama. Um verdadeiro 'tsulama'. Barro que desce em ondas pesadas, estrangulando e enterrando gente, bicho e mata. Antes, Vale do Rio Doce. Agora, tudo inválido, detritado. Visão macro do que sempre desce pelas encostas de morros em periferias pelo Brasil afora, por conta do nada, só da chuva, sempre santa, mas nesses casos, miserenta. Aqui, por conta de mineradoras irresponsáveis e agências fiscalizadoras igualmente irresponsáveis e corruptas. Horas depois, só lama, detritos acumulados, casas destruídas pelo barro aquoso. Maior desastre ambiental e humano no Brasil até aquele momento, que infelizmente encontra equivalências no recente desastre em Brumadinho, ou na destruição que aflige a Amazônia, há décadas. Avalanche barrenta, aguada e lodosa, que penetra que nem sangue de ferido nas gretas e rachas do chão seco. As veias montanhosas do vale se enchem, jorram e acumulam detritos, corpos, animais, telhas e panelas, casas ruídas, escombros, galhos e carros flutuantes. Pobre Vale do Rio Doce. A mineradora – mãe dessa tragédia, a VALE, premonitoriamente retirou, há tempos, o "Rio Doce" de seu nome, ficou só "Vale". Sim, vale morte e destruição, mas segue, com orgulho, como uma das maiores empresas transnacionais brasileiras. Pois o rio que era Doce virou mar de lama e foi enferrujar o mar, carreando junto a flora e fauna, a história e a gente da região. Memórias. Tristes. E para a presidenta criminosa e ausente, nem isso. Um ano depois, um vale povoado de doenças de todo tipo geradas pela destruição. Um pesquisador perguntou a um fazendeiro da região, em seguida ao acidente trágico, se ainda conseguia ouvir os sapos, e recebeu resposta que não. Assim como ouviu a narrativa sobre a mortandade dos peixes. Previu que as larvas de mosquitos, alimentos dos peixes e dos sapos, proliferariam em descontrole. Ano depois, abate-se sobre a região do vale do Rio Doce surto descontrolado de febre amarela. "Dias mais tarde, no local, como voluntário de equipe de salvamento, vejo num lamaçal, já meio seco por conta da trégua na chuva, presos em um tronco caído, os restos de uma janela de vidro velho, com a parte da vidraça e do madeirame ainda bastante inteira. O brilho da luz do dia no vidro velho e ainda meio opaco dessa janela destroçada, no meio da lama ressecada, me chama a atenção. Olho o vidro como quem visse um espelho e, sem saber o porquê, dou uma piscada. De volta, recebo uma piscada (reflexo da minha?), digo: 'Oi!'".

— Oi — diz de volta a vidraça.

Minha primeira reação não foi de incredulidade, ao ouvir e ver uma janela falar. Foi apenas de pensar em janela com letra maiúscula. Isso, Janela. E assim balbuciei "Janela".

— Melhor me chamar de vidraça, que é mais o que sou. Da janela, restou pouco. Porque não me dá uma limpadinha, meus vidros de cristal, veja bem, se em boas condições, são translúcidos, brilham e revelam muito.

Naquele lamaçal trágico, uma maravilha: uma vidraça falante! É assim, penso. No meio dessa grande tragédia, no meio do barro agora já endurecido surge um objeto com vida, e com brilho próprio, ainda escondido no meio da sujeira. Por certo, não estou no País das Maravilhas, nem isso é um conto das Mil e Uma Noites. Aqui não há monstros marinhos, mas uma lama monstruosa; aqui não há coelhos falantes preocupados com a hora. Mas é o país dos políticos corruptos, das grandes empresas corruptas, e irresponsáveis com o bem público, que para elas não – Vale. Dou-me o tradicional beliscão para ver se não era sonho, e Vidraça, agora será seu nome, sorri.

— Tá bem.

Anestesiado ainda pelo fenômeno, e que interpreto como delírio meu, não tenho outro remédio senão separar da lama essa vidraça que fala, deixá-la num canto e ao fim do dia de trabalhos levá-la para casa. Confesso que estou tenso e ansioso, predicados que nesse momento fazem um contraponto de abertura mental com o meu cansaço muscular e meu desespero com a dimensão da tragédia em volta.

— Te conheço — diz-me você, Vidraça, já em "casa", depois de uma primeira lavada e após enxugada com um trapo desdenhoso. Trapo talvez até ciumento da Janela, recém-admitida em nossa "casa", uma sala de aulas da Escola Municipal Bento Rodrigues. Por ficar na parte alta do vilarejo, o prédio da escola havia escapado do tsulama e agora serve de dormitório para nós, voluntários. Tem sido a nossa "casa", umas 20 camas de campanha, "de vento", como as chamamos, daquelas que se abrem e têm por estrado uma lona meio fina, meio grossa, sempre de cor azul-não-sei-porque, suportada por molas que rangem o tempo todo sob o peso de cada um de nós, que dormimos pouco e só quando dá. Todas ocupadas pelos voluntários. Por sorte é verão, não precisamos forrar as camas com jornal, para nos proteger do frio. Cobertor em cima; jornal embaixo da gente, forrando a cama, sabedoria de quem lida com camas "de vento". Problema, caso fosse tempo de frio, seria achar jornais por esta banda, nas atuais circunstâncias. O que ocorreu foi mais bem o contrário, os jornais do país, e creio de outros lugares também, enchem-se com as notícias do tsulama, mas circulam em outras paragens. Repórteres, sim, que os havia muitos, chegavam aos bandos, com suas traquibandas televisoras, filmavam a devastação.

— Me conhece? — pergunto.

— Claro! Antes de Bento Rodrigues e Mariana, estive uns tempos em Santa Bárbara, fui parar na parede do quarto da casa onde você nasceu, aquele sobrado meio colonial da Rua de Baixo, onde o Coronel Pedro Motta, sempre muito bravo, e de quem você herdou o nome, se não a brabeza, ainda regia a política local. Cecília, a mulher com quem ele se casou quando ela tinha meros 13 anos, sabia também ficar brava e manejava como ninguém uma faca-serra de pão para ameaçar as crianças teimosas.

"Lembra-se da janela que dá para os fundos? Naquele quarto ampliado para acomodar o Dr. Luiz depois do casamento dele com a única filha do casal, Maria do Carmo Motta. Pois fui a primeira janela a ocupar aquela parede."

— Eu, recém-nascido, e você já vivenciando o mundo.

OS MÉDICOS

— Bem, querido amigo, já sabemos dessa circunstância, recordamos isso anteriormente, ainda quando o tema foi Jerusalém. Pois é, vi seu parto, em casa, feito das mãos dos três, à época inseparáveis, médicos, um luxo, o pai Luizinho, o tio Darcy, irmão da Maria Motta, e o tio Zé Maria, casado já com Judite, irmã de Luizinho e que hoje, do alto de seus 108 anos bem vividos, luta agora por conquistar a undécima década, assim seja, Deus a guarde na sua sabedoria, dela e na de Deus, e vida longa.

— Tio Zé Maria dos Mares Guia! Sabe, Vidraça, nervoso, inteligentíssimo, criou, junto com Judite uma família extraordinária, sobre todos os aspectos. Gente bonita, inteligente, empreendedora, ativa, no sentido mineiro da palavra, o que quer dizer ultrassensível a oportunidades, mas sobretudo gente amiga. Cada um conquistou o que terá sonhado, e talvez até mais.

— Sujeito vibrante, esse Zé Maria. O engraçado é que criaram, creio que o pai dele ou o avô, o nome da família: Mares Guia. Os relatos são de que a avó, chamada Guiomar, foi a fonte de inspiração, apenas inverteram o nome "Guiomar" e deu "Mares Guia". Beleza, não? Nome forte. Mas, sinto algo na sua narrativa que me incomoda. Tom laudatório? Não diria, sei que você relatará no mesmo tom, ainda que com uma dinâmica suavizada, a percepção da família Puntel Motta, do tio Darcy, irmão da Maria Motta, e que também lhe assistiu no nascimento. A questão é o equilíbrio nas perspectivas, e em narrativas, confesso que não sei onde estará. Quem saberá? Olha, sou de algumas gerações acima da sua, lembre-se que fui feita no século XIX (bonito, assim, em algarismos romanos), tenho literalmente raízes no Oriente Médio, e, portanto, minhas perspectivas são forçosamente diferentes. Deixarei para escutar seus sentimentos (ora direis, escutar sentimentos!) quando amadurecermos nossa relação. Saberei então compreender melhor. Foi, contudo, boa a sua tentativa de mostrar a percepção que tem acerca de uma família próxima. Tudo isso é Santa Bárbara, Caraça, Catas Altas. Desacertos no mundo da política, que não é da vocação de vocês, muito engenho, acertos e sucessos no mundo empresarial, ou no ambiente intelectual e das artes, o mais das vezes precedidos de muito esforço e luta no nível pessoal.

— Vidraça, tio Darcy, médico sanitarista, um lutador na profissão, intelectual e *gourmet*. Muito da literatura brasileira e portuguesa que li foi nos livros que o tio Darcy me empresta. Sempre devolvi todos, não se preocupe. Assina dois jornais, coisa rara à época, em Belo Horizonte, nos idos das décadas de 1950 e 1960. Vejo hoje nele o primeiro *gourmet* que conheci, com gostos sofisticados, herdados quem sabe do pai, o velho coronel Pedro Motta. Ele e minha mãe, Maria Motta, estão juntinhos nessa condição, de saber a comida não só como alimento, mas como expressão, íntima, posto que os alimentos são para ser ingeridos, das belezas da natureza e do equilíbrio que nela distinguimos. Tio Darcy contou, em apoio e incentivo a seu bom gosto, com uma grande cozinheira, a Sá Raimunda, a ser descrita inevitavelmente a partir de lugares-comuns, mas que no caso dela são expressões de uma figura incomum na beleza pessoal e na bondade: preta retinta de olhos esbugalhados e sorriso tão largo como sua constituição física. Darcy foi agraciado ademais com a herança do mais puro acervo da cozinha italiana que a cada dia lhe aporta a mulher, Tita Puntel, que ele foi encontrar, sabe-se lá em que circunstância, nas alturas de Guaxupé, foco de bom número de imigrantes italianos, nos confins entre Minas e São Paulo.

— E, junto com esses dois médicos, lá está seu pai, o pediatra Luizinho, todos cuidando de que você nasça direitinho...

— É o que consta. Agora, como falar de meu pai nesta nossa conversa? Não dá para referir-me à sua expressão, à sua dimensão de um humanismo profundo, em nossas palavras simples. Justo ele, no entanto, que cultivava a simplicidade. De momento, vejo-o ali, como o contador das histórias santas e bárbaras que ele viveu na nossa Santa Bárbara, e que você conhece tão bem.

"Penso que para bem contar histórias, sejam santas ou bárbaras, ou até aquelas de ninar, o contador tem que ter a vocação, e parecer, ou ser, pessoa muito inocente, ainda que o advérbio 'muito' fique sem lugar perto de adjetivos como 'inocente'. Deixemos isso para discussão posterior, talvez? Você sabe bem, Vidraça, Luizinho foi um médico fantástico e inocente, seu compromisso com a medicina e com a vida pode ser resumido na palavra: integridade. Recomendo, a propósito, o livro *A cidadela* (*The Citadel*), de A.J. Cronin. Todo médico devia ler e nós outros também, para entendermos essa integridade e a inocência, ou a falta dela, na medicina. Cronin foi médico, e seu relato nesse livro, publicado em 1937, como em outros que escreveu, como *O médico do interior* (*Country Doctor*) são um testemunho real dos conflitos por que passa um médico, de luta em defesa de uma medicina íntegra, séria, 'à antiga', agora gradualmente engolida por uma medicina inescrupulosa, de comércio, do doutor que não olha para o paciente. Sintomaticamente, Luizinho praticou a medicina em toda sua integridade, mas viu, como Cronin, pois foram médicos na mesma época em situações parecidas, a profissão médica ser desvirtuada nos novos tempos por práticas menos que artesanais, digamos assim, e que, triste dizê-lo, começaram a marcar muito da medicina 'moderna'. Como

Cronin, o Doutor Luiz, médico pediatra, com formação brilhante na Universidade Federal de Minas Gerais, e o notável ser humano Luizinho, incapaz de pisar numa formiga, viu indignado essas transformações na medicina e nunca as aceitou. Nunca, tampouco, quis vestir-se da ambição empresarial, sendo suas incursões empreendedoras circunscritas, que me lembre, a duas aventuras curiosas: a primeira, como fabricante de manteiga, na Fazenda do Rio de São João (aquela que o velho coronel Pedro Motta passou para o filho Itagiba), onde numas salas ao rés do chão o velho Artur, surdo que nem grito de araponga ouvia, dessora o leite e fabrica a manteiga numa prensa de ferro preto ondulado, redonda e pesada. Foi no início de sua carreira de médico, quando me dei por mim já a tal fábrica não existe. O Artur, sim, ainda existia, lembro-me dele chegando todo dia à fazenda, montado num burrico tão surdo e tão pequetito como ele. A segunda aventura empresarial do Luizinho foi mais adiante, com o filho, meu irmão mais velho, o Luiz, já em Belo Horizonte: montam, no barracão nos fundos lá de nossa casa, uma fabriqueta de envasar cachaça, que vinha da fazenda, claro. Logo cachaça! Luizinho nunca bebeu bebida alcoólica, e entender então de seu comércio, muito menos. Chegaram até a comprar uma camioneta, tipo Ford bigode, para as entregas. Acho que durou um verão.

"Por essas e outras, vemos por que as histórias que conta, todas verdadeiras, nos cativam tanto."

— Pois foi essa tríade, essa trindade médica e familiar, que cuidou de sua mãe e os protegeram, a ela e a você, no parto. Foi assim que você cruzou a primeira fronteira, a do parto e a da vida. Será a primeira de muitas ao longo de nosso percurso vital.

— Carregamos todos nós a nossa fronteira corporal, nossa pele, que separa nosso corpo do mundo exterior. Você, Vidraça, não tem pele, está feita de madeirame e vidros, mas se aproxima de minha fronteira dos olhos. Você mostra as fronteiras, alheias e as minhas, por dentro.

— Cuidado com o que você diz. Por ora, aceito que seja uma de suas peles de cristal, seus óculos nada portáteis, e que te mostram, ou revelam, coisas, as mais das vezes reais, que sua perspectiva não o deixou ver, ou que você não quis ver, e ainda outras que você talvez somente veja nos sonhos. Não deixo de ser uma de suas fronteiras, você está certo; e vou te mostrar uma dimensão desconhecida de sua vida. Certo, você não pediu. Precisou de um lamaçal gigante para você me descobrir. As tragédias, é triste dizer isso, mas as tragédias, como as crises, muitas vezes são reveladoras de oportunidades, soluções, dimensões novas. Você mesmo mexe com essas ideias, ao narrar, no conto "Natal Amarelo", as experiências de Maria José ao defrontar-se com a herança de mina de ouro há tempos desaparecida e redescoberta pelos movimentos de terra nessa tragédia de Mariana. Ainda bem que me catou no meio da lama. Agora estamos juntos. E lhe digo logo: você é um felizardo, pois o grande tema que perpassa sua existência são as fronteiras. Lidar com os limites, seus e da vida. Não está mal, como projeto de vida. Apenas adianto que isto não é tudo. Mas, por enquanto, reconheço seu direito de contar as suas coisas. Vamos ver onde chegaremos.

— Tá certo, Vidraça, aceito o desafio. Sou um colecionador de fronteiras. Há algumas muito engraçadas. Conto uma.

"Ainda há pouco, falamos do tio Zé Maria e dos Mares Guia. Eles se instalaram em Belo Horizonte mais ou menos ao mesmo tempo que os meus pais. Só que arranjaram casa, muito boa, por sinal, estilo '*ancien*', algo pós-clássico em mistura com algo de 'art déco', no bairro da Floresta, no outro lado da cidade, enquanto Luizinho se pôs a construir nossa casa, um belo dois andares na modernidade circunspecta da época, ou seja, estilo BH Anos Quarenta e Cinquenta, com direito a varanda ampla, garagem e terraço no quarto principal (casa de que nós, os filhos, tivemos muito orgulho enquanto crescíamos, vivíamos e casávamos), no lado 'de cá' de cidade, no bairro da

Serra. A referência sempre foi: rua do Chumbo (depois Estêvão Pinto, nome dado à rua em honra do Professor e Educador que morou ali na chácara, logo abaixo, hoje um Centro educacional), pra cima do Colégio Sacré Coeur (de Marie). Ora, a Serra, bairro mais alto, prós lados da serra do Curral, tinha de fato clima melhor – tinha; e era ainda pouco ocupado – ainda. Ao escolher a compra de um lote na Serra, Luizinho terá seguido o conselho do irmão mais velho, tio Pintinho, emérito dentista, meio surdo, um milionário do humor, que gaguejava ao contar as piadas e que por isso, como todo piadista profissional sabe, ainda ficavam mais engraçadas. Foi colega de quarto, de pensão em Belo Horizonte, de papai, ele estudando odontologia, e o Luizinho medicina, na UFMG. Ocorre que o Pintinho, já radicado também em Belo Horizonte, em um bairro central chamado Funcionários, teria muitas vezes alertado o irmão Luizinho para ficar deste lado 'de cá' da cidade. Passada a fronteira definida pela linha do trem da Central, a 'Estrada de Ferro Central do Brasil', – ou, se se quiser, pelo ribeirão Arrudas, pois a estrada de ferro ladeava o ribeirão –, cruzada essa linha divisória, o clima não seria tão bom, tampouco a qualidade dos bairros. E o bairro Floresta ficava do lado 'de lá'. Ponto. Tenho por mim que ainda hoje essa fronteira perdura na cidade. Conceitualmente. Sociologicamente. E assim viveram as duas famílias, uma do lado 'de cá' e outra do lado 'de lá', felizes e contentes, cada qual à sua maneira, até que as respectivas casas fossem engolidas pela, digamos, dinâmica imobiliária da cidade e seus habitantes, fora tio Zé Maria e Luizinho já falecidos, os filhos dispersados como num jogo de varetas pelos cantos de regiões do lado 'de cá', ou 'de lá', conforme a preferência das famílias que iam constituindo."

— Bem, amigo, bela historinha. Sei, porém, que o mundo das fronteiras para você está muito além dos limites de Belo Horizonte, e me permito interferir, inicialmente, em três das fronteiras com que lidou no seu pequeno mundo diplomático:

a Amazônia, a Antártica e a fronteira da chamada diplomacia multilateral, no seu caso mais vinculada a Genebra e também a Nova York, mas também a Lisboa. Adianto-lhe desde logo que, na minha qualidade de vidraça, você poderá beneficiar-se, em sua narrativa, de uma melhor luminosidade que lhe trazem as minhas transparências, mas lhe deixo a responsabilidade de contar não somente o que quer, mas de ver, como numa gestalt, sempre uma multiplicidade de focos, pois assim é a vida.

— Muito peso sobre meus ombros, Vidraça.

"Já disse de experiências minhas nesse mundão da Amazônia, outras surgirão a seu tempo. Mas, deixe-me referir um encontro importante ocorrido há mais de século e meio, em 1842, na Fazenda do Rio de São João. Verá já o conto com o mesmo título, 'A Fazendo do Rio de São João'. Foi por ocasião da revolta liberal de 1842, em Minas, liderada por um antepassado nosso, o Barão de Cocais, José Feliciano Pinto Coelho da Cunha. Caxias, vencedor da batalha final em Santa Luzia, em 20 de agosto daquele ano, à frente das tropas enviadas pelo governo central desde o Rio de Janeiro para debelar a revolta, hospedou-se por cinco dias, com toda a tropa, na Fazenda do Rio de São João, para descanso, antes do retorno à capital. E digo, importante, pelo seguinte: primeiro, porque mostra, nesse episódio, o compromisso das minhas duas famílias, Motta, por parte da mãe, e Pinto Coelho, por parte do pai, com a história de Minas e do Brasil; segundo, porque revela claramente os dois lados de minha genética política. Os Mottas são conservadores, defendem e apoiam o governo central. Grandes proprietários, com suas fazendas e lavras operando com base no regime escravagista, são menos letrados, expressam-se politicamente de acordo com os interesses das oligarquias. Já os Pinto Coelho, de veia mais independente, são liberais. Ainda que, no caso de José Feliciano, também integrem a classe de grandes proprietários rurais, são mais esclarecidos, com gerações seguidas de profissionais liberais. Defenderam os ideais democráticos e os interesses de Minas, em oposição ao governo central opressor, ainda que sem renegar a monarquia, coisa que à época de José Feliciano seria pouco admissível, pela falta de opções num Brasil recém-independente, ainda aferrado a uma estrutura colonialista, política e economicamente, tempos em que até no seu berço, na França, os ideais republicanos haviam sido violentados pela pressão ditatorial napoleônica. Ouso dizer sem relutância, que, apesar das distintas visões da vida e da política, tanto os Mottas, conservadores, como os Pinto Coelhos, liberais, são gente corajosa e forte diante dos percalços da vida. Espero que a Vidraça concorde."

[1] Muito mais tarde, ao final da década de 1960, Maria Motta e o tio Darcy receberam (a título de compensação?) de Itagiba e Moacir cada um nove alqueires em terras marginais de suas ricas propriedades herdadas. Darcy ficou com a parte superior dos terrenos, protegida à beira da estrada de terra que conduzia a Itabira por um frondoso pé de urucum. Coube à Maria Motta a parte mais abaixo, onde havia uma aguada, fonte puríssima, represada pelo doutor Luiz com suas próprias mãos, este meu pai que fez do "sítio" parte de seu corpo e alma pelo resto da vida, até vendê-lo para poder reformar nossa casa em Belo Horizonte.

[2] Fatima Pinto Coelho recorda que o Centro de Sismologia da Universidade de São Paulo registrou quatro tremores de terra pouco antes dos rompimentos (de magnitudes pequenas, entre 2.0 e 2.6 na escala richter) com epicentros nos entornos de Ouro Preto e de Catas Altas. PINTO, Fatima Coelho. *Catas Altas do Matto Dentro*. *Op. cit.*, p. 133.

A FAZENDA DO RIO DE SÃO JOÃO

Desenho: Rita Cipolatti

— Sapucaia, meu general Caxias. É um fruto mesmo muito saboroso, uma noz, é de muita sustança. Dão em cumbucas que caem dos galhos, vê aquelas árvores frondosas em frente à fazenda? Vieram da Ilha da Madeira, encomenda de meu finado pai. São frondosas, vão ficar ainda mais altas, são árvores centenárias, como a jabuticabeira, mas muito mais altas. A sapucaia é uma árvore imponente.

A Fazenda do Rio de São João. (Foto CEMIG, 2000)

O Major Pedro Augusto Teixeira da Motta, um dos donos da fazenda, respondia à indagação gestual de Caxias, que dava a entender não conhecer tal fruto. Assim chama o barão de Caxias (à época – estamos em fins de agosto de 1842 –, o duque de Caxias ainda era ainda barão), de "meu general", à moda dos militares franceses, adotada pelos portugueses e brasileiros de armas. E não era para menos. Caxias, à frente de tropa legalista, havia desbaratado, em poucos dias, se bem à custa de sacrifício de vidas dos dois lados, a rebelião liberal movida em Minas pelo então Tenente Coronel José Feliciano Pinto Coelho da Cunha, abastado proprietário de terras e de lavras pros lados de Cocais.

Inspirada em semelhante rebelião na província de São Paulo, sob a liderança de Rafael Tobias de Aguiar, algumas semanas antes, a sublevação em Minas deu-se em oposição a medidas tomadas pelo chamado "Gabinete de 23 de março" (de 1841). Dominado pela facção absolutista (liderada por Senadores como Costa Carvalho, o Visconde de Mont Alegre, e Paulino José Soares de Souza), e aproveitando-se da inexperiência do jovem imperador, já sem a sábia tutela do Senador Feijó, o Gabinete de 23 de março decreta, em dezembro de 1841, as criticadas leis do Conselho de Estado e da Reforma Judiciária, contrárias a movimentos e iniciativas de cunho liberalizante, e que vinham sendo sobretudo promovidos em algumas províncias, entre elas, São Paulo, Ceará, Pernambuco e Minas. A nova lei eleitoral restringia o número de eleitores, e impunha controle sobre estes e os candidatos, a lei da reforma judiciária dispunha sobre a dissolução das câmaras municipais. Eram visivelmente leis autoritárias, buscando favorecer a ordem oligárquica dos grandes proprietários, crescentemente questionada nessas regiões por políticos, intelectuais, mas também por proprietários de terras e empreendedores mais esclarecidos, que ansiavam por um sistema político menos centralizador, e mais liberal com relação às províncias. Malgrado seu envolvimento de liderança na revolta em Minas, iniciada com um "Manifesto aos Mineiros" de sua lavra, em 10 de Junho de 1842, em Barbacena, José Feliciano é monarquista, leal ao jovem e recém feito imperador D. Pedro II. Por seu prestígio e influência na região, ademais de suas boas relações na Corte[1], tendo mesmo hospedado em sua fazenda D. Pedro I (posteriormente receberia de seu filho, D. Pedro II, o título de Barão de Cocais). José Feliciano acede ao chamado de líderes regionais e toma posse, em Barbacena, como Presidente interino da Província de Minas, não mais se reconhecendo o governo provincial estabelecido em Ouro Preto, do Presidente Bernardo Jacinto da Veiga. Em poucos dias, a revolta havia-se espraiado por terras adjacentes, Queluz (atual Conselheiro

Lafaiete), Santa Bárbara, Caeté, Sabará, chegando a Paracatu e a municípios do sul da província, tendo a batalha final ocorrido em Santa Luzia. A ação de Caxias, na chamada Campanha de Minas, contou com o apoio político e de tropas provinciais, algumas delas lideradas pelos "irmãos Mottas", para além das tropas vindas da capital federal.

O Exmo. General Barão de Caxias provava a noz da sapucaia, ainda sentado no sofá de palha da Índia duplo de quatro lugares, de jacarandá trabalhado, estilo Império, em moda nos palácios da capital provincial de Ouro Preto, e recém mandado vir de Lisboa pelo Major Pedro Augusto Teixeira da Mota, administrador da fazenda, além de coproprietário. Olhou admirado pelas janelas do amplo salão nobre, vislumbrando aquele conjunto de árvores que já formava um bosque à frente da fazenda do Rio de São João, uns 50 a 60 metros para além do curral de pedras largas e escorregadias emolduradas de estrume de bois e vacas, que dava ao portão de entrada da casa principal. Entardecer algo frio e seco de fins de agosto. Sem querer, seu olhar dirigiu-se, não para o lado de onde parecia vir o latido estridente e rouco de vários cães da fazenda, mas para um espaço recuado no paredão de pedras que ladeava o curral, onde se viam correntes de ferro penduradas, local de açoite dos escravos. O espaço estava vazio, ninguém sendo castigado. Das janelas do salão nobre, a visão das sapucaias dominava, mas não impedia ver, com o canto dos olhos, à direita, a silhueta da imponente serra da Criminosa. A gente do lugar conta que nessa montanha, como de resto ocorre com toda montanha que se preze, muita coisa misteriosa teria acontecido. Ao entardecer, o sol se encolhe à frente, deixando vastos rasgos de negritude que alcançam a fazenda e lhe dão uma cor entorpecida, um lusco-fusco sombrio, como que competindo com a cor preta dos escravos, que nessa hora já se recolhem às senzalas. Sim, senzalas, no plural: a fazenda, bem-organizada, dispõe de três espaços cobertos e fechados para os escravos. Nas edificações na parte posterior, para além e paralelas ao prédio principal, onde estão a forja, a tecelagem, a lavanderia e os lagares de óleo de mamona e moinhos de trigo, mais, pelo lado esquerdo, o engenho de açúcar, localizam-se duas senzalas, para os homens e os escravos casados. A terceira, ao rés do chão da casa senhorial, para as escravas solteiras.

Pois dizem que lá no alto da serra, em meio à vegetação rasteira que luta pela vida em meio à sequidão e à dureza da hematita e do granito, aconteceu uma morte misteriosa. Foi aos tempos da construção da fazenda do Rio de São João, à época uma edificação bem modesta. Um feroz crime de morte, no dizer das más línguas, e que terá dado o nome à serra. Pelas dúvidas, pois poderá não ter sido crime, e sim um acidente infeliz, e por aí nem de todo incomum, o nome da serra ficou no feminino: criminosa é a serra, alta, perigosa com seus desvãos e pedras roliças e capoeiras profundas, que num pisar em falso fazem facilmente desaparecer uma pessoa. Ocorreu que nas suas encostas, numa tarde tempestuosa, perdeu a vida o filho do rico João Teixeira Alves, esmagado ao cair sobre ele um tronco grosso de uma copaíba seca atingida por um raio. Tinha o filho o mesmo nome do pai, também morto em circunstâncias pouco esclarecidas, pouco depois de dar a mão da filha única, Maria de Jesus Teixeira, ao nosso patriarca, João da Mota Ribeiro, então com seus 25 anos, e à época seu empregado como administrador de suas lavras e capataz na fazenda de Itajuru. João Alves recebera em sesmaria das mãos d'el rei dom João VI, da mesma forma que as terras e a mina de Itajuru, a porção onde recém construíra a fazenda do Rio de São João. Era então uma edificação bem modesta, uma pequena morada que veio depois a integrar, à esquerda, a casa principal. Não chegou a viver lá, tendo deixado a fazenda para ser ocupada pelo filho. Vindo este a falecer, a filha, Maria de Jesus, e o marido, João da Mota Ribeiro, mudam-se de Itajuru para a nova fazenda. Com muito empreendimento, dão-lhe a dimensão extraordinária que apresenta aos olhos do barão de Caxias.

O barão reparou no teto do salão, em quatro planos convergentes, forrado em esteira fina de taquara "tecida em mosaicos e protegida nos quatro cantos por largas abas de cedro fingidas em mármore azul-róseo", nas palavras do cronista. Sentia-se bem, chegara nesse dia mesmo à fazenda com sua tropa de 840 homens, para merecido descanso depois das fatigantes batalhas de Caeté, Sabará e Santa Luzia. Com duas colunas "da legalidade", de 600 e 800 homens, e recém-chegado da Corte, estivera em Ouro Preto, capital da Província, reunido com o presidente Bernardo Veiga. Soubera, por seus comandados, em especial o tenente mais próximo, Carlos Miguel de Lima, das atrocidades que vinham sendo cometidas pelo governo em Minas, à frente o brutal chefe de polícia Vasconcellos, contra a população e os revoltosos ou parentes que conseguia prender, e ficara indignado sem nada poder fazer no imediato. A conversa com o presidente provincial foi mais bem sobre a oportuna – para Caxias e o governo da província – decisão estratégica do batalhão revoltoso, com cerca de 3 mil homens, sob a chefia do Coronel Manoel Antônio da Silva, de não atacar Ouro Preto, estando já às vistas da cidade na ocasião sem maiores defesas, retirando-se para o Brumado, preferindo convergir as forças em direção a Caeté e Sabará. Tal decisão, nunca bem esclarecida, iria custar aos insurgentes a própria causa ao perderem a única oportunidade de dominar a capital da província e o governo, pois em seguida chega do Rio Caxias o célebre Batalhão 8º, invertendo, não sem perdas importantes, o rumo dos acontecimentos.

É de notar que as atrocidades contra os mineiros revoltosos e suas famílias não ocorriam apenas em Ouro Preto. Caxias com certeza sabia que do Batalhão 8º, das forças que levava do Rio para Minas, fazia parte a tropa chamada "de linha", composta por presos, assassinos das Casas de Correção, pretos africanos, feitos às pressas cidadãos brasileiros: eram "nuvens" de nagôs e minas, de origem na Guiné e em Moçambique. Protegidos pela Proclamação do Imperador de 19 de junho de 1842, e em seguida, pelo Aviso de 23, do mesmo mês, do presidente da província, o Visconde de Abrantes, documentos que determinam o sequestro de bens daqueles que tenham aderido aos movimentos, essas tropas provocam devastações e saques pelo interior de Minas afora, por onde passam. Mesmo lá no Rio de Janeiro, na Corte, o movimento em Minas causa baixas: os dois irmãos Andradas foram "exautorados" (bela palavra, em português castiço, com certeza bem mais digna do que apenas se referir à "destituição") das honras de oficiais da Casa Imperial. Os Junqueira, de São João Del Rei, foram assassinados pelos escravos.

Tudo isso havia passado. Em 1º de setembro de 1842 a província foi oficialmente dada por pacificada. Como em São Paulo, meses antes, onde os chefes revoltosos, Rafael Tobias de Aguiar e o Senador Feijó haviam sido presos, depois da rápida campanha militar chefiada por Caxias, os chefes da insurgência mineira, após a derrota em Santa Luzia, em 20 de agosto: além dos irmãos José Antônio e José Pedro Dias de Carvalho e Teófilo Ottoni, estes deputados à Assembleia Geral, foram encarcerados João Gualberto Teixeira de Carvalho, Joaquim Camillo de Brito, vigário de Barbacena, padre Manoel Dias de Couto Guimarães, Francisco Ferreira Paes. Na madrugada do dia 19 de agosto, sempre em Santa Luzia, o chefe da insurgência e ainda presidente interino de Minas, tenente coronel José Feliciano Pinto Coelho da Cunha, alegando estar muito enfermo, retira-se de Santa Luzia, "pelos lados da ponte grande". De há muito previsto o fracasso do movimento – que, para ele, diga-se de passagem, nunca deveria ter-se constituído em revolta armada, e sim em protesto de natureza política. Dias antes havia enviado os colegas Mello Franco e o Coronel Souto em missão de rendição junto a Caxias, sem êxito.

Os cães continuavam a ladrar, agora mais perto. Ruídos de cavalos e, de repente, adentram o salão, ainda com botas e esporas, os dois irmãos de Pedro Augusto: o coronel da Guarda

Nacional João da Motta Teixeira, cavaleiro da Ordem da Rosa, e o coronel da Guarda Nacional Joaquim Camilo Teixeira da Motta. Vinham em seguida, por tardarem em descer de suas montarias, éguas conforme o costume mineiro da época, suas mulheres, respectivamente D. Francisca Pinto Coelho e D. Maria Josefa Teixeira da Fonseca Vasconcelos, aquela sobrinha de José Feliciano, o futuro barão de Cocais, esta filha do Visconde de Caeté, José Teixeira da Fonseca Vasconcelos, amigo da família Motta e ele próprio casado com uma irmã dos Mottas ali presentes, D. Teresa Maria de Jesus. (Por essa época, por alvedrio dos escrivães ou por modismo, o nome "Mota" começou a escrever-se também "Motta".)

Saudaram de imediato o "caro" general barão de Caxias, desculpando-se por não chegarem mais cedo:

— Meu general, estivemos na nossa Quinta do Lago, vindos, como Vossa Excelência do campo de batalha em Santa Luzia, abraçamos nossas queridas esposas e viemos ao vosso alcance — disse o primogênito João da Motta, com a verve de um *grand seigneur* e a impulsividade de músico amador, que era, junto à Corte, acrescentando: —, e sabemos que nosso irmão e sua querida esposa Ana Cândida, e também sobrinha, pois filha do Visconde de Caeté, meu cunhado, já o terão posto à vontade, assim como à sua tropa, nesta vivenda, modesta, mas de grande espaço e coração para abrigar de forma protegida, debaixo de telha, a toda a sua soldadesca.

Joaquim Camilo, político e deputado em grande forma, saudou Caxias também com muita elegância, mas em tom mais moderado, como convém a uma personalidade mais contida. Houve troca de amabilidades entre as mulheres, recém-chegadas ao salão junto com a dona da casa, Ana Cândida, e Caxias. Naquele fim de tarde, parecia uma cena do filme *E o vento levou*, antes que a guerra explodisse. Ali estavam os escravos do senhorio servindo broa de milho, biscoito de polvilho, sucos e vinho madeira. João Evangelista, moleque ainda nos seus 15 anos, e a mãe, Brasilina, eram quase da família. Mas, foi preciso que João Evangelista, empenhando-se em servir as sopas e o bambá de couve com troços de carne de porco e torresmo a toda a soldadesca faminta, ganhasse de muitos deles, em agradecimento, uns trocados bem achados, juntasse esse dinheiro e fosse implorar ao senhor Pedro Augusto, seu amo, a alforria paga da mãe Brasilina. Quando nada, a visita de Caxias ao Rio de São João servirá para a liberação de uma escrava. Já é algo.

Caxias, no primeiro dia de descanso na fazenda, e, tendo ali chegado às primeiras horas da tarde, ainda meio desnorteado naquele vasto ambiente colonial, que não sabia por que lhe dava uma impressão sombria, foi conduzido pela mão da dona da casa, Ana Cândida, à ampla sala de jantar, cujas janelas se encontravam fechadas, já que davam para a varanda onde, após a ceia, sonoleava parte da soldadesca mais graduada. Juntam-se à mesa, com Caxias, dois oficiais de seu estado-maior, o engenheiro Fernando Halfeld, da estrada de Ferro do Paraibuna, e o já antes referido tenente Carlos Miguel de Lima. Do lado dos três irmãos anfitriões e suas esposas, um estranho, um certo Jaques Azambuja Dermott. Pessoa inteligente e loquaz, um atirador de primeira, as más línguas diziam ser criminoso, foragido. Bisneto de família holandesa, nascera no Rio de Janeiro, filho do pai holandês aventureiro metido em tráfego de escravos e da mãe portuguesa, viera dar com os costados nessas bandas das Minas Gerais, no comércio do ouro, tendo nesse afazer conhecido João da Mota Teixeira e filhos. Era na verdade um guarda costas dos Mottas, em nada truculento, jeitoso, meio baixote, e que havia caído nas graças da família. Em suma, um esperto pistoleiro. Executava qualquer ordem dos irmãos Mottas. Casou-se com uma filha bastarda do finado João Alves Filho, sendo assim agraciado com a Fazenda do Rosário, então mais bem um empório entreposto dos produtos da Fazenda do Rio de São João, um quilômetro adiante, na estrada para Bom Jesus do Amparo.

Abandonou, ao casar-se, Itajuru e a mina que lá havia, pelo esgotamento do ouro, mas também por estar essa região afligida pelas febres.

As empregadas vieram com travessa de canjiquinha e costelinha de porco, iguaria que a poucos mineiros é dado conhecer até hoje, somente aqueles que vivem ou viveram nessas terras coloniais do ouro e agora sobretudo do ferro. A canjiquinha foi acompanhada, como até hoje, de costelinhas de porco cozidas no fogo baixo em panela de ferro. Trouxeram também couve, arroz vermelho, galinha ensopada e feijão tropeiro com linguiça e torresmo, mais uma série de verduras fresquíssimas refogadas: almeirão, taioba, mostarda, beldroega e chuchu.

O anfitrião, dono da fazenda levantou-se para o brinde com vinho madeira:

— Excelentíssimo general, barão de Caxias, permita-me Vossa Excelência oferecer-lhe, bem como a todo o comando, seu estado-maior e às vossas tropas as mais cordiais boas-vindas à Fazenda do Rio de São João, onde chegaram hoje à tarde para um merecido descanso após a vitoriosa campanha contra os revoltosos mineiros. Faço este brinde também em nome dos meus irmãos aqui presentes, suas senhoras, todos comprometidos com a união nacional e Sua Majestade, o sábio e jovem Imperador D. Pedro II. Viva Sua Majestade, viva a pacificação de Minas, e à saúde de Vossa Excelência e de todos.

O general vitorioso em Santa Luzia estava visivelmente cansado, afinal viera para a fazenda dos Mottas para descansar. Os irmãos anfitriões, que tiveram parte ativa na campanha já longa de meses contra os revoltosos, notando a atitude silenciosa de Caxias, evitaram tocar demasiado no tema saliente das batalhas finais. De qualquer forma, trocaram impressões atualizadas sobre o destino dos líderes do movimento presos em Santa Luzia, e que agora são, soube-se depois, levados a pé, de forma impiedosa, para a prisão em Ouro Preto, onde aguardariam o julgamento.

Caxias, por seu lado, experimentaria, para além do cansaço, compreensível constrangimento com o fato de serem os Mottas, em cujo seio agora era albergado, tão ligados por laços familiares aos Pinto Coelhos e ao próprio Tenente Coronel José Feliciano Pinto Coelho, chefe dos insurgentes em Minas. Com efeito, sentada ao seu lado, estava Dona Francisca Pinto Coelho, mulher de João da Motta Teixeira, sobrinha em primeiro grau de José Feliciano. Eram de fato famílias amigas, duas grandes oligarquias mineiras, mas que se puseram, tanto como possível, de lados opostos durante o movimento, que veio a chamar-se revolta liberal, como a que se deu em São Paulo meses antes. Houve no entanto um momento em que a conversa acabou por incluir indagações acerca do paradeiro de Jose Feliciano. João da Motta estava efusivo:

— Sabemos que o ainda "Presidente interino de Minas Gerais" e chefe dos insurgentes havia deixado Santa Luzia de madrugada, às vésperas do confronto final com nossas tropas imperiais, sob o Vosso comando, Excelência. Evadiu-se no próprio dia. Essa data de 20 de agosto de 1842 ficará na história. Estou informado de que na ocasião, teria alegado aos seus comandados próximos e líderes do movimento estar muito enfermo.

Caxias, num tom de voz cansado, arguiu com objetividade:

— Partiu sem ter recebido, de nossa parte, resposta à sua proposta de rendição, enviada dias antes por mensageiros de confiança. Sabem Vossas Excelências que havia ordem de prisão contra o Tenente Coronel José Feliciano.

Continuou, num tom quase que de segredo:

— Suspeito, porém, diante da extensa lista de serviços à Guarda Nacional e ao Império por esse grande empreendedor e proprietário, cuja liderança política na província era amplamente reconhecida, que o Tenente Coronel José Feliciano poderia ser agraciado com indulto do Imperador. Temos de reconhecer ademais que José Feliciano, na liderança do movimento revoltoso, sempre manifestou, conforme estou informado, fidelidade ao Imperador, defendendo uma ação política de protestos, e nunca a ação pelas armas, tendo sido pelo visto voto vencido entre os demais líderes da insurgência.

Ficou evidente entre anfitriões e convivas a satisfação com que foram recebidas essas declarações do general barão de Caxias. Dona Francisca Pinto Coelho, sobrinha de José Feliciano, não se conteve:

— General Caxias, mas que notícia formidável nos dá Vossa Excelência. Estamos todos muito confortados e aliviados.

E fez então ao general, mesmo sentada, longa vênia de agradecimento, quase engasgando-se com o doce de figos em calda com queijo da fazenda, que a essa altura era servido junto com cocadas branca e preta, doce de mamão vede ralado, ambrósia, e doce de leite com requeijão quente, feito na hora. Houve também, a propósito, e na linha de justificar um merecido indulto, comentários diversos dos anfitriões sobre o estado precário da saúde de José Feliciano. Ouviram-se considerações adicionais sobre a fortuna de José Feliciano, grandemente acrescida, conforme voz corrente, com a súbita e extraordinária produção de ouro em duas de suas lavras, prós lados de Cocais, entre elas a mais rica, a de Congo Soco. Dona Francisca, talvez inspirada pelas taças de vinho madeira com que acompanhou a refeição, e talvez até mesmo em gratidão pelas palavras confortadoras de Caxias, chegou a confidenciar aos presentes os planos de José Feliciano, que preparara antes do início do movimento, para enviar ao Rio de Janeiro, por tropa em lombo de burros, centenas de barras de ouro sob o disfarce de cachos de banana. No Rio, as barras de ouro seguiriam para depósito em sua conta no Banco de Londres. Como ativo comerciante de ouro, Jaques Dermott interessou-se particularmente por essas informações dadas casualmente por Dona Francisca, e que fizeram brilhar os olhos de outros convivas à mesa. Como previsto por Caxias, José Feliciano foi julgado, condenado, e indultado pelo Imperador, que por demais lhe agraciou com o título de Barão de Cocais. E é fato que até hoje os descendentes de José Feliciano Pinto Coelho da Cunha, que se consideram "herdeiros", mantêm a esperança de recuperar junto ao Banco de Londres a fortuna do barão, parte da qual teria desaparecido nos altiplanos da serra da Mantiqueira, consequente a ataques a tropeiros na rota da Estrada Real que vai de Minas ao Rio de Janeiro, por bandidos bem-informados da carga levada escondida no lombo dos burros, debaixo dos cachos de banana.

Do outro lado da porta para a cozinha, e sempre atarefados no serviço à mesa, lá estão o moleque João Evangelista e a mãe Brasilina. O moleque tem entre suas tarefas manter cheios os copos com água, que retira de uma talha de barro com torneira que, de tanto vazar, criou furo no chão da sala de jantar, feito de madeira dura de peroba. Quantas vezes, ao longo de sua curta vida, não fica olhando pelo buraco as galinhas ciscando e os cachorros soltos, embaixo, no rés do chão, neles vendo a imagem da liberdade. Terminado o jantar, anfitriões e convivas se retiram para um cordial café no salão nobre. Exaustos pelo serviço de mesa e, logo em seguida, também na cozinha, Brasilina e o filho João Evangelista sentam-se num banco, na varanda. Foi João Evangelista quem falou primeiro:

— Mãe, tá cansada, né? Pois daqui a pouco vai ser livre, vou pagar pela sua alforria, já falei com o amo.

— Sei, meu filho, Deus te abençoe, Nossa Senhora do Rosário, nossa protetora dos pretos vai estar com você sempre. Mas, eu, o que faço se me libertarem, pra onde vou? Que vou fazer longe de você, meu filho. Estou velha, fico por aqui mesmo, o major seu Pedro é um bom homem, está muito doente, sabe, mal da cabeça, e ainda jovem. Tenho que cuidar dele. A senhora dona Ana Cândida é muito bondosa comigo. Mesmo liberta, se quiserem que eu fique, eu fico. Se não, não sei. Tenho tido umas visões muito tristes, não de mim, pobre coitada, mas dessa gente, e dessa fazenda. — Brasilina fica por instantes silenciosa, logo não se contém: — Estou velha, morro logo, mas você infelizmente verá coisas muito tristes por cá. Cada um deles, dessa gente Motta, é de bom coração; mas, este lugar, esta fazenda, com todas as histórias de escravos sofridos, e mais o ar pesado que ronda essas paredes, não está para boas coisas. Mortes lá em cima, na Serra da Criminosa, roubos e brigas cá embaixo, casamentos suspeitos, heranças mal-entendidas e contrariadas. E quando os escravos se forem, pois um dia todos serão libertados, viu o que disse o Cônego Marinho no sermão da missa, quando veio cá semanas atrás, defendendo a insurgência liberal, bem na frente dos Mottas, em tom de muita provocação: o desacerto, brigas. Ele, sim, podia dizer isso aqui, alto e bom tom, pois é amigo dessa família, e os Mottas o protegem, honram os amigos, ainda que sejam seus inimigos políticos. Mas vá mexer no bolso deles, taí o seu Jaques, pra pôr as coisas no lugar, eita pistoleiro de primeira. Acontece que eu tenho minhas visões, não consigo apagar de minha cabeça o que vai vir por aqui, primeiro, nosso amo, o major seu Pedro, já está mal da cabeça, vou te dar um conselho, meu filho, quando for livre, vá embora, os ventos por cá não são bons, esta fazenda vai entrar em ruínas, os filhos e netos dos donos que herdarão tudo isso vão viver do que receberam, não saberão lidar com o mundo novo de como tratar e cultivar a terra sem escravos, ficarão enrustidos, enganarão os pais, ainda proprietários honestos, deixando os irmãos e a irmã deserdados, para quê? Para verem a fazenda ir-se aos pedaços, a capela ser depredada, e os herdeiros donos ilegítimos da propriedade fugir quando acabar o dinheiro da venda das antiguidades, verdadeiras e falsas que forjaram, deixando para trás o mato e ruínas. Virá depois, muito tempo depois, um investidor, alheio à história e à tradição do lugar, para restaurar o patrimônio edificado. Mas não conseguirá recuperar a riqueza das vidas cá vividas, as agruras e venturas sofridas aqui, nessa fazenda por enquanto tão senhora do nosso sustento de nossas vidas e tão cheia de grandes senhores donos das terras e das gentes. O resto será história.

Olhou para o filho, que cochilava suavemente encostado em seu ombro. Despertou-o em silêncio, e foram, com passos carregados de sono e pesados do trabalho, para o quartinho ao lado da cozinha onde dormiam. Já passara da meia-noite.

[1] " À frente do movimento, um 'homem distincto por sua fortuna, nascimento e afferro à Monarquia Constitucional'", conforme citação do Cônego José Antonio Marinho, no seu livro: *Historia do Movimento Politico que no Anno de 1842 teve lugar na Provincia de Minas Gerais*. 2º vol. Rio de Janeiro: Typ. Imperial e Constitucional de J. Villeneuve e comp., 1844.

NATAL CINZENTO, OU A MORTE DO MARQUÊS DO RIO DAS VELHAS E OS DUENDES DA RUA LARGA DE SÃO JOAQUIM

Ao amigo e colega, o embaixador Luís Cláudio Villafane Gomes dos Santos, e à sua obra, *Juca Paranhos, o barão do Rio Branco*, lida e relida com muito prazer e aprendizado.

O tempo soprou na brisa fria, ouvi a voz que dizia,
Eu sou o Rio das Velhas, meu berço é Minas Gerais,
O rio segue, chorando a sua dor,
Recebendo tudo que vão despejando,
Vai morrendo aos poucos, assim se calando.
Meu berço é Minas Gerais,
Se não deixarem que eu corra,
Um dia eu não serei mais.
(canção "O Velho Rio, o Guaicuí")

SEM MEIAS PALAVRAS. UM CAFÉ-CONCERTO?

Em entrevista, o jornalista e amigo Cristófilo, filósofo Bissau-guineense, professor e pesquisador na Fundação Gulbenkian, expõe suas teorias sobre "a duplicidade das coisas" e a "transferência de energias" entre os seres humanos, bem como sobre a capacidade especial de absorção dessas energias por parte de pessoas inteligentes e talentosas. Como estudo de caso, examina alguns traços da vida e obra de José Maria da Silva Paranhos Junior, o barão do Rio Branco, patrono da diplomacia brasileira. Trata-se de análise crítica sobre muitas das atitudes do Barão na construção da política externa do Brasil. Essa, a contribuição de Cristófilo, como perito em cultura brasileira, a documentário que a Gulbenkian prepara sobre Rio Branco. Assim, não faltará referência nesse trabalho a posições políticas equivocadas, talvez justificadas no contexto da época em que o grande diplomata viveu, mas que informaram, o mais das vezes de forma distorcida e anacrônica, muitos dos parâmetros adotados por subsequentes formuladores e executores da diplomacia brasileira. Para singularizar o "drama" envolvido nesses equívocos diplomáticos, Cristófilo toma por base suas categorias filosóficas, corporificadas em duendes e fadas, transmissores de energias, mas também de equívocos. Recorre adicionalmente ao artifício de criar uma "segunda dimensão", onde se encontra o "marquês do Rio das Velhas", espécie de *alter ego* do Barão. Nessa dimensão, onde passado, presente e futuro se misturam ("existe o passado fora da gramática?", se pergunta, citando Steiner), e reciprocamente se negam ("tenho ojeriza do imperfeito do indicativo"), evidencia-se mais claramente o "drama" – em verdade, tragédia – de nossa realidade diplomática atual, ainda atrelada a conceitos anacrônicos de fronteiras, disposta à destruição da Amazônia em defesa de uma soberania nacional que se esvai na chama e na fumaça das queimadas.

Pessoa extraordinária, o Cristófilo. Expatriado, lá da Guiné-Bissau. Fizemos amizade por conta do Eustáquio. Sabem, o Eustáquio, filho de Zé Taboão e Maria José, meu ex-aluno, agora bacharel em Direito, e meu amigo há tempos. Cristófilo Bantuá Medeiros, filósofo, andou por bom tempo dando aulas de língua e literatura no Brasil e em outros países que hoje formam uma organização internacional, a Comunidade dos Países de Língua Portuguesa, a CPLP, cuja sede é em Lisboa. O Eustáquio, pobre, de família dividida, foi aluno dele na escola secundária, em Santos. Cristófilo gostou do menino, achou-o promissor, arranjou-lhe uma bolsa para estudar em Coimbra pela fundação Gulbenkian, onde é pesquisador.

Vi o Cristófilo pela primeira vez em 2015 por ocasião da tragédia que atingiu, bem a meio caminho, a região de Mariana e Santa Bárbara, em Minas Gerais, com o rompimento da Barragem do Fundão, da mineradora Samarco, controlada pelas empresas Vale e Billiton-BHP. O desastre ocorreu em 5 de novembro de 2015, não há como esquecer. Os 43 milhões de m^3 de lama com rejeitos da mineração vazam, atingem primeiro o município de Bento Rodrigues e em seguida outras dezenas de municípios, provocando a morte de 19 pessoas e destruição por todo o vale do rio Doce e por mar adentro, poluindo, matando a vida e enferrujando as águas. Por incrível que pareça, os movimentos de terra gerados na ocasião fizeram aflorar uma lavra de ouro, abandonada e esquecida há mais de 200 anos.

Em Santa Bárbara, enquanto pesquiso sobre os antecedentes dessa tragédia para matéria em meu jornal, encontro Eustáquio, que não vejo há algum tempo, desolado e aflito com a mãe gravemente enferma de febre amarela no hospital. Sentado no banco da praça, em frente à igreja matriz, amparado por um senhor negro, mas de pele por assim dizer já meio grisalha, como os cabelos. Porte digno, meio magro e sem altura definida, de olhar entre terno e assustado por trás dos leves óculos, bochechas salientes, de criança mimada. Os dentes brancos na arcada ampla, como só os africanos a tem, sorriso contido pela tristeza do momento: o Cristófilo. Magro, sim, mas a convivência revelou-o um "bom garfo", posso afiançar. Sonhador e visionário também, já verão.

O desastre de Bento Rodrigues os havia levado, como a mim, mas por outros motivos, até Santa Bárbara. A mãe,

Maria José, recebera notificação do cartório de títulos da cidade de ser herdeira de antiga mina de ouro que havia reaparecido ali perto, lá pelos lados do Congo-Soco, nas cercanias de Cocais, em meio à tragédia, um verdadeiro lírio nos campos devastados de lodo e lama. Alertada dessa notificação pelo amigo e ex-namorado Vicente enquanto ainda hospitalizada em São Paulo com suspeita de febre amarela, evadiram juntos para Santa Bárbara para atender ao chamado urgente do cartório da comarca, mas o estado de saúde da mãe havia piorado com a doença.

É uma história longa, parece ficção, mas verdadeira. Merece relato à parte, decerto. O Cristófilo é assim, convive com situações extraordinárias, ele mesmo trabalha com ideias fora do comum, assustadoras às vezes. Suas teorias sobre "a duplicidade das coisas" ou sobre "a coincidência absoluta" deixam aflorar a imaginação de qualquer um.

Em outras tantas ocasiões, se vê às voltas com o tragicômico. Pois não foi assim que ocorreu quando, dando aula de português numa escola de ensino médio em Aymorés, cidadezinha antiga bem lá no vale do rio Doce, insistiu com os alunos para não usarem, nas redações escolares, o imperfeito do indicativo. Alegava que o uso desse tempo verbal "envelhece a narrativa, retira a energia e a perspectiva do enunciado". "Não por nada", dizia ele aos alunos, "é um tempo verbal muito querido e usado pelas pessoas de mais idade, em busca da memória de fatos perdidos". Dava como exemplo a obra de Proust, *Em busca do tempo perdido*, coalhada de verbos nesse tempo "imperfeito". Marcava com lápis azul – vermelho não, pois não chegava a ser um erro – os escritos dos alunos nas frases onde usavam o dito imperfeito do indicativo, com uma observação ao lado do risco: "prefira sempre o perfeito do indicativo". Comentava em classe que o perfeito do indicativo é "muito mais próximo das pessoas, mais enérgico e direto. Mais apropriado para não envelhecer a narrativa e quem a produz ".

Resultado, criou confusão na escola: alunos e pais protestaram, recebeu da diretora reprimenda "pela atitude idiossincrática, quase autocrática, e desprovida de apoio seja na gramática, seja na literatura". Como insistisse, foi parar na delegacia de polícia, "por desrespeito à autoridade escolar e às diretrizes básicas da educação em língua pátria". Quase foi preso. Não sei se nesse caso teria havido alguma discriminação, por ser Cristófilo um homem negro. Preto retinto mesmo, malgrado os traços grisalhos, da etnia dos Bantuás, gente do mato, da floresta. O sobrenome Medeiros vem do padrasto português. Podem imaginar o quanto lutou o Cristófilo, para chegar onde chegou, professor, filósofo, pesquisador! Tem um grave defeito, na minha opinião: nunca quis ser um personagem. De nenhum escritor. Eu mesmo tenho uns escritos, já lhe disse que tem todo o potencial, toda a "pinta" de um bom personagem de histórias imaginativas e imprevisíveis. Nunca quis. Sequer admite a hipótese.

Com efeito, sempre vi Cristófilo muito firme em suas convicções, quiçá exageradas aqui e acolá. A respeito do emprego do imperfeito do indicativo nas redações dos seus alunos, a resposta dele à comissão diretora, quando confrontado com a ação de despedimento promovida pela escola, foi: "minha objeção é quanto ao uso *frequente* desse tempo verbal, não se trata de uma proibição", o que lhe favoreceu tão somente, como atenuante, a pena de repreensão. Fora as críticas desabonadoras no jornal local.

Histórias do Cristófilo. São muitas. A que a seguir relato, quase em segredo, por motivos que logo entenderão, tocou-me profundamente, pois mexe com nossa compreensão da realidade e do que somos feitos, matéria e antimatéria. Tem como referência e pano de fundo um grande personagem real, da história política e diplomática brasileira, um verdadeiro homem mito, o barão do Rio Branco, patrono da nossa diplomacia. O que nos relata Cristófilo, entretanto, parece uma ficção, mas que traz junto o espelho da realidade, para quem quiser ver. Um espelho crítico, o que é da natureza do pensamento do filósofo Cristófilo, um amigo que poderia dizer da infância; e que traz junto ademais a aplicação, "um estudo de caso", como diz, das suas teorias sobre duplicidade das coisas e dos seres, da matéria e da antimatéria.

Devo alertar estarmos diante de uma aventura de grande paralelismo com traços da vida e obra desse admirável diplomata, responsável pela conformação pacífica dos limites do Brasil, Chanceler por cerca de 10 anos, de 1902 a 1912, quando faleceu. Cristófilo é muito enfático a respeito do tema das "coincidências" ("a coincidência absoluta pode ser um dos caminhos para nosso acercamento a Deus", diz ele). Assim, ao falar-me das aventuras de um tal marquês do Rio das Velhas, num país imaginário chamado Xilb-Ra, com o mesmo tecido histórico, geográfico, cultural e socioeconômico do Brasil, Cristófilo diz referir-se à dimensão da antimatéria, onde, na vida real, se poderiam ver coincidências entre o Marquês e esse grande herói brasileiro, talvez com conotações surrealistas, metafísicas, mesmo. Mas aí terminam as semelhanças: meras coincidências de uma história que flerta com a ficção. Para Cristófilo, os fatos e observações narrados beiram a realidade, tanto quanto o espelho da água, visto de cima, beira o rio. Um rio de águas pedregosas e profundas, mas turvas, ameaçadas pela descrença de quem não o conhece, e onde germinam e se escondem suas pesquisas, seus modelos teóricos. É ouvir para, quem quiser, crer.

VAMOS AO CONTO: UM NATAL CINZENTO

Véspera de Natal, uma Lisboa chuvosa e cinzenta, pouca gente na rua, por conta do confinamento pela Covid-19. Havia convidado o Cristófilo para uma entrevista para o meu jornal sobre seus estudos, e nos reunimos em um bar-café no centro da cidade.

— Então, Cristófilo, conte-me sobre suas pesquisas recentes.

— Prepare-se — disse ele — para uma narrativa incomum, uma tese, na verdade, que desenvolvo, sobre o comportamento de grandes personalidades, heróis ou vilões, artistas, cientistas ou políticos talentosos. A premissa é a de que são todos dotados de uma energia mental fora do comum. As pesquisas de minha equipe na Gulbenkian, em associação com equipes do Centro Europeu de Pesquisas Nucleares, em Genebra, apontam para fenômenos, nem sempre identificados, que se comportam como reagentes químicos, ou catalizadores mentais de energias inconscientemente recebidas do espaço exterior, enfim, do Universo.

"Por conta da existência dessas energias, posso elaborar minha tese de que a morte do marquês do Rio das Velhas, homem de excelência, tal qual o barão do Rio Branco, provocou o surgimento de um círculo de seguidores, nem sempre bem-informados, mas, como duendes e fadas, capazes de buscarem energias dos mestres, tendo tido, por exemplo, forte presença na política externa do país Xilb-Ra que, como disse, seria algo como o Brasil numa outra dimensão, na qual viveu e morreu o velho Marquês.

"Não é de se descartar que ambos tivessem afinidades. O fato de viverem em dimensões distintas da mesma realidade, e isso é importante frisar, terá favorecido a boa receptividade de José Maria da Silva Paranhos Junior para muitas dessas energias vitais que marcaram sua genialidade e seu talento diplomático. Paralelamente, sabemos que Paranhos Junior muito se beneficiou, para além da herança natural do nome, das lições da arte diplomática e de política dadas pelo pai, o visconde de Rio Branco, tendo-o acompanhado em missões em países do rio da Prata, Argentina, Paraguai e Uruguai. Viu, ademais, o pai, tendo ocupado os mais altos cargos nos governos do Segundo Reinado, protegê-lo, com sua influência, em diversas circunstâncias no começo de vida profissional, seja para elegê-lo deputado por Mato Grosso, província distante, quase que noutra dimensão, que dele mereceu apenas uma única e rápida visita, seja para conseguir para ele, junto à princesa Isabel, em momento que substituía o monarca que lhe era arredio por ter-se juntado a uma dançarina de cabaré, a importante nomeação imperial para o cargo de cônsul em Liverpool, e com ela abrindo-lhe as portas para que pudesse desenvolver seu enorme talento diplomático."

Continuou, diante de meu espanto:

— Tal como a energia solar no chamado efeito estufa, que gera as mudanças climáticas de origem antropogênica, essas energias provenientes do cosmo seriam capazes, uma vez absorvidas por indivíduos ou mesmo por comunidades inteiras, de gerar mudanças de comportamento, alterando sobretudo os parâmetros mentais da racionalidade.

"Assim, de modo geral, estariam por detrás de guerras, violações de direitos e agressões, incertezas, das tendências ao extremismo político. Tais energias seriam igualmente atuantes na formação de mentes extraordinariamente inteligentes, de gênios de toda ordem, artistas talentosos, de pessoas e sociedades altamente capazes. Ademais, a natureza aleatória dessas partículas energéticas pode gerar duplicidades, formando ao mesmo tempo a matéria e a antimatéria.

"Entendi que as pessoas talentosas, os gênios e os mais sensíveis poderiam contar, para além de suas mentes altamente desenvolvidas e da inteligência extraordinária, com quantidades excepcionais de 'receptores' dessas energias em seus DNAs, diferençando-se dessa forma do comum das pessoas."

Cristófilo vai além:

— Visto que essas energias se interligam, formando um verdadeiro "campo cósmico", podemos ser afetados, em termos "paraéticos" ou "metarreligiosos", positiva ou negativamente. Como tais energias, o que se comprovou com a teoria quântica, nos chegam à Terra em "pacotes infinitesimais" e de forma aleatória poderiam ser capazes de provocar o fenômeno da catalisação: os gênios ou os grandes talentos, dotados desses "quanta" adicionais de energia, acabam por deixar como herança, ao falecerem, "escolas" de seguidores. Mal comparando, obviamente, seria o caso de Jesus Cristo com seus discípulos. Como ocorre com os duendes ou as fadas, que pregam peças.

Nessa categoria de transmissores Cristófilo inclui o que chamamos de *influencers* nas redes sociais, seriam bastante comuns os desvios ou distorções (*fake news*) dos pensamentos ou propostas originais, par a o bem ou para o mal. Dava para reconhecer sem maiores dificuldades os pressupostos que informam o raciocínio de Cristófilo, a "duplicidade das coisas", "polaridades e coincidências".

Cristófilo ainda insistiu muito nas referências à "teoria dos quanta", ou "pacotes quantificáveis de energia". Recordou ter sido amplamente divulgado pela mídia, quando, recentemente, verificou-se a existência das ondas gravitacionais, previstas por Einstein em sua Teoria da Relatividade Geral, o fato de que tais ondas carregam não somente energia, mas também matéria. Citou artigos de imprensa para reafirmar que "todo o ouro existente no mundo, por exemplo, nos chegou do espaço sideral por essa via, a das ondas gravitacionais".

Nesse ponto, veio a novidade maior:

— Na minha proposta de tese, sugiro que, nesse processo, pode dar-se uma espécie de vampirismo social. As pessoas e as comunidades perdem gradativamente a força vital, sendo "levadas", deixando-se influir, por pessoas ou comunidades com outros modos de pensar, num grande intercâmbio de partículas energizadas, já absorvidas de conteúdos políticos, éticos, sociais e até mesmo econômicos ou artísticos. Inevitavelmente, haveria uma tendência à polarização, decorrente dessas trocas energéticas, na presença de maior receptividade por parte das sociedades envolvidas. Até certo ponto, tais conjecturas já se confirmam com as experiências em curso na transmissão e recepção de informações por via telepática. Na maior parte dos casos, entretanto, ocorre a presença de transmissores, que chamaria, para facilidade de compreensão, de "duendes", "gnomos" e "fadas".

— Bem, Cristófilo, interessante e curiosa a sua versão do talento e da genialidade. Quanto às sugestões de formas de interação social, se bem apoiadas na física moderna, que lhes dá nova roupagem, parecem já codificadas, desde há muito, naquilo que se costumam chamar de *ideologias* e na forma como elas são desenvolvidas, absorvidas e praticadas pelas diferentes sociedades.

— Pois assim é — disse —, nas interações macro. Nas interações mais individualizadas, contudo, por exemplo no caso do barão do Rio Branco e seus seguidores na Pasta de Política Externa no Brasil, ou mesmo no caso da interação entre o marquês do Rio das Velhas e o Barão, parece difícil desconsiderar a presença de duendes e fadas, que adoram pregar peças. — Continuou, num tom de voz que parecia conter verdades óbvias: — Numa aplicação prática da teoria no campo sociopolítico, estamos presenciando, nos dias que correm, tendência ao ressurgimento de grupos e líderes de direita radical em diversas partes do mundo, e uma consequente polarização das sociedades, com grave potencial de conflitos, e ameaças mesmo de envolvimento de sociedades inteiras no quadro obscurantista do autoritarismo e de regimes ditatoriais.

— Não deixa de ser uma explicação — comentei.

Confesso que não fiquei muito convencido com as reconhecidamente engenhosas associações que fazia meu amigo sobre o porquê dos gênios e pessoas talentosas. Mas estava ali para ouvi-lo, e não escondia minha curiosidade dos motivos por que escolhera vincular uma pessoa de gênio e de muito talento, como o barão do Rio Branco, à figura do marquês do Rio das Velhas, uma criação ficcional (?) de antimatéria. Ocorreu-me inclusive pensar nos parâmetros da prática religiosa do

Espiritismo, de acordo com os quais, segundo imagino, sendo leigo total na matéria, quem sabe Juca Paranhos não seria a reencarnação do marquês do Rio das Velhas. Fiz-lhe esse comentário, sem muita convicção, e senti que Cristófilo preferiu ignorá-lo. Propus mais um café.

— Ótimo, nada como um bom café lisboeta. E vou pedir "com cherinho", alguma aguardentezinha para nos aquecer. Combina com essa chuva. E como faz frio, arre! — diz também com algum exagero, como se seu corpo magro conservasse sensibilidade pátria ao calor equatorial da Guiné-Bissau, a ponto de sentir mais frio do que realmente faz no momento.

A chuva bate forte na vidraça da janela junto à nossa mesa. Vem-me à memória o título do livro do Embaixador Dário de Castro Alves. *Era Lisboa e chovia*, que por sua vez parafraseia Eça de Queiroz e seu personagem Fradique Mendes, e o menciono a Cristófilo.

— Tenho ojeriza — diz — ao uso frequente do imperfeito do indicativo. Mais que ojeriza — continuou ele —, rejeição. Não tanto nesse caso do título do livro do Embaixador Dário, que reflete uma mistura de GPS com informe meteorológico, mas mesmo aí poderia escolher dizer, de forma mais saudável, menos saudosista: "Ano tal. Estamos em Lisboa e chove".

— Ora, Cristófilo, acaso não vê poesia nesse título? Há, por certo, o saudosismo implícito que você menciona. Conheço sua aventura em Aymorés, quase foi para a cadeia por causa dessa rejeição ao uso do imperfeito do indicativo. Original, essa!

— Pode ser poético, mas, insisto, antecipamos nossa velhice ao usar de forma abusiva esse modo verbal. É uma forma imperfeita de falar do passado, ele comia, ele brincava, nós pulávamos, eu dormia, vocês trabalhavam, tu cantavas: como, quando, de que forma? Muito menos vago, se quer falar do passado, empregue por favor o passado perfeito: ele comeu, ele brincou, nós pulamos, eu dormi, vocês trabalharam, tu cantaste. Mesmo jovens, ficamos mais velhos, bem mais velhos, com o emprego do passado imperfeito, aliás, a expressão "passado imperfeito" já diz tudo. Não vamos, antes da hora, assumir os saudosismos que com muita justiça preferem os mais velhos, por conta do pouco espaço que podem dedicar aos modos do presente e do futuro, sendo incapazes de aceitar o passado como a realidade gramatical que costumamos lhe atribuir e que parece ser a única verificável. Como se pergunta meu pensador preferido, George Steiner[1], "existe o passado fora da gramática?".

— Não é fácil, Cristófilo, digerir a sua objeção a um tempo verbal determinado, por motivos de substância. Sei que muita gente não gosta, por exemplo, de usar o futuro do pretérito, ou mesmo modos subjetivos, por uma questão de informalidade ou de dificuldade de conjugação ou de expressão. Mas, logo o imperfeito do indicativo, que me parece um tempo gostoso para falar do passado? Bem, misteriosa, essa citação de Steiner...

Cristófilo sorri:

— É muito provocativa. Nem todos os filósofos são tão atentos como o George Steiner. Deus o tenha, faleceu recentemente. Estamos acostumados a "ver" ou a conhecer o passado por meio de narrações, da história escrita e falada ou das imagens e lembranças da experiência. Memórias. Disso tudo, muito pouco está fora da gramática, para além do que a ciência, ou melhor dizendo, as ciências, físicas, matemáticas e espirituais, nos contam, com apoio dos historiadores.

— Cristófilo, achei fabulosa, no sentido próprio do termo, a sua ideia de introduzir duendes, gnomos e fadas num campo tão estéril como o da política externa. Quem sabe não está preparando alguma peça você mesmo, em torno do Juca Paranhos, nosso herói da diplomacia?

— Justamente — continuou Cristófilo em tom condescendentemente professoral. — Tenho a narrar para você fatos que vêm do passado, mas que estão aí, diante de nós, bem presentes.

Não caberiam no imperfeito do indicativo. Fatos extraordinários, com certeza vinculados a essas energias cósmicas a que me refiro, creia-me. — E, de súbito, num tom de voz mais alto e estridente, como que a imitar um vendedor de feira livre, declamou: — Morreu, morreu o marquês do Rio das Velhas! Faleceu de madrugada nosso amado Chanceler. Extra, extra. Notícia de última hora, alarma! Gnomos, duendes e fadas acorrem à rua Larga de São Joaquim para velar o corpo do grande Marquês, comprem esta edição de última hora da *Voz do Povo!*, cinco tostões!

Esperou para ver minha reação. Não tardei, passado o pequeno susto – que pelo visto foi partilhado pelos clientes mais próximos à nossa mesa no bar-café –, ao ouvir-lhe, sem mais, encenar, alta voz, a frase com o anúncio da morte do marquês do Rio das Velhas e a nota de alarma sobre o surgimento de duendes e fadas na rua Larga de São Joaquim, em indagar-lhe o que era aquilo.

— Não se assuste, estou a imitar o garoto vendedor do jornal *A Voz do Povo*, do Rio de Janeiro, mas no Brasil da outra dimensão, de nome Xilb-ra. Deixe-me situá-lo nessa cidade carioca: estamos na rua 20 de abril, antiga Travessa do Senado, onde nasce, naquela data, em 1845, o Juca Paranhos. Centro histórico. Ali estamos, agora no ano em que faleceu, 1912, no dia 10 de fevereiro. A morte do velho Marquês dá-se, como sabemos, na segunda dimensão, enquanto a do Barão se dá no mesmo dia, hora e local, mas na dimensão em que costumamos viver. Como veremos, os gnomos e duendes são os que começam a transitar para a dimensão de nossa realidade, invadindo figurativamente, por assim dizer, a rua Larga de São Joaquim e assenhorando-se dos caminhos de nossa política externa desde então. Falo de duendes, mas são "parcelas" ou "pacotes" de energia, obviamente invisíveis, herdados de mentes geniais ou talentosas, que vagueiam no espaço e tempo e que, quando "recebidos", ou "absorvidos" por mentes menos talentosas ou capazes, dão margem a distorções nas ideias e atitudes produzidas nas mentes originais.

"Essas figuras da outra dimensão aparecem aqui em contrapartida ao nosso querido José Maria da Silva Paranhos Junior, o Barão do Rio Branco, grande herói da Pátria, patrono da diplomacia do Brasil, cuja notícia do falecimento, no palácio Itamaraty, ali na rua Larga de São Joaquim, fez parar o Rio de Janeiro, tão querido era pela população.

"Seria por acaso uma coincidência que, na sequência da morte do barão do Rio Branco, e por muitas décadas, talvez até mesmo por um século, com raras interrupções, os formuladores, pensadores e executores da política externa do Brasil buscassem apresentar e justificar suas posturas dentro do imaginário do que foi o Barão? Sim, porque Rio Branco, tanto quanto se saiba, não deixou uma doutrina ou um cardápio do que deveria ser a política externa do país, após sua morte. É uma herança inventada, mas que foi abundantemente copiada, com as distorções e adaptações previsíveis para justificar e dar conforto político às idiossincrasias de muitos dos Chanceleres que vieram ao Itamaraty após Rio Branco. Verá esse tema tratado de forma séria e profissional em livros recentes do historiador e biógrafo do Barão, o embaixador Luís Claudio Villafane Gomes dos Santos[2]. Ele, e muitos outros, referem-se a esse curioso, mas compreensível, fenômeno, como 'o evangelho do Barão'. O que digo meio 'torto' aqui, lá encontrará dito 'correto'."

Fez esses comentários com visível satisfação, ar de criança que esconde o chocolate quando a mãe a indaga sobre o que tem no bolso. E continuou com a mesma expressão matreira:

— O Barão faleceu ali, na rua Larga de São Joaquim, hoje rua Marechal Floriano, na sua sala de trabalho/quarto de dormir, no palácio Itamaraty. Edificação sóbria, de fachada imponente e única, por mais de 70 anos, desde 1899, sede da chancelaria brasileira. Noutra dimensão, no mesmo dia e hora, na mesma rua, falece o marquês do Rio das Velhas, e surgem, como que por encanto, duendes e fadas, ora visíveis, ora invisíveis.

— Quanta imaginação, Cristófilo. Precisava inventar esse marquês do Rio das Velhas, para falar do Barão e justificar seu talento?

— Explico: a Gulbenkian contratou uma equipe para fazer um filme documentário sobre o Barão. Presto assessoria a essa equipe, como pesquisador na Fundação, de temas afins à cultura brasileira e à própria Comunidade de Países de Língua Portuguesa, a CPLP. Esta será a primeira cena do documentário. Da rua do Ouvidor, onde estamos, vamos a caminho desse casarão, um belo palacete com muita história e que se confunde com a história de nosso herói, para mostrar cenas e lugares onde o Barão vivia e trabalhava, dia e noite, culminando com a famosa foto de seu gabinete de trabalho, onde também dormia, com mesas completamente atulhadas de documentos, papéis, mapas, numa aparente grande desordem. Conforme o testemunho de funcionário que lhe servia nesse período, o "criado Salvador", não foram poucas as vezes em que encontrava, por debaixo dos papéis, latas de marmelada, abertas, o doce preferido do Chanceler. Conta-se também que até um formigueiro foi descoberto debaixo de um monte de papeis.

"A caminho do Itamaraty, faremos um rápido *take* na rua Uruguaiana, onde ficava o famoso Alcazar Lyrique du Père Arnaud, casa boêmia frequentada por Paranhos Junior na juventude, e onde encontrou a dançarina Marie Stevens, com quem afinal veio a casar-se, em longa convivência juntos, em Paris."

— Certo, mas essa dos gnomos, duendes e fadas...

— Sabe, caro amigo, minha contribuição ao documentário é apontar o Barão numa perspectiva atual, sem descuidar de seguir uma linha crítica, como de resto tantos outros fazem. Por felicidade, minhas teorias me proporcionam o encontro com o aparentemente ficcional marquês do Rio das Velhas, uma verdadeira antimatéria próxima do barão do Rio Branco. Isso me dá mais liberdade plástica para ver e apresentar contrastes. Ambos são rios, águas que correm.

"De mais a mais, minha contribuição leva em conta, obviamente, as teses que desenvolvo sobre receptividades e polaridades das energias do campo universal, tal como as descrevi, resumidamente, no início de nossa conversa. Nem tudo está dito sobre o Barão, amigo. Tenho por mim que essas teorias podem nos ajudar a ver melhor o barão do Rio Branco e seu legado. Essa, a perspectiva que informa a minha contribuição ao documentário que ora preparamos sobre o Barão, de acordo com um contexto cultural bem brasileiro e o legado político da época. Por conta desse legado, noto o surgimento dos duendes e companhia. São uma imagem, podia usar a imagem do Saci Pererê. E nem estou seguro se o próprio marquês do Rio da Velhas não terá tido seus momentos de duende ou gnomo, como todos temos, como aliás o próprio Juca Paranhos, na acepção aqui exposta. O Barão, José Maria da Silva Paranhos Junior, foi um iluminado, disso não temos dúvidas. Herói nacional, amado e reverenciado pelo povo e pelos governos de sua época. Propuseram até mudar as datas do carnaval por coincidirem com a data de seu falecimento. Sempre respeitado, desde então, como o negociador que acordou, definitivamente, com os países vizinhos, nossas fronteiras, de forma pacífica. Como digo, patrono de nossa diplomacia.

— Muito bem, Cristófilo, o Barão merece. Mas, por que duende, ele também?!

— Duendes vagueiam e carregam um potencial de inteligência. Na acepção que me refiro aqui, podem até "incorporar", por afinidades, em pessoas sensíveis, como patógenos hospedeiros. No nosso caso, muito da energia do Barão se dispersou, após sua morte, em imagens e convicções irrealistas, anacrônicas, distorcidas ou parciais da visão de mundo de José Maria da Silva Paranhos Junior, muitas dessas já ultrapassadas ou equivocadas ainda enquanto o Chanceler era vivo. E aí está um grande drama. Mas, vamos aos poucos.

"Que dizer da energia do Barão para passar noites em claro em estudos sobre o tema a que se dedicou, movendo-se na vida de maneira vaga, em andanças de um lado para outro, seguindo seus instintos, cultivando prazeres em tudo o que faz, até capoeirista foi na juventude, além de mulherengo, a ponto do amigo Francisco Torres Homem apelidá-lo de 'O Barão das Moças'. Teve apenas um referencial ao mesmo tempo presente e distante na lembrança da 'pátria', que adotou no lema *Ubique Patriae Memor,* e que no fundo serve como desculpa realista sobre sua identidade brasileira enquanto prefere praticar fora da pátria, de preferência no velho continente europeu, sua vida pessoal e profissional.

"Foi um profissional extraordinário, mas um homem do seu tempo. Via o mundo conforme os valores e a realidade política e social, talvez mais até do que a realidade econômica, do período de sua vida diplomática, último quarto do século XIX e primeiros anos do século XX. Tinha apreço preponderante pelos valores monárquicos, nos quais soube viver e fazer sua carreira. Mas, mesmo depois, quando soube aproximar-se do regime republicano no Brasil, ainda que com relutância e majoritariamente por interesses de sobrevivência política, ateve-se a princípios de um mundo estático, benevolente com o colonialismo, a escravidão, com a preponderância das grandes potências no concerto das nações, nesse último caso frustrando-se por não conseguir fazer o Brasil ser reconhecido nesse concerto das potências, ignorando nossas evidentes fragilidades.

"Em sua vida de Chanceler, gastou muito dinheiro público por conta disso, defendeu a renovação da armada para fazer do Brasil uma 'grande potência', ocasião em que, verdade que por proposta da Marinha, adquiriram-se na Inglaterra os famosos encouraçados *dreadnoughts* 'Minas Gerais' e 'São Paulo'. Acatando sugestão do amigo Nabuco, embaixador nos EUA, sediou no Rio de Janeiro a III Conferência Panamericana. Recebeu os mais diversos potentados, sempre com toda a pompa. E, claro, com notável eficiência, negociou diversos acordos com os vizinhos, resolvendo, por ação bilateral ou por meio da arbitragem, praticamente todas as questões de limites (exceto justamente aquela em que o recurso à arbitragem italiana nos desfavoreceu, o diferendo com o Reino Unido, sobre a fronteira com a Guiana Inglesa, e cuja defesa da posição brasileira esteve a cargo do amigo Joaquim Nabuco), inclusive com a França, por conta da Guiana Francesa, neste caso por arbitragem do Presidente do Conselho Federal Suíço. Pagou preço alto ao governo boliviano, dois milhões de libras esterlinas (algumas centenas de milhões de dólares a preços de hoje), o que não seria nada pelo valor de toda essa área, fora a indenização ao Bolivian Syndicate dos norte-americanos, mais a custosa construção da Estrada de Ferro Madeira Mamoré, onde milhares de trabalhadores pereceram de doenças, e, pode-se imaginar, sabe-se lá o que mais, aos agentes bolivianos, pela aquisição do território que é hoje o Estado do Acre. Aí está o Tratado de Petrópolis, de 1903, um marco fantástico da diplomacia de Rio Branco.

— E essa ideia de anunciar a morte do Barão em sintonia com a morte do Marquês?!

— Matéria e antimatéria. Quem morreu em 1912 foi José Maria da Silva Paranhos Junior. A pessoa do Barão. Num plano vulgar, não cósmico. Caso facilite, veja a morte do Marquês como figura de linguagem, uma antítese paradoxal, digamos, um oximoro, meio cambembe, admito.

"O que interessa é chamar a atenção para o fato futuro: o Barão, vivo ou morto, ainda em vida, e depois de morto mais ainda, começou a viver. Certamente conhece a famosa frase, tornada profecia, de Álvaro Lins, na clássica biografia do Barão: 'Sim, agora, morto, é que ele começava realmente a viver'. Foi 'ressuscitado', diria eu, e muitos duendes e fadas, creio que com a melhor das intenções, puseram-se a acompanhar sua forte imagem e presença diplomática, ao longo de décadas, já se pode dizer por mais de século. Vários dos Chanceleres brasileiros, e não só os Chanceleres, mas a maioria dos profissionais e pensadores de nossa política externa cultivam e usam, em muitos casos de forma distorcida ou para servir a suas próprias visões do mundo, a velha imagem do Barão.

"Aí está o drama que considero importante identificar. Vai ser a cena principal do documentário. Graças ao seu inigualável legado, dando origem ao tal 'evangelho do Barão', que cada um de seus 'discípulos' Chanceleres, tendo como mentor algum duende do Barão original, interpreta de modo pessoal, para justificar as linhas que adota em política externa. Em especial a tal mudança do 'eixo' de nossa política externa, uma mudança atribuída a um Barão atento às novas realidades internacionais, passando a privilegiar as relações com os EUA, em detrimento das relações com a Europa. Incidentalmente, o marquês do Rio das Velhas, ao que eu saiba, sempre se manteve fiel aos valores europeus, ligados à monarquia, ao colonialismo, ao mundo dos países grandes potências e ao concerto europeu, até mesmo à uma visão algo tolerante da escravatura."

Vi que havíamos passado a uma dimensão mais segura, de terra firme. Cristófilo seguiu, incansável:

— O Barão, de fato, procurou dar os ares de sua graça mais para os EUA, sem, no entanto, nada receber em troca. Ao contrário. Desde então, vários dos Chanceleres que se seguiram, até hoje, com exceções, rezaram pelo "evangelho do Barão", recebendo pouco mais do que o desprezo dos norte-americanos em troca. São atitudes, melhor dizendo, energias mal direcionadas, e que contaminam, com frequência, agentes políticos e econômicos em diversos países. Cito só de passagem o caso da Argentina durante o período do presidente Menem, na década de 1990, cujo Chanceler Guido di Tela praticou, em companhia do ministro da economia, Domingo Cavallo e sua proposta ultraliberalizante, de *um peso igual a um dólar*, o que qualificou de "relações carnais" com os EUA. Deu no que deu. Sabe daquele dizer inglês, "países não têm amigos, têm interesses". Pode-se até mesmo dizer, sem medo de errar, que o grosso da diplomacia brasileira, e de seus estudiosos e praticantes desde então, condicionou-se acriticamente ao "mito" do Barão. Isso, racionalidade às avessas, não é coisa de duendes e gnomos?

A essas alturas, eu já começava a convencer-me que sim. Mas, fiquei calado. Cristófilo dizia tudo isso com o mesmo tom professoral:

— Sejamos francos. A história da política externa brasileira está repleta de duendes do Barão, promovendo a interpretação distorcida ou equivocada do pensamento do nosso herói, acredite. O Barão, como todo ser humano, cometeu equívocos. Poderia discorrer mais sobre isso, mas a reinterpretação da história não está entre os objetivos do documentário que ajudo a preparar.

"Apenas mais um comentário a respeito da reconhecida expectativa do Barão, sempre frustrada, em contar com os EUA para distinguir ao Brasil posição de destaque, quem sabe admitindo-o no seio das potências principais no concerto das Nações. É o seguinte: ao movimento de Rio Branco em direção aos EUA, correspondia sua atitude de alheamento aos países, diria, 'mais fracos', ou, 'menos organizados'. Hoje diríamos 'países menos desenvolvidos', sobretudo aos demais latino-americanos, à exceção, com alguma condescendência, para Argentina, Chile e México. Vou sugerir uma cena, talvez a mais longa do documentário, sobre essa postura de Rio Branco, pois se trata de uma atitude aplicável quase que a toda a temática de política externa com a qual ele se defrontou ao longo da vida.

— Não lhe parece, Cristófilo, que Rio Branco, e muitos que o seguiram, até há pouco, buscaram, com a aproximação com os EUA, o interesse nacional em termos concretos, para além do reconhecimento do Brasil no contexto internacional? Não dariam os EUA, na arguta percepção de Rio Branco, a necessária proteção ao Brasil contra as ameaças imperialistas ou colonialistas das potências europeias ao nosso território e aos nossos interesses comerciais, já concretamente evidenciadas na presença das Guianas Inglesa, Francesa e Holandesa na vizinhança norte do Brasil?

— Sim, não há dúvidas sobre a visão abrangente de Rio Branco, em que a aproximação com os EUA será parte integrante de um arguto jogo político, em que nosso Chanceler atua em defesa dos interesses nacionais. Diga o que quiser: jogo realista, oportunista, jogo racional, ou até mesmo idealista, coerente com o meio ambiente envolto no panamericanismo monroista. Mas a história, em seu fluxo inexorável, há de ter em conta as atitudes e posições de muitos dos Chanceleres que se seguiram a Rio Branco, com posições menos que equilibradas nesse jogo de relações prioritárias com os EUA, para o qual buscaram respaldo e justificativa no pensamento e na obra do Barão, bem como num de seus referenciais mais claros, tal como desenvolvido após sua morte, o referencial da chamada "aliança não escrita" com os EUA. Nem todos, por certo: a chamada "Política Externa Independente", de San Tiago Dantas, à época do presidente Jânio Quadros, é exemplo importante das exceções à regra.

"Vamos ser objetivos. Apesar das limitações, conseguiu proezas extraordinárias, foi um diplomata excepcional, sob todos os aspectos. Mas foi um homem do seu tempo, e mais bem inclinado, como bom saquarema, aos valores conservadores do passado monárquico. O que conseguiu, contudo, é permanente: o estabelecimento pacífico e definitivo dos limites do Brasil. Delimitação do nosso território, dito o principal valor constitutivo de um Estado, seu *asset* principal, pelo menos em termos de *realpolitik*. Ou, numa linguagem mais multilateralista, e que obviamente não foi de seu tempo, uma visão de relações privilegiadas no eixo sul-norte, em detrimento de relações no eixo horizontal, sul-sul. Agora, no governo Bolsonaro, essas relações horizontais e verticais, verdadeiras linhas de força que se correlacionam e se entrelaçam não só de forma a mais das vezes positiva e compatível, são ignoradas em favor de um quadro de um exclusivismo doentio, ao privilegiar-se não exatamente o eixo sul-norte, mas a identidade com o trumpismo e a ultradireita radical incrustada em alguns polos antissociais do norte, e à negação do multilateralismo.

"A questão é saber se haveria a disposição de associação, mesmo sem reciprocidade, aos EUA. Você não concordaria que o Barão era completamente avesso à formação de frentes comuns no continente contra as potências maiores, pois via o Brasil em posição superior? Basta referir a posição de Rio Branco, contrária aos demais países latino-americanos, e não foi a única vez, com relação à chamada 'doutrina Drago', tomada do nome do Chanceler argentino que defendia, justamente, uma frente comum contra as grandes potências, inclusive EUA, que, à época, se sentiam no direito de cobrar pelas armas as dívidas externas dos nossos vizinhos."

E continuou, quase sem fôlego:

— Disso sabemos todos, e pelos seus feitos na delimitação definitiva do Brasil, o Barão tem e terá sempre a gratidão dos brasileiros.

— De fato, Cristófilo. Vejo que trouxe este livro extraordinário sobre o Barão, do historiador e diplomata brasileiro, com uma visão crítica e atualizada de sua biografia e que com certeza está na base de nosso diálogo. Também li o livro e, a respeito do que acaba de dizer, lembro-me, dentre as frases marcantes que guardei de memória, há esta, acerca da visão de Rio Branco sobre as relações do Brasil com os EUA. Creio que diz algo assim: *"na verdade, a política de Rio Branco para os Estados Unidos pode ser avaliada como um relativo fracasso, ao menos em relação a sua ilusão de ver o Brasil reconhecido e tratado por Washington como um aliado a ser consultado e considerado na elaboração e execução de suas próprias políticas"* [3].

O filósofo continuou, depois de um gole em seu café com "cheirinho":

— Como digo, pode-se indagar sobre semelhanças com a postura, bastante avassalada, do governo do presidente Bolsonaro perante os EUA de Trump. Não será por acaso. Quem salvou o Barão de se expor publicamente a esse equívoco de percepção quanto aos EUA nas suas relações com o Brasil foi Rui Barbosa. Em Haia, em 1907, na II Conferência Internacional de Paz, Rui, chefe de nossa delegação, defendeu, com êxito, o princípio, até então virtualmente ignorado pelas grandes potências, da igualdade dos Estados. Originalmente, diante da proposta discriminatória dos EUA para a criação de um tribunal permanente de arbitragem, composto por 17 países de "primeira classe", nomeadamente as principais potências da época, e de recurso compulsório por todos os países em suas disputas. O Brasil não constava dessa lista. A óbvia situação de país periférico não combinava, e nunca combinou, com a percepção do Barão, de um Brasil poderoso, rico, militarmente forte, civilizado, organizado e politicamente estável, bem plantado nas suas raízes europeias, e identificado com o conservadorismo monárquico, onde escravatura e colonialismo se integram naturalmente. Enfim, como digo, um homem de sua época, mas que vê o presente e o futuro republicanos com olhos do passado. Algo de sobrenatural, convenhamos, por se sentir assim tão capaz de mexer com o tempo, passado, presente e futuro. Previsivelmente, no que toca à Conferência de Haia, Rio Branco insistirá, não em fórmulas de composição do tribunal menos discriminatórias, mas na inclusão do Brasil entre esses países da "primeira classe". A posição de Rui, em favor do princípio da igualdade dos Estados, repercutiu na conferência, tendo o projeto norte-americano sido retirado da agenda. Rui retornou ao Rio com as glórias do "Águia de Haia", agora recebido com todo o apreço por Rio Branco e pelo presidente Afonso Pena. — E concluiu: — Assim, o Barão do Rio Branco conservará e cultivará junto dele, no futuro presente e passado, desde que morreu, duendes herdados do marquês do Rio das Velhas, o mesmo que o acompanhou no outro passado, durante a vida. Ou não era? Não temos que seguir aqui, ao pé da letra, a afirmação de Steiner, a respeito de existir ou não o passado fora da gramática.

— Cristófilo, e como pensa em desenvolver esse documentário, com relação ao verdadeiro Rio Branco e a sua herança de um grupo de seguidores que se acompanham com duendes que ajudam a forjar imagens suspeitas? Nesse contexto de duas dimensões, fica até complicado qualificá-lo. Foi um ser humano e profissional benigno, excepcional diplomata, claro, grande homem público, emotivo, egoísta, prepotente, instigador, visionário, justificador, *bon vivant*, político, grande estudioso da história do Brasil e da geografia, negociador astuto e arguto, dissimulador, por vezes equivocado?

— Tudo isso. Por vezes, grandemente equivocado. O passado do Barão, suas extraordinárias realizações, são continuamente revividos, analisados e enaltecidos, com muita justiça. Vamos dedicar alguns *takes* aos episódios de sua vida profissional, são conhecidos, mas nunca é demais apreciá-los, pelo seu imenso valor, sem dúvida uma lição de vida política e de diplomacia. Mas sejamos racionalmente críticos. O Barão terá se aproximado da república por interesses próprios – tendência apreciável em muitos momentos diplomáticos no Itamaraty subsequente ao Barão –, e foi na república que se consolidou como herói nacional. Mas nunca deixou de lado sua vocação, sua identidade de conservador, "saquarema" – tendência apreciável, também com as devidas adaptações, no Itamaraty subsequente –, ligada ao império e à monarquia que, de mais a mais, acedeu, depois de muito esforço seu e sobretudo de seu pai, em colocá-lo na carreira diplomática, primeiro como cônsul em Liverpool. Fez fortuna em Liverpool. Passou, nessa cidade cinzenta e triste, no entanto, talvez pouco mais da metade dos 19 anos em que esteve lotado no consulado, vivendo o resto do tempo, boa parte dele, em Paris, onde fixara residência para mulher e filhos, em licenças. Muitas delas não oficiais, simplesmente *acobertadas* pelo amigo, o barão de Penedo, ministro plenipotenciário, chefe da legação em Londres, a quem se subordinava administrativamente Paranhos. Claro que em períodos de ausência de Liverpool, estivera também em missões oficiais, entre elas, por dois anos em Nova York e Washington, por conta da Questão de Palmas com a Argentina, submetida à arbitragem do presidente Cleveland. O Itamaraty, desde então, carrega muito dessa herança, desses acertos entre amigos, de administrações personalizadas. Duendes do Barão por todo lado, caro amigo.

— Nada de imperfeito do indicativo, nada de passado fora da gramática?

— Quando Steiner fala de "gramática", creio que ele quer significar "crítica". Então, podemos dizer, não há passado fora da crítica. Já lhe descrevi, resumidamente, a base teórica que informa essa minha proposta, no fundo, uma tese. Se não científica, e a base teórica pode levar por esse lado, ao menos uma tese cultural. Cultural e dramática. Efetivamente, há drama em toda essa história do Barão e os duendes herdados do Marquês. Esse drama, quiçá impossível de ele imaginar em vida, acompanha e ilustra a nossa história diplomática desde a sua morte, em 1912. Do que ele, Rio Branco, quase não terá culpa.

— Drama?

— Muitos dramas, e um em particular muito prejudicial ao Brasil e à sua política externa.

— Essa não, Cristófilo, justo o Barão, o mito de nossa diplomacia, o herói nacional que conquistou pacificamente largas porções de nosso território, no sul, no norte e no oeste, por meio de negociações e de memoriais e defesas, sempre impecavelmente bem fundamentados, de nossas posições quando o Brasil se submeteu ao recurso da arbitragem internacional? E qual é esse drama muito prejudicial à nossa política externa?

— Vou lhe dizer: o Barão, e aí está o drama maior que herdamos dele até hoje, sempre foi um homem que via as fronteiras como linhas, limites, que delimitam, separam o território nacional dos territórios dos demais países vizinhos. Foi o responsável pelo contorno definitivo do Brasil, de seu território e, portanto, de sua nacionalidade. Sem dúvida, com seu portentoso trabalho diplomático, obteve para o Brasil vastas porções de territórios, algo em torno de uns 700 mil quilômetros quadrados, área somada de vários países europeus. Em sua época, estávamos longe dos temas globais, como por exemplo o meio ambiente. Nem mesmo o regionalismo, tal como se desenvolveu muitas décadas depois, era concebível, fora fenômenos isolados e de natureza bem primitiva, conceitualmente falando.

— Perdão, Cristófilo, mas não consigo ver onde está o drama de que fala.

— Podia o Barão prever, no início do século XX, que ao fim do século e começo do seguinte estaríamos nós mesmos, povo e governo brasileiros, destruindo a Amazônia, dizendo que dela temos a soberania e nela fazemos o que queremos? A noção preponderante de relações internacionais dizia respeito às relações de um país com os demais, em especial com as grandes potências, e os vizinhos. O resto do mundo não contava, na maior parte formada por colônias, propriedades das metrópoles. O Barão, de sua parte, via apenas as linhas, por onde deviam estabelecer-se os limites, sejam rios, montanhas, linhas geodésicas. Não só ele, todos os que, à época, se ocupavam do tema das fronteiras, do ponto de vista da geografia, da história e da política, no velho ou no novo continente, entendiam o conceito de fronteiras apenas sob o prisma de limites, das linhas divisórias.

"A soberania de cada nação, sempre e evidentemente definida em primeiríssimo lugar pelas linhas dos limites, não sofria outros tipos de questionamento. Hoje, sabemos que a soberania de um país é uma questão bem mais complexa. São fundamentais e inalienáveis, os limites. Os limites, as linhas de limites, magnificamente defendidas e estabelecidas no Brasil sobretudo por Rio Branco. Continuam definindo o território nacional. E são as que são, para nós, graças ao Barão. Ninguém questiona isso.

"Ninguém questiona nossa soberania nacional sobre o território brasileiro tal como definido pelos limites. Mas é uma visão anacrônica, suficiente, talvez, para os tempos do Barão. Não para hoje, com os temas transnacionais, que ignoram fronteiras e limites, como direitos humanos, meio ambiente, migrações e, por que não, o capital financeiro, ou o aquecimento global. A soberania, agora, vai muito além dos limites. Não reconhecê-la é de um primitivismo conceitual inadmissível. Seria como aceitar um novo colonialismo.

"Meu desespero, e o drama a que me refiro, desesperadamente, se quiser, é que a soberania é um termo complexo, não dá para resolver pondo o exército com canhões ao longo da linha de limites, para nos proteger contra os 'intrusos'. Canhão não protege contra o cientista ou agente 'intruso' que nos leva a biodiversidade ou o conhecimento tradicional indígena numa folha de árvore amazônica ou do cerrado. Canhão não nos protege contra a corrupção da sociedade e da moeda, que nos transforma em 'xepa' da feira livre internacional – pode levar baratinho, pois já está quase podre –, ou contra a dependência tecnológica e as peregrinações a Miami, a 'Roma' dos bárbaros idiotizados latino-americanos, e sobretudo brasileiros – leio agora que o atual governador de São Paulo, João Dória, abandonou o momento crítico da chegada da vacina contra a Covid-19 no Brasil para uma vilegiaturazinha com a família em Miami! –, ou, em resumo, de como entregar de bandeja as eleições de 2022 a outros menos 'miametizados', coisa difícil, vejam o que está por aí na esfera federal, mas, assim espero. Contra todas essas distorções, há um remédio efetivo: a diplomacia multilateral e os entendimentos internacionais, por exemplo, os acordos de proteção à diversidade biológica, ou os acordos para a redução dos gases de origem antropogênica que causam o efeito estufa. Governo Bolsonaro é contra tudo isso, e ameaça de pólvora os EUA caso queiram interferir na nossa 'soberania' de destruir a Amazônia.

"Devo dizer adicionalmente, à risca de alongar-me em demasia, que as *regiões* envolvidas em cada questão fronteiriça sequer eram, para Rio Branco, objeto de consideração. Exceção talvez para dois casos: o do condomínio Brasil-Uruguai sobre a Lagoa Mirim e o rio Jaguarão; e o caso do Acre, onde a presença da população de seringueiros brasileiros em território até então oficialmente reconhecido como boliviano pelo Brasil terá sido a causa primeira da sequência de atritos na origem da disputa. Rio Branco, de início, relutou em envolver-se no diferendo com a Bolívia. Em seguida, não só assumiu a liderança na condução do caso, em meio à repercussão em amplo debate público, como sabiamente procurou negociar em separado com a Bolívia e com o Peru, este na verdade o país com reinvindicações mais significativas na região, já que a Bolívia defendia sobretudo o que já era reconhecidamente território seu.

"Com efeito, não foram essas questões apenas de linhas ou limites, mas questões fronteiriças *regionais*. Sabemos que foi preciso mais de meio século para que o conceito de *região*, quase que por oposição ao conceito de limites, fosse incorporado à noção de fronteiras, gradativamente, pela Comunidade Econômica Europeia e pela sucessora, a União Europeia. Os limites de cada país são sagrados e consagrados pelo Direito Internacional. Não há discussão a respeito. Outra coisa é ver as regiões fronteiriças sob um prisma mais amplo, mas isso não é coisa para o tempo do Barão. Ainda hoje, a tendência, sobretudo entre nós, é a de ver as fronteiras como zonas marginais, periféricas, com atividades irregulares, muitas delas de natureza negativa, como contrabando, imigração ilegal etc. Nada mais anacrônico e equivocado.

— De fato, Cristófilo, o Barão não podia prever ou antever essa evolução em seu tema predileto. Daí a ser um drama...

— Drama enorme, do qual ele evidentemente não tem culpa, não era um tema da época dele, repito. Mas é um drama que hoje se revela claramente, até mesmo na depredação ambiental na Amazônia, em curso desde há muitos anos: de um lado, com a evolução natural dos conceitos de soberania, para abrigar, sem perda de suas características básicas, as noções de integração regional, cooperação transfronteiriça, e integração entre Estados ou até mesmo continental; de outro, com a cada vez maior presença na agenda internacional de temas transnacionais, temas que ultrapassam as fronteiras, mas que podem e devem conviver e ser compatíveis com o pleno reconhecimento e respeito aos limites ou linhas que separam soberanias, como a mudança do clima e o aquecimento global, direitos humanos, meio ambiente, recursos hídricos, energéticos, movimentos migratórios, movimentos de capital e muitos outros.

— Até mesmo o princípio, consagrado em relações internacionais, e que se vincula diretamente aos conceitos de limites e de fronteiras, a saber, o de não ingerência em assuntos internos de outros países, princípio caro ao Barão e basilar do Direito Internacional, sempre cultivado e defendido pelo Brasil, até mesmo constitucionalmente, diga-se de passagem, está sendo objeto de distorções graves por práticas no atual governo brasileiro com relação a vários vizinhos, não só a Venezuela. No caso desse princípio, é uma distorção *à l'inverse*, mas igualmente dramática, ao não reconhecer a perfeita compatibilidade jurídica, ou seja, a compatibilidade da fronteira, como região e a linha de limites, como definidora do alcance territorial da soberania. Nenhuma das tentativas contemporâneas, no âmbito multilateral, de qualificar esse princípio, por exemplo, com a noção do chamado 'right to protect', R2P, levou, como não poderia levar, a lado algum.

"Sintomaticamente, o Barão sempre esteve avesso a iniciativas de formação de blocos regionais ou coisas do gênero.

Muitos, não todos, de seus epígonos lhe atribuíram, com os equívocos compreensíveis, a iniciativa ou o favorecimento da proposta, nunca concretizada, da criação do bloco ABC, Argentina, Brasil e Chile. Não parece ter tal ideia sequer passado pela mente de Rio Branco, que não via nas relações com os vizinhos mais bem postos, digamos assim, senão um potencial de consultas para evitar conflitos regionais. Isto, no máximo, pois o contexto regional vivenciado nas concepções do Barão era mais bem o de rivalidades, até em nível pessoal, como foram os conhecidos desentendimentos entre Rio Branco e o historiador e Chanceler argentino Estanislao Zeballos. Muito menos teria Paranhos uma visão de integração ou de cooperação dos espaços fronteiriços. Predominava, à sua época, a necessidade de definição das linhas fronteiriças, das linhas limítrofes do território e da soberania nacional de cada país, visão por certo tradicional, e pela qual lhe somos todos os brasileiros reconhecidos, pois nos deu esse Brasil de hoje, com limites definidos, com fronteiras definidas pacificamente.

"É de ver, apenas como menção à parte, que os limites, tal como os tratou o Barão, e tal como vemos o conceito ainda hoje, e que está consolidado no Direito Internacional, curiosamente pouco ou nada tem a ver com o conceito original, o lins do império romano, muito mais ligado, como bem sabe, à noção de espaços limítrofes, porém abertos e interativos. Mas, isto é outra história que não cabe aqui. Rio Branco foi, não custa nunca repetir, um iluminado, um sábio pelos estudos e pela compreensão, quem sabe, única e isolada, do mundo que o envolvia. Definitivamente, um solitário."

— Interessante ver você descrever o Barão como um diplomata individualista, que acredita mais na luta solitária, e que sequer reconhece o trabalho em equipe...

— ...meio egoísta até, como foi o caso, para citar um exemplo de muitos, da bem-sucedida defesa da posição brasileira na chamada Questão de Palmas, na arbitragem pelo presidente

Cleveland, dos EUA, em que o Barão reivindicou apenas para si e seu trabalho individual, em detrimento da equipe de diplomatas e assessores que o auxiliaram, os méritos da causa ganha. Paranhos teve atitude parecida ao não reconhecer o importante trabalho de Emilio Goeldi, naturalista suíço à época diretor do Museu Paraense, convocado por ele para, incógnito, influir, junto aos assessores do Conselho Federal Suíço, na avaliação da exposição brasileira à arbitragem dos suíços no diferendo sobre a fronteira com a Guiana Francesa.

— Atitude que projeta indistintamente para o plano da política externa, em que pese a existência de alguns opositores dentro do governo e do Congresso, como o senador Pinheiro Machado, ou mesmo o senador Rui Barbosa e o deputado Barbosa Lima. Fizeram-lhe oposição forte em muitas ocasiões, por exemplo aquando dos debates sobre a provação do Tratado de Petrópolis com a Bolívia. Mas me deixa curioso, Cristófilo, a sua proposta de que, para realizar todas suas extraordinárias façanhas, Rio Branco foi dotado de energias especiais, um talento fora do comum, que lhe dava forças para agir sozinho, a tal ponto que era amparado, quem sabe noutra dimensão, esta dimensão ficcional na qual você trabalha, pelo amigo, que você chama de marquês do Rio das Velhas e seus duendes.

— Longe de ignoramos o tema do Barão solitário, que prevejo uma das cenas finais do documentário. Apesar das muitas amizades, como a de Eduardo Prado ou a de Joaquim Nabuco, algumas muito importantes e que lhe protegeram e abriram o caminho nas venturas e aventuras diplomáticas, Rio Branco vivia e agia solitariamente. Fora da vida familiar, dos convescotes com amigos e dos banquetes, fazia muitas de suas refeições a sós, sempre a desoras, sempre possivelmente sob a inspiração ficcional do nosso marquês do Rio das Velhas.

"Ainda a respeito da noção de regiões fronteiriças como regiões propícias para a integração e para a cooperação, devo dizer que, na medida em que se insiste, na gestão pública, em continuar a ver a fronteira apenas como uma linha divisória, instalando até mesmo muros físicos, como quis Trump na fronteira com o México, ou como fizeram os governantes israelenses Sharom e Netanyahu com os palestinos, atacamos frontalmente a vida e o ser humano, bem como o direito das sociedades de se desenvolverem com liberdade. Tudo isso porque os duendes 'herdeiros' do Barão, e do Marquês mantiveram-se, acriticamente, seguidores de seus mestres, fazendo das suas por aí. E, digamos de passagem, Rio Branco, e muitíssimos de seus seguidores, não tinham nada a ver com essa história de desenvolvimento, muito menos liberdade. Digamos, não era assunto da época, com a escravatura ainda dispersa construindo favelas e os barões do café satisfeitos, como hoje com os barões do 'deus Agro, aquele que tudo pode' não têm nada a ver com um Brasil cada vez mais desigual, doente e ignorante. Se não quiser ver drama nisso...

— Estou com você, Cristófilo, mesmo sem conseguir ver as suas teorias em toda a extensão que imanam.

— Até hoje, por exemplo, a diplomacia brasileira mantém a mesma visão de fronteira que informou a ação diplomática de Rio Branco. Talvez com algum ajuste aqui e acolá, algumas poucas iniciativas ligadas ao Mercosul ou a uma ou outra iniciativa de cooperação regional ou bilateral. Vivemos esse drama do isolamento de nossos vizinhos, quando podíamos, há muito tempo, estar trabalhando juntos. Uma lástima. Não digo mais, faça apenas uma comparação, faça uma foto — antes se dizia 'tire uma fotografia' – do mapa do Brasil em 1910, com praticamente todos os limites fronteiriços definidos como os vemos até hoje, e o Brasil de agora, com a ocupação desordenada da Amazônia, queimadas, desmatamentos, povos indígenas escorridos de suas terras. Mais, os duendes do marquês do Rio das Velhas deixaram marcas muito distorcidas do que seriam as linhas mestras imaginárias do Barão em matéria de política externa. Os epígonos de Rio Branco deram voltas mirabolantes, inclusive o namoro com o nazismo de Hitler, se bem que aí mais por conta de contaminações ideológicas estranhas, lembra de que lhe falei sobre a aleatoriedade dos 'pacotes energéticos'? Distorções que não mais acabam, praticamente presentes em todas as gestões de nossa política externa desde Rio Branco. Pior no atual, em que se propõe a vassalagem, combinada com o negacionismo científico, econômico, político e social, e o incentivo à destruição. As fronteiras, os limites, e o Barão que se cuidem. Agora, com o Chanceler bolsonarista, o Brasil se vangloria de ter-se tornado 'pária' internacional."

Eu estava fascinado e, confesso, confuso com as considerações e revelações do Cristófilo. Enquanto pensava no título a ser dado à entrevista, talvez algo como: "Rio Branco e o Itamaraty hoje: uma gramática sem nexo".

Pensei em como seriam recebidas pela equipe do documentário as propostas do Cristófilo, talvez intelectualizadas em demasia, em que pese o bem-vindo tom crítico. Concluí que seriam merecedoras de crédito, não sei se pelo inusitado da forma, com essa história de duendes e pacotes de energia cósmica, ou pelo lado inovador da justaposição em contraponto da visão do mundo do Barão com a temática que o mundo hoje se apresenta aos olhos de nossa diplomacia. A ponto de o atual governo torná-la cega. Talvez a síntese pudesse ser encontrada, como sempre, na origem de nossa conversa, quando Cristófilo foi buscar no personagem fictício (?) do marquês do Rio das Velhas sua argumentação sobre quão variável é a dimensão de nossa existência. Não só no Marquês, mas no próprio Velho Rio: como o Rio Branco para a diplomacia brasileira, o rio das Velhas gerou, lá na Vila Rica de Ouro Preto, onde nasce, águas límpidas, que, ao longo de sua extensão de mais de 800 km até desembocar no rio São Francisco – mais um idoso, o "Velho Chico" –, outros beberam, mas não souberam aproveitar sua frescura, e delas se apropriaram equivocadamente, como zumbis que se arrogam o direito de lançar poluentes, detritos, turvando a imagem clara do rio em sua origem, quiçá condenando-o à morte. Uma morte já anunciada pelo atual governo Bolsonaro.

O rio segue, chorando a sua dor,
Recebendo tudo que vão despejando,
Vai morrendo aos poucos, assim se calando.
Meu berço é Minas Gerais,
Se não deixarem que eu corra,
Um dia eu não serei mais.
(Do cancioneiro popular)

Já era noite e chovia menos. Famintos, Cristófilo e eu rumamos para o Ramiro, não longe de onde estávamos. Entre uma sapateira e os sempre excelentes camarões da costa de Cascais grelhados ao sal, Cristófilo e eu discutimos mais alguns pontos de sua exposição, notadamente a composição das cenas do documentário sobre Rio Branco, sem maiores novidades. Falamos, entretanto, do amor e respeito que o Barão, ele mesmo jornalista, nutria pela imprensa, que soube instrumentalizar tão bem ao longo de toda sua vida diplomática, mesmo que, por vezes, às custas do dinheiro público, não havendo, à época, maiores distinções entre a república e a ação dos homens potentados que a dirigiam sem contas estritas a prestar.

No dia seguinte, na redação do jornal, pedi a um jornalista que me assessora, o Antônio Gadelha, também ele dado às filosofias, rapaz de uma inteligência marcante, para preparar uma minuta da entrevista, com base em minhas anotações da conversa com o Cristófilo. Fiquei muito contente com o que fez. Mandei a minuta por e-mail para o Cristófilo, apenas por honra da firma, já que ele me havia dado carta branca para publicar o que bem eu entendesse. Filósofos.

Enfim, a entrevista, tal como lida na minuta do Antônio, foi publicada e, pelo que sei, muito apreciada. O título, porém, com que foi finalmente circulada era mais objetivo do que eu havia imaginado. É o tal poder de síntese jornalística, graças ao meu brilhante assessor: "Filósofo fala de duendes de rio branco, e vê o esfacelamento atual da política externa do Brasil".

> Considerado o maior dos filósofos contemporâneos da Comunidade CPLP, o Bissau-guineense Cristófilo Bantuá de Medeiros vê conservadorismo anacrônico em muitas instâncias da política externa do Brasil, ao longo do século passado e mesmo deste século. O que se verifica, diz Cristófilo, é que diante da compulsiva, e muitas vezes controvertida, presença da "herança" do grande herói da diplomacia brasileira, como a chamada "aliança não escrita com os EUA" ou a "política externa acima das injunções partidárias internas", a evolução e a atualização de conceitos fundamentais no plano internacional ficam prejudicadas. Assinala, contudo, que a coerência intrínseca da diplomacia brasileira somente foi rompida no atual governo do presidente Bolsonaro, que rejeita conformar-se aos princípios basilares da convivência entre as nações e vê como uma conquista a degradação do Brasil a uma posição de "pária internacional". Veja a seguir a entrevista concedida ao nosso editor Américo Stefan.

[1] *"Does the Past have any existence outside grammar?"*. STEINER, George. *After Babel*. OUP, 1977, p. 132.

[2] Autor cujas obras *O dia em que adiaram o Carnaval*: política externa e a construção do Brasil (Ed. Unesp, 2010); *O evangelho do Barão:* Rio Branco e a identidade brasileira (Ed. Unesp, 2012); e em especial *Juca Paranhos, o barão do Rio Branco* (Companhia das Letras, 2018),) tomo por referência descompromissada neste conto.

[3] SANTOS, Luís Cláudio Villafane G. *Juca Paranhos, o barão do Rio Branco, op. cit.*, p. 505.

ANO 2230

REVOLTA EM MARTE E A QUEDA DA DINASTIA DOS BRAGUINEROS NO BRASIL

I

Marte, ano 2230. Uma mineração de ouro próxima ao polo sul do planeta. Hora do almoço. O astronauta brasileiro Josimar, em inspeção à área dos túneis da mina, senta-se no banco de uma praça aberta para fazer sua refeição solitária.

Sente-se cômodo, tem os movimentos livres. Está protegido pela "geleia cósmica". Há muito que os astronautas não usam, nos espaços abertos, aquelas vestes pesadas, verdadeiros contentores individuais, para se protegerem da falta de ar, das temperaturas extremas e das intempéries, bem como das distintas forças gravitacionais.

Agora, e já se vão algumas décadas desta inovação, protegem-se por um envolvente plasma individual, o "individual cosmic plasma" (ICP/1). Há também o de grupo, o "group cosmic plasma" (GCP/2 f(n)). Em nível planetário, esse plasma cósmico equivaleria à atmosfera que envolve a Terra.

Chamado carinhosamente pelos astronautas de "geleia cósmica", esse plasma envolvente é constituído da múltipla polarização de subpartículas atômicas que conformam feixes energizados em microrreações nucleares pré-programadas e capazes de reproduzir a atmosfera terrestre.

Em outras palavras, cada habitante das colônias extraterrestres, astronauta ou não, ao sair dos "domos" com atmosfera artificial, consegue reproduzir, à sua volta, e apenas com uma simples vestimenta pontuada por milhões de microterminais nucleares, a atmosfera terrestre, com uma capa adicional de proteção contra a interferência de forças externas, como ventos fortes ou variações de temperatura ou de gravitação.

Almoça um ensopado de "proviróticos", temperado com *curry* indiano e bolachas com aminoácidos essenciais. Há muito também que os chamados proviróticos, pela facilidade de confecção e riqueza proteica, tornaram-se a principal fonte de alimento na Terra; e, mais ainda para as comunidades, já bastante significativas, que vivem em colônias na Lua e em Marte.

Os terromarcianos, e também os terrolunares, já na sua terceira ou quarta geração, beneficiaram-se particularmente do aproveitamento de diversos tipos de vírus descobertos localmente, alguns da linhagem dos corona, e que, devidamente sintetizados, se tornaram uma rica fonte de proteínas. Os inesperados "musgos" marcianos, encontrados no fundo de cavernas próximas aos polos do planeta, da mesma forma que nas profundidades de frestas nos polos lunares, são a fonte de vida e de água nesses corpos extraterrestres. Pela hidrólise nos diversos reatores nucleares instalados, a água dos musgos permite a geração de oxigênio em reservas suficientes.

Em sua refeição solitária, Josimar, tenente-coronel engenheiro intendente da Aeronáutica, em missão temporária em Marte, pensa na família que deixou no Brasil, há dois anos: "Como estarão, mulher e filho, já com 10 anos, enfrentando os novos tempos no país, sob o imperador Braguinero IV?". Nunca havia entendido bem os relatos históricos a respeito da transição política no Brasil, ocorrida há cerca de 200 anos, de um modelo republicano para o modelo imperial-dinástico. Sabe que, com o falecimento do presidente vitalício Braguinero, seguiram-se triunviratos sucessivos de filhos e parentes, tendo um deles, Carlos 009, sido aclamado imperador, bem à moda da antiga Roma. Ao que consta, Carlos, que detinha o apoio das milícias armadas que dominavam o país, teria obtido a concordância dos irmãos para promover o retorno do Brasil ao modelo imperial, sob a dinastia dos Braguineros. Mas nunca ficou esclarecido como Carlos havia obtido essa "concordância" dos irmãos, desaparecidos misteriosamente. É fato, entretanto, em que pese as lutas fratricidas entre os diversos filhos de Carlos, já aclamado Braguinero I, que a dinastia se consolidara, chegando, agora, em 2230, ao Braguinero IV.

Entre cápsulas da sopa provirótica, Josimar, com saudades de casa, repassa mentalmente alguns traços dessas mudanças no país: "Sim, muito triste, o Brasil havia mudado muito, mas que tragédia! Ainda durante os anos dos triunviratos, o Congresso Nacional transformara-se num sistema político de representação única, a "Rede de Apoio Social Potencializada" (RASP). Toda a cidadania era obrigada a integrar a RASP. Seus líderes, ou *influenciadores* eram escolhidos periodicamente dentre uma lista apontada pelos governantes triúnveres. Qualquer opositor aos ditames dos governantes, sempre *potencializados* pela RASP, era, e ainda é, automaticamente excluído da RASP, caindo então para a subcategoria sociopolítica dos GRAYS, considerados traidores do regime".

Josimar, claro, tinha meios de se comunicar com a família, mas eram formas limitadas de comunicação. Ele e a família haviam sido integrados na subcategoria dos GRAYS, sendo as suas comunicações interpessoais, fora do trabalho, objeto de censura e de limitações várias. Fora punido com a exclusão da RASP por suas opiniões críticas a respeito das políticas imperiais brasileiras para a ocupação da Amazônia, e, mais recentemente, por ter defendido, com colegas da Agência Espacial e Interplanetária Brasileira (AEIB), a adoção de formas democráticas de gestão nos domos, as colônias no espaço exterior, então sob forte controle das potências maiores, sobretudo os EUA, Rússia, China, União Europeia, Japão e Emirados Árabes.

Tinha apetite. Engoliu várias cápsulas da sopa provirótica com *curry* e, às escondidas, tomou meia bisnaga de cerveja condensada. Graças a sistemas automáticos de controle da temperatura, os alimentos mantinham-se aquecidos ou refrigerados adequadamente à ingestão prazerosa. As bebidas, exceto a água marciana, obtida com o processamento de musgos abundantes nas profundas cavernas do polo sul do planeta, eram permitidas apenas em ocasiões especiais, mas Josimar, como oficial intendente e já com posição alta na hierarquia local, tinha algumas regalias de acesso aos estoques controlados pela administração dos domos.

Iria, de qualquer forma, regressar à Terra, e ao Brasil, em breve, e estava feliz de deixar a vida em Marte: "Muito dura a vida aqui, apesar das comodidades já conquistadas pelos colonizadores nesse ambiente hostil de agressão permanente".

O meio, sim, fora dos espaços protegidos nos domos, era impróprio para a vida humana, salvo com a proteção ICP/1, a "geleia cósmica"; mas, refletia Josimar enquanto saboreava uma porção da pasta de cerveja, "agressão talvez ainda pior provém da forma autocrática de gestão das colônias, com a exploração do trabalho dos astronautas e dos terromarcianos originários de países marginais no desenvolvimento de tecnologias relativas ao aproveitamento e colonização no espaço extraterrestre".

As potências dominantes, de fato, já se beneficiavam de imensas explorações de minerais nobres, e de programas "agroespaciais", sobretudo em áreas como a das culturas de proviróticos ou a das micromutações bioelementares – estas, derivadas da tecnologia dos plasmas de sobrevivência no espaço exterior, anteriormente referidos, as tais "geleias de plasma", no caso, a coletiva, a GCP/2 f(n), com enorme potencial de compensação, na Terra, para as mudanças do clima e o aquecimento das temperaturas, e que provocavam, há mais de dois séculos, terríveis catástrofes nos diversos continentes.

Eram de especial interesse para sua aplicação no Brasil, onde a Amazônia havia perdido mais da metade da cobertura florestal, pelos incêndios e desmatamentos, estes desde há muito promovidos pelos governantes imperiais, inclusive com a política da chamada Sensibilização Total à Promoção da Renda e da Urbanização da Amazônia (SENTAPRUA). Adotada há quase dois séculos pelo governo central imperial no Brasil, a iniciativa SENTAPRUA havia dado margem ao desmatamento programado de corredores, de vários quilômetros de largura, ao longo de toda a extensão do território amazônico, nos eixos leste-oeste e norte-sul, destinados ao AGROIMPERIAL, bem como à instalação de centros urbanos. Nos seus mais de 1,5 milhão de quilômetros quadrados de área "limpa para a civilização", constituíram, recorda Josimar da leitura de textos históricos, e agora censurados, por serem considerados textos subversivos, "uma apavorante reedição, em escalas gigantescas, de antigos projetos da era pré-imperial, dos chamados de 'Transamazônica' e de 'Calha Norte', ou programas como o AGRO, entre outros que indicaram, naquelas épocas remotas, o caminho a seguir para a destruição do bioma da Amazônia e de suas riquezas".

Sempre protegido pela "geleia" individual, Josimar guardou resignadamente no bolso o restante da cerveja condensada e algumas das plaquetas de alimentação. Olhou para a mina de ouro onde fazia a vistoria, apenas interrompida pelo almoço.

Ativou despreocupadamente o modo "levitação" no controle telepático da sua geleia cósmica individual, o ICP/1, e dirigiu-se, dentro do corredor aéreo sobre o terreno algo acidentado circundante à mina, em plano de elevação a 10 metros da superfície, para as instalações industriais da mina. Já era hora de regressar ao trabalho.

Instintivamente, sabia que ainda não havia cumprido a sua real missão em Marte.

II

Tinha sido um longo dia. Já estava em Marte há mais de dois anos, e ainda achava engraçado o planeta ter o dia com duração apenas de pouco mais de 24 horas, cerca de 39 minutos a mais. A duração do ano marciano, sim, era mais longa, equivalente a quase dois anos terrestres.

Ao final da jornada de trabalho, dirige-se ao domo 27, onde tem seu pequeno apartamento. No caminho, recebe mensagem da amiga indiana, Esha Luandia. Propõe encontro para um drinque no bar Olimpo, embaixo. Tinham muito que conversar.

Esha também habita no domo 27 – lá, como em muitos outros domos, a morada individual, de 10 a 20 m², é chamada de *loggia,* por ter a forma dos camarotes num teatro lírico: circundam, em formato de ferradura os espaços interiores, adjacentes às espessas paredes externas de vidro e aço. Os domos, na verdade, mas mal comparando, são como células, tendo ao centro, no núcleo, amplos espaços – a gema de um ovo – reservados para a vida comunitária, comércio, restaurantes, praças de desportos, teatros, espaços para o culto religioso etc. Em alguns domos, muitas das *loggie* podem ter o formato hexagonal, como numa colmeia. São muitos andares, a altura dos domos pode chegar a 100 metros. Há elevadores, para quando os habitantes não estão vestidos com a sua ICP, a "geleia cósmica" individual, podendo neste caso aceder à habitação por mera levitação. As *loggie* de ambos eram de 20 m², reservadas para astronautas e administradores residentes de certo nível na hierarquia da União Intergoverno em Marte (UIM), órgão de controle executivo no planeta. Brasil e Índia integram a UIM, como países associados, mas não fazem parte do Comitê Operacional de Marte (COMA). Este ainda é controlado pelas potências espaciais originais, EUA, China, Rússia, Japão, União Europeia e Emirados Árabes Unidos. A admissão da Índia, entretanto, está em vias de ocorrer, tendo em conta o grande envolvimento indiano em décadas recentes no desenvolvimento das colônias terrestres em Marte e na Lua.

Depois de um banho reconfortante, Josimar desce e dirige-se ao bar Olimpo. Esha já havia chegado. Pedem um chá preto com espuma provirótica, sabor cardamomo. Josimar a cumprimenta com um beijo carinhoso. Tornaram-se amigos no trabalho, ela como engenheira nanonuclear, ele como engenheiro intendente em processos industriais sob gravitação variável.

Em comum, mais do que a profissão, partilham da mesma visão política diante do jogo de poder existente nas estruturas de controle da colonização em Marte. Lutam por uma maior participação dos países associados, e mesmo do conjunto dos países cosmo-emergentes (CEMs), aqueles com pouco peso e presença na conquista espacial. Por um motivo muito simples: são defensores do movimento, crescente entre muitas sociedades tanto na Terra como nas colônias em Marte e na Lua, em prol de um conceito, na verdade um princípio abrangente de direito no espaço exterior, da "democracia no cosmo". De momento, aplicar-se-ia às colônias em Marte e na Lua, mas seu alcance, por certo pretensioso, se vincularia ao projeto civilizacional da Terra à medida que expande sua presença cósmica.

Esha parecia preocupada, mas o tom de voz exalava confiança:

— Sabe, Josimar, não me parece que a reunião de ontem no comitê dos CEMs tenha sido boa. Os CEMs, talvez por serem novatos na exploração do espaço exterior, sentem-se constrangidos em buscar formas mais democráticas de administração nas colônias em Marte e na Lua.

Josimar concordou:

— Foi ruim, de fato. Somos os membros mais antigos no CEMs, dos poucos países a estar associados também ao UIM. Temos que nos reinventar, e ajudar aos mais novos. Cá entre nós, não podemos nos comparar com outros "países cosmo-emergentes" que sequer conseguiram ainda colocar por conta própria um homem na Lua. Muito menos em Marte, coisa que vocês, bem mais adiantados do que nós, brasileiros, já ultrapassaram há muito tempo. De qualquer forma, Brasil e Índia, e vocês, indianos, mais do que nós, temos o dever de liderança no grupo dos emergentes. Entendo que os demais possam relutar em seguir as propostas de maior democratização na administração das colônias em Marte e na Lua. Agora, não entendo os americanos: o sistema democrático deles na Terra é cada vez mais aperfeiçoado. Depois da tentativa de Trump, 200 anos atrás, nunca mais houve qualquer ameaça grave ao sistema e à democracia. No espaço exterior, continuam com as práticas que subsistem nas Nações Unidas, onde as potências nucleares ainda compõem o clube dominante. Verdade que a Índia, deve em breve ser admitida nesse clube, com um assento permanente no Conselho de Segurança. 200 anos para conseguir isso?

— Josimar, estamos falando de Marte. Como os mais antigos no grupo dos emergentes, concordo com você, temos um dever de liderança, que aliás estamos cumprindo. Sei que não é fácil. Parece não haver interesse de colegas em defender e levar adiante proposta altamente revolucionária, a democratização do COMA, e por esse meio democratizar o processo de colonização em Marte. Você mesmo andou, individualmente, fazendo algumas tentativas de articulação com os emergentes mais novos, e o resultado não foi bom. Os membros do COMA souberam do movimento e da sua liderança. Até pensei que pediriam ao governo imperial brasileiro o seu regresso à Terra, mas curiosamente, isso não ocorreu. Soube depois de muitas coisas, que preciso dizer-lhe. Não são más notícias, ao contrário.

— O COMA não chegou a pedir o meu regresso à Terra, mas, no Brasil, o governo ficou sabendo de minhas iniciativas por cá, que tomei obviamente sem instruções. Fui punido, e não só por este motivo. Sem direito a defesa. Expulsaram-me, junto com minha família, da comunidade oficial, a RASP. O governo imperial brasileiro havia ao que parece tolerado minhas críticas sobre a devastação na Amazônia e suas consequências negativas no esforço de recuperação orgânica do planeta, que fiz em estudo sobre as interferências climáticas no equilíbrio interespacial na estratosfera e demais ambientes interdimensionais nas vizinhanças da Terra. A publicação do estudo, pela Agência Espacial Interplanetária Brasileira, a AEIB, coincidiu com a divulgação, pela AEIB, de propostas minhas sobre a democratização da colonização em Marte e na Lua, ao mesmo tempo em que ficaram sabendo de atividades "subversivas" aqui em Marte. O resultado foi imediato, com a expulsão da RASP. Lá no Brasil dizem "exclusão", por eufemismo banal. Minha família e eu transferidos sem apelação para a comunidade dos GRAYS, o nosso submundo político e social, composto por todos os que se opõem ao regime imperial de Braguinero IV. Obviamente, meu regresso ao Brasil está para breve. Mas, diga-me, quais são essas notícias boas de que fala?

— Josimar, os ventos políticos estão mudando. Tenho indicações de que as grandes potências espaciais, os membros do COMA, dispõem-se a aceitar um grau maior de democratização aqui e na Lua, sob certas condições.

— Difícil de acreditar, Esha. Por que o fariam? Não está confundindo? Claro que a admissão próxima da Índia como membro pleno do COMA é um bom sinal de abertura, mas convenhamos que esteja longe de ser suficiente. Não vejo maiores reações das grandes potências à pequena pressão que nós, alguns poucos membros associados e integrantes dos países emergentes espaciais, temos tentado fazer nesse sentido. No meu caso, então, em desobediência às instruções do governo imperial brasileiro. E olhe que tenho conversado com as lideranças da comunidade de brasileiros aqui em Marte, são quase um milhar de residentes nacionais. Ao que parece, metade não se sente motivada a um movimento de reação, talvez por medo de punição pelo governo braguinero e de sua polícia interplanetária, que volta e meia aparece por aqui. Não esqueçamos que o Brasil só conseguiu fincar sua bandeira na Lua e em Marte por meio dos programas de cooperação com China, Rússia e EUA, mas vejo esses países se afastarem cada vez mais do Brasil.

— Justamente, Josimar. Depois que a China, a Rússia e os Emirados consolidaram seus regimes democráticos, em décadas recentes, praticamente não subsistem mais regimes totalitários na Terra. A única exceção, dentre os países que contam, é o Brasil, com um regime imperial anacrônico e perigoso. Nosso movimento pela democratização das colônias no espaço extraterrestre parece encontrar apoio entre as grandes potências por uma questão de equilíbrio político interespacial, de *feedback,* entende? Uma democratização aqui em Marte e na Lua, ainda que relativa, daria melhores condições jurídicas aos grandes países de "forçar a mão", por assim dizer, pela democratização completa na Terra. Isso diz respeito direta e principalmente ao Brasil.

— Começo a sentir cheiro de pólvora, Esha Luandi. Minhas desculpas pela expressão antiga, da era pré-espacial, quando havia canhões, armas com uso da pólvora. O imperador Braguinero IV que se cuide, quando as grandes potências, em conluio, miram o Brasil em seu radar ofensivo. De minha parte, não esperava tanto. Como você diz, estamos falando de Marte. E não é que essa grande operação contra o Brasil dos Braguineros se desenha logo aqui? Por força da ideologia da "democracia abrangente"? Por força de um mero princípio? Apenas? Torço para que seja verdade; e, se for, estou pronto a fazer a minha parte, claro.

Josimar estava surpreso com as confidências da amiga indiana. Procurou entender o sentido do que ouvia. Olhou em volta, como que para ganhar tempo, e disse, num tom de intimidade:

— E pensar que estamos falando de sublevação e de temas sensíveis numa mesa de bar...

Esha acedeu com a cabeça, se aprestou a sair, mas resolveu continuar o diálogo. Sabia, em seu íntimo, o que ia pela cabeça do brasileiro, mas era bom ouvi-lo, de qualquer forma. Afinal, estava ali não só como companheira e amiga íntima de Josimar, mas como interlocutora do representante norte-americano no COMA, numa missão, sim, não há negar, de espionagem. Espionava o amigo, mas era até pra o próprio bem dele, e a seu favor. Queria ter certeza de que Josimar se disporia efetivamente a fazer uma sublevação pela democracia no planeta. Era do interesse do COMA, das grandes potências, mas era do interesse do astronauta brasileiro por suas convicções. Deveriam todos convergir em torno da necessidade de terminar com o regime dinástico e totalitário dos Braguineros no Brasil.

Josimar emudecera por momentos, numa conversa interna consigo próprio. De fato, estaria pensando, há muito que o Brasil se isolara, tornando-se um pária na comunidade internacional, em função do desrespeito aos princípios básicos de convivência, com violações sistemáticas aos direitos humanos e à conservação com sustentabilidade do meio ambiente. Mais da metade de toda Amazônia já devastada, transformada em campos agrícolas e centros urbanos, com evidente prejuízo ao equilíbrio orgânico do planeta, como havia ele mesmo indicado no estudo publicado pela AIEB. A mudança do clima, e seus efeitos, entre eles o aumento do nível das águas dos oceanos, já provocara o desaparecimento de países insulares no Pacífico e muitas cidades, como Nova York ou Rio de Janeiro, haviam construído enormes diques para evitar serem parcialmente submersas. Os países de clima outrora temperado estavam agora em pleno processo de adaptação de seus cultivos à agricultura tropical, diante da elevação das temperaturas nessas regiões. Não de hoje vinha sendo o Brasil, junto com outros países, responsabilizado por esse estado de coisas. É certo que a partir do final do século XXI, grandes emissores de CO2, sobretudo os países desenvolvidos, mas entre eles também Índia e China, cuja principal fonte de energia foi até então o carvão mineral, passaram a utilizar fontes limpas de energia. Menos o Brasil.

O comportamento e as ações do governo imperial da dinastia Braguinero ameaçavam gravemente a vida na Terra. Josimar foi rápido na conclusão, não sem alguma ironia:

— Pelo que vejo, então, as ameaças à vida e os desequilíbrios ambientais na Terra nos ajudam a uma evolução política no cosmo.

— E vice-versa. O representante-diretor norte-americano no COMA — continuou a argumentar Esha —, tem conversado comigo e recentemente me confidenciou haver essa tendência lá no Comitê. Tudo isso é confidencial, claro. Mas não é só política, Josimar. Há uma interação aí, algo mais concreto, de que suspeito. Temos que investigar mais. Tudo o que sei é que não haveria mais condições de o Brasil continuar sob um regime autoritário e devastador. Você, Josimar, com a sua liderança no movimento de democratização em Marte, em desobediência, como você mesmo diz, às instruções do governo imperial brasileiro, tem um papel fundamental nesse processo.

Josimar sente-se confuso. Afinal, o que faz em Marte? Veio em missão técnica, é verdade. Por suas convicções, entretanto, metera-se em política espacial, sendo marginalizado pelo governo imperial brasileiro. Sempre fora um opositor do regime, apenas poupado por desempenhar funções técnicas. Só que agora a família também ficara prejudicada: "Não, não há mais como voltar atrás", pensa, e diz de forma meio reticente à amiga indiana:

— Enquanto estiver em Marte, veremos o que poderei fazer.

— As notícias são boas, Josimar, acredite. Você ainda tem uma posição privilegiada aqui, pelo menos enquanto seu governo não o chamar de volta. Está aí a oportunidade, para articular a revolução no sistema político em Marte e, por consequência, criar as condições para o término do regime imperial no Brasil.

— Revolução? Como assim? Uma revolução aqui, para acabar com regime imperial no Brasil?

— É um termo antigo, "revolução". Melhor dizermos "evolução". Reintegração na democracia, após quantos anos, mais de 200 de regime autoritário, não é mesmo? A implantação universal da democracia, com a agregação de Marte, e automaticamente da Lua, mesmo que em termos relativos, constituirá um enorme elemento de pressão para as Nações Unidas, na Terra, conseguirem a "evolução" no Brasil para a democracia, com a queda da dinastia Braguinero. E digo mais: não serão apenas os elementos políticos os catalizadores dessa mudança: acredite que há, segundo entendo, fortes fatores econômicos e tecnológicos que pesam no processo, ademais, obviamente, do fator ambiental. E todos vinculados ao Brasil. Precisamos identificá-los. De minha parte não sei ainda muito a respeito, só sei que existem.

"Com a próxima admissão da Índia ao COMA, órgão colegiado das grandes potências e gestor máximo da colônia em Marte, Esha aparentemente já tem acesso a informações privilegiadas", pensou Josimar, "mas ainda não estará segura do que sabe, por isso não me quer adiantar mais do que já disse". Ficou, entretanto, satisfeito em ouvi-la. Pareceu-lhe melhor esperar mais um pouco antes de tentar aprofundar a conversa. Quis dar um tom mais leve ao encontro.

Desenho: Rita Cipolatti. Dizeres: "1969. Um pequeno passo para o homem na Lua e em Bom Jesus do Amparo, um salto gigante para a humanidade chegar a Marte (contém ironia ou anedota-literalismo na moda)".

— Querida Esha Luandi, posso contar-lhe uma historinha? Creio que resume o que estamos conversando. Vem do repertório de minha irmã, Fátima, uma poetiza que fala de nossa terra, uma região muito rica culturalmente no Brasil, as Minas Gerais, terra de montanhas e outrora de minas de ouro, de ferro, pedras preciosas. Ainda lá estão as aldeias e vilarejos, as pequenas cidades a que chamávamos "históricas" ou "coloniais", e que conservam, junto com o orgulho dos mineiros, essa gente singular, desconfiada até das sombras, mas de espírito independente e pacífico, a arquitetura e as artes barrocas da antiga metrópole portuguesa.

"Pois foi numa dessas cidadezinhas, um vilarejo pobre e abandonado, Bom Jesus do Amparo, que duas cultas senhoras, irmãs, ambas de idade bem avançada, reviveram a cena surreal dos primeiros passos do homem na Lua, nos idos de 1969, cena, como sabe, transmitida ao vivo para todo o mundo pela televisão. Enviuvadas, haviam deixado a cidade grande para regressar às raízes familiares naqueles sítios interioranos. Com sua vocação dramatúrgica, teatral, ao que parece tradição da família, e dotadas de muito senso crítico, improvisaram, em frente à casa onde moravam, na rua principal (e única) do vilarejo, vestidas de lençol branco e um penico na cabeça, uma reedição daquele fantasmagórico episódio lunar. Por sobre um monte de areia que mandaram espalhar na calçada, apresentaram-se ao nascer do sol com aquela indumentária aos assustados habitantes, no dia seguinte àquele momento histórico para a humanidade. Imitavam os passos prudentes e relutantes de Neil Armstrong no solo lunar em movimentos como num balé descompassado e filmado em câmara lenta. Nos gestos de leveza estudada, sugerindo a quase ausência de gravidade, colhiam, com pás e vassouras, os pequenos blocos de estrume de vaca adrede colocados no chão de areia. Desenhava-se ali, aos olhos dos transeuntes e da alvorada do dia, um quadro digno da "Anunciação", de Rafael, com o Anjo e a Madona. Espelhavam de forma tosca, mas com sensibilidade cósmica e também cômica, a colheita de amostras do solo lunar a que procedia o astronauta norte-americano, em pleno nascimento da era espacial. Em suma, uma dança atemporal, a anunciação de nova era sideral. Uma belíssima "instalação", no dizer de minha irmã. Arte pura.

Esha sorriu.

— Você é incorrigível, mesmo, Josimar. Bela historinha antiga, mas que está aí, bem presente. Vejo que nós, e a maioria dos países emergentes, passados séculos, prosseguimos, por conta da enorme defasagem tecnológica diante dos países mais avançados, no caminho fácil, ou inevitável, da imitação, colhendo sempre resultados duvidosos. No caso das suas duas amigas atrizes da história, o que importa é a criatividade, a arte, no meio do drama. Lástima que a *performance* futurista naquele pobre vilarejo nas profundezas das Minas Gerais, cheia de luzes interiores e de inventividade, tenha tido tão poucas testemunhas, perdendo-se no tempo.

— Estará mais bem guardada, lá mesmo, como um tesouro escondido em nossas montanhas mineiras, à espera de outro renascimento.

— Tenho que ir, Josimar, estou de plantão no domo DT 3, o de desenvolvimento tecnológico, justamente. Talvez poderíamos nos encontrar amanhã ou depois? Arrependo-me um pouco de termos falado de coisas mais ou menos sensíveis aqui, numa mesa de bar, onde tudo se escuta, mas achei importante partilhar logo essas informações com você. Não estamos fazendo subversão, certo?

Ao levantar-se, a silhueta de Esha, de linhas delicadas e curvas ligeiramente acentuadas pelo uniforme colado ao corpo, projetou-se, contra a já tênue luz do sol marcinano, por sobre a mesa e aos olhos de Josimar. "Linda e inteligente", pensou. Por instinto e talvez por alguma emoção escondida, surpreendeu-se a preencher, mentalmente, aquelas linhas vazias da silhueta com a imagem da cena, de semanas atrás, de ambos a nadarem na piscina do clube, ali mesmo, no domo 27. Eram amigos, conheceram-se no trabalho, mas, na solidão de cada um, sempre se encontravam. Estavam mais íntimos agora, passavam horas juntos com alguma frequência, suas *loggie* eram próximas. Esha mantinha em permanência um ar misterioso. Essa mesma reticência com que pareceu relatar o que sabia ao amigo brasileiro. Certa vez, Josimar lhe perguntou o porquê desse ar distante, ela lhe respondera que fazia parte de sua personalidade, de sua criação, das paragens distantes, na Ásia Central, de onde sua família migrou, ela ainda pequena, para a Índia. O pai, também engenheiro nuclear, havia sido contratado pelo governo indiano para trabalhar nas pesquisas sobre nanotecnologia nuclear. Esha seguira a mesma profissão do pai, tornando-se astronauta e contribuindo no aperfeiçoamento das vestes chamadas pelos astronautas de "geleia cósmica", a "bolha" individual com atmosfera e relações de dinâmica, inclusive gravitacional, gerenciáveis. Mas as grandes planícies do Cazaquistão, onde nascera, ao meio de grupos sociais de diferentes culturas e religiões, lhe haviam imprimido, junto com as ideias de distâncias infinitas, noções de liberdade e individualidade. Herança de família, os Luandi eram assim, essa, a sua nobreza.

A mão que, por trás, levemente lhe toca o ombro, à guisa de cumprimentos, interrompe suas divagações.

— Olá, Josimar.

— Natasha! Que boa surpresa! Sente-se, vamos tomar algo?

Natasha Várenka, vice-representante russa no COMA, preferiu não acomodar-se. De pé, mesmo, comenta em voz baixa:

— Estava ali atrás. Vocês não me viram, mas pude ouvir, sem querer, parte da sua conversa com Esha. Essas paredes falsas tilintam de reverberações das conversas despreocupadas dos clientes do bar. Precisamos falar, mas não agora. Poderia vir à minha *loggia* amanhã, sem falta? São questões urgentes, a propósito dos temas que vocês dois andaram conversando há pouco. Amanhã é sábado, pode vir aí pelas 11 horas?

Josimar disse que sim, claro, estaria lá amanhã. Admirava Natasha, uma figura muito vistosa, em seus 50 e poucos anos, engenheira astrofísica, ora em funções políticas e, por sua competência como gestora, muito respeitada pelos pares no interior do COMA. Ao despedirem-se, a sua silhueta tampouco fazia feio no contraste proporcionado pela fraca luminosidade do sol marciano naquele início de noite.

III

O tenente-brigadeiro Pontes, comandante da Base Espacial de Alcântara, no Maranhão, lê, com visível irritação, instruções recebidas do Planalto, em Brasília, mais precisamente do Gabinete Imperial de Segurança Institucional. São ordens para que comunique às autoridades intergovernos em Marte, o COMA, a proposta do imperador Carlos Braguinero IV de cederem ao Brasil a participação majoritária nos lucros das minas de ouro e nióbio, ora exploradas nas regiões circunvizinhas ao polo sul marciano. Com base nos recursos financeiros – "novos e adicionais", conforme reza o direito interespacial ambiental – advindos dessa participação, o governo imperial brasileiro procuraria, em compensação, "atender, em condições de absoluto respeito à soberania nacional, às insistentes propostas das grandes potências, no Conselho de Segurança das Nações Unidas, de uma moratória no programa SENTAPRUA, já na fase cinco de suas atividades de desmatamento integral e de ocupação urbana e agrária da Amazônia". O informe recebido de Brasília dava igualmente conta de que gestões do mesmo teor estavam sendo encaminhadas pelos canais diplomáticos aos países com assento permanente no CSNU. Pontes, que ao ler as instruções mandara chamar o subcomandante da base, major brigadeiro Duque-Estrada, não se conteve:

— Duque, nosso pessoal em Brasília enlouqueceu. — Isto, disse brandindo o papel das instruções, carimbado com a classificação "secreto". — Não faz o mínimo sentido. As grandes potências não fazem esse tipo de *trade-off*, é uma coisa muito primitiva. Estamos em 2230, Duque! Vão reagir com mais pressão sobre nós, sobre nossas políticas ambientais. Cá entre nós, até estão certos. Veja a nossa base, aqui em Alcântara. Passou, ao longo do século, de uma base solitária, perdida nesse litoral maranhense, com poucos lançamentos, para um complexo gigantesco, com dois ou três lançamentos diários, sem interrupção. Os demais espaçoportos, nas diversas partes do mundo à volta do equador, estão igualmente sobrecarregados. Ademais, Alcântara transformou-se numa megalópoles, maior que a cidade de São Paulo da época das favelas, antes de serem demolidas por Braguinero II e seus ocupantes serem forçados a transmigrar para cá, e demais centros urbanos já criados por toda a Amazônia. Alcântara, hoje, e Belém do Pará formam uma conurbação, só nela somos 20 milhões de pessoas. Ao longo desse enorme corredor, não há mais uma árvore, somente "comunidades urbanas" e "expresso-periferias"[1], cercadas pelo AGROIMPERIAL. Necessitamos uma completa reversão das políticas imperiais na Amazônia. Mesmo que aceitassem essa proposta esdrúxula e obviamente insuficiente, uma moratória não irá resolver.

— Penso como você, Pontes, mas, cuidado para não o considerarem um revoltoso subversivo.

— Ia-me esquecendo. Por falar em "revoltoso", as instruções pedem a retirada imediata de nosso astronauta lá em Marte, o tenente-coronel Josimar, por conduzir atividades subversivas no planeta. Gosto do coronel Josimar, é um oficial sério, mas, que fazer, um tanto indisciplinado por vezes. Ele e família foram já excluídos da RASP. Quando regressar, sua situação ficará difícil. Vou propor, de qualquer forma, mantê-lo aqui em Alcântara.

— Verdade, Pontes, o Josimar pode nos ajudar muito aqui. Além de sua competência, retornará com informações preciosas sobre como efetivamente dar seguimento e expandir a presença do Brasil em Marte e na Lua. Aliás, recebi dele, há pouco, algumas comunicações telepáticas, fora do circuito censurado das mensagens oficiais, a propósito de movimentos políticos positivos no COMA. Alguma coisa sobre democratização da gestão no COMA, com atenção dirigida para a inaceitável situação do Brasil diante da democratização abrangente na Terra.

— Estamos com três naves de nossa frota espacial prestes a aterrissar em Marte, em missão de apoio logístico à comunidade brasileira lá. Dê instruções ao comandante, o Almirante Frazão, para, discretamente, sondar o tenente-coronel Josimar sobre esses movimentos políticos que ele ao que parece está promovendo. Não queremos complicações com as grandes potências lá no COMA, para além do que o nosso próprio governo, em Brasília, está criando com essa proposta irrealista – irrealista e perigosa – de obter a cessão da exploração de minas de ouro e de nióbio em Marte em troca de moratória no desmatamento na Amazônia.

Um leve tremor seguido de ruído de explosão ao longe os fez interromper o diálogo. Barulho de rotina, procedente de uma das plataformas de lançamentos. São localizadas a grande distância do centro de comando. Sinalizava o *lift-off*, o arranque de mais um pesado veículo de carga, com a bandeira norte-americana, em direção a Marte.

IV

Natasha Várenka está encarregada pelo COMA de missão altamente delicada. Partilha com o tenente-coronel Josimar, na sua qualidade de representante brasileiro no grupo de países não membros, porém associados àquele órgão gestor, informações e dados científicos relativos a viagens e deslocamentos interplanetários bidimensionais. Ainda uma questão objeto de estudos e em fase preliminar de experimentos, o deslocamento bidimensional interplanetário constituirá, de acordo com os planos de pesquisa e desenvolvimento levados adiante por consórcio de empresas de países mais adiantados, a segunda revolução interespacial, depois do domínio da nanotecnologia nuclear e das comunicações telepáticas. Pesquisas recentes, ainda no plano virtual, apontam para a possibilidade, quase imediata, de deslocamentos numa segunda dimensão, de naves e mesmo de indivíduos, ou seja, de corpos energizados nanonuclearmente, em velocidades muito superiores às atuais. Uma viagem, por exemplo, de Marte à Terra, levaria apenas 36 horas, na segunda dimensão. A linha das pesquisas segue a tecnologia empregada nas vestes cósmicas, as tais "geleias cósmicas", numa extensão ao espaço sideral da energia nanonuclear dentro do campo quântico.

Até este ponto, é descontraído o tom do diálogo entre a vice-representante russa no COMA e o astronauta brasileiro, na confortável loggia de Natasha. Sua habitação fica no domo 26, um domo menor que o 27, mas ocupado quase que totalmente pelos russos, por isso chamado de "*Russian domo*". Josimar, assim como a maioria dos oficiais e técnicos em Marte, está a par das linhas gerais dessas pesquisas, ainda que não nos seus sequenciamentos específicos, controlados por pequeno núcleo de cientistas. Mas, está completamente despreparado para as revelações que Várenka faz em seguida:

— Josimar, não se assuste, mas há um problema muito sério com o Brasil, no âmbito das conclusões para onde apontam as pesquisas recentes sobre essa questão. Aparentemente uma falha sistêmica, mas ainda sem solução. Como sabe, estamos numa fase adiantada dos testes sobre os deslocamentos interplanetários na segunda dimensão, mas ainda seguimos apenas no plano virtual. O processo é aparentemente simples: cada corpo a ser deslocado, uma nave ou o indivíduo, é energizado nanonuclearmente em níveis compatíveis com sua integração em determinadas faixas de ondas gravitacionais, de tal forma que o deslocamento se dá em velocidades extraordinárias, como se fossem saltos de uma determinada onda para outra. O modelo procura reproduzir os saltos quânticos dos elétrons de uma órbita para outra, com a diferença, compreensível em referenciais logaritmos determinados por cálculos tensoriais, de que tais saltos se dão com corpos apenas parcialmente energizados. Portanto, estamos muito longe ainda de pensarmos em viajar em velocidades próximas a da luz, quando a viagem Terra-Marte levaria algo em torno de 25 minutos. As equações de Einstein permanecem válidas, a massa de nosso corpo tenderia ao infinito, nessa hipótese. Lembra da relação einsteiniana, de acordo com a qual a massa de um corpo em movimento é função da massa em repouso dividida pela raiz quadrada da unidade menos a fração da velocidade do corpo dividida pela velocidade ao quadrado da luz? Pois, na segunda dimensão, ainda permanecemos matéria, mas somos, como numa vacina, inoculados, por assim dizer, de elementos virtualmente energizados.

"O que tem ocorrido nos testes é algo fora do comum. Nas viagens virtuais de Marte para o Brasil, os computadores perdem o controle sobre o ponto, o local de chegada. Ou, melhor dizendo, os computadores não obedecem às coordenadas programadas, e somente admitem algumas poucas localizações de chegada. E aí vem o mistério. Essas poucas localidades que se conseguem definir são todas elas, pasme, no Brasil. É como se introduzíssemos em um GPS interplanetário coordenadas de diferentes pontos de chegada, nos diferentes continentes, e o GPS nos conduzisse, invariavelmente, para alguns pontos, todos eles em seu país."

— Estranho. Tem até muita graça.

— Para dizer o mínimo, Josimar.

— E que pontos são esses, em que as naves virtuais sempre aterrissam?

— Há três localidades que se alternam: uma, é a base espacial de Alcântara; outra, é a capital, Brasília; e a terceira é uma área de montanhas, uma região mineral no centro-sudeste do Brasil, identificada dentro do chamado Quadrilátero Ferrífero. De forma mais precisa, os pontos alvos seriam montanhas, a Serra da Piedade, perto de Belo Horizonte, a Serra do Caraça, perto de Santa Bárbara e o Pico do Itacolomi, perto de Ouro Preto. Há ainda, dentro dessa área, um vilarejo, de nome Bom Jesus do Amparo, que por vezes igualmente atrai essas aterrisagens. Veja bem, estamos no campo virtual, os testes ainda são inconclusivos. Mas até agora perdura esse mistério. Acreditamos, por ora, na hipótese de que as ondas gravitacionais estejam apontadas momentaneamente na direção do Brasil, havendo alguns centros com maior capacidade de recepção ou de atração energética nas faixas de frequência com que estamos trabalhando nessa segunda dimensão. Ademais, temos sempre que levar em conta o *princípio da incerteza* que caracteriza os movimentos de energia nas plataformas quânticas.

— Natasha, é inacreditável. Só de pensar nas implicações disso, imagine, o Brasil tornar-se centro receptor mundial, o aeroporto interespacial na Terra. O único! Não pode ser, os computadores estão nos pregando uma peça. Bem bolada, diga-se, mas assustadora.

— Essa é a questão, Josimar, e o motivo central de nossa conversa aqui, hoje. Estou autorizada a fazer-lhe esse relato, mas alertando-o de que não deve transmiti-lo às autoridades do governo imperial brasileiro, pois, caso o faça, as consequências seriam muito danosas para todos nós. Temos conhecimento e acompanhamos, no COMA, as suas atividades "subversivas", digamos assim. O que talvez ainda não se tenha dado conta, é de que essa sua liderança junto aos países emergentes, em prol de maior democracia nos diversos órgãos de gestão das colônias em Marte é muito bem-vinda pelas grandes potências. Esperamos mesmo que você ative ao máximo esse movimento "subversivo". Em um momento, que esperemos seja para breve, sua ação encontrará respaldo total no COMA, promovendo-se então uma democratização na gestão marciana.

— Aonde quer chegar, Natasha Várenka? O que narra parece muito bom para ser verdadeiro.

— Não percebe? Seguimos a onda da Terra, que já atingiu um grau de democratização quase pleno, tirante o Império do Brasil e alguns outros países pequenos que contam pouco. No Brasil, a dinastia dos Braguineros ainda se impõe, a altos custos dos direitos humanos e ambientais, e malgrado seu anacronismo político. É evidente que os Braguineros se mantêm apoiados na histórica e trágica desigualdade social e econômica. O resto do mundo, na Terra, se democratizou. Os últimos a evoluírem fomos nós, a Rússia, a China e a Coreia do Norte, que, junto com a Coreia do Sul, forma uma democracia única. O Brasil, contudo, resiste.

— Você está querendo sugerir que uma "revolta" em Marte, a favor da democracia, liderada por um brasileiro, poderia suscitar uma evolução no quadro político no Brasil? Temo que o concerto democrático em Marte não provoque nada além de cócegas num regime totalitário como o brasileiro.

— Será mesmo? Marte, hoje, com um milhão e meio de habitantes, é a cabeça de ponte do expansionismo terrestre. Expansionismo no bom sentido. Expansionismo da democracia. Não é mais um planeta desconhecido e inóspito à vida. Boa parte do vanguardismo tecnológico ocorre aqui, como é o caso agora dessas pesquisas sobre deslocamento interplanetário na segunda dimensão. Com a democratização abrangente, a Terra assumiu condições civilizatórias e níveis de entendimento político nunca imaginados. Marte é o espelho dessa evolução, podemos dizer, cósmica. Evolução que tem raízes antigas, de antes da chegada do homem à Lua, com o Tratado do Espaço Sideral, de 1967, mais especificamente, o "Tratado sobre os Princípios que Regem as Atividades dos Estados na Exploração e Utilização do Espaço Sideral, incluindo a Lua e Outros Corpos Celestes". O tratado não só define o espaço como uma fronteira humana, mas um lugar de exploração livre, em benefício de todos, e para fins pacíficos. Graças a esse tratado não há armas nucleares no espaço. Há muitos outros instrumentos complementares posteriores, como aquele que estabelece a responsabilidade dos Estados por danos causados por atividades espaciais. O tratado de 1067 é, porém, um símbolo forte de que a cooperação é possível, e, mais do que tudo, um símbolo pioneiro da democracia no espaço sideral. Marte encarna não mais a guerra, como era visto pelas teologias antigas, mas a paz, a democracia e a harmonia no cosmo. E note que apenas há pouco tempo a Terra alcançou a democracia abrangente, um conceito novo, que vem do espaço, por assim dizer. Não quer dizer, por óbvio, que os conflitos desaparecerão na Terra ou no espaço sideral, mas a abrangência da base democrática será um fator altamente inibidor. Por isso, para regressarmos à nossa realidade marciana, o COMA se dispõe à democratização da gestão no planeta. Essa mudança, essa "revolução", irá necessariamente repercutir na Terra, justamente pela simbologia representada, com a mensagem clara da inadmissibilidade de regimes totalitários, em especial no Brasil. Um país cuja importância crescente para a vida no cosmos se evidencia com essa hipótese, que descrevi rapidamente, de exclusividade de aterrisagens na segunda dimensão de veículos espaciais. Este é um fator bem tangível, objetivo, em consideração para uma mudança de regime no Brasil.

— Não sei bem por que, Natasha, mas pode haver uma lógica surpreendente nessa hipótese das aterrisagens ocorrerem exclusivamente no território brasileiro.

— Sim? Gostaria de ouvi-la. Não encontramos até agora qualquer sinal de racionalidade nisso. De repente, em meio às pesquisas mais avançadas, surge a eventualidade, que não se pode descartar para nada, de as viagens espaciais interplanetárias concentrarem suas aterrisagens num único país, justo o único, ou quase, com um sistema político retrógrado de séculos, autoritário e com uma economia decadente. Antes que o governo dinástico brasileiro tome consciência do poder que somente essa hipótese de exclusividade nas aterrisagens lhe dará, a "revolta" democrática em Marte com certeza catalisará, por meio de uma ação articulada nas Nações Unidas, onde o Conselho de Segurança decide sempre com o consenso das grandes potências os membros com assento permanente. Por outro lado, pensamos, no COMA, que a sua liderança numa suposta "revolta", especialmente por ser um homem de oposição ao regime braguinerista, trará legitimidade às fortes pressões sobre o Brasil, com o aval unânime da ONU.

— Então, esse é o quadro. Só temos que nos felicitar. Confesso que, enquanto você enunciava esses argumentos a favor da liderança do processo de "revolta" em Marte a um brasileiro na minha situação aqui, cheguei a cogitar que estava sendo manipulado de alguma forma por vocês, do COMA. Até mesmo pela nossa amiga Esha Luandi, pois a Índia está praticamente já integrada ao COMA. Admito, porém, a sua sinceridade, Natasha Várenka. Tenho de reconhecer no nosso movimento pró-democracia no planeta esse potencial. Há de fato uma abrangência de propósitos que vai muito além das nossas aspirações no nível local, marciano.

— Sem dúvida, Josimar.

— A questão é saber se o governo imperial dos Braguineros estará disposto a abrir mão de sua secular sobrevivência política. Veremos. Imagino que terminaremos com uma ação internacional, articulada no Conselho de Segurança das Nações Unidas, com a deposição forçada dos Braguineros. A sociedade brasileira terá pouco a dizer ou a fazer, pois está cerceada. Aqui em Marte, respondo pela grande maioria dos brasileiros residentes, que já passam de mil.

"Mas, a propósito dessas aterrisagens no Brasil, ouça lá. Pode-se compreender um eventual direcionamento de ondas gravitacionais que leve a aterrisagens em determinados sítios, mas por que as três áreas mencionadas? Há uma razoabilidade maior para o caso da base de Alcântara, por ter-se tornado uma base espacial gigantesca. Mais ainda, por estar no centro de gravidade de linhas de força em torno da Amazônia Oriental e da conurbação de mais de 20 milhões de pessoas instaladas no vácuo da destruição florestal de toda essa região.

"Brasília, por seu lado, é sobejamente conhecida não só pelos aspectos à época futuristas de sua arquitetura, mas por estar situada em centro espiritual, a chamado área Dom Bosco, com fortes vinculações esotéricas e siderais muito claras para muitos. Natural que atraia também naves espaciais que naveguem na segunda dimensão.

"Finalmente, há o caso das montanhas mineiras onde se localizam algumas das chamadas cidades históricas.

"Creio que temos ali, a se confirmarem essas hipóteses que você menciona, um caso verdadeiramente especial de atração de forças e energias na segunda dimensão. Dou como referência o caso, aparentemente o menos plausível de todos, das aterrisagens no agora município de Bom Jesus do Amparo. Parece coincidência, na verdade é muito mais do que coincidência, ontem mesmo narrava a Esha Luandi o caso das duas senhoras de idade que imitaram, numa cena campestre e algo grotesca apenas na aparência, a chegada do primeiro homem à Lua, em 1969. Houve ali, com toda a certeza, uma interação eletromagnética em várias dimensões, com direcionamento gravitacional nesta segunda dimensão que escapa aos computadores, bem como à sensibilidade telepática normalmente associada ao jogo ondulatório intergravitacional. Um sinal da existência de inteligência no campo cósmico. Traduzindo: as ricas senhoras idosas, residentes em Bom Jesus do Amparo, então um humilde povoado, produziram energias carregadas de inteligência com algoritmos espontâneos, extraordinariamente potentes. Foram energias geradas por sua atuação ao mesmo tempo crítica e futurista, embasadas na arte pura. Algo semelhante à inspiração de um Rafael, em sua obra "A Anunciação". São energias capazes, por interagirem com as ondas gravitacionais, de mudar não só rotas de viagens, mas os rumos do universo sideral. Atenção, Natasha Várenka, estamos mexendo com coisas profundas e portentosas, além da nossa compreensão. Não admira que os pobres dos computadores não consigam reduzir tais nebulosas cosmogônicas ao nível da realidade binária com a qual trabalham."

Natasha Várenka não retrucou. Pelo menos, não de momento. Pegou carinhosamente a mão de Josimar, afagou-a e disse: — venha, Josimar, o convido para uma vodka. Preparada aqui mesmo, em Marte. Temos de tudo em nosso domo russo.

Foi só então que Josimar pôde reparar em Natasha. Estava vestida com um *chemisier* bem fino. A leve transparência escondida por momentos nas reentrâncias do tecido deixa a seus olhos sugestões de um corpo convidativo, que se move até o refrigerador em passos lentos em meio a sorrisos de uma intimidade descuidada. Trouxe dois copinhos de vodka gelada e extrato de limão em lascas leofilizadas.

— À nossa, querido Josimar. Vodka autêntica. Não é assim, com limão, que a tomam no Brasil, a caipivodka? Posso chamá-lo de querido, não? Deixou, ao sentar-se, o corpo colar-se ao do brasileiro, e surpreendeu-o com um beijo na boca. Longo. A atração latente de Josimar pela oficial russa, visível em encontros formais ou informais, como o do dia anterior, mesmo tão rápido, expôs-se, agora não mais latente mas pulsante, ao abraçá-la, sentindo o seu corpo com as mãos.

Foram mais duas doses de vodka, em meio a um jogo corporal onde as energias siderais voluptuosamente gastas se recuperariam com a forte sopa Borscht preparada pela *chef* astrofísica Natasha. Um começo de tarde como poucos.

Josimar despediu-se de Natasha com algum ar de descrédito na evolução dos acontecimentos, aliado a um forte elemento de confiança nos conceitos que ambos emitiram. Levitando, já vestido de sua "geleia cósmica", desceu ao rés do chão, e tomou em seguida o corredor aéreo para o domo DT 3, onde ainda se encontraria com Esha, ao término de seu plantão. A caminho, experimentou uma das temidas tempestades marcianas, com ventos de mais de 150 km/hora. Tanto as proteções eletromagnéticas do corredor aéreo, como da sua própria "geleia cósmica" evitaram-lhe qualquer dificuldade em chegar ao domo DT 3. O objetivo era o de dar seguimento à "revolta" pela democratização. A tempestade marciana como que prenunciava outra, de novos e fortes ventos políticos, na Terra, por sobre a dinastia Braguinero, no Brasil.

V

Josimar passa sem dificuldades pelos controles de segurança à entrada do domo DT3, o chamado "domo tecnológico". Ali se desenvolvem as pesquisas mais sensíveis em astrofísica, dinâmica dos campos quânticos, energia nanonuclear, propulsão e navegação na segunda dimensão. O domo DT3 é sempre motivo de admiração pelo engenheiro e astronauta brasileiro, nas suas esporádicas visitas a esse centro da ciência sideral. A relativamente alta posição na hierarquia na administração das colônias, aliada às credenciais científicas e técnicas lhe dão acesso ao DT3, mas não é o seu lugar de trabalho. Enquanto percorre os corredores e espaços daquele grandioso domo, foi várias vezes abordado por robôs, que lhe inquiriam sobre suas credenciais e os motivos de suas visitas. O objetivo ostensivo era o de encaminhá-lo, naquele labirinto de plasmas, aceleradores nucleares e nanonucleares, computadores gigantescos. Conduziram-no, conforme sua solicitação, ao escritório de Esha, Passou, a caminho, por vários corredores, os "personal reseachers' lanes – PRL". Ao final de um deles, distingue a placa com os dizeres: "Dr. Luandi, E. – India Interspace Research Centre – IIRC".

O robô que o acompanha se despede, desejando-lhe boa tarde. Esha não está. Sobre a mesa, três telas de computador. Aproxima-se da tela do meio, única ligada, expondo uma mensagem.

Curta, dirigida ao representante dos EUA no COMA sem querer, lê: "Interagi ontem informalmente com o coronel Josimar. Creio tê-lo convencido a seguir com movimento. Várenka, em interação hoje, lhe está dando as informações confidenciais complementares. O COMA deve estar preparado para apoiá-lo e fazer proposição subsequente ao Secretário Geral da ONU e convocação com urgência do Conselho de Segurança". A mensagem concluía com a expressão bem americana, "Time is of the essence".

Surpreso, Josimar leu de novo o texto da mensagem, e quase não deu pela chegada de Esha.

— Assustei-me, Esha, desculpe, não a vi entrar. Perdão, li sem querer a mensagem, disse, apontando para a tela do computador.

— Ora, não se preocupe. Estava mesmo a observá-lo, de nossa sala de controle. Então, agora já sabe.

— O quê, Esha, que você é uma informante? Uma agente de inteligência norte-americana?

— Uma espiã, talvez? Sim, Josimar, mas veja que lhe deixei de propósito ver essa mensagem. Quero ser transparente com você, pois estamos juntos nessa missão, se podemos chamá-la assim.

— Suponho que Natasha Várenka, também?

— Trabalhamos para o COMA, Josimar, e você sabe disso. A sua interação com Várenka hoje, pelo visto muito prazerosa, e mesmo amorosa, já foi igualmente objeto de mensagem dela ao COMA. Aliás, nem precisava, pois você desde ontem parece que desavisadamente deixou aberto o canal telepático no seu CP[2]. Pude ouvir toda a sua conversa com Natasha. E com direito a caipivodka e abraços mais que confraternizadores. Fico feliz em ver vocês se entenderem tão bem.

— Não está com ciúmes, está?

— Ora, Josimar, o que é isso? Nós, mulheres, aqui em Marte, já nos livramos há muito desses sentimentos terrenos e perniciosos. A ética espacial é muito mais pura e transparente, tudo o que leva a conflito, seja lá de que natureza for, perde substância diante do valor maior da liberdade – o elemento que melhor nos liga à grandeza do espaço sideral. O próprio conceito de "democracia abrangente" exclui, também por definição, a ideia de conflito. Só temos que nos felicitar, querido amigo, por estarmos levando adiante essa articulação tão delicada politicamente, do que estamos chamando, de forma equivocada, de "revolta de Marte". Você me acompanha de volta à casa? Já terminei o plantão.

Josimar sorriu, tão confuso se sentia. Já havia convocado uma reunião dos "emergentes" para o dia seguinte, domingo, à tarde. Pensa que as informações mais sólidas de que agora dispõe, e que obviamente não podem ser partilhadas, de qualquer forma podem dar um sentido mais concreto às expectativas de um movimento pró-democracia no planeta. Ouviu tocar o seu CP. Uma ligação direta do comandante da frota de três naves da Força Espacial brasileira, o almirante, reformado, Frazão. As naves estavam em vias de aterrissar na base de apoio logístico à comunidade brasileira em Marte, localizada próxima ao equador. Deslocar-se-iam no dia seguinte até o complexo administrativo do COMA, próximo ao domo 27, numa viagem em órbita baixa, de no máximo trinta minutos. O almirante Frazão contava vê-lo ainda pela manhã.

"Uma maçada", pensou. "Essas missões, disfarçadas de apoio logístico, são na verdade missões de policiamento."

O Brasil, com efeito, faz parte do sistema de defesa interplanetária, a OTES[3], organização que há muito perdeu o sentido, pela inexistência de armas no espaço exterior e muito menos de uma corrida armamentista. Foi criada muito antes do advento da democracia abrangente na Terra. O regime Braguinero, cujo foco político em todos os planos – nacional, internacional e espacial – é o do armamentismo e do conflito armado, investiu na participação ativa na organização, mas foi logo posto de lado, por incompatibilidades de visão de defesa espacial. Depois, o investimento brasileiro frustrou-se diante da própria perda de sentido da organização. O Braguinero Carlos IV mantém, entretanto, uma frota de naves que perambulam pelo espaço interplanetário, com funções de apoio logístico às nossas comunidades, e funções de policiamento e coleta de informações para o governo.

"Essa visita da frota não estava prevista", pensa Josimar. "Por que agora? Sim, talvez venham conversar sobre a tal proposta de receber a concessão de minas de ouro em Marte em troca da moratória sobre desmatamento na Amazônia, como Esha me adiantou ontem na conversa. Curioso que não recebi nada ainda sobre essa matéria de nossa base em Alcântara, mas pode ser. Agora, não pode ser que venham prender-me, não podem fazer isso, simplesmente não é permitido pela lei espacial. Querem certamente conversar comigo, saber de coisas, de meus movimentos, mas não creio. Esse pessoal nosso na OTES é, vão desculpar-me, meio obtuso, são militares e civis marginalizados, enfim um serviço ineficiente de inteligência. Chega até a ser motivo de chacota, em nosso meio dos astronautas e pelo nosso pessoal em Alcântara".

VI

Passadas algumas semanas, já era o movimento chamado de "revolta em Marte". Curiosamente, uma "revolta" consensual. Entrementes, havia circulado no planeta a proposta de Braguinero IV, de controle sobre os lucros de exploração mineral no polo sul, num *trade off* com eventual moratória sobre desmatamento na Amazônia. Recebida pelo COMA num misto de pilhéria e ameaça, a proposta serviu de argumento adicional nas mensagens das grandes potências ao Conselho de Segurança das Nações Unidas, com *ultimatum* ao governo de Carlos IV. A visita imprevista e atabalhoada do Almirante, reformado,

Frazão, à frente de três naves militares brasileiras, ainda que sob a bandeira internacional da OTES, e seu encontro com membros do COMA, havia gerado especulações sobre uma eventual ocupação, por parte do regime Braguinero, de instalações e minerações em Marte, numa atitude conflituosa de "pré-esvaziamento" para o caso de uma anunciada invasão da Amazônia. Apesar de infundadas, as especulações serviram para que o COMA sugerisse, nas mensagens às grandes potências, maior urgência nas decisões e providências a serem aprovadas e tomadas pelo Conselho de Segurança das Nações Unidas. Simultaneamente, a sociedade brasileira recebia mensagens de apoio à democracia e à queda do regime totalitário no país. Em várias dessas comunicações, Josimar se dirigia aos conterrâneos, nos termos endossados pelo Conselho de Segurança, e que não deixavam opção de sobrevida ao regime Braguinero.

Efetivamente, o Conselho de Segurança havia aprovado, sem demora e por unanimidade, o projeto de resolução sobre o Brasil, apresentado em conjunto pelos P7, todos os membros permanentes. A resolução adotada, com o título "Brasil: retorno à democracia e a estabilidade no sistema planetário", determinava, no primeiro parágrafo operativo, o desmantelamento imediato do sistema dinástico imperial no Brasil, com o julgamento do imperador Carlos IV e de vários de seus ministros e outros membros do governo Braguinero, pelo Tribunal Penal Internacional e Interespacial – TPII, dos crimes de lesa-humanidade e de lesa-meio-ambiente terrestre, e das consequências negativas desses crimes para o equilíbrio interplanetário. Já o segundo parágrafo operativo autorizava o uso da força de acordo com o Capítulo VII da Carta da ONU, por constituir o regime Braguinero uma ameaça à paz internacional e interplanetária e pela não aceitação do princípio da "abrangência democrática", já adotado pela ONU como um fator essencial da estabilidade e da paz entre as nações na Terra e no espaço sideral. Não houve reação por parte de Carlos IV e seu governo. Os brasileiros acordaram no dia seguinte ao da manifestação de ultimato do Conselho de Segurança num país distinto. Os jornais davam conta da derrocada da dinastia Braguinero, sem conflitos ou reações, e a prisão de Carlos IV por ordem do Tribunal Penal Internacional e Interespacial (TPII). A Amazônia havia sido temporariamente ocupada por tropas da ONU que sobrevoavam a região em naves protegidas pela "geleia cósmica" grupal. À noite, as naves eram vistas à distância lunar como pontos de luz, como se o mundo celebrasse o nascimento de uma nova unidade cósmica.

Quando de seu regresso à Terra, o astronauta e líder revolucionário Josimar recebeu honrarias da ONU e, no Brasil, foi condecorado como herói sideral e Grão-Mestre da Ordem Cósmica Brasileira, recém-criada pelo presidente da República Democrática do Brasil.

[1] As "expresso-periferias", abundantes em torno de centros urbanos e em áreas inundáveis em toda a Amazônia, são conjuntos de habitações pré-fabricadas, em formato de cápsulas de café expresso. Com climatização artificial com energia solar, podem flutuar durante as enchentes dos rios e são facilmente deslocáveis para novas áreas desmatadas; ou então simplesmente descartáveis.

[2] CP: Comunicador de Pulso.

[3] Organização do Tratado do Espaço Sideral (OTES).

O HOMEM DESCALÇO

CONTO EM DOIS ATOS

PRÓLOGO

ATO I – Zinjian faz bom negócio em país imaginário no Ocidente. Quer relaxar. Ignora estar contaminado pelo novo vírus. Em seguida a voo acidentado até uma cidade atraente, visita um museu, perde-se, vê-se em meio a um conflito entre facções criminosas. Descalço desde o voo, foge assustado pelo bairro degradado, fere o pé. É maltratado e roubado de seus pertences. Sem conseguir fazer-se entender, perambula. Já febril, acomoda-se num banco em lugar ermo, é picado por inseto venenoso e falece em meio a delírios, inconformado com a sorte.

ATO II – Morto, Zinjian e seu alter ego dialogam a caminho do Nirvana. Quais os motivos da má sorte, da queda contínua? Seriam os princípios conformistas do taoísmo, caros a Zinjian, ou a própria Covid-19, doença oportunista? Interfere no diálogo o "Grande Inquisidor"[1], interessado em desfazer, em favor de sua própria redenção, a correlação entre a Queda do Paraíso, ou seja, o livre arbítrio, a vontade divina e o destino dos homens. Zinjian e seu alter ego permanecem na dúvida sobre as verdades e mentiras proferidas pelo "Grande Inquisidor", ele próprio morto pela Covid-19. Apostam, entretanto, em um mundo pós-Covid-19 luminoso e carregado de afeto.

Desenho: Rita Cipolatti

[1] Nome de personagem da ópera Don Carlo, de G. Verdi.

Quantas expressões mágicas pelas costas de uma palavra triste, a quarentena. Diante do perigo, o vírus infinitesimal, recolhemo-nos à casa. Enquanto o mundo lá fora se fecha, o mundo interior se abre, está à nossa disposição e temos tempo para descobrir um novo universo de águas límpidas, ar puro, matas verdes, flores, sonhos infinitos. Um dia desses da quarentena, sonhei de verdade com Zinjian, uma história triste, mas de final esperançoso.

ATO I – O FIM DE SEMANA, OU, A VISITA AO MUSEU

Zinjian queria descansar. Reunião difícil, mas conseguiu fechar o contrato. 10 milhões de dólares em exportações para a sua firma, em Shangai. Adereços de Natal. Só em fios, com luzinhas LED, mais de US$ 3 milhões. Sentia-se recompensado pelo esforço. Veio sozinho, longa viagem. A pandemia apenas começava, na China. Conseguiu desembarcar, sem a quarentena que veio depois, apenas lhe tomaram a temperatura, estava normal. Já não fala bem o inglês, complicado negociar aqui, o inglês deles é bem duro também de entender, e a língua, nem pensar. Finalmente, o trabalho concluído. Agora, relaxar um pouco. Queria conhecer algo do país. Contratou uma agência de viagens, recomendaram para o fim de semana essa cidade que tem de tudo, praia, monumentos históricos, bons restaurantes.

— Deu tudo errado, o que vou fazer? — balbuciou para si próprio, encolhendo-se todo num calafrio pré-febril. Completamente perdido e ao relento na cidade, com o pé ferido e com princípio de infecção, à procura de socorro, Zinjian se recosta no banco de praça, defronte a uma estação de trem abandonada. — Que ideia a minha de aceitar a proposta de ir ao museu descalço, como sou ingênuo — lamentou-se baixinho, quase sem forças para falar, ele, cinquentão, dedicado ao trabalho e à empresa. Sem ter para onde ir, tentando sublimar a dor no pé, esforça-se para não imprecar a sorte. Ali, sentado no banco, com o olhar vago de quem busca o nada, meio adormecido, rememora o que lhe passara nas últimas horas. As imagens e as cenas rememoradas têm mais nitidez do que seria razoável imaginar, pois incidentes se seguem a outros, numa causalidade estranha.

Nas últimas horas, passaram-se muitas coisas, uma triste aventura, Zinjian recorda-se no sonho, a começar pelo voo: tinha uma expectativa prazerosa. Pede outro gim-tônica. Servem-lhe apenas água: "sinto, senhor, já estamos em procedimento de descida", diz a atendente de bordo. O voo é relativamente curto. Zinjian está aliviado, foi um bom contrato. Aceita o copo de água. Espreguiça-se e se estica. De compleição média para magra, não tem pernas compridas, mas, mesmo assim, o assento da frente, reclinado ao máximo, acaba por pressionar-lhe os joelhos. Ao sentir a pressão súbita nas costas, o passageiro fez um gesto de desdém com a cabeça, de soslaio. Zinjian apronta-lhe um sorriso amarelo, não vê motivos para desculpar-se. Olha para os pés descalços. Havia tirado os sapatos logo no início do voo. Moveu os dedos sob a meia, massageando. Delicia-se descalço. Sente no contato com o chão a proximidade com a harmonia do tao, entre o ser e o universo. A sensação vale para o piso do avião, está nas nuvens. Faz leve reverência a Confúcio. Pela janela, vislumbra adiante, abaixo, à esquerda, a cidade, meio coberta pela bruma escura da poluição. Viu logo, não era uma cidade pequena. À margem, o azul-verde do mar se estendia, chamativo, ao horizonte, chamuscante sob o sol do meio-dia.

Turbulência repentina sacode sua letargia. Sente a água derramada que desce pelo colo. A atendente, com o sacolejo do avião, abraçou-se à poltrona ao lado para não cair, em meio aos gritos abafados de passageiros. Mais outro baque forte, mais gritos. Zinjian endireitou o assento e, pela janela, viu um princípio de fumaça saindo da turbina debaixo da asa. Sentiu logo o avião inclinar-se à esquerda, e logo endireitar-se. A fumacinha tinha desaparecido. "O piloto desligou o motor antes que pegue fogo", deduziu, enquanto lhe descia, por dentro da barriga molhada, um frio angustiado. Pelo autofalante de bordo, apenas os avisos insistentes para apertar cintos e endireitar os assentos, até que, a três minutos do pouso, o comandante informa ter havido pequena falha, já contornada, em uma das turbinas e que a aterrisagem será dentro de minutos.

Ladeado por carros de bombeiros ao longo da pista, o avião afinal desceu e parou, em local afastado dos terminais. Abriram-se as portas, inclusive as de emergência, e todos, em obediência quase muda às instruções dos tripulantes, foram evacuados pelos tobogãs infláveis, em segurança. No terminal de saída dos passageiros, Zinjian identificou, pela placa de papelão erguida com o seu nome, o representante da empresa de turismo que o esperava. O senhor Morvan, apontando para o crachá no peito, esforçando para expressar-se em inglês, deu-lhe as boas-vindas:

— Serei seu guia, durante sua estada na cidade. Vejo que houve pequeno atraso. Ouvi comentários de emergência a bordo. O senhor está bem? Tiveram que sair do avião pelos tobogãs, susto, não? O avião ficou estacionado longe do terminal, por precaução e vistoria técnica, conforme nos informaram, e as bagagens estão retidas, por enquanto. Serão entregues nos endereços dados pelos passageiros, ou aqui mesmo, disseram, talvez daqui a uma ou duas horas, mais ou menos. Senhor Zinjian, trouxe bagagem? Vejo que ainda está sem sapatos.

Só agora Zinjian se dá conta de estar descalço.

— Sim, maleta de mão, apenas. Teremos então que esperar pela bagagem?

— Como disse, eles a entregarão mais tarde, no hotel, mas, caso prefira, ocorre-me a seguinte sugestão: levo-o agora mesmo a um sítio belíssimo, não longe daqui, é um palácio-museu com muitas obras de arte, ademais de um esplêndido jardim. Deixo-o lá, pelo tempo de espera, enquanto retorno ao aeroporto para pegá-la. Iremos em seguida ao hotel. O que lhe parece?

— Mas, assim, sem sapatos?

— Justamente, nesse museu os visitantes devem retirar os calçados, é uma exigência. Explicam lá que buscam mais silêncio por conta de uma "proposta artística". Não entendi muito, mas vale a pena, o senhor Zinjian não se arrependerá.

O palácio-museu, de fato, não era longe, mas o trânsito intenso neste início de tarde na autoestrada cobrou-lhes algum tempo. Tiveram que percorrer, desde a saída da via principal, várias vielas tortuosas, típicas de um centro urbano periférico pobre e degradado, e que em nada prenunciava o destino da incursão: o empresário chinês já sentia o incômodo da demora quando, ao final de uma dessas vielas, em descida, avista, protegidos por muros de pedra, um extenso parque com árvores e jardins de mata, e, ao centro, um palacete neoclássico ligado a um bloco disforme em concreto aparente, mais abaixo. Zinjian, sem o saber, estava contagiado pelo vírus, mas sem qualquer manifestação, fora uma leve tosse persistente.

— Ali está o museu — disse o guia, o senhor Morvan, a Zinjian —, impressionante, não acha? O palacete mais aquele pavilhão abrigam sobretudo obras contemporâneas e exposições, com atividades diversas. O museu é uma propriedade privada. Um grande empresário, amante das artes e dono do palacete, resolveu fazer na área, já depredada, com muitas invasões, esse centro cultural, preservando assim o local de mais degradação. Não deixe de percorrer os jardins, que congregam estilos diversos. Mas, veja que fora da área do museu, mais para baixo, aos lados e para trás, há uma ocupação urbana desordenada e bastante pobre. Um bairro muito violento, controlado pelo tráfico de drogas.

O senhor Morvan despediu-se de Zinjian à chegada, junto à bilheteria, com a promessa de retorno, com sua bagagem, dentro de duas horas:

— Divirta-se, estarei aqui por volta das cinco.

Zinjian, ao percorrer as salas e galerias, sentiu-se cansado e com ligeira dor corporal. Percebeu que as instalações de vanguarda tratavam da temática da alternância de sons e de silêncios num permanente contraste qualitativo e quantitativo. Achou interessante: "Muito musical. É justo que peçam aos visitantes para usar esses propés". Seguindo, ainda calçando os chinelos descartáveis, pelas áleas dos jardins em leve declive, maravilhou-se com a variedade de plantas e flores. Andou a esmo, admirado com as cores e o verde intenso dos arbustos, aproveitando-se das sombras das árvores, muitas delas floridas, como os flamboyants, os ipês e jacarandás roxos, que faziam, aos seus olhos, um jogo desconcertante de *chiaroscuro*, mais ou menos intenso conforme caminhava. Era uma réplica, agora em tintas de luz, do jogo alternante de silêncios e de sons que apreciara dentro do museu. Lá, onde as salas se mantinham em diferentes tons de penumbra, ficara atordoado em meio ao jogo sonoro. Uma zonzeira. Agora de novo a sensação de tontura, uma leve náusea benévola, como numa cadeira de balanço, parecida mesmo com a vagueza mental que experimentara no voo, antes da forte turbulência que quase derrubara o avião.

De momento a outro, sente-se perdido. Entrara numa espécie de labirinto, as paredes formadas pela vegetação entrecortam os caminhos, por mais que procure não encontra a saída. Sente-se fraco, de repente. Anda um pouco mais, vê um portão. Caída, a placa sinalizando "museu", não aponta para qualquer direção confiável. Tinha sido arrancada, parece. Ninguém à volta. Resolve abrir o portão, mesmo tendo deduzido os dizeres "saída de emergência". Meio tenso, sai e vê o portão trancar-se sob pressão da mola. Não consegue reabri-lo. Mal nota que está fora das dependências do museu, numa rua lateral.

O barulho ensurdecedor de um helicóptero a baixa altura, com policiais que trocam tiros com três homens fugitivos em sua direção, o assusta. Instintivamente, põe-se a correr, perde os chinelos, entra por uma rua lateral, olha atrás se os homens armados vêm na sua direção. A rua é arborizada, terá sido asfaltada há tempos, mas a cobertura está gasta, depredada, é quase uma via de terra batida. Zinjian para, ofegante, mas, de novo, o ronco alto do motor do helicóptero o faz retomar a corrida, desce pela rua debaixo das árvores, vê os homens armados, à distância, seguem também pela rua, sente uma fincada no pé, pisara num caco de vidro, a dor forte e o sangue que escorre pela sola do pé. Continua correndo, mesmo sem poder, vê uma casa grande aberta, algumas pessoas, resolve entrar e pedir ajuda.

É recebido quase à bala. Homens armados o cercam, o imobilizam, revistam-no de alto a baixo, tiram-lhe o casaco, junto com carteira de dinheiro, o celular e o passaporte, seu único documento. Tenta dizer-lhes quem é, explicar algo, mas não o entendem, apenas o interpelam rudemente, na língua local. Não há como entender. Jogam-no para o canto, continuam agachados pela varanda, parece que à espreita do outro grupo de homens armados. Sente o cheiro da maconha. "Parecem drogados, seriam grupos rivais, por certo traficantes", começa a raciocinar o empresário chinês, agora turista frustrado e ferido. E doente da Covid-19, sem o saber. Chamam alguém, a moça aparece, olha para seu pé ferido, volta com uma toalha com álcool e depois com gelo, amarra um lenço. Gesticulam para que ele saia dali e o fazem entender a mensagem aos empurrões. Vê que a moça lhe faz um gesto, apontando com o dedo e os olhos a direção, "siga para o lado de baixo da rua...".

Manco do pé, despojado do *blaser*, do dinheiro, do celular e dos documentos, Zinjian desce a rua a esmo. Numa esquina, segue por outra rua mais movimentada, não consegue andar muito, entra num pequeno bar, tinha sede, lembrou que nada tinha comido desde cedo, antes do voo. "Deveria ter ficado no aeroporto", pensa, "almoçado por ali qualquer coisa, e esperar pela bagagem. Que ideia, desse guia, senhor Morvan de o trazer para a visita ao museu". Por sorte, tirou uma nota de 20 dólares do bolso de trás da calça, os bandidos que o revistaram não notaram o dinheiro fora da carteira. Não consegue expressar-se, gesticula pela água e pelo alimento na vitrina sobre o balcão, um pastel de carne que devorou sôfrego. O dono do bar fez-lhe uma careta, quando viu a nota de 20 dólares, e depois de um diálogo surdo e opaco, onde um não entendia o outro, aceitou os dólares e o despachou como a um mendigo que ocasionalmente encontrara a fortuna na nota de 20 dólares, sem dar ouvidos aos seus insistentes pedidos de *"police, police!"*.

Não sabe o que fazer. Sente febre, com o esforço da corrida. De novo na rua, quase não consegue andar, o pé dói muito, o lenço todo coberto de sangue estancado. Adiante, segue até a pracinha, atraído pela vista, defronte, de uma estação de trem. O tempo mudou, veio uma chuva rápida, mas forte, o suficiente para refrescar momentaneamente, senão o corpo, ao menos a cabeça do viajante chinês. De novo, como durante o voo, após a turbulência, a água escorre pelo peito e se confunde com o suor da camisa, proteção frágil para o calafrio que começa a brotar da pele.

— Acho que estou com febre — diz em autoconfissão, com voz entrecortada de algum soluço e bastante tosse. — Caso tivesse vindo acompanhado da mulher..., não, seria pior, ainda bem que vim sozinho, mas não sei para que lado ir, não consigo caminhar...

Sentou-se no banco da pracinha. Teria talvez adormecido e tido esses pesadelos, que insistiam em retornar à mente como rápidas fotomontagens: "a viagem, a turbulência, os gritos dos passageiros que depois evacuam o avião em silêncio, nos tobogãs, o guia Morvan, o jogo de luz e sombra nos jardins do museu, o ronco do helicóptero que desaparece no silêncio e depois retorna, mais raivoso, depois some de novo. As turbulências no voo, briga de gangues. Tudo descendo, as ruas, a vista, o avião, a visão...como pode ser?, a correria, assalto, ferimento no pé. Agora, só me restam essas fincadas de dor, esse frio febril, esse banco molhado. Vontade de urinar, garganta seca, sede".

Muita tosse. Antes de adormecer, tinha procurado, em vão, distinguir uma farmácia. Nada, só prédios velhos, casas desajeitadas, fechadas nas fachadas de grades e muros. Tem alguma dificuldade para respirar: "nunca corri tanto na vida. E essa febre, não pode ser da ferida, cortei o pé faz tão pouco..."

Acorda com as pancadas que lhe dá por todo o corpo, com um velho sapato, o mendigo, esbaforido, aos gritos de "saia, saia, este banco é meu, hora de deitar!". Zinjian, não o entende, mas compreendeu logo os gestos. As pancadas doíam, também. Levanta-se de um salto, tartamudeante, cede o banco ao mendigo, que logo se acomoda aos resmungos e ameaças. Com o olhar ainda turvo da sonolência, distingue um táxi, à distância. Pulando com um só pé, sai em direção ao táxi, aos gritos:

— Táxi, táxi. — O táxi não o escuta nem o vê, desaparece na esquina. Zinjian quer chorar, mas a garganta segue seca.

"Vou até a estação de trem". Atravessa a praça com muito custo, não vê vivalma. Começa a dar-se conta de que a estação está abandonada, trilhos enferrujados, janelas com vidros quebrados, um ou outro morcego para dar as boas-vindas, a ele e ao pôr do sol. A tepidez do inverno local contrasta com seus calafrios agora mais frequentes. Num segundo de desespero, dá um murro na parede. Mais morcegos, com o barulho, voam por baixo do telhado na plataforma da estação. Deixa-se sentar num banco, não sem antes olhar em volta, para verificar, caso houvesse, algum outro mendigo pretendente ao assento. Ninguém. "Aqui, pelo menos, estarei protegido da chuva", tenta raciocinar, e conclui: "vou dormir, amanhã tento achar pessoas, uma farmácia." Recosta-se. Imagina a poltrona do avião. Tenta espreguiçar-se, volta o dor no pé, fincadas. A cabeça também lhe dói, respira quando pode entre surtos de tosse. Sente mais uma fincada de dor, mas desta vez na mão direita, apoiada na parte de baixo do banco. Retrai-se e vê a pequena aranha no espalmar da mão. Com o gesto brusco do outro braço, raspa para longe de si o inseto, que desaparece num átimo pelas fendas de madeira do chão.

A mordida da aranha lhe deixa uma dor ainda mais forte do que as dores na cabeça e no pé. Piora com o passar do tempo. As dores, e mais a tosse e o cansaço o enrijecem no banco, tenta deitar-se assim mesmo. Com um resto de esperança no olhar vago, segue os trilhos enferrujados, apostando na miragem da chegada de um trem. Sente, aos poucos, o entorpecimento, primeiro, da mão ferida, em seguida do braço, e mais algum tempo depois – terão sido horas, ou minutos? –, falta-lhe ar. O coração parece explodir de calor, em fibrilações descontroladas, o corpo treme, Zinjian desfalece. Só, doente, perdido e abandonado, como na tragédia operística.

Era uma aranha pequena, mas muito venenosa, requer antídoto rápido. Por aquelas bandas, essas aranhas são conhecidas como "armadeiras", pois "armam o bote". Na sequência de tantos fatos adversos, a picada do inseto foi o golpe final. E fatal. O guia Morvan, tendo perdido o contato com seu cliente chinês, notificara a polícia de seu desaparecimento, "ao que parece nas cercanias do museu, pois lá o havia deixado horas antes". Policiais encontraram o seu corpo na manhã seguinte, o sol já ia alto, graças à ajuda do mendigo que o expulsara do banco da praça e o vira seguir em direção à velha estação de trem.

ATO II – A CAMINHO DO NIRVANA

Personagens: fantasmas incorporados de: Zinjian; Alter ego de Zinjian; o Grande Inquisidor.

(Zinjian e seu alter ego seguem a caminho do Nirvana. Estão sentados à mesa de um bar, numa esplanada. Tomam gim-tônica.)

Alter ego

— Finalmente nos encontramos. Sinto-me como se estivéssemos em uma luxuosa carruagem do século XVIII, em voo pelos céus, a caminho do Nirvana, que nem o Papai Noel entre as estrelas, no seu trenó, em descida para a terra, para entregar os presentes às crianças.

Zinjian

— Deixe de brincadeiras, por favor. Não bastasse a minha morte assim de maneira tão trágica. Nem sei bem do que morri, se da picada da aranha, da infecção do pé, ou do vírus.

A.

— Só a morte vê a Covid-19 a olho nu. Você, por exemplo, morreu sem saber que estava com a doença. Mas convenhamos que é difícil escapar ileso desse coquetel de Covid-19, ferida no pé e picada de inseto venenoso. Você não tinha essa empresa de produtos natalinos, e morreu, por assim dizer, em viagem de negócios, ainda que num momento de lazer? Pois aproveitemos essa viagem sob a luz do Natal, em meio a essas estrelas tão lindas.

Z.

— Mesmo agora, depois de morto, ainda me dói essa ferida no pé. E a picada da aranha também. Não pensei em estar contaminado pelo vírus. Nunca podia pensar que uma aranhazinha tão pequena pudesse causar esse estrago todo, mas é verdade que eu estava desnorteado (toma um gole do gim-tônica). Ah..., delícia! Que Lao Tsé não nos veja, a nós, assim tão relaxados, a desobedecer aos preceitos de temperança. Estou feliz agora, sem tosse nem febre.

A.

— Seu nome nos protege. Seus país deram-lhe esse nome não só em honra do grande mestre homônimo: "Zinjian" não quer dizer "tu és"? Igual à letra daquela música, verdadeiramente universal, de um compositor brasileiro, o Alfredo Vianna Filho, alcunhado Pixinguinha, dedicada a uma mulher chamada Rosa. "Tu és!, divina e graciosa, estátua majestosa...". Tu és, você é o caminho; nós, porque eu faço parte de ti, de você, nós integramos esse caminho, nós o fazemos. E estamos nele agora, à procura do Nirvana. Quem sabe esse barzinho aqui não é parte do Nirvana. Estamos muito bem com nosso gim-tônica. Você devia ter tomado gim-tônica antes, em sua viagem, pois dizem que o quinino é bom para proteger da doença. Antes, protegia da malária, agora, do vírus. Há mesmo uns governantes que querem enfiar, por goela abaixo, um componente do quinino, a hidroxicloroquina, em todos os infectados. Os crentes sempre compram o elixir, mesmo que os mate, por conta dos venenos que traz junto.

Z.

— Devia mesmo ter tomado mais, se soubesse. Até que pedi um segundo drinque a bordo, mas não deram. O avião já estava em descida.

A.

— Você de fato se deu mal, hein, nessa viagem de fim de semana. Deu tudo errado. Foi culpa sua?

Z.

— Fui-me deixando levar, como a água do regato que desce até encontrar o lugar de repouso.

A.

— No caso, a morte. Não carecia de exagerar...

Z.

— Não é assim nosso preceito taoísta? Curioso, fui mesmo descendo, do avião para o aeroporto, da estrada para o museu, do museu para o jardim, do jardim para a rua, que descia. Agora, do caco de vidro, não tenho culpa. Tampouco de estar infectado, e sem o saber. Aliás, como, culpa? Desconheço essa ideia, você bem sabe.

A.

— Ah, a queda do homem, foi aí que inventaram a culpa. Isso é bíblico, Adão está fora de nossas crenças, mas é verdade que buscamos o paraíso. Nós aqui, por exemplo, a caminho do Nirvana, que eu não sei pra que lado fica, se para baixo, para o lado ou para cima. Para o lado de fora é que não, com essa pandemia do novo corona vírus.

Z.

— Talvez o Nirvana esteja dentro de nós. Confesso que tudo me deixou meio zonzo, desde a turbulência no voo até o museu de sons estranhos, o jardim de luz e sombras e seu labirinto, o helicóptero voando baixinho com aquele barulho ensurdecedor. Não me dei conta da doença.

A.

— Precisava de andar descalço o tempo todo?

Z.

— Eu gosto de andar descalço, mas essa ferida com o caco de vidro me derrubou. Fiquei muito assustado com tudo, fui meter-me justo num covil de assaltantes drogados. Apanhei até de mendigo, antes de aquela aranhazinha sacana dar a picada de misericórdia. (dá outro gole prazeroso no gim-tônica)

A.

— Podemos dizer que estava tudo escrito, tudo bem, nos conformamos com a nossa sorte. Mas a verdade, se me permite, é que nós estamos ocidentalizando demasiado, começamos a falar em culpa, livre arbítrio. Em vez de amarmos, de nos identificarmos com a natureza, a vemos como algo falso, fora de nós. Você, por exemplo, ganhava a vida com essa empresa de valores ocidentais, fabricando e exportando produtos natalinos. Já, já, acreditamos no Deus cristão.

(Entra o Grande Inquisidor)

Grande Inquisidor

— Com licença, boa tarde, posso juntar-me a vocês por um momento?

A.

— Boa tarde, pois não, tenha a bondade de sentar-se. O senhor...?

G.I.

— Sim, apresento-me, sou o Grande Inquisidor. Sabem, em alguns países católicos, desenvolvemos o nosso tribunal da inquisição, para punir e condenar os ateus para a morte na fogueira.

Z.

— Na fogueira?

G.I.

— É, foi a forma principal de execução. Antes os suspeitos eram presos e torturados, naturalmente. Muitos, até à morte. Nem dava, muitas vezes, tempo de levar até o condenado ou a condenada à fogueira. A condenação era automática. Bem, mas isso foi sobretudo lá pelo fim da Idade Média. Éramos uma organização sólida, dando e recebendo apoio dos potentados dos Estados católicos. A inquisição não acabou, apenas se multiplica, vejam a perseguição aos judeus, um genocídio, sob a Alemanha nazista. Hoje está mais sofisticada, trabalhamos sob outras condições. Como podem ver, estou vestido à ocidental, como vocês. Se até os chineses se vestem assim... É a globalização. Agora, com a Covid-19, esse conceito terá que ser revisto. O vírus não tem ideologia, não é racista. Sequer é visível. Mas, vamos ao que me traz aqui: perdoem-me, sei que estão a caminho do Nirvana.

A.

— Interessante conhecê-lo, senhor Grande Inquisidor. Em que podemos ajudá-lo? Sim, estamos a caminho do Nirvana.

Z.

— É, morri há pouco, imagino que o senhor Grande Inquisidor, que é bem-informado, pois é "grande inquisidor", conheça as circunstâncias. Este aqui é o meu alter ego, que sobrevive às piores pandemias, parece eterno, mas está sempre a dar-me o prazer da companhia. Como se diz por aí, não desgruda.

G.I.

— Fazem muito bem, nada contra buscar o Nirvana. Notei, contudo, certas referências, na conversa de vocês, e mesmo na sua trajetória para a morte, Zinjian, é este o seu nome, correto, posso chamá-lo assim?, à suposta identidade da fé cristã, nem digo católica, com o fatalismo e a queda do homem pela culpa. Verdade que mencionam, de passagem, o livre arbítrio, mas pelo visto sem muita convicção. Acha que foi vítima da pandemia ou do acaso, ou de ambos?

A.

— As dúvidas estão aí, senhor Grande Inquisidor. Conversávamos a respeito desses temas, mas sem a pretensão de tratá-los com a profundidade que merecem, como parte do ideário universal. Apenas discutíamos. Em torno de um gim-tônica.

Z.

— ...e nem queremos ser presos por isso. Nem pela sua imaginária "inquisição". Já pensou? Só porque digo que não tive culpa do que aconteceu, que fui levado pela doença, ou me deixei levar pelos acontecimentos, agora serei condenado ao inferno? E ser antes torturado? E arder na fogueira? O senhor Grande Inquisidor há de desculpar-nos, mas algo aí não bate.

G.I.

— Talvez, amigos, com certeza estão cientes da destruição que causa este vírus, essa mortandade; mas, não vim até aqui para inculpá-los, quem sou eu, isso é coisa antiga, como digo. Gostaria, caso permitam, de acompanhá-los nesse gim-tônica, que, neste pôr do sol, tem as cores do arco-íris, para nós uma representação do pecado, igualdade de gêneros, Deus nos livre. Aí vem a garçonete. — Pede o gim-tônica; brindam. — Tchin, tchin! — Continua, após breve pausa. — Mas você se denunciou, Zinjian, e isso me chamou a atenção, a ponto de vir até aqui falar amigavelmente com vocês.

Z.

— Eu?!, pobre de mim, o que fiz para chamar a atenção do Grande Inquisidor?

G.I.

— Deu um murro na parede. Lembra, lá na estação abandonada.

Z.

— Havia esquecido, não tinha mais o que fazer.

G.I.

— Você estava entre desesperado e desnorteado, além de enfermo. Não interessa por culpa de quem, sua, da doença, do guia Morvan, que o abandonou até descobri-lo morto. Ao dar o murro, você investiu contra Deus, contra a fé, mesmo sem ser cristão, invocou até contra o fatalismo. Contra a água que cai. Tomou decisões equivocadas e no desespero ataca a divindade.

A.

— Meu caro senhor, então acredita que a decadência do homem, cristão ou não, está à prova? Veja agora, com a Covid-19 a humanidade parece incapaz de reagir.

G.I.

— No mundo inquisitivo, do qual ainda me é dado ter algum controle, não por nada, mas porque até hoje ninguém objetou seriamente, só a incerteza dos infiéis nos agride. Ou, se quiser colocar no positivo, só a certeza dos fiéis nos consola. Há gente por aí, muito poderosa, que diz que o novo corona vírus, esse da doença Covid-19, é um vírus comunista, fabricado pela China, antro de infiéis ateus.

Z.

— Não vejo, sinceramente, o que temos a ver com essas considerações. Não somos nem fiéis, nem infiéis. Pareceu-me curioso, quando estive em Portugal, país bastante ligado àquele em que estava quando de minha morte, ver um restaurante com o nome "Matateu". Me diga uma coisa, Grande Inquisidor, você, sendo ateu, Deus que nos guarde, iria a este restaurante? Creio que sim, talvez tivesse até inspirado o dono em dar esse nome ao lugar. Pois, eu fui sem saber o que aquilo significava. E o bacalhau esteve excelente. Voltei lá, tempos depois, e vi que haviam mudado o nome, para o bem mais sugestivo, de "Vissidarte". E nem era um restaurante italiano. Vá lá entender.

A.

— Grande Inquisidor, não leve a mal o Zinjian.

G.I.

— Claro que não. — Para si só, sussurrando — *In nomine patris et filii et spiritui sancto, amen!*

A.

— O que Zinjian está querendo dizer, se me permite, como seu alter ego, é apenas que, na nossa cultura, e na nossa crença taoísta, nem sempre temos o controle da situação. Ele com certeza não quis invectivar contra Deus, ou contra o destino fatalista, ao dar, em desespero, um murro na parede. Todo mundo faz algo parecido, vez por outra, certo?

G.I. Levanta-se, meio exaltado, não sem antes dar uma bicada no gim-tônica que trouxeram para ele.

— Podemos dar um murro na parede ou na mesa contra o chefe que nos azucrina, ou contra os subordinados a quem queremos impor nossas ideias toscas e inverossímeis. Mas, contra a vida, contra a luz? Por favor, não coloquem no mesmo saco Deus e o destino. Vocês querem ir para o Nirvana. Tudo bem, estão no caminho. Só que esse caminho se abre entre Deus e o destino. Só vim para dizer isso para vocês. Repito, vocês estão no bom caminho. A inquisição cometeu o maior dos erros, este sim, o grande pecado, a falta, a queda das quedas: condenar o pensamento, o espírito, e impor uma falsa verdade. De quem a culpa, dos ateus? Dos falsos infiéis? Nós, da inquisição, achamos que a culpa era dos homens que pensam, dos que não têm fé. Hoje, olhem aí à volta de vocês, a vida segue, com peste ou sem peste, as pessoas querem abraçar-se.

A.

— Nisso, estamos de pleno acordo. A quarentena, por ora, impede os abraços, mas nos torna mais sensíveis ao bom e ao belo, e mais ainda ao amor. Espero que a lição permaneça, depois dela.

G.I.

— Como último desejo, confessei, antes de morrer, pois eu morri há pouco, da vez mais recente que morri, da Covid-19:

quis vir a ter com vocês, que seguem o caminho do Nirvana. Eu também dei um murro na parede do hospital, antes de falecer. Tive forças para isso. Para mais nada. Não vou resolver para vocês essa discussão sobre fatalidade e causalidade, mas queria deixar meu grão de contribuição, de uma pessoa arrependida de todas as verdades mentirosas que defendeu a dentes cerrados. Será a verdade a maior das mentiras, ou, se quiserem, será a mentira a maior das verdades? Fato é que, por ora, a verdade tende a reduzir-se à infinitésima pequenez de um vírus. — Retira-se.

A. e Z. se entreolham.

Z.

— Você entendeu?

A.

— Não sei. Penso que o sujeito tem boas intenções. Quis vir a ter conosco, terá sido um ato de solidariedade? Saiu quase que chorando. Para um Grande Inquisidor, que já torturou e matou, na fogueira, milhares de inocentes, quem sabe se não se encontra num processo de redenção. Coitado, tem muito pela frente, via o mundo pelo prisma dos potentados, dos poderosos, daí que não aceitou ser ele próprio contaminado pelo vírus. Deu até um murro na parede do hospital, confessou.

Z.

— Puxa, A., você sabe tudo. E acha que o deus dele o perdoará?

A.

— O que você pensa que ele anda fazendo por cá? Falando com gente estranha, em territórios longínquos de sua fé? No curto prazo, pelo menos, negociando apoios, fazendo proselitismo, claro. Jogo político. Quer se reeleger como Grande Inquisidor. Vai que ele consegue nos convencer do livre arbítrio conforme os ditames da fé cristã, o que quer dizer livre arbítrio só se for para jogar porrinha. Será reeleito Grande Inquisidor por mais alguns séculos. Livre arbítrio, nem para decidir com quem você vai se casar, quanto mais acerca de seu destino. E todos sabemos que o jogo de porrinha é viciado.

Z.

— Tenho dúvidas, mas não a intenção de resolvê-las. Morri assim, vou procurar o Nirvana assim. Quem sabe, lá elas serão esclarecidas.

A.

— Zinjian, escute bem, o caso, seu caso, por exemplo, foi obra do fortuito mesmo, só nas mãos do caminho. O caminho determina o acaso, o que quer dizer que Deus está à margem de tudo. Deus é um marginal, não interfere. No bom sentido, no sentido universal. Secularmente, as inquisições. O querem de seu lado, não passam de banais usurpadores, não fosse a destruição imensa que causam. Como as ideologias, todas elas, que, com o apanágio da divindade ou sem ele, pregam o caminho universal. Conseguem enganar muita gente. A Covid-19 surgiu, sabe-se lá como, e toma a dianteira a essas inquisições seculares. Como essas, é um anjo da morte. Como o sim se junta ao não, será também, pela sua negação, que virá, um dia, o prenúncio da nova vida, num jogo de luz e afeto com a natureza, o desconhecido e límpido novo mundo. Não mais a competição perversa, não mais mentiras que não digam a verdade, como todas as ideologias. Enterrada a Covid-19, e com ela todas as inquisições, a humildade, a compaixão e a igualdade solidária mostrarão o caminho para o abençoado Nirvana.

Seguiram bebericando. Já se fazia tarde, e resolveram, na dúvida, seguir pelo caminho escolhido.